# La maison sur la place

*De la même autrice :*

Vent fort, mère agitée. Journal d'une adoption. 2012,
Parce que la vie ne suffit pas. 2018, Librinova
Semer des graminées. 2019, Librinova
Les Mèreveilleuses. 2020 BoD
Des Papillons sous oxygène. 2022 Eyrolles romans
Des papillons sous oxygène. 2023 Eyrolles Poche
Des Papillons sous oxygène. 2023 France Loisirs
Rendez-vous à Héyo. 2023 BoD

Nathalie LONGEVIAL

# La maison sur la place

Roman

© Nathalie LONGEVIAL, 2024
Illustration © Nathalie LONGEVIAL
ISBN : 978-2-3225-5924-4
Édition : BoD · Books on Demand GmbH, In de Tarpen 42, 22848 Norderstedt (Allemagne)
Impression : Libri Plureos GmbH, Friedensallee 273, 22763 Hamburg (Allemagne)
Dépôt légal : Novembre 2024

Le code de la propriété intellectuelle interdit les copies ou reproductions destinées à une utilisation collective. Toute représentation ou reproduction intégrale ou partielle faite par quelque procédé que ce soit, sans le consentement de l'auteur ou de ses ayants droits, est illicite et constitue une contrefaçon sanctionnée par les articles L335-2 et suivants du Code de la propriété intellectuelle.

# 1

# C'est le temps des cerises

« Allez, souffle et fais un vœu ! »
Elle détestait les vœux, ça ne fonctionnait jamais ! Si ça marchait, depuis le temps, ça se saurait. Elle regarda les cinquante bougies fichées dans le gâteau rempli de crème chantilly qui laissaient échapper leur cire multicolore. C'était moche et dans quelques minutes, ça serait immangeable.
— Allez, maman souffle !

Ce matin à six heures vingt, Rose a eu cinquante ans. Sa mère le lui a souhaité comme chaque année, avec une régularité irréprochable. Il faut dire qu'il y a cinquante ans, elle était aux premières loges et adorait se souvenir de ce jour-là, au contraire de Rose qui détestait le quatorze juin. Quelle étrange tradition de fêter l'âge qui avance ! Elle détestait aussi les anniversaires-surprises comme ce soir où elle était obligée de jouer la scène de la grande étonnée.

En ce moment, elle détestait beaucoup de choses et rien ne trouvait grâce à ses yeux. Du temps qu'il faisait, aux programmes télé, de son embonpoint de plus en plus envahissant à sa mauvaise humeur.

Dans son salon, les invités avaient dégainé leur téléphone portable et souriaient de toutes leurs dents. Sauf Rose. Elle détestait aussi les photos, presque autant que son anniversaire. Elle retenait son souffle, elle écarquillait les yeux, docilement, elle disait « *cheese* » avec les autres, et puis elle entendait le bruit du déclencheur. La photo était prise, mais, par, elle ne savait quelle malédiction, une fois l'image capturée, elle serait la seule à fermer un œil, parfois les deux, à tordre le nez ou à être floue.

Stéphane se trouvait dans un coin du salon, à l'écart, à sa place habituelle, un peu dans les courants d'air. Il ne la quittait pas des yeux en se moquant d'elle et de son air grognon. Il aurait préféré qu'elle parvienne à mieux cacher sa colère, mais dans l'immédiat, elle était au maximum de ses capacités. Ce qu'elle voulait, pour ce soir, c'était du calme. Un plateau télé, un plaid, même si la température extérieure était douce, et la série policière de la trois en rediffusion pour la quatrième fois. Revoir les séries, ça, c'est quelque chose qu'elle adorait. Ne pas connaître comment se terminait un film lui était insupportable : elle préférait de loin qu'on lui divulgue la fin du programme. En cas de suspens trop important, elle était capable d'éteindre la télévision et de ne rien regarder du tout.

Rose aimait que la vie soit un long fleuve tranquille, que tout soit lisse à la surface et que rien ne vienne désordonner son quotidien. Quand on redoute les surprises, ne rien laisser au hasard est une bonne idée, parce que la plupart du temps, Rose avait peur. Elle avait peur de la nuit, elle avait peur de la foule, elle avait peur des chiens et des chats, elle avait peur de la maladie, des lieux inconnus et par-dessus tout, elle avait peur des supermarchés. Ainsi, dans sa vie, tout était longuement planifié : des pages de calendrier squattaient la porte du frigo et les alarmes sur son vieux téléphone sonnaient le moindre de ses rendez-vous. Elle se lavait les dents le temps de la chronique de Claude Askolovitch sur France Inter, ne sortait jamais de chez elle après dix-huit heures et préparait le repas pendant qu'Anne-Elisabeth Lemoine éclatait de rire sur la cinq.

Pourtant, depuis deux mois, elle était servie. Rien ne tournait plus rond et sa plus grande peur était advenue.

Son salon, dans lequel était organisée la fête, était une petite pièce entourée de bibliothèques en bois blond remplies de livres et de statuettes de guépards. Le parquet dégageait une odeur de cire rassurante. Le canapé, flanqué de deux fauteuils, était profond et confortable, quoiqu'un peu défoncé par les années de bons et loyaux services. Les quelques convives avaient pris le parti de rester debout, agglutinés autour de la table, figés, comme si le réalisateur d'un film avait suggéré un arrêt sur image. Ils levaient leur flute de Crémant en son honneur. Au passage de sa mère, Martine, portant un plateau de sandwichs de pain de mie et jambon blanc découpés en triangles équilatéraux, Stéphane fit semblant d'en subtiliser un, de l'avaler tout rond et mima son agonie. Rose le photographia mentalement. Il l'avait toujours fait rire, même si elle devait bien reconnaître que son humour n'avait jamais été très conventionnel et sa dernière blague guère amusante. Avec une prudence exagérée, il chipa une rose dans le grand vase posé sur la desserte et la glissa entre ses dents. Elle l'entendit murmurer : « une rose pour ma Rose ».

— Hou, hou maman ! T'es là ?

Marguerite effleura la main de sa mère qui la regarda avec toute la tendresse dont elle se sentait capable. Sa fille avait voulu lui faire plaisir en invitant la famille et quelques amis et dans d'autres circonstances, il est vrai qu'elle en aurait été très heureuse. Rose devait admettre que Marguerite avait tout géré de main de maître : les petits plats dans les grands, la jolie vaisselle, les lumières tamisées, il ne manquait rien pour que la fête soit belle. Enfin, rien, c'était une façon de parler.

Elle la regarda à son tour avec le sourire des mères inquiètes pour leur progéniture, même quand les enfants ont cinquante ans. Stéphane roulait des yeux derrière elle. Rose mordit sa lèvre pour ne pas éclater de rire, ce qui amplifia les craintes de Martine.

— Ma chérie, tu es avec nous ? Regarde, j'ai pris une forêt noire.

Tous les ans, elle avait droit à sa forêt noire parce que, « c'est le temps des cerises, alors il faut leur faire honneur ! » prétendait sa mère. De temps en temps, elle aurait bien mangé un bon éclair au chocolat joufflu, un millefeuille onctueux ou une tarte Tatin caramélisée et sa boule de glace à la vanille, mais sa famille s'accrochait au fait que Rose avait toujours refusé de changer quoi que ce soit à ses rituels. La vérité était que Martine adorait les forêts noires. Alors que Rose se rapprochait du gâteau, Stéphane frotta ses mains à son jean. Il remit un pan de sa chemise à l'intérieur de son pantalon et vérifia la bonne position de sa mèche sur son front. Sa coiffure, c'est ce qui l'avait fait craquer quand ils s'étaient rencontrés. Toujours impeccable. La nuque courte, les pattes bien dégagées et la mèche qu'il balayait dans un jeu de doigt très étudié, négligemment déposée sur le front. Depuis, ses cheveux avaient blanchi, mais, contrairement aux autres hommes, il ne s'était pas dégarni, il n'avait rien perdu de sa superbe. C'était tant mieux, il aurait détesté ça.

— Hou, hou maman ! T'es là ?

Marguerite s'adressait à elle comme si elle était redevenue une toute petite fille. Depuis quelque temps, elle redoublait de gentillesse à son égard, ce qui ne faisait qu'amplifier la mauvaise conscience de Rose. Elle avait l'impression de s'être transformée en Colère, le personnage qui incarnait cette émotion dans un Pixar qu'elles avaient vu alors que sa fille avait l'âge de la gamine du dessin animé.

— Mam, tu bouges ou tu attends que le gâteau soit foutu !

Gabriel, son fils. Plus bourru que sa sœur, il ne prenait pas de gants quand il s'adressait à elle. Il se fichait éperdument de devoir la bousculer. Les autres avaient fait les frais de l'agressivité qui la rongeait, lui, il s'en moquait. Pire, ça le stimulait et il n'avait qu'un but : entrer dans la bagarre.

Martine, la mère de Rose se tenait en embuscade à quelques centimètres d'elle, prête à la rattraper si elle s'effondrait. Sa technique, parfaitement au point, était le fruit de longues années d'entraînement. Dès qu'elle voyait les jambes de sa fille flancher, elle se collait contre elle et la prenait par la taille. Elle souriait en mode star américaine des années 80 et l'entraînait bruyamment vers le canapé. Si les lèvres de Rose se mettaient à trembler et ses yeux à s'embuer, elle sortait le grand jeu : elle poussait un cri d'orfraie et accusait une mygale d'être passée au plafond. « Une mygale, rien que ça... » disait alors Rodolphe, le père de Rose, en levant un sourcil, exercice dans lequel il excellait.

— Laisse-la donc vivre ! ajouterait-il, agacé de l'attitude de Martine.

Fut un temps où il l'avait accusée d'être atteinte du syndrome de Münchhausen par procuration.

— Qu'est-ce que tu insinues ? C'est n'importe quoi ! Je suis juste à l'écoute de notre fille, on ne peut pas en dire autant de toi ! se défendait Martine.

Si ce n'était pas sa mère qui l'entourait d'attention, c'était Sandra, sa meilleure amie, qui venait à sa rescousse. Elles se connaissaient depuis l'école maternelle et ne s'étaient jamais quittées. Il leur avait fallu parfois développer des trésors d'ingéniosité pour continuer à être amies, mais elles y étaient parvenues et Sandra avait fini par investir l'appartement du dessus quand il avait été mis à la vente, assurant ainsi une présence continue auprès de son amie. Le père de Rose couvait Sandra du regard, autre exercice dans lequel il était champion toutes catégories depuis que les jeunes filles avaient dix-sept ans et qu'ils déjeunaient tous les trois, deux samedis par mois. Rose fixa la forêt noire. Les bougies n'étaient plus qu'un lointain souvenir et la surface du gâteau ressemblait à une scène apocalyptique, illustration parfaite de sa propre vie.

— Je vais en chercher d'autres, s'empressa Sandra.

— Non, laisse tomber, répondit Rose dans un souffle, heureuse d'avoir évité l'extinction des bougies.

— Tu veux rire ? Il faut les souffler, tu ne connais pas la légende des bougies non soufflées ?

Un long silence s'ensuivit, que personne n'osa rompre.

— Elles portent malheur, expliqua Sandra, comme elle l'aurait fait à une enfant.

— Au point où j'en suis...

— Désolée Rose, ce n'est pas ce que je voulais dire, mais ce n'est pas tous les jours qu'on a cinquante ans ! Il faut les fêter, coûte que coûte. Je suis contente que tu me rejoignes dans le club des quinquas, à deux, c'est beaucoup mieux ! répondit Sandra avec un enthousiasme légèrement exagéré.

Huit mois que son amie avait atteint la cinquantaine, et Rose la suspectait de l'y attendre de pied ferme. Les jeunes filles qu'elles avaient été n'avaient pas imaginé qu'un jour viendrait où elles devraient supporter les différents désagréments de la cinquantaine. À l'époque, elles se moquaient de ces femmes qui ne savaient plus comment se comporter avec la mode, avec les gens ou avec le temps. Elles s'amusaient de les voir réclamer à cors et à cris que l'on ouvre les fenêtres alors qu'il gelait dehors. Aujourd'hui, c'était leur tour. Récemment, Sandra avait dit à Rose sur un ton qui l'avait alarmée :

— Tu vois, en huit mois, j'ai appris un truc : arrive un jour où il ne faut plus essayer de faire jeune, ce qui compte, c'est de faire moins vieille.

Ça y était, Rose l'avait rejointe et avait atteint l'âge fatidique des cinquante ans, la fin de sa vie pour ainsi dire, vu le tour que les choses avaient pris.

Sandra disparut dans un tourbillon de gestes et de rires dans la cuisine et Stéphane la suivit du regard avant de lever les yeux au ciel. Il l'avait toujours trouvée agitée.

— Elle ne tient pas en place, un courant d'air ! Je ne sais pas comment vous faites pour vous entendre depuis tant de temps. Moi, elle me saoule, répétait-il après chacune de ses visites.

C'est justement ça, qu'elle aimait chez son amie : la vie qui tournoyait, qui pétaradait, qui éclaboussait. Sandra savait toujours quoi faire, quoi dire, quoi décider sauf en ce qui concernait la couleur de ses cheveux, qu'elle changeait au gré des tendances, passant allègrement du noir corbeau, au *tie and dye* acajou, ou au blond platine ultra court. Ce soir, elle portait une couleur improbable laissant apparaître quelques reflets verts qui n'étaient pas du meilleur effet. Sandra prenait les choses comme elles venaient et avait une confiance aveugle en la vie puisque, selon elle, rien de ce qui se produisait n'était au-dessus de nos forces. Elle était douée d'une intelligence rapide, d'un humour détonnant, d'un esprit de synthèse très utile, d'un enthousiasme bénéfique et d'une plastique qui ne laissait pas les hommes indifférents et malgré ce qu'elle disait de la cinquantaine, elle était restée svelte et alerte. L'âge n'avait eu aucune incidence sur sa silhouette. Elle marchait toujours d'un pas léger, presque dansant, qui faisait tournoyer ses vêtements, exclusivement en lin « pour une raison simple chérie, j'ai autre chose à faire que passer mon temps à repasser des fringues ». Le corps de Rose n'avait pas suivi l'exemple de celui de Sandra. Le sien, il se la jouait solo depuis bien avant ses cinquante ans. Selon une injustice qu'elle jugeait inqualifiable, il avait commencé à se flouter dès la naissance de Gabriel. Depuis, il se prenait pour un yoyo et avait trouvé son point d'équilibre dans un bon quarante-deux, mais était capable de passer à un quarante ou un quarante-quatre en quelques heures. Il suffisait qu'elle regarde un gâteau en devanture d'une pâtisserie pour qu'elle prenne un tour de taille, se lamentait-elle souvent. Son corps, elle faisait avec, et surtout elle évitait de le regarder et de le montrer, en s'affublant de grandes tuniques informes.

Sandra revint ventre à terre avec de nouvelles bougies rose vif qu'elle planta dans le gâteau. Les convives regardèrent l'entremets à moitié défoncé et tout barbouillé de cire avec pitié pendant que Rose cherchait Stéphane du regard. Il avait disparu. Sa respiration s'emballa, elle ne pouvait pas éteindre les bougies sans lui. Non, c'était impossible.

— Allez, maman, on va t'aider et souffler avec toi. Tu viens, Gabriel !

Les doigts de Rose furent envahis d'un fourmillement qu'elle connaissait. Elle pressa ses mains l'une contre l'autre pour estomper le tremblement. Puis ce fut la sensation d'un froid polaire qui s'insinua en elle avant qu'une vague de chaleur la submerge. Sa respiration se saccada. La sueur envahit son front et des mouches se mirent à danser devant ses yeux. Gabriel s'approcha d'elle en trainant les pieds et passa son bras autour de sa taille. Ses enfants de chaque côté, sa mère aux aguets et sa meilleure amie pas trop loin, Rose se pencha vers le gâteau. Depuis au moins quarante-cinq ans, elle savait ce qu'il y avait à faire en pareille situation, mais quelque chose s'empara de son cerveau. La peur ? Le manque ? Ou était-ce la colère ? Elle prit une grande inspiration et bloqua tout, laissant faire ses enfants à sa place.

Elle avait prévenu Stéphane qu'elle ne fêterait plus rien sans lui.

À son enterrement, il y a trois mois, il y avait du monde. C'est bien, avait-elle pensé, il aurait aimé ça. Quand ils étaient plus jeunes, ils riaient parce que les morts n'assistaient pas à la plus belle fête jamais organisée en leur honneur. Ils n'étaient plus là pour entendre raconter leurs bons mots, leurs exploits et l'énumération de toutes leurs qualités.

— C'est vraiment dommage de ne pas être là quand tout le monde se décide à dire du bien de toi. C'est vraiment du gâchis ! disait-il, taquin.

Mais Stéphane, lui, il était là. Ses yeux bleus, si clairs, qui menaçaient de tourner à l'orage, se posaient sur chacune des personnes présentes. Négligemment appuyé au chambranle de la porte par laquelle allait coulisser son cercueil, il lui avait souri et lui avait envoyé un baiser. Il avait applaudi au discours de Thomas, son associé, qui avait écrit un texte très personnel avec un sens de la plaisanterie certain qui avait allégé l'atmosphère. Ces deux-là avaient repris l'entreprise du patron qui les avait accueillis en alternance et avaient toujours travaillé ensemble. Thomas avait terminé son discours en disant : « ne t'inquiète pas, mec, ça va aller » parce que Stéphane s'inquiétait beaucoup. Pour tout. Pour les projets en attente et ceux en cours, pour les enfants, mais surtout, surtout, pour Rose. C'est toute cette inquiétude qui l'avait mis KO en deux heures et elle avait bien du mal à ne pas se le reprocher. Elle était persuadée que si elle avait été différente, si elle avait su être forte, si elle avait su prendre sur elle comme on disait, elle n'aurait pas privé ses enfants de leur père.

Dans la petite église du quartier, il y avait du monde. De temps en temps, elle s'était souvenue d'une anecdote racontée par son mari à propos de l'un ou de l'autre, parfois il lui avait semblé voir un visage connu, vite remplacé par un autre. C'était bizarre. Tout d'un coup, il lui avait semblé qu'en définitive elle ne savait rien de la vie de son époux. Comme s'il avait compartimenté vie professionnelle et vie personnelle. Avec qui passait-il ses journées ? Avec qui riait-il ? Que faisait-il ? Est-ce que la journée d'un électricien se résumait à faire des devis et tirer des câbles ? À écouter tous ces inconnus, elle en avait été de moins en moins persuadée. Tous lui parlaient d'un Stéphane qu'elle n'avait pas connu, jamais rencontré, et finalement, elle avait eu honte de ne pas s'être davantage intéressée à sa vie.

Au crématorium, Stéphane avait essuyé une larme quand Marguerite et Gabriel avaient égrené leurs souvenirs avec lui. Rose n'avait pas pris la parole. Elle n'avait pas pu. Il ne la quittait pas des yeux, et quand il la regardait comme ça, elle avait tendance à tout louper. Quand la musique s'était élevée pour le dernier trajet du cercueil, il avait esquissé quelques pas de danse à la Hugh Grant dans *Love Actually*. Elle avait ri. Tout le monde s'était inquiété et les messes basses et les regards mouillés avaient commencé. Plus tard, des inconnus l'avaient prise dans leurs bras, d'autres avaient frôlé ses mains jointes, les plus hardis l'avaient embrassée sur les joues. Elle avait dû réfréner les gestes réflexes pour s'essuyer le visage : comme si elle n'en avait pas assez de ses propres larmes, il fallait que les autres viennent lui coller les leurs sur ses joues. La plupart du temps, elle avait répondu d'un rictus et d'un battement de cils, d'une caresse sur le bras ou d'un simple « merci d'être venu ». C'était un mauvais moment à passer, elle avait pris son mal en patience.

— Tiens, prends une part, s'il te plait Rosy, mange, tu dépéris à vue d'œil, murmura sa mère à son oreille.

Elle avait passé son bras autour de sa taille et la soutenait de toutes ses forces, persuadée que sans cette aide, sa fille allait s'effondrer. À ses côtés, Marguerite s'était encore rapprochée. Elle montait la garde, elle veillait, comme un soldat sans treillis. Les rôles s'étaient inversés.

# 2

# Renouvelables par tacite reconduction

Depuis, elle apprenait à vivre sans Stéphane, s'abstenait de parler de lui, ne le mettait plus en avant, au risque qu'on la mette de côté ou qu'on se lasse de ses plaintes. Elle avait bien compris que la veuve qu'elle était devenue ne devait pas gêner. Elle ne comptait plus les fois où on l'avait sermonnée parce qu'il fallait qu'elle soit dans la vie. Comment faisait-on pour y être quand on avait l'impression de ne plus en avoir ? Combien de fois lui avait-on dit qu'il lui faudrait tourner la page ? Tourner la page ? Qu'est-ce que ça signifiait au juste ? La vie n'était pas un roman et encore moins une comédie romantique comme elle aimait en lire plus jeune.

Elle avait décidé de serrer les dents, et elle menait un combat : ne rien laisser paraître de son chagrin. Ça ne fonctionnait pas très bien, parce qu'il ne se mesurait pas seulement en quantité de larmes versées. Il en allait d'une lassitude qu'elle trainait derrière elle comme un chien docile, de douleurs invisibles qui papillonnaient autour d'elle, de sillons qui dessinaient de nouveaux paysages sur son visage ou d'insomnies qui squattaient son plafond. Quand ses forces l'abandonnaient, elle glissait, dos contre un mur, se recroquevillait et laissait sa douleur s'exprimer en des sanglots qui se transformaient inévitablement en hoquets. Remonter la pente quand elle l'avait descendue était ardu, d'autant que Stéphane n'était plus là pour la prendre dans ses bras, caresser ses cheveux, mettre des fleurs dans des vases, rabâcher les mêmes mots de réconfort, allumer des bougies et rapprocher les coussins. Plus là pour étouffer les bruits du dehors avec de la musique et vaporiser du parfum. Grâce à lui, elle remontait, s'accrochait. Sans lui, elle ne savait que s'enfoncer chaque jour davantage, mais c'était sa nouvelle vie. Que personne ne sache rien du désert qu'elle traversait était une façon d'être libre. Elle avait enfermé sa tristesse dans un endroit secret qu'elle était la seule à connaître. On a tous un de ces lieux où la loger : le cœur, le ventre, la tête, la gorge, une épaule ; le sien se logeait quelque part au niveau des poumons. Elle respirait par petites saccades, incapable de longues et profondes respirations. Elle avait tout verrouillé : la joie, la légèreté, la gaieté. Elle passait son temps à négocier avec le chagrin, étouffait la tristesse qui la prenait à la gorge. Elle avait un rapport étrange avec la tristesse qui la faisait chanter et elle savait cette réaction peu appropriée. Il paraît qu'on commence un deuil par la sidération ou l'incrédulité, et qu'ensuite vient la colère. Elle était restée sidérée. La sidération avait pris toute la place dans sa tête. La colère n'avait fait son entrée dans sa vie que récemment et ce n'était pas plus confortable. Souvent, la colère la submergeait et l'empêchait de raisonner, elle se débattait en réagissant de façon tout à fait inappropriée. Pour s'en défaire, elle enchaînait les gestes de façon mécanique, sans prendre le temps de la réflexion. Ses journées filaient à une allure folle et elle avait parfois l'impression d'être prise dans un tourbillon sans fin où le néant la laissait hagarde. Claquemurée chez elle, Rose s'enveloppait dans des pulls trop grands pour elle. Lors de la sépulture, de bonnes âmes lui avaient promis que ça passerait, « tout passe, vous savez » lui avait-on assuré, mais trois mois après, rien n'était passé. Elle redoutait toujours le quatre de chaque mois, date anniversaire de la mort de Stéphane. Les cernes autour de ses yeux et son teint cireux inquiétaient famille et amis.

— C'est peut-être encore un peu tôt pour aller mieux, lui avait dit Sandra il y a quelques jours, donne-toi le temps.

C'est bon, du temps, ça, elle en avait.

Rose n'avait jamais travaillé. Pas parce qu'elle préférait se consacrer à ses enfants et sa famille pour lesquels elle avait toujours des tas de choses à faire. Pas parce que l'entreprise de Stéphane était florissante et qu'elle n'avait pas besoin d'avoir une quelconque activité, mais plutôt parce qu'elle en était incapable : rencontrer des gens, devoir leur parler et trouver une tenue pour chaque jour, prendre des initiatives, remplir des documents, tout ça allait bien au-delà de ses capacités. Il y avait toujours un moment où ça merdait. Elle oscillait entre les bons et les mauvais jours et parfois, cela pouvait varier d'heure en heure, laissant ses employeurs déconcertés. La jeune femme avenante et serviable qu'ils avaient embauchée se transformait en mollusque amorphe et généralement, avant même la fin de la période d'essai, ils mettaient un terme au contrat. Elle avait peu à peu renoncé et s'était résignée à s'occuper du bien-être de ses enfants : être leur chauffeur privé, anticiper leurs moindres besoins, gérer le ravitaillement du réfrigérateur, le bon fonctionnement des machines diverses, et prévenir chaque manque. Pour évacuer tout stress, son emploi du temps était réglé au quart d'heure près. Savoir qu'une alarme allait sonner avait tout pour la rassurer. Elle aimait cette vie, simple et tranquille qui la tenait éloignée de ses troubles anxieux. Elle avait mis en place une routine qui la rassurait, mais qui avait aussi ses inconvénients : avec le temps, changer quoi que ce soit à sa vie millimétrée avait commencé à la paralyser.

Petit à petit, elle s'était trouvée insipide, inintéressante et mal fagotée. Elle avait refusé les invitations, trouvait toujours une excuse pour ne pas participer à des fêtes ou des événements auxquels ils étaient conviés et Stéphane en avait pris son parti. Une fois par mois, il sortait avec ses amis et la bénédiction de Rose. Quand les enfants eurent grandi, ce qu'ils finissent tous par faire un jour, et que son emploi du temps s'en était trouvé allégé, elle s'était rabattue sur sa zone de confort : occuper ses mains à des cousettes. Son univers : la création de patchworks. Il n'y avait que dans ces moments-là, quand elle tenait une aiguille entre ses doigts, qu'elle se sentait exister. Assembler ces petites pièces géométriques était une question de survie. Chercher les tissus les plus appropriés, inventer des mélanges dont personne d'autre n'aurait eu l'idée, une façon de ne pas sombrer. Elle sillonnait les carrés de tissus et retrouvait un peu de sécurité dans l'assemblage rectiligne. En suivant les coutures bien droites, elle gambadait sur le chemin. Elle restait ouverte au monde qui l'entourait, et ne succombait pas à la tentation de se refermer sur elle, se jeter en boule sur le lit et dormir pour oublier. Grâce à sa solitude créatrice, elle mettait du beau et de la joie dans sa vie. Sitôt que ses yeux quittaient les combinaisons colorées, il lui semblait ne voir que du gris.

Stéphane l'avait poussée à présenter ses créations aux architectes d'intérieur qu'il croisait parfois sur les chantiers.

— Tu devrais démarcher les boutiques de déco un peu bobo du vieux quartier pour leur proposer de vendre tes patchworks. Je suis sûr que ça marcherait.

Elle ? Démarcher les boutiques ? Il était fou ! Jamais elle n'aurait été capable de se confronter à un non ni à un sourire mi-moqueur, mi-condescendant qui aurait considéré ses créations comme un *hobby*. Elle était incapable de dévoiler la profondeur de ses gouffres personnels qu'elle enfouissait à l'intérieur de ses patchworks. Impossible de les livrer à des regards inconnus. Chacune de ses œuvres présentait un portrait d'elle. Chacune explorait ses états d'âme : de ses atermoiements avec les modèles *Crazy* utilisant des pièces toutes irrégulières, au modèle *Jardin de grand-mère* qui encensait la patience ou encore la rigueur du *Log cabin*, le ludique *Chemin de l'ivrogne*, et les grosses étoiles colorées pour les jours où elle était en forme. Quand l'ennui la guettait ou pour reprendre son équilibre les jours de grand vent, elle assemblait de façon automatique des carrés les uns aux autres sans se soucier d'une quelconque harmonie. Tous ses modèles exprimaient ses joies les plus folles, ses jours sombres ou ses fuites en avant. Ils étaient une sorte de jeu de piste dans les chapitres de sa vie, sans doute une thérapie, une façon de tenir debout, de s'accrocher. La création d'un patchwork représentait un an de travail. Elle brodait chaque pièce en petits points serrés avec des motifs plus extravagants les uns que les autres. Parfois, le fil se fondait dans le motif, d'autres fois le contraste avec le tissu attirait l'œil. Elle en possédait des dizaines, rangés dans ses armoires, ne les sortant qu'en de rares occasions, quand Marguerite lui en réclamait un pour le mettre dans son studio. Elle avait du mal à se séparer d'eux et ne les offrait à la famille et aux amis les plus proches que quand elle ne pouvait plus reculer. Ils les acceptaient avec joie, conscients de la qualité du travail, alors, elle se trouvait amputée d'une partie d'elle-même. Alors, démarcher les boutiques ? Non, c'était impossible. Et d'abord, comment s'habiller pour un tel rendez-vous ? Elle n'avait aucun talent en la matière. Ses tenues ressemblaient à d'immenses patchworks dont elle se serait affublée et n'avaient qu'un but : cacher un corps qu'elle n'aimait pas. Elle mariait les imprimés que personne n'aurait songé à assembler, un peu comme si on faisait cohabiter dans sa garde-robe Lady Gaga et Rossy de Palma. Dès que Stéphane remettait l'idée de proposer les patchworks dans des boutiques sur le tapis, elle sentait ses mains devenir moites en un éclair, le fromage blanc envahir sa tête et le sang battre en des endroits de son corps parfaitement inappropriés. La plupart du temps, il laissait tomber sans même chercher à lui faire entendre raison. Quand Sandra avait monté sa propre galerie d'art, elle lui avait proposé d'exposer ses créations, mais Rose, là encore, avait refusé net, persuadée que son amie l'avait fait par pure charité.

Avec le temps, les choses avaient empiré à l'image d'une gangrène : la seule évocation d'un changement dans sa vie la transformait en légume. Ses jambes ne la tenaient plus et ses bras pendaient le long de son corps. Chaque prise de risque était un gouffre à énergie qui la laissait hagarde plusieurs jours. Chaque entorse à sa routine la plongeait dans une terrible souffrance allant jusqu'aux crises de panique. Elle avait toujours craint de ne pas survivre aux émotions fortes. Elle redoutait le sang qui battait ses tempes, sa vue qui se brouillait, ses doigts qui tremblaient et peinait à retrouver ses esprits après une forte émotion. De temps en temps, quand l'insomnie la tourmentait, la vérité de sa vie s'imposait : elle avait été un poids pour son mari, un boulet. Elle l'avait empêché de vivre la vie qu'il méritait. Elle, elle s'était habituée à l'idée de ne pas avoir d'ambition, mais lui non. Il avait pris à son compte la responsabilité d'avoir une femme au foyer pour épouse et avait essuyé les quolibets de Thomas qui le trouvait rétrograde. Il avait prétendu être de l'ancien temps et ne pas vouloir d'une femme qui travaille. C'était sa façon de la protéger parce qu'en vérité, il aurait adoré qu'elle s'épanouisse dans un métier, mais il avait respecté ses troubles de l'anxiété et avait tout mis en œuvre pour qu'elle puisse avoir une vie aussi tranquille que possible.

Et maintenant ? Qu'allait-il se passer ? Chaque jour, au lever et au coucher, elle vérifiait que la bulle qui l'enveloppait, construite avec infiniment de patience, était intacte. Elle colmatait maladroitement les brèches, harassée par les longues errances qui lui faisaient confondre la nuit et le jour ou l'avant de l'après. Elle doutait de la carapace qu'elle avait constituée depuis toutes ces années. Et si, en mourant, Stéphane l'avait emportée avec lui ?

Assise dans son canapé, les yeux dans le vague, elle fit tourner son alliance. Une Trinity. Une bague formée de trois anneaux entrelacés dont le premier exemplaire avait été dessiné en 1924 par Louis Cartier pour son ami Jean Cocteau. Faire tourner la bague autour de son annulaire l'avait toujours apaisée. Vingt-cinq ans qu'elle faisait ce geste. Un peu par habitude, un peu par superstition.

Au début de leur histoire, l'idée d'être séparés plus d'une nuit leur était insupportable. Ça faisait sourire Sandra et ça agaçait Martine. Depuis le départ de Stéphane, elle s'était contentée de sa moitié de lit, ne défaisant jamais le côté gauche qui gardait la forme du corps de son mari. Tout récemment, elle avait investi le canapé, où elle s'écroulait à n'importe quelle heure du jour ou de la nuit, grignotant quelques heures de sommeil quand il se présentait. Elle n'avait fait aucun carton de ses affaires. Les garder lui semblait la meilleure chose à faire et, bien que Marguerite l'ait invitée à donner ses costumes, chemises et manteaux, elle ne trouvait pas la force de s'en séparer. De temps en temps, elle enfouissait son nez dans le col d'un pull et retrouvait l'odeur de Stéphane, et si, par malheur, elle avait disparu, la panique s'emparait d'elle. Elle courait jusqu'à la salle de bains, s'emparait du flacon de parfum de son mari et en vaporisait l'armoire. Le nuage musqué l'enveloppait, mais il manquait toujours l'odeur citronnée de la peau de Stéphane qu'elle craignait d'oublier alors qu'elle l'avait tant aimée.

Elle laissa glisser ses doigts sur le canapé. C'était une antiquité aux yeux de tous, mais elle l'adorait et n'avait pas souhaité s'en défaire quand ils en avaient eu l'occasion. C'est là qu'ils avaient conçu Marguerite, là que Stéphane faisait la sieste le dimanche devant le Grand Prix de F1, là qu'elle avait appris à Gabriel à lire. Son regard fit le tour de la pièce. L'appartement était redevenu silencieux et vide. Les enfants qui ne vivaient plus ici depuis plusieurs années avaient repris leur vie après s'être relayés à ses côtés. C'était ce qu'ils avaient de mieux à faire. Marguerite était retournée dans son studio, rassurée par la présence de Sandra dans l'appartement du dessus et Gabriel avait repris le chemin de l'internat après avoir fait promettre à sa mère de l'appeler au moindre souci. Elle ressentit un picotement au niveau de la poitrine et y porta sa main. Sans leur présence, Rose craignait de ne pouvoir empêcher le retour de son anxiété. Quand ils n'étaient pas là, elle devait se débattre avec la réalité et dans la vie de Rose, tout avait tendance à se compliquer à son contact. Globalement, elle ne l'avait jamais aimée, c'était ennuyeux et trivial, la réalité. Son regard embrassa le salon. Stéphane avait, lui aussi, plié bagage. Rose ne l'avait pas revu depuis le jour de

l'ouverture de son testament. À croire qu'il se cachait et qu'il avait des choses à se faire pardonner.
— Qu'est-ce que je vais faire maintenant ? dit-elle à haute voix.
Cette question la plongea dans un état d'angoisse profonde. Parler seule n'était jamais preuve d'une grande santé mentale. Le vide immense de l'appartement faisait écho au vide intérieur qu'elle ressentait. Elle chassa les larmes qui montaient à ses yeux. Il n'y avait pourtant aucun mal à pleurer, surtout maintenant qu'elle était toute seule. Il n'y aurait personne pour la réprimander gentiment, lui dire que ça allait passer ou tout autre fadaise dont les gens bien intentionnés avaient le secret. Rose se leva prestement pour attraper une bière dans le frigo. Elle la décapsula, versa la boisson dans un verre et plongea ses lèvres dans la mousse épaisse. Elle ferma les yeux et respira profondément. Elle aimait la sensation de cette première gorgée. Elle retourna dans le salon, s'entoura de coussins avant d'entendre distinctement la voix chaude et réconfortante de Stéphane dans sa tête : tu peux pleurer mon amour.
Et les larmes roulèrent sur ses joues.

Maintenant que les problèmes de logistique de l'entreprise étaient liquidés, qu'elle n'avait plus l'impression d'être la trotteuse de la montre, qu'allait-elle bien pouvoir faire pour que ses journées ne passent pas l'une à la suite de l'autre, inutiles comme des perles toutes identiques dans un collier ? Le réveil continuait de la réveiller de bonne heure. Rose ne faisait rien, mais elle le faisait à heure fixe. Certains se plaignent de ne pas avoir une seconde à eux, elle en avait quatre-vingt-six-mille-quatre-cents à sa disposition. Un stock qui se renouvelait chaque matin et lui faisait tourner la tête. Les larmes poursuivaient leur lente course sur ses joues. Lâcher prise maintenant ne serait rien d'autre qu'une longue dégringolade de laquelle elle n'était pas du tout certaine de sortir gagnante.

— Est-ce que c'est mieux, là-haut ? se surprit-elle à demander en regardant le plafond du salon.

Elle essuya ses joues d'une main rageuse pour chasser ses pensées et appuya avec les paumes de ses mains sur ses yeux gonflés. À la télévision, constamment allumée, une femme expliquait un phénomène assez récent : le changement de vie. À la suite de la covid, beaucoup de gens avaient décidé de modifier radicalement leur façon de vivre. Ils étaient partis à la campagne, avaient divorcé, étaient devenus moines bouddhistes, ou avaient entamé une reconversion professionnelle. Rose les trouvait fous, tous ces gens qui voulaient changer de vie. Elle donnerait tout pour que la sienne redevienne pareille à celle qu'elle était au début de l'année. Et puis, ce n'était pas pour elle, ça, le changement de vie. Enfin, si, elle avait changé de vie, mais elle ne l'avait pas cherché.

En rentrant d'un vernissage à la galerie de Sandra, seules escapades où elle acceptait d'aller parce qu'elle savait qu'il y aurait son père, elle avait trouvé Stéphane allongé dans la chambre. Il avait tiré les rideaux, et elle en avait conclu que, fatigué, il avait décidé de se reposer. Ils avaient prévu de partir en week-end le lendemain aux aurores. Stéphane avait bossé non-stop sur un projet qu'il devait finaliser ce jour-là. Il y avait passé beaucoup de ses week-ends et avait enchaîné les nuits blanches. Rose avait préparé le repas et attendu qu'il la rejoigne en regardant distraitement le journal de vingt heures pendant qu'elle quiltait, qu'elle assemblait les pièces les unes aux autres. À vingt-et-une heures trente, elle avait déposé son ouvrage sur la table basse, et était allée le retrouver. Couché en chien de fusil, dos à la porte, il n'avait pas bougé. Elle avait posé sa main sur son épaule et l'avait doucement secoué. Rien. Seulement un son étrange qui s'était échappé de sa propre gorge.

Accident vasculaire cérébral avait conclu le médecin. Rupture d'un vaisseau sanguin dans le cerveau, lui avait-on expliqué. Affolée par le cri, Sandra était descendue, puis son père était arrivé, puis tous les autres. En une heure, son appartement s'était rempli et son cœur s'était vidé. Elle ne comptait pas le nombre de fois où elle avait refait le film. Et si elle était entrée plus tôt dans la chambre ? Et si elle l'avait bousculé en lui disant que ce n'était pas une heure pour dormir ? Et si elle n'était pas sortie pour ce vernissage ? Les questions n'en finissaient pas de tourner dans sa tête et de revenir à la charge. Depuis, elle serrait les lèvres : elle avait l'impression d'être habitée par un hurlement qui, elle en était persuadée, la laisserait vide s'il s'échappait.

— Tu me manques, tu sais ? murmura-t-elle avant de s'allonger sur le canapé et de tirer sur elle un de ses patchworks préférés, l'un des premiers qu'elle avait réalisés. Il était rempli de maladresses, mais patiné par ses multiples passages à la machine à laver, il n'en était que plus beau.

# 3

# Son *punching-ball* personnel

La sonnerie de son téléphone portable extirpa Rose de son sommeil. Elle mit quelques secondes avant de reprendre pied dans la réalité. Sur la table basse, la bouteille de bière vide la fit rougir. Elle ne tenait pas l'alcool et une bière suffisait à la saouler au point qu'elle s'endormait en quelques minutes, mais la boisson jouait parfaitement son rôle et adoucissait son chagrin plus rapidement que n'importe quel somnifère. Stéphane n'aimait pas qu'elle boive. Il trouvait que ça la rendait trop différente, un peu fofolle et parfaitement imprudente. Il disait que boire c'était fuir et qu'il valait mieux affronter ses démons, mais il n'était plus là pour lui faire quelque reproche que ce soit. Un relent de honte remonta de son ventre : et quoi ? Ce n'était qu'une bière ! Elle avait de la marge avant de devenir alcoolique ! Elle gigota pour extraire le téléphone de la poche arrière de son pantalon.

— Allo, Rose ?

— Qui veux-tu que ce soit puisque tu m'appelles sur mon portable ?

Elle s'en voulut immédiatement pour son attitude. Depuis plusieurs jours, Sandra était devenue son *punching-ball* personnel. C'est sur elle qu'elle déversait son chagrin, sa colère, et son sentiment d'inutilité qui devenait de plus en plus exacerbé. Elle tenta d'inspirer longuement pour retrouver un semblant de calme et camoufler la rudesse de son ton.

— Grande forme à ce que je vois, enchaîna Sandra sur un ton enjoué que lui aurait envié une présentatrice de *talk-show*. Comment vas-tu ?

— Ça va.

— Oui, ça a l'air effectivement. Tu fais quoi ?

— Rien.

Sandra laissa le silence prendre forme. Contrairement à Rose, elle n'en avait pas peur et savait en fabriquer des spécimens d'une rare intensité. Il lui servait à asseoir des paroles qu'elle voulait fortes et Rose retint sa respiration. Ce n'était pas elle qui allait le rompre cette fois-ci, décida-t-elle.

— Bon, écoute, on a parlé avec Martine. On pense qu'il est temps.

L'information était de taille. Martine, et Sandra ne parlaient jamais. Elles passaient leur temps à s'ignorer et à s'éviter. Parler de l'une à l'autre était complètement tabou depuis que le père de Rose, Rodolphe, avait quitté son épouse pour la meilleure amie de sa fille, Sandra. Elle ne comptait plus le nombre de fois où Martine avait refusé de venir à l'anniversaire d'un des enfants au prétexte que Sandra y serait ou que celle-ci avait joué à la pimbêche uniquement dans le but d'agacer l'ex de Rodolphe. Les deux femmes qu'elle aimait le plus au monde avaient dépassé leur mésentente pour elle, et cela l'émut. Rose sentit une vague d'émotion déferler sur elle. Elle chercha des yeux une échappatoire, genre son chat qui serait sorti sur la terrasse ce qui serait parfaitement interdit, mais fort heureusement, Rose n'avait pas de chat.

— Ça ne serait pas le bon moment ? demanda Sandra au bout d'un moment.

— Le bon moment pour ? demanda Rose, avoir un chat ?

— Avoir un chat ? Mais, pourquoi tu me parles d'un chat ? Tu les détestes. Tu es sûre que ça va Rose ? Non, je voulais dire : ça ne serait pas le bon moment pour aller voir ce que c'est que cette histoire de maison dans le Pays basque dont tu m'as parlée ?

Rose sentit ses jambes faiblir et sa poitrine se soulever. Elle se félicita d'être restée assise. Ça y est, elle hyperventilait et des mouches apparurent devant ses yeux pendant que des fourmis colonisaient ses doigts. C'était un vrai problème de passer de l'apnée à l'hyperventilation.

Lors de la succession, elle avait appris que Stéphane était propriétaire d'une maison à Héyo, un village basque et qu'il la lui léguait. Elle n'avait jamais entendu parler ni de l'un ni de l'autre, et, bouleversée par ce qu'impliquait cette nouvelle, elle n'avait rien entendu de ce qu'en avait dit Maître Saubaber. Une maison ? Dans le Pays basque ? Stéphane était propriétaire d'une résidence secondaire ? Et pourquoi s'obstinait-il à leur faire passer leurs vacances au camping des Dunes s'ils pouvaient aller dans une maison du Pays basque, alors ? D'autant que le camping la mettait invariablement dans une situation qu'elle détestait et qu'il devait redoubler d'attentions à son égard. Tu parles de vacances ! Non, Saubaber avait dû mélanger les dossiers. Ils n'avaient pas suffisamment d'argent pour qu'il en soit ainsi. Elle se souvenait de son mari penché sur la table de la cuisine en train d'aligner des chiffres en se grattant la tête. Non, c'était une plaisanterie. Une de plus. Stéphane était plutôt doué en la matière. Voyant qu'elle refusait de comprendre, Maître Saubaber avait insisté : cette maison, Stéphane la lui léguait, elle était maintenant à elle. Depuis, Rose avait purement et simplement occulté son existence, il avait fallu que Sandra mette les pieds dans le plat pour que son souvenir réapparaisse comme une bulle remontée à la surface. La question qu'elle s'était efforcée de gommer de son esprit depuis, recommença à ricocher contre son front : comment un homme, avec qui elle avait passé vingt-cinq ans de sa vie, avait pu « oublier » de lui parler de ça ? De quand datait cette acquisition ? D'avant leur mariage ? D'après ? Était-il possible de cacher ce genre de choses à son épouse ? Ce bien provenait-il de la succession de son beau-père à laquelle elle n'avait pas assisté et dont Stéphane n'avait jamais parlé ? Une question plus pernicieuse encore s'invita : avait-il omis de lui dire autre chose ?

— Tu sais où elle se trouve ? demanda Sandra bien décidée à poursuivre la conversation.

Elle savait. Après le rendez-vous chez le notaire et avant le phénomène du grand oubli, elle avait cherché le nom du village sur internet. Elle avait alors découvert quelques photos d'une charmante bastide médiévale de la fin du XIII$^e$ siècle, nichée dans la vallée, « encore épargnée par les flots de touristes » signalait l'article. Le village avait été évacué dans les années soixante, quand les pouvoirs publics avaient envisagé de l'engloutir pour permettre la construction et l'alimentation d'un barrage hydroélectrique. Ses deux-cent-vingt-cinq habitants, les Héyotes, avaient quitté leur maison aux façades barrées de vert ou de rouge, typiques de la région, avant que la destruction soit effective, le cœur lourd d'abandonner l'école, le restaurant et le cimetière. C'est au début du XXI$^e$ siècle que le village, qui avait finalement été épargné par une crise économique et plusieurs changements de gouvernement, avait peu à peu retrouvé de nouveaux habitants et son charme authentique. Il s'était mué en un agréable village d'artistes depuis que la propriétaire du *Café d'Ici* en avait repris les rênes. Il y avait quelque temps encore, le village comptait moins de cent habitants, mais le durcissement de la crise immobilière dans la région avait poussé de nombreux jeunes à s'y installer. Aujourd'hui, près de deux-cents personnes y vivaient à l'année dont de nombreux artisans qui avaient trouvé là une terre d'accueil sans pareil. Sous la houlette d'Estéban, un céramiste, une douzaine d'entre eux avaient ouvert un atelier communautaire, une espèce de *co-working* artistique et artisanal qui attirait les acheteurs de toute la région, parfois même de plus loin. Rose avait trouvé d'autres articles qui ne tarissaient pas d'éloge sur tel créateur qui avait réalisé de la vaisselle pour un chef parisien triplement étoilé, sur tel autre qui exportait ses créations vers les États-Unis, ou encore, ils vantaient une pâtissière qui réalisait des desserts à vous pâmer.

— Plutôt chouette comme endroit, alors, souligna Sandra.

Sauf que Rose ignorait tout de ce village et de la maison. Pire, elle et Stéphane n'étaient jamais allés au Pays basque. Son mari avait un problème relationnel avec la pluie et comme tous les météo-sensibles, il s'assurait toujours que le soleil et le ciel bleu seraient au rendez-vous de ses vacances. Ils partaient sur le pourtour méditerranéen, le seul à même de tenir ses promesses. Au camping des Dunes. Emplacement 127. Sous le pin parasol sur lequel il avait gravé leurs initiales. Là où Marguerite et Gabriel avaient appris à faire du vélo, à nager, à faire griller les saucisses sur le barbecue et à rentrer au petit matin sur la pointe des pieds.

— Tu as les clés n'est-ce pas ? demanda Sandra.

À la fin du rendez-vous, le notaire lui avait tendu un trousseau de clés et un fin cahier à spirale qu'elle avait fourrés dans un *tote bag*.

— Tu as lu le cahier ? continua Sandra.

Elle savait parfaitement que si elle l'avait fait, Rose l'aurait appelée la seconde qui suivante.

— Tu n'es pas curieuse de savoir si c'est Stéphane qui l'a écrit ? C'est peut-être son journal intime…

Stéphane, un journal intime ? L'idée avait de quoi la faire rire. Il ne lui avait jamais écrit de lettres d'amour et ses textos étaient plutôt… minimalistes. S'il s'avérait que ce cahier était bel et bien son journal intime, il était hors de question qu'elle le lise ! Dieu sait ce qu'elle pourrait apprendre !

— Tu comptes attendre longtemps ? enchaîna Sandra. Trois mois, il me semble que c'est suffisant… tu ne crois pas ?

Trois mois ? Dans l'histoire du monde, trois mois, ça faisait à peine une milliseconde… pensa Rose qui aurait plutôt attendu dix-huit mois supplémentaires renouvelables par tacite reconduction.

— Écoute, je sais que c'est difficile pour toi, tout ça…

— Tout ça ?

Rose déglutit avec difficulté. Elle aurait vraiment préféré que la discussion s'arrête là. Elle n'était pas sûre de pouvoir rester aimable.

— Je veux parler de tous ces changements.

— Tu es gentille, changement n'est peut-être pas le terme le plus approprié.

— Tu sais très bien ce que je veux dire, répondit Sandra en soufflant. Écoute, Rosy, je ne vais pas te lâcher, il est temps que tu saches ce qu'il en est de cette bicoque, ce qui se trame là-dessous. Tu ne peux pas continuer comme ça et faire semblant d'avoir oublié. Même pour les enfants, c'est important.

— Ils t'en ont parlé ? demanda Rose d'une voix tremblante.

— Ils en ont parlé à leur grand-père. Ils étaient étonnés que tu ne saches rien, que ton père non plus, ils ont préféré ne rien te demander et en parler avec Rodolphe. Tu le sais, hein, Rose, que ça ne peut pas durer longtemps ?

Rose reconnaissait bien la pudeur de ses enfants et celle de son père. Leur manque de courage aussi. Seule Sandra se collait à ce genre de situation et elle était la seule avec Stéphane à la pousser dans ses retranchements.

— Allez, hop, il faut te reprendre, tu ne peux pas occulter cette maison plus longtemps, s'obstina-t-elle.

— Parfois, il m'arrive de m'occulter pendant des heures, marmonna Rose. Si ça se trouve, je ferai partie de ces vieilles femmes dont on parle au journal télévisé, qui meurent seules et se font dévorer par leur chat.

— N'importe quoi ! T'as pas de chat ! Zacharie, j'ai dit non, va plutôt faire un tour avec ton père, il fait beau, tu ne vas pas passer ta journée, planté devant ton ordinateur...

— Il va bien ? demanda Rose avec un regain de tendresse, ravie de pouvoir changer de sujet.

— C'est Zacharie, tu sais comment il est, il va toujours bien.

Ce gosse était un véritable soleil sur jambes. Il était à la fois le fils de Sandra, le filleul et le petit frère de Rose. Son père avait attendu que Sandra termine ses études et ait trouvé un travail dans la plus grosse galerie d'art de la ville pour lui avouer son amour, qui s'était avéré être réciproque. Ça aurait pu ruiner l'amitié des deux jeunes femmes, comme ça avait flingué le mariage de ses parents, mais Rose ne savait par quel miracle, leur affection s'en était trouvée décuplée. Son père s'était installé dans l'appartement que Sandra avait acheté, quelques mois après que Rose et Stéphane aient investi celui du dessous, et cette proximité avait présenté de nombreux avantages. Elles avaient parfois eu l'impression qu'ils formaient une famille décomposée. Zacharie,

Marguerite et Gabriel avaient navigué d'un étage à l'autre comme s'il s'était agi d'un duplex. Mais aussi quelques inconvénients quand on connaissait l'hyper anxiété de Rose et leur envie de la protéger. Quant à Martine, elle s'était sentie mise à l'écart et il avait fallu toute la tendresse de Rose et des enfants pour la consoler et qu'elle ne se sente pas abandonnée.

— Alors, cette maison, tu vas chercher à en savoir un peu plus ? continua Sandra de sa voix grave et chaude de fumeuse.

— Je ne sais pas quoi te dire…

— Ne dis rien et réfléchis à la possibilité d'y aller, et surtout, ne t'inquiète pas, je viendrai avec toi.

La perspective de découvrir les secrets de Stéphane la paniquait. Il y en avait, c'était sûr, sinon, pourquoi ne lui avait-il jamais parlé de cette maison ? Imperceptiblement, son corps se raidit.

— Respire, Rose, je ne vais pas te mettre un couteau sous la gorge pour qu'on y aille… oups, désolée, je suis vraiment maladroite aujourd'hui…

— Ça va, ne t'inquiète pas, murmura Rose en frissonnant au souvenir convoqué par les mots de son amie.

Qu'allait-elle trouver si elle se rendait là-bas ? Des images d'une autre vie que la sienne affluèrent, une autre maison, une autre chambre et une autre…

— Je te demande juste de réfléchir. Tu ne vas pas pouvoir garder la tête dans le sable cent-sept ans, la coupa Sandra.

— Je ne sais pas…

— Je sais, tu l'as déjà dit.

— Et puis, quand veux-tu que j'y aille ? s'agaça Rose, à nouveau gagnée par un accès de colère.

— Un week-end. Un week-end, ça serait bien pour commencer, non ? On prend la voiture un samedi matin, je t'invite dans un bon resto, on se pointe au village dans l'après-midi, on visite la maison. Le soir, on se fait un spectacle et on rentre tranquillement le dimanche après avoir fait le marché et s'être baladées sur la plage. T'en dis quoi ?

La femme à la télévision continuait son laïus sur les bienfaits des changements de vie. Elle prétendait que cinquante ans, c'était souvent l'âge d'un tournant. Pour un divorce, c'était foutu. Pour la reconversion professionnelle, elle avait renoncé il y avait longtemps, devenir moniale lui paraissait hors d'atteinte, mais découvrir la vie au Pays basque, pourquoi pas ?

Depuis le chambranle de la porte de la cuisine, Stéphane lui souriait.

# 4

# Chaque réplique sur le bout des doigts

Rose n'avait jamais fait de covoiturage. L'idée même d'être bloquée dans la voiture d'un inconnu durant près de trois heures la tétanisait, mais ce n'était rien en regard de conduire seule sur un tel trajet. Quand elle avait cliqué sur le prénom « Roger », elle avait été rassurée : il n'avait pas la tête d'un serial killer. Il devait avoir la soixantaine, portait un béret et avait l'allure d'un *Gentleman Farmer*. Il faisait le trajet à Héyo depuis Toulouse. Une aubaine. Rien de moins. Combien y avait-il de chances pour que quelqu'un fasse le voyage de chez elle à là-bas ? Pourtant, ne s'étant jamais trouvée dans cette situation, elle s'était posé mille questions, avait cherché des statistiques sur les agressions liées au covoiturage et avait envisagé tout un tas de scénarios horribles dans lesquels elle trouvait inexorablement la mort, au mieux. Le cœur battant à tout rompre, elle avait cherché une conductrice qui aurait fait le même trajet, mais toutes s'arrêtaient à Pau à trois quarts d'heure d'Héyo. Elle repensa à certaines tueuses en série, dont le procès avait défrayé la chronique, ce qui n'était pas un gage d'honnêteté féminine et la qualité des évaluations de Roger en matière de covoiturage avait fini de la décider. De toute façon, il n'y avait pas d'autres alternatives parce qu'elle avait pris une décision et comptait s'y tenir : il était hors de question qu'elle demande à Sandra de l'accompagner. Dans la vie, il y avait des choses que l'on devait affronter seul et la découverte de la maison en était une. Derrière la porte de cette demeure se trouvaient des secrets que Stéphane n'avait pas jugé bon de partager avec elle. Cette seule pensée suffisait à la faire suffoquer. Combien de femmes devaient affronter ce style de découvertes après le décès de leur époux ? Elle n'avait jamais pensé que ça puisse lui arriver. Alors voilà, si elle devait apprendre qu'il l'avait trompée et avait eu une autre vie, une autre femme, d'autres enfants, elle refusait de se donner en spectacle. Elle allait faire les choses seule. Elle sentait que c'était le bon moment. La décision prise, elle en avait frissonné. De peur ou d'excitation, elle ne savait pas. Tout ce qu'elle savait instinctivement, c'est qu'elle devait y aller, même si ce n'était que temporaire. Surtout parce que ça le serait.

Pendant son séjour à Héyo, elle avait loué son appartement toulousain ce qui lui donnait la possibilité de gagner quelques sous. Elle était seule maintenant et elle ne pouvait compter que sur elle-même. Hors de question que son père et Sandra l'aident, même s'ils le lui avaient proposé ou que Martine l'épaule une fois de plus. Stéphane ne lui avait pas légué grand-chose. Tout leur argent passait dans l'entreprise qu'il fallait moderniser ou l'appartement qu'il fallait entretenir. Vendre cette maison, où il était clair qu'elle ne serait jamais chez elle, était la seule issue envisageable. Cela lui permettrait de tenir quelque temps et de donner un peu d'argent aux enfants pour améliorer le quotidien. Gabriel, après une année de travail intense entre ses études et son boulot en alternance, avait décidé de faire le tour des capitales de l'Europe, un vieux rêve que Rose et Stéphane avaient caressé pour leur retraite et Marguerite partait en stage au Canada. Sous-louer l'appartement lui éviterait en outre un éventuel retour en arrière dont elle se savait capable. La sous-locataire était tombée du ciel, la laissant penser que les étoiles s'étaient accordées. L'étudiante espagnole qui devait s'installer chez elle était une stagiaire de Sandra, ce qui avait fini de la rassurer : sa patronne habitant au-dessus, elle n'inviterait personne pour faire la fête jusqu'au petit matin. Elle avait négocié avec Roger un départ plus tardif que prévu pour lui permettre d'accueillir la jeune femme et lui montrer les petites particularités propres à l'appartement. Il avait accepté, lui demandant d'être au plus tard au point de rendez-vous pour seize heures, mais au fil de la journée, les choses s'étaient liguées contre elle. Carmen était arrivée avec une demi-heure de retard ; au moment de partir, la glissière de sa valise avait cédé et elle avait dû tout transvaser dans une valise hors d'âge ; et pour finir, elle dut renoncer à prendre le métro, malgré l'entraînement intensif que Gabriel lui avait prodigué. Tant qu'il avait été là, elle n'avait pas eu de problème, mais seule sur le quai, elle avait senti tout son corps ramollir. Le métro était une autre source d'angoisse. Bien sûr, elle ne pouvait pas nier le côté pratique de ce mode de transport, mais s'engouffrer sous terre, circuler dans un boyau noir et en ressortir plusieurs kilomètres après, c'était flippant. Elle avait laissé partir deux métros avant de décider de se rendre au lieu de rendez-vous à pied. Durant le trajet, elle avait enfilé son casque antibruit offert par Stéphane et avait connecté son téléphone pour écouter sa musique et tenter de faire refluer son anxiété : et si Roger, lassé de ne pas la voir arriver, était parti sans elle ? Elle lui avait envoyé plusieurs messages d'excuse en espérant qu'il patienterait, messages restés sans réponse. Alors qu'elle arrivait sur le parking de covoiturage, elle retira son casque, passa sa main dans ses cheveux et fit le compte de ses petites victoires du jour. C'était la méthode de Stéphane pour mesurer ses avancées.

— Un pas après l'autre, Rose, disait-il. Fais le compte et tu verras, tu seras étonnée de leur nombre à la fin de la semaine.

Aujourd'hui, elle avait quitté l'appartement, y avait installé une inconnue, elle avait réussi à faire tout le trajet sans retourner en arrière et elle s'apprêtait à faire près de trois-cents kilomètres avec un autre inconnu. Pourvu qu'il l'ait attendue ! Elle avait réussi à affronter plusieurs de ses pires craintes, ce n'était pas pour recommencer dans dix jours, sans compter qu'elle se retrouverait à la rue et serait obligée de demander à Sandra ou sa mère de l'accueillir. Ni l'une ni l'autre ne se priverait de la regarder avec l'air de celles qui pensent « je te l'avais bien dit... »

Quand Roger s'avança vers elle et qu'il empoigna sa valise pour la ranger dans la malle, elle fut rassurée : ses manières et sa bonhommie n'avaient effectivement rien des traits de caractère d'un serial killer. Elle fit taire la petite voix qui lui suggérait qu'elle n'en avait jamais rencontré et que, s'ils avaient la tête de l'emploi, il serait facile de les démasquer. Cependant, elle s'inquiéta des capacités de l'homme à conduire : soit il avait mis une photo datant de vingt ans, soit elle avait des progrès à faire en divination des âges.

— *Egun on,*. Roger, se présenta-t-il en tendant une main dans sa direction. Si je ne m'abuse, vous devez être Rose.

Il remit en place son béret et la regarda avec gentillesse. Pour la première fois depuis de longs mois, Rose ne lut aucune pitié dans son regard.

— Enchantée Roger. Je suis désolée pour ce contretemps, le métro...

— Oh, je me doute bien, c'est une ville de fous, regardez-moi tous ces gens, répondit-il en montrant la rocade par-delà le parking bondé.
— Je vous ai envoyé des messages pour m'excuser, bafouilla-t-elle en baissant les yeux.
— Oh ! Des messages ? Peut-être, je ne les regarde jamais. Ne vous inquiétez pas, mais si on pouvait arriver avant la nuit, ça m'arrangerait. Allez en route, mauvaise troupe !
— Vous n'aimez pas arriver quelque part la nuit tombée, vous non plus ? Je suis exactement pareille.
— Oh, non, ce que je n'aime pas, c'est conduire de nuit. À mon âge, vous savez, les lumières se mélangent et mes yeux ne sont plus de la première jeunesse !

Rose déglutit. Elle comprenait fort bien la crainte du vieil homme et cela raviva les siennes. S'il ne parvenait pas à les conduire à bon port, elle serait incapable de prendre sa place et ils seraient quittes pour dormir dans la voiture. Son cœur se mit à tambouriner contre sa cage thoracique pendant qu'elle essayait de trouver une parade.

— Si vous préférez, on peut partir demain matin, proposa-t-elle.
— Ah, ben, non, quand même pas, je compte bien dormir dans mon lit cette nuit. Encore un truc de vieux ça, ma pauvre dame, dit-il avec un clin d'œil appuyé.

Rose sourit poliment et s'installa à la place du passager. Encore une fois, elle repoussa la petite voix qui lui disait que c'était aussi la place du mort. Elle serra son sac à main contre elle à la manière d'un noyé qui empoignerait une bouée de sauvetage. Roger alluma la radio sur sa station préférée.

— Ça ne vous dérange pas si je chante ? Je ne chante pas toujours très juste, mais ça m'empêche de m'endormir, demanda le vieil homme.

Elle se contenta de secouer la tête et ferma les yeux. Il fallait qu'elle se détende pour ne pas rendre les quelque trois-cents kilomètres qui les séparaient d'Héyo invivables. Avait-on le droit de s'endormir en co-voiturage ? Existait-il un code de bonne conduite qui l'empêchait ?

Au bout d'une heure de route, Roger réduisit son allure et la cadence de ses chansons. Il était passé de Brassens à Bourvil, de Dario Moreno à Brel et Rose avait souri en son for intérieur à plusieurs occasions. La voyant faire, il avait demandé :

— Je parie que vous ne connaissez pas la moitié de ces chansons.

— Si. Je les connais toutes enfin, sauf celle du Bal perdu de Bourvil.

— Ah Bourvil, un vrai gentil ! Un homme comme ça, lui avait-il répondu en levant le pouce avant de recommencer à chanter.

Il le faisait bien et malgré ce qu'il avait dit, aucune fausse note n'avait terni le récital jusque-là malgré ce qu'il avait sous-entendu.

— Vous chantez bien, c'est agréable.

— Oh pas tant que ça, croyez-moi, mais j'aime beaucoup. Iris ma femme adorait quand je lui faisais la sérénade. On avait nos chansons fétiches.

Il fredonna un vieil air d'Yves Montand.

— Et elle dansait. Elle virevoltait dans la cuisine, nu-pieds, perchée sur ses orteils. Vous auriez dû voir ça ! Quand on la voyait faire, on pensait toujours que c'était facile. Mais bon, ça ne l'était pas.

Roger fixait la route et le silence retomba dans l'habitacle. Rose n'osa pas demander pourquoi il en parlait au passé, puisque la seule raison était que son épouse devait être décédée. Elle n'était pas la seule à vivre un tel drame et, étrangement, elle sentit pousser en elle une espèce de fraternité avec le vieil homme.

Plus les kilomètres au compteur augmentaient, plus Rose se sentait nauséeuse. Une brûlure lancinante se répandait dans son ventre, ses yeux la piquaient, ses mains ruisselaient. Elle était incapable de prendre plaisir à la route. Au fur et à mesure qu'ils se rapprochaient de la destination, elle perdait contenance et cela n'avait rien à voir avec les paysages qui devenaient superbes et la lumière d'une beauté à couper le souffle. Le camaïeu qui allait de vert tendre à intense rivalisait avec l'éclat des jaunes des champs de colza. En temps normal, cela aurait été un véritable enchantement, mais l'immensité du ciel et les champs à perte de vue l'oppressaient. Après s'être excusée auprès du conducteur, elle ferma les yeux et repensa aux semaines qui venaient de passer.

Depuis l'appel de Sandra, l'idée de se rendre au Pays basque n'avait pas arrêté de faire des galipettes dans son cerveau. Plus elle l'avait repoussée, plus elle s'était imposée, d'autant que cette foutue bonne femme à la télé avait planté une graine dans son esprit : puisqu'elle ne comptait pas devenir moniale bouddhiste, ne serait-ce pas le bon moment pour se réinventer que d'aller dans ce village où personne ne la connaissait ? Où il n'y aurait personne pour savoir qu'elle était veuve et qu'elle se sentait si fragile qu'elle redoutait chaque nouveau matin ? Où personne ne la regarderait avec pitié ? Où il n'y aurait personne pour lui rappeler d'être prudente, de prendre un parapluie parce qu'il allait pleuvoir, personne pour faire les courses à sa place et décider de son menu du soir, personne pour guetter si elle ouvrait les volets à l'heure habituelle ? Au bout de quelques jours, partir à Héyo était devenu une obsession. Un soir que Sandra s'était arrêtée lui déposer une part de lasagnes végétariennes, alors qu'elle les adorait à la viande, Rose avait rassemblé tout son courage et avait lancé la conversation.

— T'es pas un peu radicale ? T'installer là-bas pour deux mois… au bout du monde ? lui avait demandé Sandra. Un week-end à Biarritz et une virée à… comment tu dis ?

— Héyo.

— Et une virée à Héyo le samedi après-midi, ça ne serait pas suffisant ? Ça nous ferait du bien de nous retrouver toutes les deux, avait tenté de négocier son amie.

— J'ai envie de partir quelque temps. Vous avez raison maman et toi, il faut que je fasse quelque chose, ça ne peut pas durer, je ne vais pas passer ma vie à attendre…

— Je sais bichette, je comprends, mais Stéphane ne sera pas là-bas non plus, avait émis son amie d'une voix inhabituellement fluette en s'installant sur le canapé et où elle avait méthodiquement ôté les fils de couture sur les coussins.

— Je le sais bien, avait admis Rose, agacée par le ton employé par son Sandra, mais j'ai besoin de comprendre ce que représentait cette maison pour lui ! Pourquoi il ne m'en a jamais parlé ? Ces réponses, tu vois, je ne les trouverai qu'en allant là-bas. J'en ai besoin, tu comprends, c'est comme s'il manquait quelque chose.

Ce faisant, elle avait claqué la porte du four dans lequel elle avait placé les lasagnes et avait tourné la molette sur deux-cents degrés.

— Mais, il te manque quoi, enfin ? Ici, tu as tout ce que l'on peut souhaiter : un toit, tu peux dire bonjour chaque jour à quelqu'un et qu'il te réponde, tu as ta machine à coudre, tes

piles de tissus, et nous, on est là. Allez, explique-moi, qu'est-ce que tu cherches ?
— J'ignore ce que je cherche. Une pièce du puzzle ? Moi, peut-être ?
— Toi ?
— Oui, moi ! Pourquoi pas ? Avant, je savais qui j'étais, j'étais la mère de Marguerite et Gabriel...
— Tu es toujours leur mère, je te signale.
— Oui, mais ils n'ont plus besoin de moi. Et puis, avant, j'étais aussi la femme de Stéphane, sa confidente. J'ai toujours cru qu'on se disait tout... finalement, j'étais qui, pour lui, une pauvre femme sur laquelle il devait veiller ?
— N'importe quoi, Rose ! Qu'est-ce que tu vas chercher ?
— Des réponses ! Voilà ce que je cherche. Aujourd'hui, rien n'est plus comme avant. Stéphane n'est plus là, il me reste quelques années à vivre et je ne travaille pas, il va bien falloir que je trouve comment continuer. Je ne roule pas sur l'or non plus, tu en sais quelque chose. Et franchement, ce n'est pas le prix dérisoire que Thomas a racheté les parts de la société qui va me permettre de vivre. Cette maison, c'est peut-être la solution ? Et puis, il faut que je sache ! Ça ne t'étonne pas de la part de Stéphane, toi ? Qu'est-ce que tu dirais si tout d'un coup tu apprenais que Rodolphe possède une maison dont tu ne sais rien ?

Elle avait regardé son amie tirer sur sa cigarette électronique.

— Tu as du vin ? avait demandé Sandra.

Rose l'avait suspectée de vouloir gagner du temps. Elle avait attrapé une bouteille, deux verres et les avais servies. Quelques gouttes étaient tombées sur la nappe en lin.

— Je cherche une réponse tout simplement. Rien d'autre. Et je vais la trouver, je te dis que ça !

Elle essuya les gouttes avec une éponge.

— Je voudrais tellement que vous arrêtiez de vous inquiéter pour moi. Que vous me fassiez confiance, que vous ne cherchiez pas à aplanir le sol devant chacun de mes pas !

— Mais... on ne fait pas ça, s'étrangla Sandra en baissant les yeux sur ses ongles manucurés.

Rose s'était contentée de la regarder fixement.

— Bon, peut-être en effet. Mais pas besoin de partir là-bas, on peut changer, je t'assure !

— Vous ne changerez jamais, non, et tu le sais parfaitement. C'est ancré dans notre façon de fonctionner depuis trop longtemps. J'y ai souvent trouvé mon compte tout comme vous.

Les deux femmes trinquèrent et portèrent le verre à leurs lèvres.

— Franchement, Sandra, je ne comprends pas de quoi tu as peur avec mon départ. Sandra avait cherché une réponse en laissant papillonner son regard à travers la pièce. Elle avait fait tourner son verre dans sa main avant de répondre de façon laconique.

— De te perdre, toi.

Les deux amies étaient fusionnelles depuis l'enfance et Rose avait toujours apprécié la présence de Sandra, pourtant, l'idée de la perdre en partant quelque temps ne l'avait pas effleurée.

— Mais, c'est toi qui dis n'importe quoi ! Pourquoi tu me perdrais ?

— Je ne sais pas...

— Tu vois ! C'est n'importe quoi ! De toute façon, il faut que je fasse quelque chose, je ne peux pas rester là, à tourner en rond dans l'appartement, à attendre que le soir arrive dès sept heures du matin.

Sandra et Martine avaient raison : il fallait qu'elle modifie quelque chose à sa vie, mais pour le faire, elle devait d'abord élucider le mystère de la maison. Ensuite, il faudrait qu'elle découvre ce qu'elle voulait faire du temps qui lui restait à vivre et qu'elle espérait le moins long possible.

Rose ne se souvenait pas avoir eu de rêves depuis si longtemps qu'elle se sentait incapable de développer quelque projet que ce soit. Son syndrome d'angoisse généralisée l'avait toujours empêchée de voir grand. Elle avait eu ses premières crises vers l'âge de vingt ans, ne parvenant à les surmonter que tard, elle s'était contentée de se marier, d'avoir des enfants et de les élever correctement, ce qui pour la plupart des gens ne correspondait ni à des objectifs ni à des rêves. Pour en avoir, il fallait du courage et un certain entraînement, ce qu'elle ne possédait pas.

— Tu devrais être contente que je me décide enfin à prendre les choses en main ! Tu pourrais être fière de moi, les enfants le seront. C'est sûr.

Ils seraient rassurés de la savoir autonome et heureuse. S'ils voyaient qu'elle allait bien, qu'elle était capable de se reconstruire et de rebondir, ça serait la meilleure chose qu'elle leur aurait apprise. Ici, il y avait trop de souvenirs. Stéphane était partout. Elle n'avait pas décroché sa collection de tableaux de chiens de chasse ni vendu les statues de guépards qui décoraient son bureau et qu'elle n'avait pourtant jamais aimés.

— Je refuse de devenir une vieille femme seule, toute rabougrie, poursuivit-elle.

— Seule ? Ça ne fait que trois mois. Tu as le temps ! C'est encore un peu tôt pour rencontrer quelqu'un et penser à refaire ta vie avec lui.

— Je ne pense pas à ça du tout. Tu fais le concours des idées débiles aujourd'hui ? C'est juste que dans un village, c'est plus facile de lier connaissance. Je n'imagine pas rencontrer le grand amour, parce que ça, c'est fait ! Je veux juste rencontrer des gens.

— Oui, je sais, Rose, avait acquiescé Sandra avec douceur.

— Je n'ai pas envie de devenir une vieille femme rabougrie.

— On n'a pas dit rabougrie ! s'était écriée Sandra. Ni Martine ni moi n'oserions employer un tel qualificatif à ton égard !

— Vous avez dit quoi alors ?

— Aigrie...

— C'est sûr, aigrie, c'est beaucoup mieux ! Eh bien, il est hors de question que je le devienne ! Et pour que ça n'arrive pas, je dois bouger les lignes comme on dit. C'est pas bon pour moi d'être seule ici.

La voix de Rose s'était brisée et Sandra avait posé sa main sur la sienne.

— Ça va aller, ne t'inquiète pas, l'avait-elle rassurée.

Rose avait haussé les épaules. « Ça va aller », combien de fois lui avait-on prédit une amélioration ?

— Je ne vois pas bien comment ça pourrait aller, Sandra, il faut regarder les choses en face. Si je ne fais rien, rien ne va aller. Qu'est-ce qui pourrait changer ici, si moi je ne change rien ?

— Tu sais bien que les choses finissent toujours par s'arranger. Ce n'est pas à toi que je vais l'apprendre quand même.

Avant de poursuivre, Sandra avait attendu un instant que son amie acquiesce, ce qu'elle n'avait pas fait.

— Tu n'es pas seule, je suis là. Rodolphe et ta mère aussi.

— Je le sais ! je te l'ai dit et répété. Je le sais que vous êtes là ! Ça n'a rien à voir avec vous, enfin ! C'est autre chose et pour que ça aille, il faut que je change un paramètre à ma vie. Qui a dit que si on aspire au changement, il faut commencer par faire différemment ?

— Je ne sais pas, avait répondu Sandra sur un ton buté.

Rose s'était obstinée dans son raisonnement.

— Et puis, tu ne trouves pas étrange toi que je ne sache rien de cette maison à Héyo ? Que Stéphane n'ait jamais rien dit à son sujet, jamais la langue qui fourche, jamais laissé trainer un seul papier. Rien ?

— Ce n'est pas très étonnant puisqu'il laissait tous vos papiers au bureau de l'entreprise et que tu n'y allais pour ainsi dire jamais.

— Tu sais très bien que ce n'est pas ce que je veux dire. Tu le fais exprès ou quoi ? Tu cherches quoi ?

Jamais Rose n'avait employé ce ton pour parler à Sandra. Ni l'une ni l'autre ne se souvenait d'une dispute ni d'un éclat de voix. La tournure qu'avait prise la discussion avait laissé la galeriste muette. Quelque chose s'était détraqué dans leur entente depuis le départ de Stéphane, et ça l'attristait. Bien sûr, cela n'avait rien à voir avec ce que vivait Rose de son côté avec la perte de son mari, mais quand même, elle n'était pas préparée à l'accepter.

— Il disait qu'on n'avait aucun secret l'un pour l'autre, tu parles ! Qu'est-ce qu'il m'a caché d'autre ? Si ça se trouve, je vais découvrir qu'il a eu une double vie là-bas, une autre femme et une tripotée de gosses. J'ai l'impression d'avoir vécu avec un inconnu. Et le pire, c'est qu'à cause de ça, j'ai l'impression d'être devenue une inconnue pour moi par la même occasion !

— Tu sais bien que Stéphane était incapable de bouger une oreille !
— C'est en tout cas ce qu'il a cherché à nous faire croire et il a plutôt bien réussi ! Mais c'est terminé, je vais aller voir ce qu'il m'a caché !

Une bouffée de colère l'avait cueillie. La colère, c'était toujours mieux que la peur. La colère, ça poussait à l'action et ça annihilait tous les autres sentiments.

— Et, tu attends quoi d'un endroit inconnu dont Stéphane ne t'a jamais parlé ? C'est sans doute un bled paumé, glauque et moche, avait repris Sandra.
— À vrai dire, je n'en sais rien, avait continué Rose, radoucie, mais glauque et moche, c'est impossible.
— T'en sais rien ! Peut-être que c'est moche et que les articles de journaux mentent ! En tout cas, ce n'est vraiment pas raisonnable, je crois même que ta lubie avec cette maison, c'est dangereux. On s'en fout, de pourquoi Stéphane ne t'a rien dit, de toute façon il n'est plus là. Tu la vends et basta ! Avec l'argent, tu te paies des vacances au soleil avec les enfants...

Rose avait dévisagé son amie.

— Tu me vois vraiment partir au soleil ?
— Bah, non, mais c'est toi qui viens de dire que tu allais passer deux mois là-bas, au Pays basque. Quitte à te barrer deux mois, autant aller au soleil. Vous n'êtes jamais partis ailleurs qu'au camping, je sais pas moi, va à Ibiza ?
— À Ibiza ? Vraiment ?
— Oui, bon, pas à Ibiza, un endroit pas trop loin où je pourrais rappliquer en moins de deux si tu as besoin de moi.
— Pour que tu me ramasses à la petite cuillère ? avait demandé Rose, acide.
— Exactement !

— Il est grand temps que vous arrêtiez de vous faire du souci pour moi et que tu arrêtes de vouloir me ramasser à la petite cuillère ! Arrêtez de toujours vouloir me protéger ! s'était égosillée Rose.
— C'est toi qui as parlé de petite cuillère, pour moi, c'était surtout, une image, avait bredouillé son amie.
— Écoute, il faut que je le fasse. Vous êtes tous passés à l'étape suivante : Madeleine et Gabriel, ma mère, Rodolphe et toi. Et moi, je n'y arrive pas ! C'est comme si je bégayais ma sidération. Depuis le début, j'ai l'impression d'avoir toujours été une extension de Stéphane. Tu te souviens ? Au début, imaginer qu'on ne dormirait pas toutes les nuits ensemble était impensable, tu te foutais de nous. Il me reste quoi maintenant ? Mes souvenirs ? Franchement, pour l'instant, ils sont beaucoup trop douloureux. L'appart ? Et donc, quand j'ai fait le ménage, je fais quoi des autres jours ? À moi toute seule, je t'assure qu'il est vite fait, le ménage.

Elle était restée silencieuse quelques secondes, cherchant comment expliquer ce qu'elle ressentait.

— Ici, je n'arrive pas à passer à la suite. Tout me rappelle Stéphane. Cette nuit, je n'ai pas dormi dans notre lit, il est devenu trop grand. Avec ses idées de grandeur, il avait acheté un cent-quatre-vingts. Qu'est-ce que tu veux que je foute dans un cent-quatre-vingts ? Je me perds. Je panique. Je me réveille tête-bêche, comme les gosses. C'est affreux, parce que les premières secondes, je tends le bras pour le sentir à côté de moi et puis…
— Je sais ma bichette, je sais.
— Puisque je ne peux plus être celle que j'étais avec lui, puisque je ne sais même plus qui il était, je voudrais être quelqu'un d'autre. Ici, tout le monde me rappelle que je suis sa femme. Rien que la façon dont on me regarde. Cette

espèce de compassion dégoulinante, tu vois, ça m'exaspère. Ailleurs, je réussirai à être cette autre...
Il fallait qu'elle se réinvente. Elle voulait changer. Elle sentait qu'elle le devait.
— Et pour y parvenir, je dois partir.
Sandra avait senti que la résistance dans la voix de Rose quelques minutes auparavant semblait s'être ébréchée, elle s'était engouffrée dans la faille, tout en se montrant conciliante.
— Tu as raison, on a tous le droit de changer, Rosy. Ce serait quand même très lassant d'être toujours la même personne, mais ici, tu nous as, nous. Tu as un réseau de connaissances. Tu n'es pas seule.
— Tu l'as déjà dit !
— Ouais, ben, là-bas, tu ne connais personne. Si ça se trouve, les voisins sont taciturnes et les gens du village trop chauvins pour accueillir une étrangère.
— T'y vas pas un peu fort, là ?
— Pour les Basques, Toulouse, c'est l'étranger...
— N'importe quoi, on appartient tous à la confrérie de la chocolatine...
— Si ça se trouve, ils ne voudront pas de toi, ils ne t'accepteront jamais et ton angoisse généralisée va s'en redonner à cœur joie.
Rose se renfrogna. Elle refusait que d'autres parlent de son mal. S'ils en parlaient, ils le faisaient exister. Elle avait développé une stratégie qui, la plupart du temps, avait atteint son but. Une stratégie faite de tactiques d'évitement agrémentées de solitude quand le besoin se faisait sentir. Elle avait bossé dur pour que cette maladie ne la grignote pas jusqu'à la faire devenir transparente. Vingt ans de thérapie avec rendez-vous hebdomadaires, elle avait donné. Depuis

dix ans, elle en avait fait un combat : leur faire croire que son syndrome d'angoisse généralisée la laissait en paix et elle n'avait pas à eu à craindre une rechute trop visible. Elle entrait dans la supérette de son quartier sans regarder dix fois par-dessus son épaule et ne sortait plus ventre à terre en abandonnant son panier si un homme s'approchait d'elle dans un rayon. Si elle n'avait pas totalement vaincu l'anxiété, elle l'avait apprivoisée. Elle n'en avait pas fait une alliée, mais une voisine un peu envahissante, oui.

— Tu es quand même beaucoup plus fragile depuis le décès de Stéphane...

Rose était demeurée muette.

— Je ne comprends pas pourquoi tu t'infliges ça ! Pourquoi te prives-tu d'un peu de tranquillité d'esprit ? J'aurais vraiment pu venir avec toi, ça m'aurait même fait plaisir !

Rose s'était obstinée. Elle avait le sentiment étrange que partir seule était une question de vie ou de mort.

— De toute façon, c'est décidé, je pars la semaine prochaine. J'ai mis l'appart en location pour tout l'été. Je devrais pouvoir m'en sortir, là-bas, le temps de ces deux mois.

— Tu as fait quoi ?!

Le ton de la voix de Sandra s'était modifié. La patience avait cédé le pas à l'exaspération.

— C'est vraiment ridicule ! Si tu tiens tant à aller là-bas et que tu ne veux pas de moi, pourquoi ne pars-tu pas avec les enfants ? Avec ta mère ?

Il y a quelques jours encore, la proposition de Sandra aurait été tentante, mais désormais, Rose avait d'autres projets en tête.

— Écoute, ma décision est prise, avait-elle assuré, je pars seule.

— Tu aurais pu m'en parler avant.

— J'ai essayé, mais on dirait que depuis que Stéphane est mort, vous êtes persuadés que je ne suis plus apte à faire quoi que ce soit par moi-même. Que je suis incapable de développer une pensée adulte ! Vous m'avez réduite à une adolescente inapte. J'ai l'impression que tu ne veux pas m'entendre. Regarde notre conversation. Tu n'entends pas ce que je te dis et tu essaies par tous les moyens de me faire changer d'avis. Ce que je veux, moi, ça compte ?

Rose avait attendu quelques secondes pour voir si Sandra avait quelque chose à répondre.

— Je ne serai pas contre me prouver que je peux faire sans vous, sans Stéphane, sans personne. Je ne veux plus rien attendre de quelqu'un d'autre que de moi. J'ai besoin de me prouver que je suis capable de vivre seule. Totalement seule. Sans béquille. Sans filet de sécurité. Sans garde-corps. De partir de zéro et d'enfin arriver à quelque chose. Je vais aller à Héyo et après, on verra. Je pourrais même peut-être apprendre des trucs, qui sait ?

— Mais tu veux apprendre quoi ? s'était étranglée Sandra.

— Je ne sais pas... Le basque, le surf, je ne sais pas... faire du longe-côtes, la sculpture sur légumes, il y a plein de trucs à faire dans la vie et j'en ai fait tellement peu.

— Tu veux commencer le surf à ton âge ?

— Oui, à mon âge ! Surtout à mon âge ! Tu me proposes quoi, sinon ? Mourir ? C'est pas toi qui clames que cinquante ans, c'est le nouveau trente ? avait explosé Rose.

La colère l'avait étouffée. Elle avait senti le sang lui monter à la tête et s'était mise à trembler.

— Tu tiens toujours de grands discours sur les femmes de cinquante ans, sur tout ce qu'elles peuvent entreprendre et apporter à la société, mais moi ? Non ? Moi, je n'en fais pas partie ? C'est vrai que d'une certaine manière, je ne sais rien faire ! Je n'ai aucune qualité ! Je suis inutile, avait-elle asséné violemment.

Rose s'était levée et avait posé son front contre le vitrage frais de la fenêtre. Sandra, restée sur le canapé, avait accusé le coup et s'était adoucie.

— Mais je n'ai jamais dit ça ? Tu crois vraiment que je pense ça de toi ?

Rose avait lutté pour ne pas se laisser attendrir par la voix de son amie qui avait perdu de son assurance et la colère alliée à l'obstination l'avaient bien aidée.

— Et puis, je vais chercher du travail. Ça a assez duré cette histoire !

— Très bien. Très bien, avait chevroté Sandra.

— Je veux juste trouver un sens à ma vie, tu comprends ? Il n'est peut-être pas trop tard pour me prouver que je ne suis pas bonne à rien.

— Je ne te laisserai pas dire que tu es bonne à rien ! Ça va pas non ? T'es une amie fidèle et aimante. Tu cuisines très bien, même si tu crois le contraire, tu connais au moins trente recettes différentes pour accommoder les pâtes, tu sais organiser des déplacements avec un budget riquiqui, tu couds de magnifiques patchworks, tu sais écouter et être là quand on a besoin de toi, les enfants t'adorent, tu as la main verte...

Sandra avait reniflé avant de reprendre et Rose avait déposé les armes.

— Excuse-moi, tu as raison, je suis allée trop loin... Écoute, il me reste combien de temps à vivre ? Trente ans ? Si je ne fais rien, je vais mourir d'ennui. Tu le sais, hein ? Moi aussi je voudrais avoir un rêve. Je vais voir si je ne peux pas m'en inventer un.

Sandra avait acquiescé et murmuré :

— Toi, moi, comme toutes les femmes de cinquante ans, on a encore un beau chemin devant nous et la possibilité de se réinventer des dizaines de fois si on en a envie. Et... Et qui sait, la mort de Stéphane est peut-être le début d'autre chose, et si tu rencontrais...

Elle avait laissé sa phrase en suspens, consciente qu'elle était allée trop loin pour se faire pardonner son manque de confiance, mais Rose fit mine de n'avoir rien entendu. Elle n'allait rencontrer personne. Il était encore trop tôt. C'était inenvisageable. Elle n'allait rien commencer, elle allait tenter de poursuivre sa vie le moins mal possible. Ce n'était pas maintenant qu'elle allait se transformer en quelqu'un qu'elle n'oserait pas regarder dans la glace. Elle avait fermé les yeux à l'idée de se retrouver nue devant un inconnu. Son cœur avait accéléré. Tomber amoureuse de quelqu'un d'autre ? Comment Sandra pouvait-elle seulement l'imaginer, si tôt après le décès de Stéphane ?

— Et comment tu vas faire pour y aller ? Y a le train ?
— Pas que je sache.
— Le bus alors ?
— Je vais prendre un covoit.
— Un quoi ? s'était étranglée Sandra.
— Un covoiturage, un BlaBlaCar si tu préfères.
— Merci, je sais ce qu'est un covoit. Et, toi, Rose Paquin, tu vas en prendre un ? Tu sais qu'il va falloir que tu restes dans une voiture, assise à côté d'inconnus pendant une ou deux heures ?
— Trois heures, rectifia Rose, oui, je sais...
— Mais ça va être horrible ! Je ne comprends décidément pas pourquoi tu t'acharnes à te mettre en difficulté en partant deux mois au bout du monde. Je pourrais très bien t'y emmener...

— Tu n'abandonneras donc jamais ?

Peut-être que ni sa mère, ni Sandra ou son père ne la comprendraient, peut-être même que les enfants lui en voudraient, mais une force la poussait à agir et ça, ça ne lui était jamais arrivé avant. Au bout d'un long silence, Sandra avait repris le fil de la conversation.

— Je ne comprends pas ce que tu ressens Rose, je ne vais pas te mentir, je ne l'ai jamais vraiment su. Je ne te juge pas non plus, je ne l'ai jamais fait, ça ne va pas commencer aujourd'hui. Je ne sais pas comment j'aurais réagi si... tout ça m'était arrivé à moi. Je ne sais pas. Alors, si partir à Héyo est aussi important pour toi que tu le dis, fonce ! Vas-y ! Va vivre ta vie ! Et surtout, fais-en une belle aventure, parsème-la de bêtises si tu en as envie. Même si elles font mal, elles font grandir et si elles font trop mal, je serai là.

— C'est gentil, Sandra.

— Tu ne trouves pas que ça sent bizarre ?

Rose s'était levée précipitamment et avait couru jusqu'au four d'où elle avait sorti les lasagnes totalement carbonisées en contenant maladroitement un fou rire.

— Si tu n'avais pas envie de manger des lasagnes, il suffisait de me le dire, pas la peine de les traiter de la sorte, s'était exclamée Sandra en riant.

Elle s'était levée, avait lissé son tailleur blanc et s'était dirigée vers la porte pour rejoindre son appartement.

— Si tu as besoin d'une colocataire, j'ai une stagiaire espagnole qui vient...

— Super, je prends ! Embrasse Zacharie et mon père pour moi, avait ajouté Rose au moment où elle refermait derrière elle.

Dès la fin de leur conversation, forte de la reddition de son amie et souhaitant rester sur cette dynamique, Rose avait appelé sa mère pour l'informer de sa décision. Quand celle-ci avait décroché, sa voix s'était faite plus douce qu'elle ne l'était en règle générale, ce qui l'avait prodigieusement agacé. Elle en avait assez que tout le monde prenne des pincettes avec elle. Elle avait débité le plus rapidement possible le même laïus qu'à Sandra, avant que sa mère ne l'interrompe et qu'elle soit incapable de poursuivre.

— Il faut que tu aies perdu la raison pour partir comme ça sur un coup de tête, Rose, avait lâché Martine qui avait retrouvé son intonation un peu condescendante.

Avec sa mère, seule la sécurité comptait, peut-être, parce qu'au départ de son père, elle en avait manqué ? Rose avait eu l'impression qu'elle semblait sur le point de fondre en larmes. Il s'agissait sans doute de larmes de dépit à l'idée de ne plus avoir sa fille sous la main pour la manœuvrer comme bon lui semblait, s'était-elle rassurée. Au fond, Rose se savait injuste avec elle, et attrister deux fois dans la même demi-heure quelqu'un qu'elle aimait, avait été difficile à encaisser. Cette décision n'était peut-être pas aussi bonne qu'elle l'avait pensé. Martine s'était reprise : quel que fût son degré d'agacement, son émotivité ne durait jamais très longtemps. Elle attachait une immense importance à ne jamais s'effondrer et ne pas laisser quiconque avoir prise sur elle. Depuis le départ de Rodolphe, elle mettait un point d'honneur à ne pas laisser affluer la moindre émotion : inquiétude, colère, exaspération ou déception. Elle était telle la surface d'un miroir : lisse et froide.

— Voyons maman, avait tenté Rose, ce n'est pas la fin du monde !

Elle s'était félicitée de ne pas lui avoir annoncé sa décision de vive voix. Martine aurait certainement affiché un air affligé qui l'aurait culpabilisée.

— Tu as tout ce qu'il te faut ici et surtout, la sécurité.
Voilà, on y était. Elle allait lui fourbir tout son baratin qu'elle connaissait à la virgule près.
— Pourquoi encore courir après des chimères ? Tu crois vraiment que c'est bon pour toi, avec tous tes antécédents ? Et puis, en ce moment ? Vraiment ? Tu penses que tu n'as pas d'autres choses plus intelligentes à faire. Rien que le fait que tu aies eu cette idée le prouve, ma chérie, tu n'es pas dans ton état normal !

Elles avaient déjà eu ce type de discussions plusieurs fois et au moins chaque fois que Rose avait tenté de faire quelque chose de sa vie. Martine s'enorgueillissait d'avoir une mentalité de fer, qualité qui l'avait aidée à se sortir de plusieurs mauvais pas et, à côté d'elle, Rose avait toujours été une petite fille, puis une adolescente et pour finir, une femme vulnérable. Dans ces circonstances, Rose connaissait son rôle par cœur, chaque réplique sur le bout des doigts. Elle s'était retenue d'objecter que tout avait changé depuis le décès de Stéphane et que plus rien ne serait jamais comme avant, ni qu'elle ne savait pas ce qu'il lui fallait en ce moment et que ce n'était certainement pas sa mère qui le saurait mieux qu'elle. Elle n'avait pas expliqué que c'était la chose la plus censée qu'elle n'eut jamais décidé de faire : autant ne pas trop brusquer les choses. Elle avait ouvert la bouche, puis l'avait refermée. Sa mère avait exhalé un soupir. Leur prise de bec s'en était trouvée momentanément terminée.

— Je suis désolée ma chérie, mais à mon avis, tu commets une grave erreur ! C'est d'ailleurs la faute classique que nous fait commettre la solitude. Tu as cédé à une impulsion, sans réfléchir…

— Oh que si, j'ai mûrement réfléchi à ma décision !

— Mais enfin, ici, tu as tout ce qu'il te faut…

— Je sais, ne te fatigue pas, Sandra m'a déjà fait la leçon.

Le prénom créa une faille dans l'armure de Martine.

— Je ne te comprendrai jamais, avait-elle murmuré.

— C'est ma vie, maman. Ne cherche pas à me comprendre, contente-toi de m'aimer. Je t'enverrai une carte postale d'Héyo.

— T'as intérêt ! Tu sais comme je les aime.

Oui, elle savait. Les cartes postales décoraient son frigo américain depuis des années. Rose lui avait envoyé un baiser et avait raccroché. Elle s'était dirigée vers la cuisine et avait balancé les lasagnes à la poubelle.

# 5

## Sa première folie depuis vingt-cinq ans

Roger emprunta avec soulagement la bretelle de sortie de l'autoroute et déboula sur un carrefour giratoire. Si Rose en croyait le GPS, il devait s'engager sur la troisième sortie. Ensuite, il resterait vingt-cinq kilomètres pendant lesquels elle devrait faire taire les sentiments contradictoires qui l'assaillaient à l'approche du terminus. Elle était folle d'avoir entrepris ce périple, plus folle encore d'avoir loué son appartement où elle ne pourrait pas remettre les pieds avant la fin de l'été. Le petit vélo dans sa tête s'en donna à cœur joie et libéra les idées qu'elle avait tenté d'ignorer jusque-là. Et si la maison d'Héyo était complètement délabrée, et s'il n'y avait ni eau ni électricité, et si elle n'était pas habitable, qu'est-ce qu'elle allait faire ? Qui partait ainsi à l'aventure sans même se munir d'un sac de couchage, d'une lampe de camping et d'un couteau ? Elle aurait dû vérifier s'il y avait un hôtel dans ce patelin et réserver une chambre. Elle l'aurait annulée le cas échéant. Qui partait ainsi à l'aventure ? Personne. Ou du moins personne de sensé ! Sa mère avait raison. Et si elle n'arrivait pas à ouvrir la porte ? Elle n'avait jamais été très douée avec le maniement des clés. Et si au contraire, la maison n'attendait qu'elle ? Et si Stéphane la lui avait léguée comme un cadeau-surprise en quelque sorte ? C'était bien son genre. Il avait toujours su qu'elle irait à Héyo, mais il avait dû penser que Sandra l'accompagnerait. Un virage un peu plus serré fit faire une embardée à la voiture qui mordit le bas-côté. Son sac tomba de ses genoux. Elle dévisagea le vieil homme à ses côtés, concentré sur la route, il ne prêtait aucune attention à ses états d'âme.

— Ça y est, vous êtes revenue avec moi ? demanda-t-il soudain.

— Comment ça ? bredouilla Rose en rattrapant son sac.

— Je ne sais pas où vous étiez, mais vous étiez bien loin d'ici.

— Oh ! Excusez-moi, je fais une piètre compagne de voyage. C'est que…

— Non, non, ne vous excusez surtout pas.

— Je n'ai jamais fait de covoiturage, je ne sais pas trop si on doit parler ou se taire, si on peut dormir…

— Avec les autres, je ne sais pas, mais avec moi on fait ce qu'on veut. Parler, dormir, chanter, rester muette, on fait comme on veut.

— Chanter, ça doit parfois être difficile avec certains passagers, tout le monde ne chante pas juste. Moi par exemple, je ne sais jamais comment placer ma voix et en tout cas, tout le monde ne chante pas aussi bien que vous !

— C'est gentil, mais encore une fois, détrompez-vous, quand on aime chanter, que le cœur y est, ça change tout. C'est comme la danse. Certains le font à un degré d'excellence, mais il ne faut jamais se comparer. Se comparer, ça fait toujours mal, dans un sens comme dans l'autre. Il faut juste laisser son corps faire, il sait faire. Ma femme était danseuse étoile dans sa jeunesse. Si vous l'aviez vue… mais ça ne m'empêchait pas de me déhancher comme un pantin désarticulé quand j'en avais envie. Chanter c'est pareil. Et vous ?

— La danse ? Ah, non, moi, je ne danse pas, ou alors comme vous, et je ne chante que dans ma tête.

— C'est un bon début. Alors, que venez-vous faire à Héyo ?

— J'avais envie de découvrir le village.

Ce n'était pas un mensonge. L'article trouvé sur internet qui vantait un village tout à fait charmant aurait pu lui donner cette envie.

— Ah, ça, vous n'allez pas être déçue, c'est un village plein de vie. Je suis sûr que vous êtes une artiste.

Rose mit quelques secondes avant d'assimiler la phrase. Stéphane disait ça d'elle, et elle n'avait jamais voulu y croire. Un artiste c'était autre chose, c'était quelqu'un qui se vouait à son art, un peintre, un sculpteur, un photographe, mais pas quelqu'un qui cousait des dessus de lit.

— On en a beaucoup qui viennent au village. Estéban a créé une résidence d'artistes. Ça ne fait pas très longtemps, mais ça marche du tonnerre.

— Estéban ?

— Oui, un céramiste qui fabrique des meubles en carton et des monstres en fer.

Elle le regarda pour jauger de la véracité de cette information.

— Non, je ne suis pas artiste, répondit-elle sobrement.

— Ah, bon ? J'aurais parié que oui. Si ça se trouve, vous ne savez même pas que vous en êtes une. J'ai le pif pour ça, dit-il en tapotant son nez de son index. Nous voilà arrivés. Je vais passer par l'arrière du village pour aller me garer, voulez-vous que je vous laisse à l'entrée ?

Devant l'air interloqué de Rose, il expliqua :

— C'est un village entièrement piéton. Un régal pour ses habitants. On n'est pas assailli par les hordes de touristes. Enfin, la plupart du temps…

— Oui, merci. Merci beaucoup pour le voyage Roger. C'était parfait.
— Avec plaisir. Vous me mettrez des étoiles ?
— Des étoiles ?
— Oui sur BlaBlaCar, vous direz des choses gentilles sur moi ?
— Je n'y manquerai pas, et j'espère qu'on se reverra ?
— Aucun doute, je suis un peu comme le loup blanc ici.

Rose descendit et après avoir récupéré ses bagages, elle regarda le véhicule du vieil homme s'éloigner. C'est vrai que sa chevelure blanche pouvait faire penser au pelage d'un vieux loup sage.

Elle fit quelques pas vers l'entrée du village. Chaque détail semblait avoir été choisi avec soin pour que quiconque s'y installant s'y trouve à son aise. Elle embrassa les lieux du regard. Un petit pont de bois enjambait un ruisseau qui marquait l'entrée du village. Il devait être le seul en France à ne pas être à sec. Quelques pas plus loin, elle marqua un arrêt et reconnut le café immortalisé sur les articles de presse, les arcades et les bancs sous les platanes entre lesquels étaient tendues des guirlandes de fanion. L'église, un édifice du XIV$^e$ siècle entièrement reconstruit au XVIII$^e$, était entourée sur ses quatre côtés d'un vaste auvent qui formait un préau et servait à protéger les dalles funéraires. Sur la place Royale, d'immenses pots colorés contenaient avec peine une végétation foisonnante et des sculptures en acier ponctuaient la promenade. Le clapotis de l'eau dans la fontaine procurait un sentiment d'intemporalité. Aucune enseigne agressive, pas de voitures ni de vélo fou qui vous frôlait en vous invectivant de votre lenteur, le village, était un modèle du genre où la quiétude était de mise, et Rose s'y sentit instantanément bien.

Elle respira à pleins poumons pour la première fois depuis bien longtemps et elle se félicita de sa décision d'être venue. Sandra ne la croirait pas quand elle allait lui raconter ce village incroyable. Elle sourit au souvenir des termes employés par son amie : bled paumé. Elle laissa ses yeux vagabonder autour de la place. Elle ne serait pas étonnée que Luis Mariano en personne vienne à sa rencontre et la salue en agitant la main. Un léger vent fit se balancer les feuilles des platanes coupés court. Des grappes de passants discutaient sans se soucier de sa présence pendant que des enfants jouaient à s'envoyer une balle sur le fronton. Elle avisa le café où une vieille dame sirotait une menthe à l'eau avec une petite fille assise face à elle. À une table, un homme, dans les quarante ans, triturait une casquette, un verre posé devant lui. Elle entreprit de chercher les numéros des maisons. Il lui fallait trouver le 10. « 10 Place Royale », c'est l'adresse que lui avait donnée maître Saubaber de l'office notarial. Il avait ajouté que le nom de la maison était *Pausa Da*, mais que tout le monde l'appelait *La maison sur la place*.

Des maisons pouvant porter cette appellation, il y en avait beaucoup, elles avaient toutes un air de famille caractéristique du Pays basque : une façade blanche et des volets couleur sang de bœuf ou vert sapin, plus ou moins ternis par le soleil. Pourtant, nulle part elle ne vit de numéros.

— Bonjour madame, dit-elle le plus poliment possible en s'approchant de la dame âgée et de la petite fille toujours attablées devant leur verre.

— *Egun on* !

Pourquoi n'avait-elle pas demandé à Roger ce que signifiaient ces mots quand il les avait prononcés ? Devant son air interloqué, la femme ajouta.

— Vous ne parlez pas basque à ce que je vois ?

Devait-elle répondre ou cette phrase n'appelait-elle aucune réponse ?

— Ça veut dire bonjour, et donc, je peux vous aider à quoi ? ajouta-t-elle avec un sourire aimable.

— Excusez-moi, je cherche… heu, enfin, je cherche le numéro 10 de la place royale.

Derrière elle, une femme à l'allure dynamique, qui avait sensiblement son âge, empilait les tables et les chaises sous les arcades. Dans le ciel, le soleil amorçait son déclin. Rose réprima un frisson : il était déjà tard et elle était en mauvaise posture. Le soir, c'était toujours un mauvais plan pour arriver dans un endroit que l'on ne connaissait pas. Le soir, son esprit perdait toute lucidité et ses idées n'en faisaient qu'à leur tête. Les reflets dans le ciel qui laissaient présager le plus merveilleux des couchers de soleil qu'elle ait vu depuis longtemps n'apaisaient pas ses craintes. Alors qu'un relent de panique commençait à remonter le long de sa colonne vertébrale, qu'elle ressentait des picotements dans la pulpe de ses doigts et que ses jambes commençaient à se dérober, la vieille dame désigna une maison d'un geste du menton. Rose suivit son regard. Elle devait faire erreur. Les lumières allumées aux carreaux indiquaient que la maison était habitée et Maître Saubaber ne lui avait jamais signifié qu'il y avait un locataire. Rose distingua nettement des silhouettes allant d'une pièce à l'autre et vaquant à leurs activités. Elle en discerna au moins trois différentes avant que sa vision ne se brouille.

— C'est là, ajouta la vieille dame devant son immobilité, puis se tournant vers l'arrière, elle ajouta, Sophie, t'as besoin d'un coup de main ?

— Non, merci, Ida, j'ai terminé, répondit la patronne du café en essuyant ses mains sur son jean.

Elle se dirigea vers leur table.

— Vous avez terminé, mesdemoiselles ? Je peux récupérer vos verres ?

En une lampée, la petite fille termina sa menthe à l'eau et lui tendit son verre avec un sourire lumineux. La patronne du café se pencha pour embrasser son front.

— Merci ma chérie. Bonjour, Madame, vous avez besoin de quelque chose ? demanda-t-elle à Rose avec gentillesse.

— Elle cherche le numéro 10, expliqua Ida sur un ton lourd de sous-entendus.

Rose demeura immobile, les yeux greffés à la maison au bout de la place.

— Malheureusement, on dirait qu'elle est squattée, répondit-elle à voix basse.

— Squattée ? s'étrangla la patronne du café. Grand Dieu, pas du tout, et pourquoi le serait-elle ?

— Je vois des lumières et des silhouettes à l'intérieur.

— Et, c'est pour ça que vous pensez qu'elle est squattée ? C'est bizarre, moi je dirais plutôt qu'elle est… habitée, répliqua la vieille dame en repositionnant la couette de la petite fille.

— Elle n'est pas squattée, voyons ! Le numéro 10, c'est chez Hermine. C'est cette maison que vous cherchez ? demanda Sophie interloquée.

Rose empoigna son téléphone et se mit à fouiller dans les messages envoyés par le notaire. Une fois trouvé, elle brandit l'instrument devant le visage de la femme qui recula d'un pas devant l'assaut. Ne pas savoir quelle attitude adopter ni mesurer ses gestes était une autre facette de ses défauts.

— Excusez-moi, reprit-elle, consciente de sa réaction disproportionnée, oui, c'est effectivement cette adresse que je cherche.

Sur l'écran, l'adresse de la maison ne laissait aucun doute.

— Vous avez rendez-vous avec Hermine ? continua la femme d'une voix plus douce, comme elle l'aurait fait à un malade.
— Pas tout à fait... commença Rose.
— Bon, nous, on va vous laisser. À demain, Sophie, déclara la grand-mère en se levant.
Après avoir embrassé la patronne du café, la petite fille et la vieille dame s'éloignèrent.
— Vous voulez vous asseoir un moment, vous ne semblez pas tout à fait dans votre assiette.
Sans attendre sa réponse, elle entraîna Rose à l'intérieur du café.
— Moi, c'est Sophie, je suis la propriétaire du café.
Après un laps de temps certainement trop long, Rose s'entendit répondre : « Moi, c'est Rose ».
La patronne l'invita à s'installer près du coin bibliothèque. Elle laissa errer son regard dans la pièce. Dans l'immédiat, il lui était impossible de se concentrer. Il fallait d'abord qu'elle retrouve son calme, et faire l'inventaire de l'endroit était une bonne façon de fixer son esprit. Le commerce était on ne peut plus éclectique comme le sont ceux des villages éloignés des villes. À la fois café-restaurant avec son comptoir en marbre blanc et chêne clair, il déployait une piste de danse située sur une estrade surmontée d'une boule à facettes. Une bibliothèque, remplie de nombreux ouvrages et flanquée de deux canapés en velours clair. Un minuscule guichet qui faisait office de bureau de poste complétait la pièce. De nombreux dessins d'enfants encadrés ponctuaient gaiement les murs. En sourdine, Éric Clapton susurrait *Blowing in the wind*, soutenu par le sifflement d'un homme qui essuyait les verres derrière le comptoir.
— Vous voulez boire quoi ? demanda Sophie.

— Rien, merci, c'est gentil.
— Si vous voyiez votre tête, vous sauriez que vous avez besoin de boire quelque chose, un café, un thé ?
— Une bière ? demanda-t-elle, étonnée de son choix.
Sophie s'affaira derrière son bar pendant que Rose commençait à se détendre. Il régnait ici une atmosphère agréable et la musique qui envahissait l'espace produisait un sentiment de sérénité. C'était un lieu où l'on devait se sentir bien, où l'on devait facilement s'épancher, chose, pourtant, qu'elle n'était pas capable d'expérimenter tout de suite. C'était quoi cette histoire ? Maître Saubaber n'avait jamais mentionné quoi que ce soit au sujet d'un bail. D'un coup d'œil, elle regarda l'écran de son téléphone : vu l'heure qu'il était, il y avait peu de chances que l'étude soit encore ouverte, sans compter que le réseau n'était pas le meilleur qu'elle ait connu.
Quand elle revint, Sophie s'installa face à elle et lança :
— Tenez, buvez ça, ça va vous requinquer, on dirait que vous avez vu un mort !
La gorgée dans sa bouche était fraiche à souhait et la mousse douce tapissait agréablement ses lèvres.
— Estéban, mon cœur, tu peux fermer, s'il te plait ?
L'homme déposa son torchon sur le comptoir, il en fit le tour et s'empressa de baisser le rideau. Devant le regard méfiant de Rose, la patronne ajouta :
— Ne vous inquiétez pas, on ne va pas vous séquestrer, vous sortirez par la porte de derrière. Je suis désolée, mais si je ne ferme pas, il y aura toujours quelqu'un pour pousser la porte et depuis quelque temps, j'ai promis de réduire mes heures supplémentaires.
Rose déglutit à l'idée de lui en faire faire et s'agita sur sa chaise.

— Je n'ai pas dit ça pour vous, désolée si je me suis mal exprimée, s'excusa Sophie. Alors, racontez-moi, d'où vous vient cette idée que la maison d'Hermine est squattée ?

Estéban s'approcha d'elle et l'embrassa sans aucune retenue.

— Je file à l'atelier, je vais voir où en est Gorka, tu m'y rejoins ?

Sophie hocha la tête devant le sourire lumineux du jeune homme. Le cœur de Rose se serra. Plus jamais elle ne recevrait un tel sourire. Plus jamais un homme ne l'embrasserait comme il venait de le faire. Les larmes montèrent à ses yeux et elle battit des cils pour les refouler

— Allez, dites-moi, je pourrais peut-être vous aider…, proposa Sophie.

Rose chercha par quel bout commencer. Avec l'âge, elle avait appris qu'il fallait parfois savoir avancer masquée et il lui semblait que dans l'immédiat, c'était la meilleure chose à faire. La griserie provoquée par la bière et la douce ambiance des lieux faisaient divaguer ses pensées. Elle repoussa le verre, décidée à ne pas le terminer.

Elle aurait aimé grandir dans un village comme celui-ci. Sans doute qu'ici, elle n'aurait jamais été confrontée à l'événement. Un drôle de pressentiment la fit toutefois rester prudente. Dire de but en blanc qui elle était et ce que représentait le numéro 10 de la place Royale pouvait lui apporter des inimitiés.

— On m'avait dit que cette maison…

Les yeux de Rose se voilèrent un peu plus. Elle était contrariée, elle croyait tellement à son escapade qui n'aurait duré que quelques heures. Et quoi, quelques heures, ce n'était pas suffisant pour se réinventer ! Elle aurait besoin de la présence rassurante de Stéphane : qu'il l'assure de sa réussite, qu'il l'accompagne comme il l'avait toujours fait, qu'il éloigne les obstacles. Pourquoi était-il parti sans la prévenir, sans prévoir, sans être totalement sûr qu'elle était capable de se débrouiller sans lui ? Sans même lui avoir dit au revoir ?

— Ça va Rose ? Je peux vous appeler Rose ? demanda Sophie d'une voix remplie de sollicitude.

Sophie posa sa main sur son avant-bras et elle ne fit aucun geste pour se libérer de l'emprise.

— Oui, ça va aller...

— Ah ! Mais ça, c'est certain ! Ça va aller, parce que vous ne vous êtes pas trompée ! Cette maison est une bénédiction pour des tas de gens depuis très longtemps. Vous pouvez me croire.

La lumière fit chanter la couleur ambrée du liquide dans le verre lorsque Rose posa ses yeux dessus. Elle eut envie de tremper ses lèvres dans la mousse qui savait si bien étouper les mauvaises nouvelles et infiltrer l'oubli. Le breuvage avait un arrière-goût de noisette déconcertant. Sophie, qui la scrutait, remarqua son nez se retrousser.

— C'est une bière artisanale de la région. Vous aimez ? demanda-t-elle.

Rose hocha la tête en signe d'assentiment, pas sûre encore d'aimer vraiment.

— Vous me permettez une question ? demanda la femme.

À nouveau, un hochement de tête.

— Vous venez de Toulouse ?

— Oui, répondit Rose en s'accordant une deuxième gorgée de bière.

Les paroles de son amie au sujet des Basques et des Toulousains lui revinrent en mémoire.

— Je l'aurais parié, votre façon de parler ne trompe pas !

Rose aimait son accent. Elle trouvait que la tendance à vouloir les gommer pour avoir le parler parisien faisait que toute une partie de la population niait une branche de son histoire. Pour elle, parler avec un accent, c'était raconter une région à un moment où on n'y était pas. Soudain, la panique s'empara d'elle. À sa connaissance, Stéphane n'était jamais venu ici, mais finalement, il ne lui avait pas tout dit de sa vie et il n'avait fallu à Rose que quelques heures pour faire la route, il aurait pu faire l'aller-retour dans la journée, à la faveur d'un rendez-vous sur la côte basque. Elle dévisagea la femme. Connaissait-elle Stéphane ? Était-il déjà venu ici ? Son regard vagabonda dans le café : s'était-il installé dans un des canapés pour feuilleter un livre ? Avait-il dansé sur la piste, sous la boule à facettes ? Si oui, Sophie ferait-elle le lien entre eux deux ? Son cœur accéléra son *tempo* et elle joignit ses deux mains qu'elle arrima ensemble : elle devait surtout arrêter de s'inquiéter, ils n'étaient pas les deux seuls Toulousains au monde.

Dans le miroir placé derrière le bar, elle examina son reflet. Sans bannir de sa valise les vêtements bigarrés et ethniques qu'elle aimait tant, ses jupes folkloriques et les grandes étoles dont elle s'entourait, elle avait aujourd'hui, essayé de faire simple. Elle avait passé une veste de mohair bleu pâle qui tranchait sur la couleur jaune paille de son assise. Elle se fit penser à un Van Gogh dans lequel les contrastes accentuent l'intensité des couleurs. Ses cheveux sombres n'accusaient pas l'âge inscrit sur sa carte d'identité. Quarante ans qu'ils étaient peu ou prou de la même couleur : elle avait l'immense chance de ne pas avoir de cheveux blancs. Sa coupe mettait en relief la ligne nette de sa mâchoire et lui donnait l'air décidé qu'elle n'avait jamais eu. Peu de maquillage, seule une ligne sombre sur ses paupières mettait en relief son regard. Elle chercha les indices qui pourraient permettre de comprendre ce qui l'animait. Sophie voyait-elle en elle une vacancière esseulée ? Une femme d'affaires à la recherche d'un peu de calme ? Une divorcée en mal de rencontres ? Amusée par ses suppositions, son regard revint vers patronne du café qui reprit ses explications.

— Vous savez, si c'est le hasard qui vous a menée ici, dites-vous qu'il a souvent raison. Cette maison pourra certainement vous aider. Hermine y accueille les gens qui ont besoin d'une pause dans leur vie. Peut-être est-ce votre cas ? C'est un refuge en quelque sorte, certains disent que c'est la maison des cœurs brisés... enfin, je ne dis pas que le vôtre est brisé, bien sûr...

Rose ravala le sanglot qui remontait dans sa gorge. Elle était donc si transparente ? Elle se redressa, rassérénée par le contact de la main de Sophie et, ce faisant, son regard se porta vers l'extérieur pour découvrir que la nuit commençait à tomber. La nuit, elle rêvait de Stéphane et se retrouvait catapultée dans un passé réconfortant. Au réveil, elle mettait toujours plusieurs secondes à réaliser qu'il ne reviendrait plus et qu'elle était maintenant la seule décisionnaire en ce qui concernait sa vie.

— Je vois que vous avez une valise, vous vous rendez directement chez Hermine ?

— Non.

Sophie ne parut pas étonnée. Aucun tressaillement sur son visage à cette évocation.

— Je pensais qu'il y aurait un hôtel dans le village... je vais peut-être repartir finalement, poursuivit Rose.

— Repartir ? Où ça ? À Toulouse ? Ça fait loin...

D'autant qu'elle n'avait pas de voiture et qu'elle ne pouvait pas regagner l'appartement mis en location, justement pour l'obliger à ne pas revenir en arrière. Aller frapper chez Rodolphe et Sandra était tout bonnement impensable. Son amie allait jubiler : qu'est-ce que je t'avais dit, ne manquerait-elle pas de lui dire et Rose sentit confusément qu'elle serait incapable de le supporter. Sophie sembla prendre conscience de son désarroi.

— Si vous voulez, en plan B, je peux demander à Ida si elle consent à vous louer une chambre pour cette nuit. Je ne garantis pas que ça durera davantage, mais une nuit, ça vous permettra de vous retourner.

— Je ne sais pas, je ne voudrais pas déranger.

— Ne vous inquiétez pas, elle a l'habitude, elle tient une maison d'hôtes, vous êtes passée devant en entrant dans le village. Elle sera ravie de vous accueillir, j'en suis certaine.

Rose hocha gauchement la tête, se trouvant à bout de ressources face à cette femme qui en quelques minutes la sauvait de l'embarras.

— Ne bougez pas, je vais lui passer un coup de fil et lui demander. Si elle ne peut pas, on trouvera une solution. Surtout, ne vous inquiétez pas, vous êtes à Héyo, vous êtes au bon endroit.

# 6

## Briser son carcan

— J'étais terrifiée, avoua-t-elle à Sandra avec une voix aussi pâle que ses lèvres qui n'avaient pas encore retrouvé leur couleur initiale.
Elle baissa le ton avant de continuer.
— Tu sais, la maison est habitée. Je n'ai pas pu y aller. Je ne savais pas comment faire. Je ne sais pas ce que j'avais cru… Que j'allais pouvoir y entrer comme ça, mais ça va être impossible. En prendre possession alors qu'elle est habitée va être tout aussi impossible.
En le disant, elle prit conscience qu'elle n'avait déclenché aucune crise de panique. Pas de larmes, pas d'essoufflement, ni de vertige ou de nausée. Pas de picotements dans les doigts ou de jambes qui se dérobent. Elle était inquiète, mais quelque chose au fond d'elle semblait vouloir croire que tout allait parfaitement bien se terminer.
— Tu veux dire : la maison de Stéphane ? demanda son amie qu'elle entendit tirer sur sa cigarette électronique.
— Oui.
— Mais, Saubaber ne t'avait pas prévenue ? Oh ma pauvre ! Quelle histoire ! Il fallait que ça tombe sur toi ! Tu n'as vraiment pas de chance. Si elle est squattée, ça va être compliqué de leur faire vider les lieux, mais, je peux m'en occuper si tu veux, tu te souviens de…

— Non, elle n'est pas squattée. Ou plutôt, personne au village n'a l'air de penser ça. C'est une vieille dame qui l'occupe, m'a-t-on expliqué. Elle s'appelle Hermine et elle y habite avec son fils.
— Son fils ? Il a quel âge ?
— Je ne sais pas. Elle y accueille des gens dans le besoin, si j'ai bien compris.
— Super, mais de quel droit ? C'est quoi le lien entre Stéphane et elle ? Elle est locataire ? J'espère au moins qu'elle paie un loyer. Tu as vu ça dans les comptes, un loyer ?
— Non, je ne crois pas. Et en plus, ici, il n'y a pas d'hôtel...
— Mon Dieu ! Mais, tu es où alors ?
— Chez une inconnue.
— Toute seule chez une inconnue ?
— Oui, pour la première fois de ma vie. Une véritable inconnue, hein. Pas une connaissance à toi ou à Stéphane ou dans une chambre d'hôtel.
À l'énoncé de cette idée, elle attendit un instant, mais là encore, il n'y eut aucun signe d'une quelconque crise de panique.
— Pourquoi t'es pas revenue à Toulouse ?
— Comment j'aurais fait ? Je ne pense pas que mon conducteur fasse le trajet de retour seulement une heure après être arrivé, je te signale, et puis, je te rappelle que grâce à toi, j'ai mis mon appart en sous-location jusqu'au vingt-sept août ! Si je reviens, Carmen fera comment ?
— Écoute, je peux venir te chercher demain, et tu viens à la maison !
— Sandra, non...
Elle laissa sa phrase en suspens. Il y avait tellement de raisons pour lesquelles elle ne souhaitait pas retourner à

Toulouse, mais aucune que Sandra était en mesure d'entendre pour l'instant.

— Quoi ? Tu ne crois pas que la loyauté envers ta mère a assez duré. Elle a tourné la page, tu sais, elle ne t'en aurait pas voulu de venir chez nous, et si tu ne voulais pas venir chez Rodolphe et moi, tu pouvais aller chez elle, plutôt que de rester dans ce trou.

— Ce n'est pas un trou, répondit Rose, butée, déjà sous le charme de l'endroit. Et puis, ce n'est pas du tout une question de loyauté envers ma mère, l'eau est passée sous les ponts et comme tu le dis si bien : elle a tourné la page. Je te rappelle que vous avez même réussi à discuter sans vous arracher les yeux. Si je ne suis pas revenue, c'est plutôt par loyauté envers moi-même, parce que je sens qu'il faut que je reste ici.

Elle avait ruminé son projet suffisamment longtemps pour qu'il soit maintenant tout à fait précis.

— Qu'est-ce que tu veux dire par là ?

— Si je dois recommencer à vivre, à vivre sans Stéphane je veux dire, tu vois, ça ne pourra être qu'ailleurs.

— Ailleurs ?

— Tu fais exprès de ne pas comprendre ?

— Non, pas du tout, ailleurs où ?

— Ailleurs, là où il n'y aura pas son fantôme.

Elle n'avait jamais dit à Sandra que Stéphane était là lors de son enterrement à faire des pitreries dans leur dos ni le soir de son anniversaire ou qu'elle le croisait partout dans l'appartement, ni qu'elle vivait comme s'il était encore près d'elle, comme s'il passait son index sur sa joue avant de s'endormir et qu'il se lavait les dents avant elle chaque matin, ni que son parfum sur l'oreiller était encore vivace. Elle ne lui avait pas dit non plus qu'elle lui parlait et lui demandait ce qu'il pensait de l'actualité. Et surtout pas, qu'il lui répondait

ou qu'il l'aidait à prendre certaines décisions. Sandra n'était pas capable d'entendre ce genre de choses. Elle était terre à terre. Pragmatique. Réaliste. Rose l'entendit racler sa gorge.
— Bien...
Ce mot sonna faux à ses oreilles.
— Si je te comprends bien, tu comptes y rester ?
— Pourquoi pas ? Après tout, si cette maison est à moi... considère que je prends une année sabbatique.
— Quoi ? s'exclama son amie en s'étranglant. C'est une blague ? Tu comptes rester dans ce trou pendant un an ?
Rose s'attendait à cette réaction, mais elle resta inflexible.
— Non, peut-être pas une année, c'est une façon de parler.
— Oui, pas la peine de mettre la barre trop haute. Deux mois, c'est amplement suffisant !
Voilà, c'était exactement ce que Rose leur reprochait : elle avait le sentiment qu'à force de vouloir la protéger, ils l'avaient empêchée de vivre. Ils avaient restreint ses mouvements et son champ d'action et ce qu'elle voulait, c'était briser son carcan. À son âge, il était temps.
— Sandra, si je ne reste pas à Héyo, si je rentre trop vite à Toulouse, je le regretterai toute ma vie, pire, je m'en voudrai, dit-elle avec douceur.
Elle sentit que Sandra se détendait :
— Bon, va pour deux mois de vacances, mais pas plus. À ton âge, vivre là-bas, c'est comme si tu t'enterrais vivante ! C'est grotesque !
— Tant que ça ? Tu n'y vas pas un peu fort ?
— À peine, consentit Sandra dans un soupir et un glouglou de cigarette électronique.
— Je t'assure, c'est le bon endroit. Si tu voyais le village, tu l'adorerais. Il est charmant, calme, aucune insécurité, pas de voitures ou de trottoirs encombrés, pas d'embouteillages,

le village est entièrement piétonnier. Un genre de village écoresponsable, tu vois ? Quand je suis arrivée, un calme parfait régnait. Des gens bavardaient sur la place, le clocher de l'église a sonné. La lumière était dorée, elle filtrait à travers le feuillage des platanes et ricochait sur de magnifiques poteries orange. Ailleurs, elles auraient été taguées ou ébréchées. Mais non, ici, on dirait qu'elles sont parfaitement neuves. Un léger vent d'été soufflait. Je me suis presque crue dans un film d'Almodovar.
Et puis, ce que j'ai vu du paysage sur la route est juste incroyable. Des champs, des forêts, des vallées et des collines sur lesquelles sont accrochées des petites maisons blanc et rouge, des moutons par grappes, des clôtures en bois, des moissonneuses-batteuses qui fabriquent des ballots de paille qu'elles dispersent dans les champs. On aurait dit un tableau. Et puis, ici, je pourrais presque toucher le silence.
　Sandra émit un son qui s'apparentait à un cri de peur.
　— Toucher le silence ? Tu me fous vraiment la trouille, Rose. Tu vas surtout t'ennuyer à mourir ! Tu as pris de quoi patcher ?
　— Oui, j'ai pris un patchwork, et puis je vais essayer de trouver du travail.
　— Tu parles sérieusement ? Du travail ?
　— Oui ! Pour la première fois de ma vie, je voudrais être totalement autonome et me sentir utile.
　Ça faisait longtemps qu'elle ne s'était pas sentie aussi légère et sereine. Cette décision était certainement déraisonnable en divers aspects, elle était sans doute extravagante pour quiconque la connaissait, mais surtout, elle lui donnait des ailes.

— Je ne cherche pas à m'immiscer dans ta vie, Rose, mais je sais tout ce que tu as enduré et j'ai du mal à ne rien dire. J'ai peur qu'un nouveau drame ait lieu.
— Je sais.
— J'ai peur que tu sois seule là-bas et que tu t'effondres.
— Je sais.
— J'ai peur que tu n'appelles pas si tu as besoin d'aide.
— Sans doute.
Sandra prit un peu de temps avant de poursuivre.
— C'est bizarre Rose, quand je t'écoute parler, je te trouve différente. Il y a un truc dans ta voix. On dirait que tu es plus… comment dire… assurée. Oui, c'est ça, tu as l'air sûre de toi. D'où te vient cette soudaine détermination ?
— Je n'en sais rien. Ne m'en veut pas Sandra, s'il te plait. Je te remercie de ta gentillesse, mais il faut que je le fasse.
— Tu as peut-être raison en définitive, peut-être qu'Héyo est le bon endroit pour toi.
— C'est exactement ce que m'a dit Sophie, la patronne du café.
— La patronne du café ? Tu l'appelles par son prénom ?
— Tu voudrais que je l'appelle comment ?
Rose sentit son amie dubitative. Dans la vie elle avait toujours eu beaucoup de mal à tutoyer et appeler les gens par leur prénom. Elle n'avait jamais réussi avec les parents de Sandra, qu'elle connaissait pourtant depuis près de quarante ans. Elle comprenait que son amie en fut interloquée. Pour finir de la rassurer, elle ajouta :
— Je vous téléphonerai toutes les semaines, et vous pourrez venir me voir fin juillet. Un peu comme les parents vont voir leurs enfants en colonie de vacances. Ça te dit ?
— Promis ? Tu nous appelles toutes les semaines ?

— Promis ! À tour de rôle bien sûr, une fois vous, une fois maman, une fois les enfants, je ne vais pas appeler tout le monde chaque semaine, faut pas exagérer.
— Allo ? Allo ? Madame, qu'avez-vous fait de mon amie ? Vous pouvez me repasser Rose, s'il vous plait ?
— Te moque pas, s'il te plait…
— Mais enfin, je ne me moque pas ! Et si tu veux savoir, tu m'épates. Dis-moi, elles commencent à se voir ?
— Quoi ?
— Tes ailes !

# 7

# La neige au mois d'avril

Après avoir raccroché, Rose enclencha la musique sur son téléphone. Elle détestait les morceaux de musique qui s'imprégnaient dans son esprit et le souvenir de Bob Dylan et du sifflement de l'homme au café mettait ses nerfs à rude épreuve. Bien que l'heure soit peu appropriée, elle se décida à prendre une douche bien chaude. L'eau qui ruisselait sur son corps avait la faculté de la délasser et de la débarrasser de son anxiété. Elle émergerait de là, les idées plus claires. Après plusieurs longues minutes, elle dut admettre que l'eau n'avait pas l'effet escompté. Elle ressortit de l'expérience en colère après le monde entier, après le départ précipité de Stéphane et son mensonge, après Sandra qui n'avait pas fait preuve d'une confiance sans bornes à son égard, après sa mère qui ne voyait en elle qu'une petite chose fragile et après elle qui n'avait pas pris le temps de préparer son départ, trop pressée de fuir son ancienne vie. Elle ferma les yeux pour chasser ces idées et se frictionna avec une immense serviette de bain moelleuse trouvée dans l'armoire. Un luxe pour elle qui aimait pouvoir s'enrouler dedans et n'aimait rien moins que d'avoir à se contorsionner pour s'essuyer avec un minuscule morceau de tissu éponge. Après l'avoir nouée autour de son buste, elle effaça de la main la buée qui avait envahi le miroir. Elle fixa son reflet et chercha ce qui clochait chez elle. Pourquoi n'avait-elle pas réussi à exterminer ses phobies et l'anxiété qu'elles généraient malgré tout l'amour et la tendresse dont Stéphane l'avait entourée ? Tout le monde vivait sa vie et quoi ? Elle ne méritait que des miettes de bonheur ? Son mariage avec Stéphane n'avait pas été passionnel, mais leur vie n'avait pas été désagréable et beaucoup de femmes auraient sans doute aimé être dans sa situation et ne pas avoir à s'inquiéter de travailler. Son mari n'avait pas été un adepte des coups de canif dans le contrat et il n'avait jamais montré la moindre attirance pour une autre femme, pourtant elle avait souvent vu les stagiaires du cabinet tourner autour de lui. Il n'était pas ce qu'on appelait un bel homme, mais il avait quelque chose de solaire et il était drôle. Mais, si l'on en croyait l'existence de la maison sur la place, Stéphane avait bien caché son jeu ! Allongée sur le lit, son menton se mit à trembler et Rose lutta farouchement contre les larmes. Elle lui en voulait d'être parti si tôt. Elle aurait souhaité que cela dure un peu plus longtemps. Elle se roula en boule. Mesurer ses avancées, voilà ce qu'il fallait. Ce qu'elle venait d'accomplir était un pas immense, qui allait bien au-delà d'un simple déménagement estival : elle avait commencé à réaménager sa vie. Ainsi, il suffisait d'agir pour enrayer la peur et effacer les regrets ? Il suffisait peut-être de devenir amnésique pour accueillir de nouveaux rêves ?

En s'endormant, elle envisagea la possibilité d'en vivre de nouveaux.

L'alarme du téléphone l'avait réveillée à l'heure habituelle, ne se souciant pas de sa nouvelle vie. La journée radieuse de la veille avait laissé la place à un matin pluvieux et les nuages nimbaient la campagne qu'elle apercevait par les portes-fenêtres. Elle s'imprégna du paysage. Les formes arrondies des collines se profilaient sur l'horizon et donnaient l'impression qu'un gentil monstre était assoupi. Les parterres d'Ida ployaient sous la pluie, les dahlias grenat étaient parsemés de gouttelettes qui les faisaient ressembler à des bijoux. Perdue dans ses pensées, elle fit un bref résumé de la situation. Elle devait avant tout appeler Maître Saubaber pour en savoir plus au sujet de la maison. Qui était cette Hermine ? Pourquoi habitait-elle la maison si elle ne lui appartenait pas ? Que représentait-elle pour Stéphane et pourquoi ne lui en avait-il jamais parlé ? Hermine, ce n'était pas un prénom si fréquent, et elle était absolument certaine de ne jamais l'avoir entendu le prononcer. Elle avait passé une grande partie de la nuit à se retourner dans son lit à la recherche de réponses plausibles. Elle plongea la main dans sa poche et en tira son portable qu'elle déverrouilla pour faire apparaître la capture d'écran du message du notaire comportant l'adresse. À nouveau elle la lut : pas de doutes possibles, la maison que Stéphane lui avait léguée et celle d'Hermine ne faisaient qu'une.

En passant devant le miroir situé dans le hall d'entrée, elle y jeta un regard. Elle se trouva les traits tirés et sourit à son reflet : voilà ce qu'il fallait, qu'elle se regarde avec indulgence, comme si elle avait été sa meilleure amie. L'exercice n'était pas aisé, mais elle recommença avant de percevoir un bruit de conversation qui émergeait de la cuisine, les voix s'arrêtèrent lorsqu'elle entra dans la pièce.

L'homme se tenait accoudé au montant de la cheminée. Grand, mince, les cheveux décolorés par le soleil, Rose le reconnut immédiatement pour l'avoir croisé chez Sophie.

— Bonjour Ida. Je ne voudrais pas vous déranger si vous avez du monde, je peux revenir plus tard… dit-elle d'une voix tremblante.

Dans le même laps de temps, elle pria pour que son cœur arrête de cogner dans sa cage thoracique tel un tambourin. Son assurance avait disparu comme la neige au mois d'avril. Aujourd'hui, il ne restait que ses doutes et la colère qui œuvrait en sous-marin.

— Bonjour Rose. Entrez, je vous en prie, ne soyez pas timide, il ne s'agit pas de monde, je vous présente Estéban, mon fils.

— C'est que je ne voulais pas vous déranger…

— Vous ne m'avez pas dérangée, avez-vous bien dormi ?

— Oui, merci, mentit-elle avec aplomb.

— Estéban, je te présente Rose.

— On se connaît. On s'est croisés au café hier. Enchanté ! j'étais un peu pressé et vous avez dû me prendre pour un goujat, dit l'homme en lui tendant la main.

Rose resta immobile à regarder la main tendue dans sa direction. Estéban ne bougea pas d'un pouce et semblait attendre qu'elle réagisse, le bras tendu et la paume offerte. Le silence devint bourdonnant jusqu'à ce qu'elle s'empare de sa main et l'agite fortement.

— Bonjour, dit-elle.

Ida se tourna vers la poussette. Installée dans l'engin ultra sophistiqué dont la capote ruisselait sur le sol en vieille pierre, l'enfant suçait consciencieusement une tartine beurrée.

— Bonjour, Loréa, dit Rose, tu as bien dormi toi aussi ?

La petite fille répondit d'un hochement de tête.

— Je dois être honnête avec vous Rose, si je ne loue plus de chambres d'hôtes, c'est à cause de cette petite merveille. Sa mère me la confie de temps en temps et je préfère être totalement disponible pour elle, mais j'ai été ravie de vous dépanner.

— Merci c'est très gentil à vous de m'accueillir, je vais faire de mon mieux pour ne pas vous importuner trop longtemps. Merci beaucoup. Votre petite fille est ravissante.
— Ce n'est pas ma petite fille, notez que j'aurais adoré, hein, mais c'est une autre histoire. C'est la petite fille de Sophie, la patronne du café, ma belle-fille.

Ida attendit un instant que Rose se fasse une idée de la situation.

— Donc, si vous avez bien tout compris, Loréa est la presque-petite-fille d'Estéban puisqu'il est le mari de Sophie et donc, je suis sa presque-arrière-grand-mère !

Ne comprenant pas les liens entre eux, Rose sourit et laissa courir son regard dans l'immense pièce. Il y régnait une ambiance chaleureuse. Une grande table en bois encadrée d'une bonne dizaine de chaises trônait au milieu. Ida s'affairait dans la partie laboratoire de la cuisine, une espèce de vaisseau spatial rutilant, disposée en U et particulièrement bien équipée. Un îlot la séparait de son fils. Un peu à l'écart, une grande cheminée, des bougies blanches de différentes tailles disposées dans l'âtre, des fauteuils en paille et un tapis coloré délimitaient un petit salon. Les grandes portes vitrées ouvraient sur une terrasse bordée par des plates-bandes. De l'autre côté, les nuages avaient pris possession du sommet des collines, une espèce de brouillard se répandait sur la campagne et la pluie fine caressait les carreaux. Des images de sa vie toulousaine se bousculèrent dans sa tête. Elle se vit enfermée dans le salon, en train de réaliser un nouveau patchwork. Ou bien, elle aurait joué avec Zac ou téléphoné aux enfants. Là-bas, tout était de l'ordre de l'habitude de la douce routine que les gens détestaient, mais qui la faisait tenir debout. Ici, qu'allait-elle faire de la journée qui commençait ?

— Quel temps ! dit-elle au sommet de sa répartie.

— C'est le *xirimiri*, de la brouillasse, lui répondit la maîtresse de maison en préparant la table sans lever les yeux.

Rose resta un instant à chercher dans son dictionnaire personnel ce que pouvaient signifier ces deux mots qu'elle ne connaissait pas. Heureusement Estéban vint à son secours.

— Ida veut parler d'une pluie fine, la brouillasse, ou *xirimiri*, de son nom basque. Bon, mesdames, je vous laisse, ce n'est pas que je m'ennuie, mais Sophie a besoin de moi.

— Tu ne travailles pas aujourd'hui ? demanda sa mère.

— Si, je travaille, je viens de te le dire.

— Oui, mais je veux dire, à l'atelier…

— Gorka l'utilise pour le moment et comme tu le sais, il est d'une humeur massacrante. Je préfère m'en tenir éloigné le plus possible.

— Il est toujours de mauvaise humeur c't homme-là, mais, et tes projets, tes commandes ?

— Arrête de te faire du souci pour ça. Je gère.

— Alors, si tu gères… répondit sa mère en dessinant dans les airs de grands moulinets.

Estéban claqua deux baisers sonores sur ses joues et caressa la tête de l'enfant.

— Et couvre-toi, il va pleuvoir, ajouta Ida.

— Je sais, j'ai plus dix ans… lui répondit-il, visiblement agacé par l'attitude de sa mère. Mais regarde, ça se lève.

Effectivement, aussi soudainement que la pluie avait commencé à tomber, elle avait cessé et le paysage somnolent sortait peu à peu de sa torpeur. L'été déployait ses couleurs. Rose chercha un terme pour exprimer son émotion face au paysage qui se dessinait à travers la baie vitrée. N'en trouvant pas, elle se rabattit sur le plus éculé.

— Ce paysage est très romantique, je trouve, mais c'est tout de même très reculé du reste du monde…

— Oui. C'est ce qui fait le charme d'Héyo. On est trop loin de la côte pour attirer les foules. Il n'y a que ceux qui connaissent le prix du silence qui passent quelques jours ici. Ou le goût des gâteaux de Maïder.

Ida s'approcha de la baie vitrée et la fit glisser. La fragrance terreuse et musquée pénétra dans la pièce.

— Bon, installez-vous. Que prendrez-vous au petit déjeuner ?

Elle saisit la petite fille, couvrit son visage de baisers sonores, l'installa sur une chaise haute et lui tendit un biberon de lait.

— N'importe...

— Ah ! Zut, ça je n'en ai pas ! En revanche j'ai du thé, du café, du chocolat, du jus de fruits, de la tisane, des tartines, du beurre, de la confiture, du miel d'Estéban, de la charcuterie, des œufs frais...

— Un café au lait et une tartine beurrée, s'il vous plait. Ça sera parfait.

Pendant qu'Ida préparait son petit déjeuner, elle se laissa aller à la lenteur imprimée par les lieux.

— Alors, qu'êtes-vous venue faire à Héyo ?

— Rien de particulier...

— Vous allez aller chez Hermine ?

Le cœur de Rose fit un bond dans sa poitrine. Elle allait devoir faire attention. Des picotements gagnèrent ses mains.

— Je ne sais pas encore, dit-elle en cherchant à éluder le problème.

— Vous ne cherchiez pas sa maison ?

— Non, pas vraiment.

Il aurait été si simple de répondre oui, pourtant, quelque chose l'en empêchait et la réponse avait jailli avec une relative facilité. C'était son premier mensonge. Curieusement, en croquant dans sa tartine, elle eut le sentiment que les obstacles, s'il devait y en avoir, étaient derrière elle.

— Sophie a dû vous expliquer.

Ne sachant ce qu'Ida attendait d'elle, Rose hocha prudemment la tête.

— Qu'Hermine accueille des gens en rupture avec leur famille ou leur travail. Des gens qui ont besoin de retrouver des forces, de se ressourcer, de se remettre d'un *burn-out* comme on dit maintenant. Elle vit avec son fils, Gorka. Un peintre maudit un peu revêche. Mais au fond, je crois qu'on l'aime tous. Vous savez ce que l'on dit : derrière un homme taciturne se cache un cœur en or.

Rose persista dans son hochement de tête. Elle n'avait jamais entendu parler de ce dicton, mais n'épilogua pas.

— Enfin. Les locataires ne restent jamais très longtemps, au moins la plupart du temps. Hermine les requinque, à moins que ce soit la vie au village. Ici, il y a quelque chose d'apaisant. Vous verrez. Quelque chose qui soigne, je ne sais pas comment l'expliquer... C'est peut-être ce que vous êtes venue chercher à Héyo ? Il n'y a pas de honte, vous savez, on passe tous par des hauts et des bas. Et si vous voulez mon avis, savoir les reconnaître est déjà une force. Je suis sûre qu'Hermine aura une petite place pour vous. Il me semble qu'un de ses pensionnaires est parti il y a quelques jours. Je vous y accompagnerai si vous voulez, dit la vieille dame d'une traite.

Ida marqua un silence, alors qu'une alarme jaillissait de la poche de Rose. Elle en profita pour se lever.

— Je vais remonter me préparer, si vous le voulez bien...

— Faites comme chez vous. Ensuite, j'irai au marché, si vous voulez m'accompagner, on pourra s'arrêter chez Hermine.

# 8

# Tellement de canards boiteux

En remontant dans sa chambre, la frustration assaillit soudainement Rose. Elle scruta l'heure et compta les minutes qui la séparaient de l'appel à Maître Saubaber. Elle avait installé l'alarme un peu tôt, mais cela lui laisserait le temps de répéter son discours.

La chambre était vaste et située au fond d'un large couloir. On y accédait par une petite marche et on entrait dans un salon flanqué de deux fauteuils club en cuir usés et d'une bibliothèque. De part et d'autre du salon, une chambre avec vue sur la Rhune et une salle de bains parfaitement équipée donnaient sur des champs.

Après avoir pris une douche et s'être habillée d'un pantalon de toile et d'une large chemise jaune, elle déposa dans son cou quelques gouttes de parfum. Stéphane le lui avait offert pour ses trente ans et, jusqu'à sa mort, elle n'en avait pas changé. À son décès, la bouteille terminée, elle s'était promis de ne plus jamais le porter, mais c'était sans compter sur Sandra qui lui en avait acheté un flacon.

— Ce parfum, c'est toi. Tu ne peux pas renoncer à lui, comme ça. Stéphane ne l'aurait pas voulu.

Ce qu'il aurait voulu ou pas, serait pour toujours de l'ordre des hypothèses, mais Rose n'avait pas eu le cœur de contredire son amie et avait accepté son cadeau. En une fraction de seconde, la fragrance suave la ramena à son mari et à leur appartement. L'espace d'un instant, elle perdit ses repères : que faisait-elle ici ? C'était de la pure folie ! Assaillie d'un accès de panique, elle se laissa choir sur un fauteuil en cuir qui couina sous son poids, son instinct, lui souffla de prendre ses jambes à son cou. De disparaître. De rentrer. Mais pour aller où ?

— Rose, je file au marché, voulez-vous venir avec moi ? Ainsi, vous pourrez passer chez Hermine...
La voix provenait du couloir et permit à Rose de se reprendre.
— Avec plaisir ! Vous me laissez quelques minutes ?
— Bien sûr... prenez de quoi vous couvrir, il peut faire frais.
Ida, après ne lui avoir parlé que quelques minutes, l'infantilisait déjà ! Si les gens agissaient systématiquement comme ça avec elle, c'est qu'elle devait leur donner l'autorisation implicite. Il fallait changer ça ! Consciente d'avoir perdu suffisamment de temps, elle se leva d'un bond et décida, dans l'ordre et avec une rapidité incroyable de se maquiller légèrement, de faire son lit, préparer ses affaires et fermer sa valise avant de rejoindre Ida. Elle songea également à la façon dont elle se présenterait à Hermine pour que sa présence ne lui paraisse pas étonnante et que son mensonge soit trop visible. Stéphane avait toujours dit qu'on pouvait lire en elle comme dans un livre ouvert et il est vrai qu'elle n'aimait pas mentir. Elle était particulièrement nulle à ce jeu-là. Elle écarquillait les yeux et ses narines se dilataient. Les lobes de ses oreilles rougissaient et ses paumes transpiraient. Elle se souvint des paroles de son époux : quand on a une bonne raison de déguiser la vérité, la faute est à moitié pardonnée. Quelle

était la bonne raison de Stéphane pour lui avoir menti au sujet de la maison sur la place ?

Les deux femmes firent le trajet sans s'adresser la parole. Ida ne posait plus de questions et, comme quelqu'un qui aurait l'habitude de côtoyer des gens taciturnes, elle s'était résignée. Malgré son âge, elle marchait avec légèreté, chaussée de bottes et vêtue d'une large cape de pluie qui ne semblait pas superflue compte tenu de la timidité du soleil. Le temps basque semblait aussi mouvant que l'océan. Ida montrait à Loréa, bien sanglée dans sa poussette, les oiseaux qui prenaient une douche dans une flaque, la lumière qui dessinait un arc-en-ciel et un nuage gris à la bouille rebondie. Alors qu'elles arrivaient au centre du village, le cœur de Rose n'en finissait pas de cogner entre ses côtes. Elle aurait préféré avoir eu Maître Saubaber avant de rencontrer Hermine, afin de savoir quelle était sa marge de manœuvre, mais quand elle appelait le standard de l'office notarial, elle tombait systématiquement sur une messagerie indiquant qu'ils ouvraient à dix heures. Il était dix-heures trente passées.

Le ciel plombé écrasait le paysage immobile quand un brusque souffle de vent écarta les nuages et un rayon de soleil illumina la place dans un poudroiement de lumière. Devant l'étal du primeur, des remarques furent faites sur le temps et sur l'actualité. Les abandonnant toutes deux devant l'étal du poissonnier, et s'armant de courage, Rose se dirigea vers la maison sur la place. Une pancarte joliment désuète, qu'elle n'avait pas vue la veille, indiquait son nom. Elle gravit la volée de marches qui menaient à la porte et sonna. La sonnette en cuivre était parfaitement astiquée, de même que le heurtoir à tête de lion. La porte récemment repeinte dans un jaune flamboyant qui détonnait avec le reste du village et flanquée de pots d'hortensias ne présentait pas la moindre éraflure. La maison était bien mieux entretenue que leur immeuble du centre-ville toulousain. Elle n'avait effectivement rien à voir avec un *squat*, comme elle l'avait qualifiée la veille. Elle entendit quelqu'un fourrager dans la serrure.

— Bougez pas, j'arrive ! C'est cette fichue porte qui coince quand il pleut, dit une voix depuis l'intérieur.

La porte s'ouvrit enfin et une vieille dame apparut.

— Entrez vite, avant qu'il se remette à pleuvoir !

Rose pénétra dans l'immense entrée.

— Je vous attendais. Vous ne deviez pas arriver hier ? Bonjour, je suis Hermine.

Les yeux pétillants et le regard espiègle de la vieille dame eurent sur Rose l'effet d'une caresse. Elle empoigna la main qu'elle lui tendait.

— Enfin, tout ça n'a pas d'importance, ce qui l'est en revanche c'est que vous ayez pu venir. Je suis bien contente. Vous êtes Carine, c'est bien ça ?

Un deuxième mensonge consisterait à acquiescer. Elle pourrait parfaitement être la Carine qu'Hermine attendait et se faufiler dans cette vie qu'on semblait lui offrir sur un plateau. Pourtant, elle démentit. La vieille dame resta un instant perplexe, un sourire aux lèvres.

— Si vous n'êtes pas Carine, qui êtes-vous ?

— Je m'appelle Rose. Je viens de la part de... Ida et Sophie...

Un voile passa dans les pupilles bleues.

— Bien. Nous allons tirer cela au clair, entrez donc.

Rose, dont la respiration saccadée avait repris, suivit son hôte jusqu'au salon. C'était une pièce vaste et merveilleuse où régnait un savant désordre agencé avec goût. Le parquet soigneusement astiqué était couvert de quelques beaux tapis usés jusqu'à la corde. Le reste du mobilier se composait de fauteuils fatigués, d'un canapé affaissé sur lequel Rose prit place et qui s'avéra particulièrement confortable. Dans un angle, un piano rutilant accueillait quantité de partitions jaunies. Sur la cheminée, des vases chinois côtoyaient des statuettes asiatiques, une croix basque en céramique, une plume de paon dans un vase ébréché, un carnet à dessin et un crayon à papier taillé au couteau, des photos dans des cadres en bois ou en laiton, le tout formait un ensemble aussi hétéroclite que charmant. Son regard s'attarda sur une console où s'entassaient des statues de toutes tailles. Deux guépards qui n'auraient pas dépareillé dans la collection de Stéphane la fixaient. Rose perçut un coup dans sa poitrine. La vieille dame s'installa sur un fauteuil à haut dossier et ramena les pans de sa jupe sur ses jambes. Elle englut d'un regard la pièce, satisfaite de son royaume. Elle régnait sur une armée de napperons en crochet et de photos jaunies.

— Vous venez de la part d'Ida, vous dites ?
— Oui, et aussi de Sophie.

En énonçant une nouvelle fois ces prénoms, Rose espérait qu'ils feraient office de sésame. Elle dévisageait la vieille dame. Elle n'avait pas dû être particulièrement belle dans sa jeunesse, mais l'aura généreuse qui émanait de toute sa personne la rendait irrésistible. C'était surtout ses yeux qui captaient l'intérêt. Des yeux en amande aux iris couleur lavande, une couleur peu commune, dans lesquels brillait une flamme de vitalité. Le silence devenant pesant, Hermine gratta sa gorge.

— Et ? demanda-t-elle d'une voix douce obligeant la nouvelle venue à s'expliquer.
— Et elles m'ont dit que je pourrais peut-être louer une chambre chez... heu, chez vous. J'ai besoin, heu, enfin je ne

sais pas si c'est un besoin, en réalité, je voudrais m'éloigner de ma vie. J'ai besoin de faire un *break*. D'appuyer sur pause quelque temps. Je ne sais pas si vous me comprenez, je me rends compte que mon discours est légèrement obscur, mais, enfin, je cherche une chambre pour quelques jours, ou plus, si vous le pouvez, je peux tout à fait payer.

C'était tout elle. Elle était incapable d'assumer le silence qui s'installait entre elle et n'importe qui d'autre et elle le remplissait de phrases et de mots inutiles, multipliant les « heu » comme s'il s'agissait d'un liant.

— Je comprends parfaitement ce dont vous parlez et elles ont eu raison. J'ai une chambre qui s'est libérée, vous pourriez la prendre.

— Oui, c'est ce qu'Ida m'a dit.

Hermine gloussa.

— Ida sait toujours tout sur tout le monde. Elle n'habite pas pour rien la première maison du village, expliqua-t-elle en clignant d'un œil. Parfois, je l'appelle la *Kommandantur*.

Un profond remords surprit Rose. Elle s'était trop avancée et avait mis Ida en mauvaise posture et elle repensa à la femme dont elle avait pris la place.

— Et, pour Carine, enfin, je veux dire, si elle arrive, comment va-t-elle faire ?

— Ne vous inquiétez pas pour ça, on trouvera une solution. Il y en a toujours et surtout, ça ne sert à rien de s'inquiéter avant que le problème survienne. Pour l'instant, elle n'est pas là. Vous n'avez pas de bagages ?

— Si, si, bien sûr, ils sont restés chez Ida. Elle m'a accueillie hier soir. Je suis arrivée un peu tard et puis…

Je vous ai vue dans la maison que j'étais censée occuper, ma maison, et je n'ai plus su quoi faire, pensa-t-elle.

— Et puis, vous avez pensé que ce village était parfait pour y passer quelques jours.
— Voilà !
— Entendu ! Voulez-vous que je vous montre la chambre avant de prendre une décision ?
— Non, non, je suis sûre que ça ira parfaitement. Je vous remercie. Je vais rejoindre Ida et l'aider à porter ses commissions. Vers quelle heure puis-je arriver ?
— Vers deux heures, ça sera parfait. Nous aurons le temps de faire connaissance, vous visiterez la maison et ce soir vous pourrez rencontrer les autres pensionnaires. On vous expliquera les règles de la maison. Pas de crainte, elles ne sont pas très contraignantes, mais pour une vie en communauté réussie, il en faut quelques-unes. En ce qui concerne le prix…
— Ça ne sera pas un problème, je vous assure.
Sans prendre en compte ce que Rose venait de dire, Hermine continua :
— En général je compte cinq euros par nuit, plus deux euros pour les repas, le petit déjeuner est offert. Si vous restez plus d'un mois, le tarif est dégressif. Vous comprenez, je suis obligée de faire payer un minimum.
— Je comprends parfaitement et d'ailleurs, ce n'est vraiment pas cher.
— Je ne veux pas en tirer un quelconque bénéfice, il faut juste que ça me paie quelques frais.
— Je comprends.
En réalité, Rose ne comprenait pas grand-chose. Comment la vieille dame pouvait-elle entretenir cette immense demeure avec si peu de revenus ? C'était un mystère qu'il faudrait résoudre. Elle prit congé d'Hermine et retrouva Ida en grande conversation. Loréa avait quitté sa poussette et trottinait entre les étals en donnant la main à Sophie.

— Ça y est, vous l'avez vue ? lui demanda cette dernière.
— Oui, elle a une chambre libre, Ida avait raison. J'irai vers quatorze heures.
Puis se tournant vers la vieille dame, elle ajouta :
— Donnez-moi ça, je vais le porter, ça a l'air de peser lourd. Faut-il réserver pour déjeuner à midi ? Je ne voudrais pas causer plus de travail à Ida, c'est déjà tellement gentil qu'elle m'ait accueillie hier soir au pied levé.
— Le jour du marché, c'est plus prudent. Suivez-moi, je vais vous noter votre nom.
Elle saisit Loréa et la posa sur sa hanche puis, d'un pas dynamique, elle pénétra dans le café, Ida et Rose à ses trousses. Elle passa derrière le bar et attrapa un cahier.
— Rappelez-moi votre nom…
— Rose. Rose… Beaulne, répondit-elle en occultant volontairement son nom de femme mariée.
— Très bien c'est noté. Midi, ça ira ?
— Oui, merci. À tout à l'heure, alors.
Sophie tendit Loréa à Ida.
— À plus tard ma chérie.
— Dis au revoir à Misso, Loréa, demanda Ida.
La petite fille agita la main dans sa direction et envoya une salve de baisers. Une fois l'enfant placée dans sa poussette, elles firent le chemin en sens inverse pour rejoindre la maison d'hôtes.
— Vous savez, vous auriez pu rester déjeuner à la maison, j'ai un peu mauvaise conscience de ne pas vous accueillir. Vraiment, je n'en suis pas fière du tout. Je ne voudrais pas vous paraître sans cœur. Je ne sais pas si vous serez bien, là-bas, chez Hermine. Elle a l'habitude d'accueillir tellement de canards boiteux, enfin, ce n'est pas ce que je voulais dire. En tout cas, pas en ce qui vous concerne, ça se voit que vous n'en

êtes pas un, de canard boiteux ! Oh misère, Estéban dit toujours que je parle trop, que je devrais réfléchir avant de parler, tourner sept fois ma langue dans ma bouche et là, tout de suite, je ne peux que lui donner raison. Je suis désolée. J'espère que vous ne le prenez pas mal.

Rose la rassura autant qu'elle le put, ce qui ne fut pas une mince affaire.

— De toute façon, l'activité favorite d'Hermine est de s'occuper des autres, alors même si les gens sont un peu zinzins, vous y serez comme un coq en pâte…

Elle s'arrêta.

— Mon Dieu ! J'ai vraiment dit ça ?

— Je crois bien, répondit Rose en éclatant de rire.

— Rose, promettez-moi que vous ne le répèterez à personne.

— Promis ! À personne, et surtout pas aux zinzins en question.

Ida passa son bras sous celui de sa nouvelle amie.

En arrivant à la maison, Loréa s'était endormie. Sa presque-arrière-grand-mère monta la petite dans sa chambre pendant que Rose déballait les achats. Les paquets, enroulés de papier kraft, fermés par une ficelle s'entassaient sur la table. Bien qu'habitant en centre-ville, elle ne se rendait que rarement au marché, préférant se faire livrer les courses sur le pas de sa porte. Elle ne s'imaginait pas, cramponnée à son panier en paille, son casque antibruit sur les oreilles, errer dans les allées qu'elle était incapable d'apprendre par cœur ou croiser quelqu'un de sa connaissance qu'elle aurait été obligée de saluer. Dans son ancienne vie, elle était sauvage, elle baissait les yeux sur ses chaussures, faisait mine d'être absorbée par quelque chose. Dans la nouvelle existence qu'elle s'apprêtait à vivre, elle serait différente. Elle s'en fit la promesse. Elle ne savait pas encore comment elle allait s'y prendre, mais elle ferait tout ce qu'elle pouvait pour y parvenir, malgré son anxiété tenace et toutes les mauvaises habitudes prises depuis si longtemps. Soudain, elle fut persuadée d'être sur la bonne voie.

# 9

## Quelques grammes de sa répartie

En chemin, les pavés avaient eu raison des roulettes de la vieille valise et elle avait dû la porter, ce qui l'avait encore retardée. En deux jours, elle avait accumulé plus de retard que durant toute sa vie, où arriver à l'heure à ses rendez-vous signifiait y être avec quinze minutes d'avance. Sur la place Royale, tout au bonheur de se retrouver à nouveau dans ce décor digne d'un film, elle avisa Estéban qui installait un couple de clients à une table. Derrière lui, une longue file serpentait sous les arcades. Rose comprit pourquoi Sophie avait préféré lui retenir une table : elle allait faire des envieux. Quand Estéban eut terminé, elle s'approcha de lui.

— Je suis désolée, j'espère ne pas être trop en retard...

Il se retourna, un sourcil levé, surpris de la trouver derrière lui.

— Oh, mais si, vous l'êtes ! Terriblement en retard même, regardez-moi tous ces gens qui lorgnent sur la table laissée vacante sous le platane ! Vous êtes en retard d'au moins deux minutes et dans ce pays, nous refusons d'être traités de la sorte ! répliqua-t-il avant de prendre la direction du café.

Consternée, ne sachant plus quoi dire ni quoi faire, Rose implora Sandra de lui donner quelques grammes de sa légendaire répartie par télépathie. Elle sentit le lobe de ses oreilles rougir et le fromage blanc envahir sa tête. Les fourmillements investirent ses doigts et ses mollets. Si tout se produisait comme elle en avait l'habitude, elle n'allait pas tarder à perdre totalement pied, à s'effondrer et à se mettre à pleurer. Elle tenta de verrouiller tout ce qu'elle put et se concentra sur sa respiration. Dans moins de deux minutes, la seule option possible serait la fuite. Elle se retint à une table pour ne pas vaciller pendant que le bruit envahissait son crâne. Elle allait quitter le café, s'enfuir en courant pour ne plus jamais revenir ou mieux encore, elle allait s'enfouir sous terre et ne jamais ressortir.

— Ne l'écoutez pas, Rose, il adore faire ce genre de blague, dit Sophie en venant à sa rescousse.

La femme la prit par le bras et lui présenta une table, elle tira une chaise et Rose s'affala dessus.

— Il a un humour parfois étonnant, mais à la longue, on s'y fait.

Estéban les rejoignit et déposa une carafe et une ardoise sur laquelle était inscrit le plat du jour.

— Aujourd'hui, c'est du poulet basquaise. J'espère que ça ira, parce qu'il n'y a rien d'autre, dit-il toujours aussi désagréable.

Rose se demanda comment Sophie pouvait être tombée amoureuse de lui. La différence entre les deux était flagrante.

— Ça ira très bien, chevrota-t-elle. J'adore le poulet à la basquaise et puis ici, c'est un peu la règle non, de manger des plats typiques, c'est ce que viennent chercher les touristes ?

— Chez nous, en tout cas, c'est une règle établie.

Elle dut paraître étonnée, car il ajouta :

— Maïder, la cuisinière n'est pas connue pour son plat du jour, par contre vous me direz des nouvelles de ses desserts.

— Oh, merci, mais, je n'en prends pas, s'excusa Rose.

— Comment ça ? Vous voulez déclencher une guerre intestine au café ? En tout cas, ne comptez pas sur moi pour le lui dire ! Il faudra le faire vous-même !
— Alors, à ce compte-là, j'en prendrais peut-être…
— Il vaudrait mieux effectivement, répliqua-t-il, une pointe de malice dans la voix.
— Estéban, t'en as pas marre de faire des plaisanteries qui ne font rire que toi ? demanda Sophie dans un grand sourire.
— C'était une plaisanterie ? demanda Rose en couinant.
Le jeune homme lui adressa un clin d'œil en s'éloignant vers de nouveaux clients.

Le vent faisait voleter les serviettes en papier disposées sur les tables et Rose se régalait à regarder les commerçants du marché qui pliaient leurs étals colorés. Ils s'apostrophaient en se partageant ce qui n'avait pas été vendu ou trinquaient à la vente du jour, se souhaitaient une bonne fin de journée et se donnaient rendez-vous le lendemain dans un village voisin. Elle n'avait jamais assisté à ce genre de scène et, étonnamment, elle en ressentit un sentiment très doux et très agréable, un sentiment qu'elle n'avait pas ressenti depuis longtemps. Un peu comme si soudain, elle appartenait à une communauté restreinte qui avait le privilège de vivre dans un village de comédie romantique.
— Vous êtes attendue chez Hermine à quelle heure ? lui demanda Sophie gaiement, la tirant de ses rêveries.
— Vers quatorze heures.
— C'est bien, qu'Hermine vous ait trouvé une petite place, je sais qu'elle ne pose jamais la question et je suis toujours très curieuse, mais si vous me trouvez trop intrusive, vous pouvez ne pas répondre, il n'y a aucun problème.

Rose se prépara à botter en touche, mais mentir une fois de plus sur la raison de sa présence ici lui paraissait insurmontable. Elle était consciente qu'il faudrait qu'elle établisse un scénario, mais elle trouvait de plus en plus difficile de trouver une idée. Peut-être pourrait-elle avoir des problèmes au travail ? Encore faudrait-il qu'elle en ait un. Ou avec ses enfants ? Non, jamais elle ne mentirait à ce sujet, trop inquiète que son mensonge devienne réalité. Des problèmes de couple, peut-être ? À bien y réfléchir, c'était ce qui se rapprochait le plus de la vérité.

— Vous pensez rester longtemps à Héyo ?

Elle fut décontenancée, ce n'était pas la question à laquelle elle s'attendait. Elle bafouilla quelques secondes avant de se reprendre.

— Je ne sais pas, quelques semaines. Tant que je ne prendrai pas la place de quelqu'un qui en aurait plus besoin que moi. Chez Hermine, je veux dire.

— Oh ! Ne vous inquiétez pas pour ça, si ça devait être le cas, elle trouverait une solution, la maison est grande. Presque autant que son cœur. Il restera toujours la chambre de Gorka, ça ne serait pas la première fois qu'il dormirait dans sa cabane.

— Mais, il laisserait sa chambre ?

— Oui si quelqu'un en avait besoin. Il est comme ça. Notez que ça ne se voit pas de prime abord. Quand Ida et Hermine sont arrivées, il n'y avait rien ici. Ida avait un gamin d'une douzaine d'années, c'était Estéban. Gorka était déjà adulte et vivait à l'étranger. Les autorités ont d'abord voulu les en empêcher, mais elles se sont épaulées. Elles ont tenu bon. Petit à petit d'autres sont arrivés. Moi, par exemple, j'ai repris le café grâce à Jean-Pierre Pernault, vous connaissez ?

Rose répondit que oui.

— Un jour il a présenté le café qui était à reprendre, j'ai postulé, j'ai été choisie et voilà.

La femme fit un large geste du bras englobant la terrasse et le bâtiment.

— Il est magnifique ! assura Rose. J'imagine que ça doit être incroyable d'avoir fabriqué ça toute seule. Vous pouvez être très fière.

— Je n'étais pas toute seule, mais vous avez raison, je suis fière parce que grâce au café, le village a retrouvé une vraie vie de village avec des villageois, des enfants, une école Montessori, un club multisport. Les gens aiment passer du temps ici.

— C'est ce que m'a dit Ida, on y vient de loin, si j'ai bien compris.

— Oui, l'été surtout. L'hiver c'est plus calme. Ça a pris quelques années avant qu'il devienne tel que vous le voyez. Au début, il n'était pas aussi charmant, vous savez. Il a fallu lever des fonds, demander des subventions, monter des projets. On a choisi de s'orienter vers l'artistique et l'authenticité. « Héyo est authentique » aurait d'ailleurs pu être notre slogan et dernièrement en conseil de village, on a effectué un autre virage. On veut en faire un lieu écoresponsable où l'art et la culture auront toute leur place. Il y a tout ce qu'il faut ici. On a même la chance d'avoir un médecin, Isabel. Elle travaille à l'EHPAD tout proche et tient une permanence ici quelques heures par semaine.

Le téléphone de Rose sonna et Sophie s'éloigna. Maître Saubaber, absent quand elle l'avait appelé, avait choisi, sans doute pour éviter de lui être confrontée, d'envoyer un SMS. Rose allait enfin connaître le fin mot de l'histoire de cette maison et ses occupants. La lecture, pourtant, ne l'éclaira pas du tout : « *Chère Rose, je ne suis pas au courant d'une éventuelle occupation de la demeure sise 10 place Royale à Héyo. Stéphane ne m'a en outre pas autorisé à vous en dire plus que ce que je vous ai déjà dit : il a hérité de la maison. Il préférait s'expliquer par l'intermédiaire du cahier qu'il m'avait chargé de vous remettre. En avez-vous pris connaissance ? Cela ne vous en dit-il pas davantage ? Je reste à votre disposition si besoin. Prenez soin de vous. GS ».*

Trop abasourdie par la nouvelle lors de la succession, Rose n'avait pas entendu le notaire. Son mari avait hérité d'une maison. De quand datait ce legs ? Ils étaient mariés depuis vingt-cinq ans. Datait-il d'avant leur mariage ? Du décès de son père ? Non, c'était impossible, sa belle-mère en aurait hérité avant lui. Pouvait-on spolier son épouse et transmettre une maison à son fils ? Était-il possible d'hériter sans jamais en informer son conjoint ? D'après Maître Saubaber, Stéphane avait rédigé son testament cinq ans auparavant, soit trois mois après le décès de son père. Ce devait être l'explication, mais Thérèse, la mère de Stéphane, n'était pas au courant elle non plus. Rose se sentit flouée, réduite au rôle de figurante dans la vie de son mari. Une partie du message du notaire lui sauta aux yeux : le cahier ! Mais quelle sotte elle était ! Elle ne l'avait pas encore ouvert. Comment avait-elle pu oublier ce cahier ? Même s'il en allait souvent ainsi des formulaires de rentrée dans les établissements scolaires quand les enfants étaient petits, des documents administratifs, des rendez-vous médicaux tels que les mammographies ou les mises en demeure quelconque, un cahier hérité de son époux n'aurait jamais dû avoir le même sort. Elle fouilla dans son sac et se souvint qu'il était tombé au sol dans la voiture de Roger. Elle ne se souvenait pas avoir ramassé le cahier, pas plus que les clés de la maison. Un sentiment d'incapacité s'abattit sur elle. Elle n'était pas seulement angoissée, elle était aussi inapte à l'autonomie. Elle pouvait faire de grands discours à Sandra et sa mère, comment aurait-elle fait pour ouvrir la maison sans les clés ? Elle allait devoir demander au vieil homme de les récupérer. Pourquoi se mettait-elle dans ce genre de situations ?

Pour la première fois depuis la mort de Stéphane, elle avait mangé avec plaisir. Le poulet à la basquaise était exquis. Elle essuya consciencieusement la sauce restée dans l'assiette en regardant autour d'elle et avala le morceau de pain. Elle ferma les yeux et les bruits du village s'imposèrent un par un : le murmure du vent d'abord ainsi que le frémissement des feuilles, puis le bruit des couverts sur les assiettes, les conversations, le rire d'un enfant. Elle aimait cet exercice qui lui donnait l'impression d'être plus présente au monde. Assise à l'ombre du platane, elle retrouva peu à peu l'étrange impression d'être en harmonie qu'elle avait ressentie en arrivant au village. Cela faisait une éternité qu'elle n'avait pas éprouvé cette sensation. Pour la première fois depuis longtemps, elle se moquait éperdument de savoir ce que les gens autour d'elle pensaient en la voyant seule à sa table. Ils pouvaient bien imaginer ce qu'ils voulaient, ça lui était égal et cela avait une merveilleuse saveur.

— Pour le dessert, j'ai choisi pour vous, lui annonça Estéban, la tirant de cet instant parfait.

Elle ouvrit les yeux et fixa le triangle en bambou posé sur une assiette. À l'intérieur du moule, une crème blanche et fondante tremblotait. La poudre cacaotée saupoudrée dessus formait une croute veloutée et mouvante. Elle n'avait jamais vu un dessert aussi étrange que celui-ci.

— Et voici, l'*Itxaropena*, ça veut dire espoir, en basque, c'est de circonstance, non ? Vous m'en direz des nouvelles.

Rose se demanda pourquoi l'espoir était de circonstance, mais resta seule avec ses considérations. Estéban retira doucement le triangle en bambou et la crème se mit à couler sur le gâteau dessinant un nouveau paysage cacaoté. Ça faisait comme des continents qui glissaient sur une mer blanche et crémeuse. Elle sourit. Si ce gâteau s'appelait l'espoir, il était bien mal en point. Dessous apparut une coque lisse. Elle saisit la fourchette à dessert avant de frapper doucement sur le dessus qui se fendilla et laissa s'échapper un coulis rose et crémeux. Elle n'osa demander ni le goût ni la composition de la pâtisserie. Prudemment, elle mit un morceau dans sa bouche et comprit ce que signifiait la phrase utilisée maintes fois dans les émissions culinaires : les saveurs éclatèrent en bouche. Dans une seule bouchée, elle perçut du salé, une pointe d'acidité, un peu d'amer qui se collait au palais et un fond légèrement sucré, très sobre, qui persistait jusqu'à la bouchée suivante.

— Étonnant, non ?

Elle se tourna en direction de la voix provenant d'une table voisine. Un homme la fixait, un étrange sourire aux lèvres.

— Hum, hum, finit-elle par ânonner.

— Vous êtes ici de passage ? Il me semble ne vous avoir jamais rencontrée, continua-t-il avant de se lever et de s'installer à sa table sans la moindre gêne.

Elle le dévisagea et fixa ses épais cheveux noirs striés de blanc rejetés vers l'arrière qui lui faisait penser à la fourrure d'un renard argenté. Son visage n'était pas d'une beauté conventionnelle, mais il possédait une grâce difficile à définir. C'était le genre de visage qu'on n'oublie pas. Plutôt trapu, l'homme n'avait pas les codes actuels de la beauté masculine. Pas de muscles saillants, pas de barbe entretenue au cordeau par une barbière attentionnée, pas d'ongles parfaits, juste, un léger embonpoint sous le tee-shirt et des poils bruns qui sortaient par le col. Il lui sourit et Rose sentit son cœur se mettre à battre. Immédiatement elle en conclut un sentiment de honte. La vie ne pouvait-elle pas être plus simple ? Pourquoi fallait-il toujours que des sentiments inattendus viennent compliquer les relations entre les gens ? C'était vraiment n'importe quoi ! Ses yeux d'un noir profond la scrutaient. Depuis combien de temps un homme ne l'avait pas regardée de la sorte ? Son insistance la mit mal à l'aise et elle ressentit un étrange engourdissement. Elle passa une main dans ses cheveux et se força à construire une phrase intelligible et totalement dénuée d'affect.

— Je suis arrivée il y a à peine quelques heures. C'est le paradis ici ! Et puis, ce temps, ce soleil… dit Rose avec emphase, soucieuse de faire honneur à l'accueil que lui avaient réservé les propriétaires du café et le village.

Il regarda le ciel.

— Pfff, le Pays basque, toujours en train de frimer ! Considérez le soleil ici comme une Diva qui n'en fait qu'à sa tête et vous ne serez pas déçue ! Vous bénéficiez de conditions exceptionnelles qui ne dureront pas. Attendez que la pluie revienne ! Certains jours, on a l'impression qu'elle ne s'arrêtera jamais, dit-il.

— C'est vrai que j'étais un peu inquiète ce matin, mais la météo fait partie de la légende ici, non ? On dit qu'il y pleut plus qu'à Brest.

— C'est ce qu'on dit, oui, mais, si vous voulez mon avis, je ne pense pas que cela soit une légende. Vous aurez peut-être un peu de chance… Qui sait ? Votre valise fait un peu pitié… dit-il en considérant la valise échouée à ses côtés.

— Elle m'accompagne depuis très longtemps, mais je pense que nous venons de faire notre dernier voyage.

— Vous restez donc quelques jours ici ? Vous avez de la famille au village ?
— Oui, non.
— Oui, non ? Oui vous restez quelques jours et non, vous n'avez pas de famille ici ?
— Exactement, dit-elle en souriant.
— C'est bien.

Alors qu'elle allait demander des précisions sur ce qui était bien, il se leva, fourra ses mains dans son pantalon de toile fatigué, la gratifia d'un signe de la tête et tourna les talons aussi rapidement qu'il avait fait irruption, la laissant incrédule devant ce qu'elle considérait comme une prise en otage.

— Vous avez fait la connaissance de Gorka ? demanda Sophie en s'approchant de sa table alors qu'elle suivait la silhouette des yeux.

— Je ne sais pas, il ne s'est pas présenté.

— Ça ne m'étonne pas du tout, c'était Gorka, le mentor d'Estéban, le fils d'Hermine. Quand Estéban a décidé de lâcher ses études pour la création, Gorka l'a aidé, accompagné et soutenu. Je ne sais pas si sans lui il aurait persévéré. Il est lui-même peintre et sculpteur. Il fait partie de la famille des artistes maudits, des torturés, de ceux qui n'ont pas trouvé leur public. Il en veut à la terre entière. C'est assez rare d'ailleurs qu'il s'abaisse à parler à quelqu'un de, comment dire, quelqu'un de normal.

Rose estima que « normale » était effectivement l'adjectif qui la caractérisait, il était moins désagréable que le quelconque qu'elle avait parfois surpris dans des conversations entre les épouses des employés de Stéphane. Elle ne faisait pas partie de ces femmes sur lesquelles on se retourne quand elles entrent dans une salle et la plupart du temps, ça lui convenait parfaitement. Normale, elle l'était, tant qu'on ne savait rien de ses démons.

— On n'a pas vraiment parlé non plus. Je ne sais pas si les considérations sur la météo au Pays basque et l'état des roulettes de ma valise peuvent être assimilées à une discussion, finit-elle par répondre.

— En ce qui le concerne, c'est un véritable dialogue qu'il faut prendre en compte, gloussa Sophie.

Elle regarda en direction d'une maison où l'homme s'était engouffré.

— Bien qu'il vienne déjeuner ici chaque jour et que je sois la femme d'Estéban, je ne suis pas certaine qu'il m'ait déjà dit autant de mots qu'à vous, dit-elle avec un air résigné. Bien, voulez-vous que je vous accompagne jusque chez Hermine ?

Le rythme cardiaque de Rose accéléra. Elle contempla la maison au fond de la place et sa porte jaune qui claquait dans la lumière. Il serait si simple de se dérober, de prétendre que finalement, elle allait rentrer à Toulouse. Cela ne serait qu'une stratégie d'évitement supplémentaire à mettre à son actif. Elle pourrait aller chez sa mère, ça lui ferait plaisir. Martine la prendrait en charge et ce n'était pas non plus aussi désagréable qu'elle le prétendait de ne rien avoir à choisir et de se laisser porter par les autres. Soudain, elle perçut dans le regard de Sophie quelque chose qui l'aiguillonna. Un début de pitié. Elle se redressa. Elle n'avait pas quitté Toulouse pour, à nouveau, inspirer ce sentiment à quelqu'un. Elle en eut froid dans le dos. Ne s'était-elle pas promis de trouver des réponses à ses questions ? Jusqu'à aujourd'hui, elle n'avait jamais fait grand cas des promesses qu'elle se faisait à elle-même. C'était quelque chose qui devait changer même si la situation la dépassait et que le courage nécessaire pour affronter ces découvertes était bien supérieur à celui qu'elle savait posséder.

# 10

## Comme une couverture chaude

Assise sur l'antique canapé, Rose tentait par tous les moyens de réfréner l'anxiété générée par la lisière entre deux mondes différents. C'était toujours comme ça. L'idée de quitter un environnement qu'elle connaissait par cœur la mettait systématiquement en difficulté. Cela pouvait-être le changement de classe ou d'établissement des enfants, le déménagement de ses voisins de palier, ou la modification du jour de sortie des poubelles. Jamais pourtant, elle n'avait expérimenté quelque chose d'aussi radical que ce qu'elle était en train de vivre. Elle avait appris à se tenir à l'écart des surprises et autres nouveautés, et sa garde rapprochée avait mis en place autour d'elle une routine sereine pour l'en protéger. Elle devait convenir que malgré ses craintes, le ciel ne lui était toujours pas tombé sur la tête et le sol ne s'était pas ouvert sous ses pieds. Pas encore, pensa-t-elle le regard dans le vague incapable de s'accrocher à quoi que ce soit. Elle fit un effort et se concentra sur l'horloge. Elle compta les secondes qui passaient et peu à peu le flux bruyant de ses pensées se réduisit à un mince filet. Depuis la cuisine, elle percevait le bruit rassurant de tasses et de couverts, ainsi que le sifflement d'une bouilloire : Hermine s'affairait pour leur préparer le thé. Quand elle revint au salon, Rose ne put s'empêcher de lui faire un compliment sur la couleur de ses cheveux.

— Il paraît que je porte très bien mon prénom. Il aura quand même fallu que j'attende le grand âge pour qu'il en soit ainsi. Vous saviez que l'hermine était l'animal de compagnie favori des châtelains au cours du Moyen-Âge ? Alors voilà, outre mes cheveux blancs comme neige, tout comme l'animal, je suis de très bonne compagnie.

La vieille dame éclata de rire. C'était un rire grelot qui montait haut avant de s'arrêter tout net.

— Bon, trêve de plaisanteries, et si vous me parliez un peu de vous. C'est la règle ici. Je ne vous demande pas de me faire de grandes confidences, mais de me dire ce que vous jugerez nécessaire pour m'expliquer le pourquoi de votre présence ici et ce que vous attendez de votre séjour.

Rose se leva pour lui venir en aide alors qu'elle se penchait pour poser le plateau sur la table basse.

— Tss, tss, ne vous inquiétez pas, restez donc assise, je suis encore adroite, ne vous fiez pas à mes mains qui ont la tremblote. Elles veulent faire croire que je suis une petite chose fragile, mais surtout, n'en croyez rien, dit-elle en se redressant et en serrant ses mains l'une contre l'autre.

— Oh, mais, non, ce n'est pas ce que je voulais dire, enfin vous faire penser que… Je voulais juste vous aider.

— Rasseyez-vous, et parlez-moi plutôt un peu de vous.

— Je viens de fêter mes cinquante ans et j'ai éprouvé le besoin de m'éloigner de ma vie.

— Cinquante ans, c'est un tournant dans la vie d'une femme, n'est-ce pas ? Pas toujours très facile à appréhender, hein ? Ils sont bien loin les miens, ajouta-t-elle en versant le breuvage fumant dans une tasse blanche ornée de fleurs rose pâle. Ce qui m'intéresse, c'est de savoir pourquoi vous avez choisi Héyo.

— J'ai lu un article sur le village, sur internet, vous connaissez ça, un algorithme vous balance des informations dont vous ne pensiez pas avoir besoin et puis…

— Oh, ne me parlez pas d'internet. Je n'y connais absolument rien.

— En tout cas, ça m'a donné envie de découvrir le village. Les photos étaient superbes.

Rose tournait autour du pot comme un sumo autour de son adversaire. Elle but une gorgée de thé.

— Excellent ! observa-t-elle avec un peu trop d'emphase. Et puis, il y avait une émission à la télé. C'était une émission sur le bien-être et l'intervenante expliquait que les changements de vie étaient nombreux en ce moment, et je ne sais pas pourquoi, ça m'a décidé à tenter l'aventure. J'ai toujours eu envie de changer des choses à ma vie, sans jamais oser le faire. Je ne suis pas très courageuse, vous savez.

— Vous trouvez ? Partir comme ça, seule, dans un village, à l'aventure, ce n'est pas du courage ?

— Non, ce n'est pas ça le courage.

— Et qu'est-ce que c'est alors ?

— Je ne sais pas… se battre contre quelqu'un, peut-être ?

Et soudain, Rose comprit qu'elle allait devoir se battre contre elle-même et tous ses démons.

— Ma mère ne parlerait jamais de courage, elle vous dirait que je ne suis pas raisonnable.

— Heureusement que vous ne l'avez pas été ! Sinon, on ne se serait peut-être jamais rencontrées, vous et moi. Vous me plaisez bien, Rose.

Hermine s'enfonça dans son fauteuil.

— C'est tout ? C'est la seule raison pour laquelle vous êtes ici ? poursuivit-elle en plissant les yeux.

Ce faisant elle claqua sa langue contre son palais et fixa son regard pervenche au fond des rétines de son hôte.

— Oui, je vois, je m'en doutais, ça ne suffit pas pour prétendre à une place ici ? répondit Rose penaude.

— Oh ! Non, non, ce n'est pas ça du tout, il n'y a pas de niveau minimum requis. C'est juste que j'aime bien connaître les véritables raisons qui m'amènent mes petits pensionnaires. C'est plus facile pour faire connaissance si on est honnête les uns envers les autres, vous ne trouvez pas ?

Rose se trémoussa sur son siège. Comment la vieille dame avait-elle compris qu'elle cachait quelque chose ?

— J'ai l'habitude de dire que le hasard ne conduit jamais pour rien quelque part, reprit Hermine, il fait souvent très bien les choses, et s'il vous a fait arriver ici, c'est que vous avez quelque chose à y trouver. Ou à y faire.

— Vous êtes sûre ?

— Sûre de quoi ? demanda Hermine perplexe.

— Que le hasard fait bien les choses ?

— Absolument ! Vous ne connaissez pas la phrase d'Éluard ? Il n'y a pas de hasard, que des rendez-vous ?

Rose connaissait surtout les paroles de la chanson de Francis Cabrel qui reprenait cette citation, mais elle préféra s'abstenir et pour se donner une contenance, elle prit une nouvelle gorgée de thé.

— Goûtez-moi ces sablés, c'est Candice qui les fait. Cette enfant est très particulière, enfin, je dis enfant, mais elle a vingt ans passés. Je ne sais pas quel âge elle a véritablement d'ailleurs, il faudra que je le lui demande. Les jeunes de nos jours ont l'air d'être des gamins très longtemps, vous ne trouvez pas ? C'est peut-être leur façon de s'habiller, avec leurs jeans troués. Bref.

Rose croqua dans un sablé. Quoiqu'un peu dur, il était très bon.

— Donc, venir ici, pour vous, c'est juste une sorte d'évasion.

— Oui.

— Et, vous n'aviez jamais entendu parler du village avant de trouver son nom sur internet ?

— Non, pas vraiment.

— Pas vraiment ?

Immédiatement elle ressentit un sentiment diffus. Quelque chose de l'ordre d'une alarme : avec sa gentillesse, la vieille dame avait endormi sa méfiance et elle était tombée dans le panneau. Hermine souriait de façon énigmatique. Occuper ses mains avait toujours aidé Rose à retrouver son calme et à canaliser ses pensées, machinalement, elle fit tourner sa bague autour de son doigt.

— Enfin, j'ai entendu prononcer son nom à l'occasion d'une réunion.

— Quelqu'un qui y était venu ?

— Voilà.

Hermine sembla se contenter de ce peu d'explication.

— Et, êtes-vous mariée ? demanda-t-elle, les yeux fixés sur la bague.

En un mouvement réflexe, Rose cacha ses mains sous ses cuisses.

— C'est un peu plus compliqué que ça.

— Ah ! L'amour ! Ce n'est pourtant pas bien compliqué. On aime ou on n'aime pas. Il n'y a rien de plus simple. Il n'y a rien de plus beau non plus, n'est-ce pas ?

Rose hocha la tête.

— Vous n'êtes pas la première ni la dernière à avoir des problèmes de couple, ajouta Hermine.

Rose se trémoussa.

— Oui, je sais, ce n'est pas parce que vous n'êtes pas la seule que ça va vous consoler, mais si d'autres ont réussi à dépasser le problème, vous y arriverez aussi, ajouta la vieille dame en posant sa main sur celle de Rose. J'ai quatre-vingts ans sur ma carte d'identité, trente ans de moins dans ma tête et dix de plus dans mes articulations. Jeune femme, je n'ai jamais fumé, bu un verre de trop, ni goûté à de quelconques drogues. Tout simplement parce que, dans le désordre : ce n'était pas bon pour la santé, j'aurais détesté perdre le contrôle, et parce que ça ne se faisait pas, mais un jour, j'ai tout plaqué sur un coup de tête. J'ai cédé à la tentation d'un regard et j'ai eu ce que vous appelez, vous autres les jeunes, un coup d'un soir qui a chamboulé ma vie entière.

Les deux femmes restèrent muettes quelques secondes, dégustant le thé, les sablés, les mots de la vieille dame et le silence qui s'en était suivi. Rose faisait le tri dans ce que venait de dire Hermine. Une telle franchise lui fit ressentir un sentiment spontané de sympathie pour la vieille dame mêlé à de la honte et elle se sentit extrêmement mal : pourquoi fallait-il que ce soit cette femme qu'elle expulse de chez elle ? À la regarder, là, tranquillement assise dans son fauteuil au milieu de tout ce qui avait fait sa vie, elle semblait tellement sereine que Rose en eut les larmes aux yeux. La pièce était baignée d'une lumière agréable et mettait tour à tour en valeur le bric-à-brac rassurant de la propriétaire et soudain Rose comprit qu'elle avait envie de lui plaire. Un sentiment récurrent chez elle, qu'elle n'avait jamais réussi à réfréner et qui la faisait déployer des trésors d'ingéniosité. Le syndrome du bon élève, disait Stéphane.

Une boule de poils noirs déboula dans la pièce et vint se frotter contre les jambes de Rose. Elle retint sa respiration en attendant que le félin ait terminé son inspection. Elle ne pouvait pas dire qu'elle détestait les chats, non, bien sûr, mais la vérité c'est qu'elle ne les aimait pas. Elle les trouvait vicieux et roublards, d'autant qu'on ne pouvait jamais être sûrs de leur réaction. Passée la surprise, elle se baissa lentement pour caresser la tête de l'animal qui se laissa faire. Son ronronnement eut un effet immédiat sur son humeur et un sourire se dessina sur son visage.

— Je vous présente la mascotte du village. Il entre par une fenêtre et ressort par la porte. Ou inversement. Il a une écuelle dans chaque maison autour de la place, sauf peut-être chez Sophie et Estéban qui ont deux énormes matous. Il ne reste jamais plus de deux jours chez personne, il n'est pas très fidèle, mais on dirait que vous avez la côte, il ronronne sacrément fort, ce n'est pas dans ses habitudes.

La vieille dame tendit la main pour caresser l'animal à son tour, mais celui-ci persistait à se frotter aux mollets de Rose. Elle sourit.

— C'est une bonne nouvelle que vous vous entendiez bien, parce que vous allez dormir dans la même chambre ! Quand il est ici, je le retrouve systématiquement dans la chambre qui va être la vôtre. J'espère que ça ne vous dérangera pas.

Rose, toujours assise, fixa son hôte à la fois étonnée et atterrée. On ne pouvait pas lui demander une chose pareille ! Ce n'était pas possible. Jamais elle ne pourrait dormir en sachant qu'un chat était dans la même pièce qu'elle. Elle serra ses mains et tordit ses doigts.

— Si on doit partager notre chambre, il faudrait peut-être que je connaisse son nom, dit-elle d'une voix blanche.

— Chez moi, il s'appelle Pitua, chez les autres je l'ignore. Sans doute Minou ou Lechat.

— Ça veut dire quoi, Pitua ?
— C'est un gros mot basque. En gros, ça pourrait vouloir dire connard.
Rose s'étouffa avec sa dernière gorgée de thé.
— Pardon ?
— Oui, vous avez bien compris ! En gros, ça signifie bite, mais on peut l'utiliser pour connard. Oh, écoutez, ça change un peu des noms bateaux que l'on donne aux animaux domestiques et ça fait toujours son petit effet ! dit Hermine avec un regard taquin.

Pitua regardait Rose de ses grands yeux jaunes comme s'il possédait une sagesse ancestrale qui lui était inaccessible. Se sentant en confiance, elle s'enhardit, l'attrapa et enfouit son nez dans son pelage qu'elle respira profondément. Ses ronronnements avaient l'étrange pouvoir de faire taire ses inquiétudes. D'un saut, il quitta ses bras et prit une pose nonchalante avant de vaquer à une occupation de la plus haute importance : faire sa toilette.

— Ça me rassure que vous l'ayez pris dans vos bras. Quand il est entré dans la pièce, l'espace d'un instant, j'ai cru que vous aviez peur des chats.

C'était à n'y rien comprendre. D'ordinaire, quand un chat partageait son espace vital, la peur se diffusait à tout son être. Mais avec Pitua, rien de tout cela. Ses yeux jaunes s'étaient fichés dans ceux de Rose, pleins de confiance et une sorte de pacte entre eux semblait avoir été scellé. Rose eut le sentiment étrange qu'à Héyo, tout semblait s'être inversé.

— Comment faites-vous pour recruter vos hôtes ? demanda-t-elle. Recruter, ce n'est peut-être pas le terme, vous passez des petites annonces ?
— Non, pas d'annonces…

Hermine, qui s'était levée, époussetait les guépards posés sur la console avec le bout de la manche de son gilet. Le chat revint se lover sur les genoux de Rose et Hermine éclata de rire devant la tête décomposée de la femme.

— Aujourd'hui, on dirait bien que Pitua veut me faire passer un message… s'exclama la vieille dame.

— C'est lui qui choisit ? se hasarda Rose en souriant.

— Non, c'est quelque chose d'inexplicable. Quelque chose de l'ordre du grand ordonnateur. Dès qu'une place se libère, quelqu'un se présente. C'est aussi simple que ça. Et aujourd'hui, c'est vous.

— Vous n'avez jamais eu peur ?

— Peur de quoi ?

— De rencontrer des gens flippants.

— Genre un tueur en série ?

Rose déglutit bruyamment.

— Exactement…

— Vous avez une imagination foisonnante, il faudrait en faire quelque chose, Rose. Non, mon fils Gorka, habite ici de temps en temps, lui aussi. C'est rassurant pour moi, même si ça peut parfois être très agaçant.

— Ma présence ne le gênera pas ?

— Je ne vois pas pourquoi ça le gênerait. Il a l'habitude. Par contre, vous devriez arrêter de martyriser ce chat ! À force, vous allez finir par l'étouffer. Allez, venez, je vais vous faire visiter la maison.

Rose s'empourpra et lâcha le chat qui s'étira et bâilla.

— Enfin, je dis ça, mais il n'a pas l'air particulièrement malheureux, précisa la vieille dame en lui faisant un clin d'œil.

La maîtresse de maison l'entraîna dans le vestibule, puis elles grimpèrent un escalier monumental qui formait une structure aérienne tout en courbes. Il semblait en lévitation n'usant d'aucun mur pour prendre appui. Elles débouchèrent sur un couloir étroit et long, simplement éclairé par une fenêtre ouverte sur la façade qui donnait l'illusion d'être un tableau. Elles pénétrèrent dans une vaste chambre.

— Voilà, ça sera votre domaine tant que vous resterez parmi nous.

Pitua déboula en trombe et sauta sur le lit.

— Il défend son territoire, s'exclama Rose amusée par l'attitude du chat.

— Ça sera votre domaine et celui du chat, rectifia Hermine alors que l'animal s'étalait de toute sa longueur sur le couvre-lit.

La frise en stuc qui ourlait le plafond et les rideaux en chintz accrochés aux fenêtres donnèrent à Rose un sentiment d'irréalité. Sur le bureau en acajou trônait un autre guépard, plus gros que ceux sur la cheminée.

— C'est amusant, vous avez des guépards aussi dans le salon. Vous en faites la collection ?

— Vous êtes très attentive !

— Oh, c'est surtout que ce n'est pas si fréquent d'en voir. D'habitude les gens collectionnent les chouettes, les canards, les cochons ou les vaches.

— Non, moi, je n'aime pas collectionner les choses.

Rose resta sur sa faim. Pourtant, cela ne pouvait pas être une simple coïncidence qu'il y ait des guépards ici, dans cette maison qui appartenait à son mari alors que lui-même les collectionnait. La vieille dame s'approcha de la fenêtre et colla son front contre la vitre.

— Non, ce n'est pas moi qui collectionne les guépards, ils appartenaient à mon amoureux.

Rose eut un instant de stupeur.

— Ah ! fit-elle au comble de la répartie.
— Enfin, mes histoires de vieille bonne femme ne vous intéressent pas. Pourquoi faut-il toujours que la vieillesse s'épanche ?
— Oh, mais si ! J'adore écouter les histoires.

La vieille dame se retourna brusquement vers Rose qui se remit à parler pour masquer sa nervosité.

— Enfin, ne vous méprenez pas, ce que je veux dire, c'est que vous ne m'ennuyez pas du tout.

Une vague de nausée s'empara d'elle. Elle ne comprenait plus rien. L'amoureux d'Hermine collectionnait les guépards ? N'avait-elle pas dit qu'elle avait quatre-vingts ans ? Enfin, ce n'était pas possible que Stéphane et elle puissent être amoureux ? Amants ? Tout cela était absurde. La vieille dame s'avança vers le lit et passa ses mains bien à plat pour lisser le couvre-lit.

— Vous ne devriez pas avoir froid, mais si vous trouvez que les nuits sont un peu fraîches, il y a des couvertures dans l'armoire. Il y a aussi suffisamment de place pour vos vêtements, estima-t-elle en jaugeant la valise de Rose.

— Merci beaucoup Hermine, je peux vous appeler Hermine ?

— Avec plaisir, je vous appellerai Rose, si vous le permettez.

— Ça sera pour moi aussi un grand plaisir.

— Très bien. La petite porte, ici, c'est la salle d'eau. Elle est peut-être un peu rudimentaire, mais elle est bien suffisante. Bon, maintenant, je vous laisse vous installer, j'espère que vous serez bien parmi nous.

Hermine s'éclipsa en trottinant et Rose entendit le bruit de ses pas décroître jusqu'à disparaître. Elle s'allongea sur le lit, les bras en croix et ferma les yeux. Ce qu'elle venait d'apprendre la terrassait. Tout se mélangeait dans sa tête. Elle se rassura en pensant que toutes les histoires avaient plusieurs versions, et celle qu'elle imaginait n'était pas plausible. Elle respira calmement et se concentra sur ses sensations. Le lit était moelleux à souhait, la lumière était tamisée par les rideaux fleuris, aucun son ne perçait depuis l'extérieur malgré les fenêtres ouvertes. Il y avait dans cette pièce quelque chose qui remontait à l'enfance. Une espèce de sécurité comme une couverture chaude. Ça sentait bon la cire, c'était douillet. Oui, elle serait bien ici, pensa-t-elle avant de sombrer dans le sommeil.

L'alarme, installée pour la tirer d'une sieste éventuelle et qu'elle ait le temps de retrouver visage humain avant le retour de Stéphane, sonna. Les yeux clos, elle tendit le bras dans un réflexe pour sentir la présence de son mari à ses côtés et paniquée par la seconde où elle avait oublié qu'il n'était plus là, elle se redressa et glissa ses jambes sur le côté du lit. Une nouvelle bouffée d'inquiétude la submergea alors que ses pieds se posaient sur un épais tapis. Elle posa ses mains sur sa poitrine. Si ça continuait, un jour, elle finirait par avoir une crise cardiaque. Elle s'efforça de respirer calmement pour gommer le bruit qui s'était emparé de sa tête, mais elle n'y parvint pas aussi rapidement qu'elle l'aurait souhaité et cela eut l'effet contraire. Les pensées affluèrent : pourquoi était-elle là ? Qu'allait-elle faire de son temps ? Dormir tout l'après-midi n'était pas une solution. Cela ne l'avait jamais été même au début de ses crises d'angoisse, alors maintenant, n'en parlons pas !

Elle pensa au repas qu'Hermine avait dit préparer et se sentit incapable d'intégrer le clan des colocataires qu'elle devait rencontrer. Appartenir à un groupe était nouveau pour elle. Elle n'avait jamais eu de clans ni de bande d'amis. Fille unique, elle s'était toujours sentie inapte à interagir avec les autres, surtout s'ils étaient nombreux : elle craignait de disparaître au sein du groupe. La majeure partie des gens la trouvait insipide et quelconque. Elle ne donnait pas son avis, ne revendiquait aucune idée, ne faisait pas de choix. Choisir comportait trop de paramètres inconnus. Elle était persuadée de ne pas avoir beaucoup de caractère et se savait capable de changer d'avis aussi rapidement qu'une girouette changeait de cap. En général, avec elle, le dernier qui parlait remportait son adhésion. Elle respira un grand coup.

Ne pas se laisser aller. Voilà ce qu'il fallait. Ne pas penser à ce qui adviendrait plus tard. Hermine l'avait dit tout à l'heure : il ne servait à rien de s'inquiéter avant qu'un problème survienne. Elle essaya de se convaincre qu'intégrer le club des colocataires n'avait pas de réelle importance. Elle n'était pas là pour ça. Non, elle était là pour s'en faire des ennemis puisqu'elle allait les renvoyer chez eux.

Quelque part dans la pièce, une mouche bourdonna. Rose gesticula pour lui montrer le chemin vers l'extérieur. Elle ouvrit les rideaux et jeta un regard sur le paysage. Elle laissa la chaleur de la terre remonter jusqu'à elle. Devant, se trouvait un très vieux potager dont chaque section était séparée par un muret de pierres sèches. Sur des écriteaux sombres, les mots joliment calligraphiés à la peinture blanche indiquaient les noms des végétaux plantés dans les parcelles. L'air embaumait un mélange de thym, de menthe et de lavande. Les légumes se mélangeaient aux fleurs dans un joyeux bazar. Un carré de terre fraîchement retournée attendait les prochaines plantations. Depuis l'endroit où elle se trouvait, elle eut l'impression de regarder un patchwork géant.

# 11

## C'était la seule chose à faire

Ses lunettes rondes posées sur le bout du nez, son tablier aux traditionnelles sept rayures colorées emblématiques du Pays basque noué autour de la taille, Hermine préparait sa recette d'agneau confit. La luminosité était basse dans la maison où les volets étaient tirés pour prévenir de la chaleur. La lampe posée sur le plateau de la table déversait sa douce lumière. Les sons venus de l'étage la confortaient dans l'idée que sa nouvelle locataire s'appropriait l'espace.

Dans un grand plat en inox, elle déposa l'épaule d'agneau qu'elle recouvrit de beurre et de miel. Elle massa la viande pour l'attendrir et faire pénétrer le gras et le sucre qui donneraient un aspect caramélisé à son plat. Elle attrapa quelques branches de romarin qu'elle porta à son nez pour en sentir les effluves, puis les disposa harmonieusement sur la pièce de viande, ensuite, elle s'installa à la table pour éplucher une montagne de têtes d'ail. Elle travaillait avec calme et lenteur, retirant patiemment la peau de l'ail qui collait à ses doigts. Après avoir coupé le bulbe, elle en ôtait le germe et plaçait chaque moitié de part et d'autre du morceau de viande.

La maison à nouveau pleine, elle goûtait la quiétude de l'instant. Chaque fois que cela se produisait, elle ressentait comme un immense sentiment de gratitude : elle savait pourquoi elle existait. Elle était utile. Elle se demanda si les passerelles que ses invités allaient construire pour aller les uns vers les autres seraient suffisamment fortes pour résister aux problèmes quotidiens, si l'écosystème qu'ils allaient bâtir résisterait aux individualités et si leurs fils réussiraient à s'entremêler sans jamais casser. Naîtrait-il une nouvelle entité de ces quelques individualités ? Une allégresse imprévue, mais fulgurante la saisit : l'idée de créer des tribus l'enthousiasmait toujours autant. Malgré son âge, sa mission n'était pas terminée bien que son terme approchât. Elle le savait depuis quelque temps et s'y préparait. Chaque chose avait une fin et ça ne serait pas triste, elle s'en fit la promesse. Bientôt, il faudrait qu'elle songe à passer la main et elle savait à qui, mais pour l'instant, elle avait encore des gens sur qui veiller, des gens à reconstruire. Hermine sala et poivra généreusement l'agneau. Dans une casserole posée sur la gazinière, un bouillon chauffait à petit remous. Elle repensa à Rose. De grandes ombres brunes descendaient bas sur ses joues. Il faudrait qu'elle se repose, pensa-t-elle, si elle descendait pour l'aider, elle lui dirait de remonter immédiatement. Elle ferait les gros yeux comme les mères le font avec leur progéniture et tenterait de donner de la force à sa voix devenue faible avec le temps. C'était amusant d'ailleurs : elle avait d'abord vieilli de la voix. Celle-ci s'était enrouée puis s'était cassée prématurément. Avant même que les premiers cheveux blancs apparaissent.

Si elle s'y prenait bien, Rose obtempèrerait, cette femme avait l'air d'un naturel obéissant. Hermine ne serait pas contre une petite sieste non plus. Malgré ses invités, comme elle aimait les appeler, il lui arrivait de s'assoupir sur le canapé à n'importe quelle heure de la journée. Il n'était pas encore trop tard pour le faire. Avec ses insomnies, elle mettait tant de temps à s'endormir, que c'était toujours un peu d'avance prise sur sa nuit. Elle attrapa la casserole et versa doucement son contenu sur le plat. L'odeur du bouillon se répandit dans la cuisine. Pitua, tranquillement installé sur la table, guettait ses gestes, prêt à croquer le moindre morceau qui s'aventurerait hors du plat.

— Arrête de rêver Pitua, tu ne vas rien pouvoir chaparder aujourd'hui, lui dit Hermine avec tendresse. Alors, tu en penses quoi de la nouvelle ? La même chose que moi ?

L'animal s'étira nonchalamment en bâillant. Elle reprit le cours de ses pensées. Bien qu'ils l'ignoraient, ses locataires lui étaient d'une aide précieuse. Tout le monde au village voyait en elle un mélange de sœur Emmanuelle et d'un Saint Bernard, mais à la vérité, c'étaient eux qui l'aidaient à ne pas tourner en rond dans son quotidien. Ils arrivaient, bousculés par la vie, et cela lui faisait oublier ses propres problèmes. Elle se rappela le temps où elle ne construisait rien, où elle stagnait, pire, où elle détruisait tout, en attendant chaque jour que vienne le lendemain. Cette maison avait été l'occasion de se prouver qu'elle pouvait se tourner vers les autres malgré la vie et ses écueils. Munie de gants de cuisine frappés de la croix basque, elle empoigna le plat en inox qu'elle plaça dans le four préchauffé. Elle consulta l'horloge accrochée au mur qui indiquait quinze heures. Le plat aurait juste assez de temps pour confire avant le dîner et elle, de sommeiller. Elle enclencha la minuterie pour six heures de cuisson.

Elle passa une éponge sur le plat de la table, se laissa tomber sur une chaise et porta une main à son cœur. Elle grimaça puis s'obligea à respirer calmement comme le lui avait appris le médecin. Pitua sauta allègrement sur le carrelage et s'enfuit jusqu'au salon en chaloupant. Elle se releva péniblement et prit place devant l'évier. Elle s'équipa de gants roses et entreprit de nettoyer avec soin ses ustensiles.

Dans le salon, elle retapa les coussins et essuya grossièrement du plat de la main la poussière sur le manteau de la cheminée. On ne pouvait pas dire qu'elle était une ménagère accomplie. Non, d'ailleurs Gérard semblait trouver ça amusant, rafraichissant, il disait. Aujourd'hui, elle voulait que tout soit parfait pour la première soirée qu'ils allaient passer tous ensemble. Elle savait cette première prise de contact particulièrement délicate. Il fallait que chacun se sente à l'aise. Sacha était arrivé quelques jours plus tôt et Candice était là depuis un mois. Ils avaient à peu près le même âge et avaient pris leurs marques. Il serait difficile pour Rose de se faire une place au milieu d'eux, surtout si Hermine se fiait aux premières impressions qu'elle lui avait laissées. Elle lui avait paru taciturne et solitaire. Il y avait quelque chose de cassé chez elle. Elle ne savait pas encore de quoi il s'agissait, mais elle trouverait, elle trouvait toujours, il lui faudrait simplement un peu de temps. Et puis, il y avait Gorka. Il ne restait pas souvent à la maison, préférant loger dans la dépendance au fond du potager ou passer ses nuits à l'atelier, mais il dînait avec eux. Plus que quelques jours et il reprendrait la route jusqu'à la prochaine fois. Il aimait cette vie itinérante, à chercher l'inspiration dans d'autres pays et sous d'autres cieux. Hermine s'en était fait une raison, elle l'acceptait même si elle craignait de ne plus être là quand il rentrerait. Elle se secoua pour évacuer ses pensées. Ce n'était pas le jour où se laisser envahir par la mélancolie.

Le couvert était dressé dans la salle à manger. Une nappe blanche juponnait la table et se cassait joliment sur le sol. Elle avait placé des assiettes et des verres anciens dépareillés qui lui venaient de sa mère et sa grand-mère, ainsi que des couverts en argent rutilants. Les effluves du plat gagnaient les étages : les convives, alléchés, n'allaient plus tarder à l'image de Pitua qui tournait en rond dans la cuisine. Elle s'installa dans le fauteuil de Gérard et ferma les yeux. Un sourire énigmatique prit forme sur ses lèvres.

# 12

## Ça brise les barrières

Les fenêtres avaient été ouvertes et un léger vent faisait bouger les rideaux dans la chaleur du soir. Le paysage depuis la terrasse où se tenait Rose était magnifique. Elle s'abîma dans les tons de rouges, d'ocre et de gris qui donnaient au ciel un aspect spectaculaire. En ville, ce n'était pas facile de regarder le soleil couchant. C'était même mission impossible : les immeubles voisins bouchaient l'horizon. Ici, la vue était à trois-cent-soixante degrés et tout à fait sensationnelle. Était-il possible, par la force de l'habitude, de se lasser de ce spectacle ? Elle en douta. Un sentiment de plénitude fondit sur elle. Pourtant, que c'était étrange de se sentir si bien dans une maison inconnue. Une bouffée de chaleur s'empara de son front. Comment pouvait-elle être sereine alors que son mari était décédé depuis trois mois à peine ? Elle s'en voulut que l'éloignement qu'elle avait pressenti être salutaire le soit si rapidement. Si parfaitement. Un monceau de remords s'empila dans son esprit, ce qui ne tarda pas à l'étouffer. Son souffle se raccourcit. Ses poumons rétrécirent à chacune de ses inspirations. Des frissons la parcoururent alors que des gouttelettes de sueur perlèrent sur son front et le long de sa colonne vertébrale. Elle se précipita vers la cuisine pour se servir un verre d'eau. Préoccupée par ses pensées, elle ne vit pas un jeune homme dans l'encoignure de la porte et se cogna contre lui.

— C'est un peu violent comme présentation, s'amusa-t-il. Si vous voulez vous blottir contre mon buste puissant, vous pouvez toujours le demander.

Il ouvrit grand les bras et afficha un sourire carnassier. Rose recula d'un pas.

— Si je voulais me blottir contre un torse enveloppant, je pense que je choisirais quelqu'un d'autre, répliqua Rose sans comprendre d'où lui était venue cette réponse cinglante.

Elle regardait avec insistance et dédain le buste du jeune homme qui n'avait rien d'athlétique. Hermine, arrivée sur ses entrefaites, chuchota au garçon suffisamment fort pour que Rose l'entende aussi :

— Sacha, tu sais que, dans la vraie vie, les femmes apprécient que les hommes fassent preuve d'un peu d'élégance et mettent les formes. Rose, laissez-moi vous présenter Sacha, Sacha, voici Rose.

— Dans ta vraie vie, peut-être, mais pas dans la mienne. Dans la mienne elles aiment les hommes qui les font rire.

— Et donc, c'était censé être amusant ? demanda Rose d'une voix pincée.

— Oui. Mais apparemment on n'a pas le même humour, et j'ai l'impression qu'il fallait s'habiller ce soir…

Il dévisageait Rose particulièrement mal à l'aise. Sa large robe chamarrée préférée et ses ballerines à strass détonnaient. Elle avait plaqué ses cheveux en arrière à l'aide de gel, ce qui les faisait briller exagérément. Elle rougit et sentit ses jambes trembler. Elle se trouvait face à un de ses pires cauchemars : ne pas être habillée selon les codes adéquats. Elle était du genre à trop s'apprêter quand la tenue de rigueur était cool et de s'affubler de jeans mous et baskets quand il fallait une tenue de soirée.

— C'est comme vous voulez, tu le sais bien Sacha, il n'y a rien d'imposé, puis s'adressant à Rose : vous êtes parfaite, surtout, ne changez rien. Ça nous change un peu de cet Ostrogoth !

Le jeune homme portait un short déguenillé et un sweat taché en de nombreux endroits. Il haussa les épaules. En son for intérieur, Rose esquissa une moue triomphante que ni l'un ni l'autre ne virent.

— Hermine, tu nous as préparé une table de fête... qu'est-ce qui nous vaut cet honneur ? Rose serait-elle une invitée de marque ? s'enquit-il.

— Pas du tout, s'empressa de répondre l'intéressée qui tenait plus que tout à rester anonyme.

— Qu'est-ce que tu vas chercher ? s'emporta la vieille dame avec un sourire qui adoucissait ses propos. Dis tout de suite que mes tables sont habituellement laides !

Elle roula de gros yeux et Sacha l'embrassa tendrement sur le front.

— Tu es parfaite Hermine, tout comme tes tables, ta nourriture, ton accueil et ta maison. Je voulais juste te taquiner et détendre l'atmosphère. Rose, excusez-moi si je vous ai paru trop familier. Ce n'est vraiment pas mon genre d'ordinaire !

— C'est bien vrai, que t'arrive-t-il ? Tu as gagné au loto ? Tu as réussi à écrire ?

Le garçon tordit le nez.

— Je vois que vous vous tutoyez, vous pouvez également me tutoyer et j'en ferai de même si vous le permettez, dit Rose en s'immisçant dans la conversation.

Si Sandra l'entendait, elle n'en reviendrait sûrement pas, peut-être même lui en voudrait-elle de tutoyer ces parfaits inconnus.

— Alors, t'as écrit ?

— Non pas du tout, c'est juste que je voulais faire bonne impression. C'est toujours plus agréable quelqu'un qui a de l'humour, non ?
— Parce que toi, tu as de l'humour ? C'est nouveau ! s'exclama une jeune fille.
— En tout cas, je ne balance pas mon *spleen* à la gueule de tout le monde, moi !
— Stop ! Mais enfin, les enfants, que se passe-t-il ? demanda Hermine.
— Ce doit être un problème avec l'emplacement de la lune, émit timidement Rose.
Tout le monde la regarda bouche bée.
— C'était aussi un trait d'humour… assura Rose cramoisie.
— Putain, on n'est pas sortis avec ces deux-là, maugréa la jeune fille en direction de Gorka qui avait fait son apparition dans la pièce.
La jeune fille s'affala sur le canapé avec un soupir non retenu.
— Bonsoir Gorka ! s'empressa sa mère en se hissant pour l'embrasser sur les deux joues, tout va bien ?
— Parfaitement, merci !
Rose remarqua qu'Hermine semblait étonnée de l'attitude de son fils. Elle le scrutait comme si ce n'était pas tout à fait lui.
— Je vois que la nouvelle est arrivée ?
Hermine, qui avait repris contenance, fit les présentations.
— Je te présente Rose, Rose, Gorka, mon fils.
— On se connaît… émit Rose timidement en sentant son cœur se mettre à cogner entre ses côtes, on s'est croisés à midi chez Sophie.

La vieille dame ouvrit la bouche et la referma. Au bout de plusieurs secondes qui semblèrent très longues, elle reprit le cours de la conversation.

— En tout cas, Rose, merci d'avoir suggéré que nous nous tutoyions. C'est plus agréable quand on vit en communauté. Ça brise les barrières. Donc là, c'est Candice. Candice, Rose.

Rose regarda la jeune fille du coin de l'œil, tout comme elle l'avait d'abord fait avec Pitua. Peut-être parviendrait-elle à l'apprivoiser elle aussi. Hermine avait estimé son âge à une vingtaine d'années, mais Rose lui trouva un air si taciturne qu'elle douta d'un si jeune âge. Elle semblait par certains côtés être plus âgée que la maîtresse de maison.

— Ça ne va pas, Candice ? demanda doucement Hermine.

La jeune femme, à la silhouette fluette et au regard fuyant, prit sa tête entre ses mains.

— Si, si, ça va...

— Ça ne saute pas aux yeux, lâcha Sacha.

— Toi, ça va, fous-moi la paix.

— Candice, s'il te plaît... Ce genre de réactions est parfaitement inutile, ici ou n'importe où. Communique ! Ne m'oblige pas à jouer au gendarme, gronda Hermine. Quel accueil vous faites à Rose ! Bon, elle s'est installée dans la chambre du fond. Candice est arrivée il y a pratiquement un mois. Sacha, lui, il y a pratiquement deux semaines. La maison est maintenant au complet.

Rose s'approcha de Candice pour l'embrasser. Celle-ci la fixa avec dédain.

— J'embrasse pas. On ne se connaît pas. Je déteste cette tradition. On va vivre dans la même maison, mais on n'est pas obligées d'être copines. Non, mais, sérieux ?

Rose, décontenancée par sa réaction, resta pantoise. Soudain, l'apparente facilité avec laquelle elle était arrivée ici lui parut factice. Un gros nœud vint bloquer sa gorge et elle crut un instant qu'elle allait se mettre à sangloter devant tout le monde. Elle n'avait pas envie de devenir leur confidente ni leur meilleure amie, mais pas non plus de vivre une relation conflictuelle, peut-être toxique avec eux. Sacha lui avait paru trop sûr de lui et de son charme, ce qu'elle détestait et Candice, aussi farouche qu'un cheval sauvage. Quant à Gorka, s'il pouvait rester le plus loin possible d'elle, elle lui en serait reconnaissante. Elle trottina derrière hermine qui rejoignait la cuisine.

— Ne le prenez pas pour vous, Rose. Candice est à vif. Elle est un peu compliquée à gérer, mais on finit par s'habituer, à moins que ce soit elle qui finisse par faire des efforts. Quant à Sacha, ce n'est pas un mauvais bougre, mais il manque tellement de confiance en lui, qu'il en fait des tonnes.

— Ah bon, il manque de confiance en lui ? Ce n'est pas l'impression qu'il m'a faite…

— Ne vous fiez pas aux premières impressions, jeune fille. Allez, venez, on va prendre l'apéritif ? Vous pouvez m'aider avec les ramequins ?

Rose prit le plateau où Hermine avait disposé de petits bols remplis de chorizo, d'olives vertes, d'une chiffonnade de jambon et de cacahuètes.

Le repas se passa dans une espèce de consensus. Chaque hôte enclin à apaiser la situation trouvait des sujets de conversation qui n'entraient pas dans une sphère trop privée. On était passé de la météo et de la probabilité pour que le soleil s'installe définitivement, à l'épineux sujet du tri des poubelles et l'impératif de les sortir le bon jour de la semaine, puis de les rentrer le plus rapidement possible après le ramassage pour ne pas occuper l'espace public. On aborda aussi la

présence de Pitua qui n'avait toujours pas quitté la maison au plus grand étonnement de tout le monde.
— Il va s'incruster ici ? demanda Candice.
— Manquerait plus que ça ! répondit Sacha.
— À mon avis, il a trouvé une copine, suggéra Gorka.
— Une mémère à chat, répliqua Candice en mâchant un peu trop consciencieusement un morceau de viande.
— Candice ! Mais, que se passe-t-il ? Ça ne va pas ? Qu'est-ce qu'il te prend ? Je ne t'ai jamais vu comme ça ! s'agaça Hermine.
— Pardon, grommela-t-elle à l'attention de Rose.
Celle-ci décida de se montrer conciliante.
— Je ne suis pas une mémère à chats et pour tout te dire, ils me font même un peu peur.
Le silence reprit. Hermine semblait attristée que ses hôtes ne trouvent pas une façon d'entrer en contact les uns avec les autres, mais ne fit aucun reproche à personne.
— Tu viens d'où ? demanda Sacha.
— De Toulouse.
— Ah, c'est vrai que je ne t'avais pas demandé d'où tu venais, je me fais vieille mes pauvres amis ! Ainsi tu habites à Toulouse ? s'enquit Hermine en repositionnant ses lunettes sur son nez.
— Oui. Je croyais l'avoir dit.
— Non, mais ce n'est pas grave, tu peux bien habiter où tu veux.
— Ouais, on s'en fout. Moi je viens de Bretagne, Sacha de la région parisienne, Gorka d'un peu partout. Toulouse, c'est bien aussi. Et, tu bosses dans quoi ? demanda la jeune fille aux prises avec un morceau de viande dans son assiette.
— C'est à moi que tu parles ? répondit Rose dans l'espoir de gagner quelques secondes de réflexion supplémentaire.

— Bah oui. Je sais que Sacha est étudiant en théâtre et qu'il est ici pour écrire son seul en scène. Et toi ?
— Moi je suis femme au foyer, ça veut dire que je ne travaille pas.
— Merci ! Je sais ce que ça veut dire « femme au foyer ». Ça existe encore ça ? Ton mari doit être blindé !
— Ça existe encore effectivement, et non, mon mari n'est pas spécialement blindé.
— T'as jamais trouvé de travail ? T'es au chômage ? T'as pas une activité ? Mais tu dois vraiment te faire chier !
— Je ne suis pas au chômage, non. Je n'ai jamais trouvé un travail qui me convenait. Faut croire que je suis difficile. Je ne m'ennuie pas parce que je fabrique des patchworks, j'adore ça, même si ce n'est pas un vrai métier.
— Tu fabriques des couvre-lits ? Comme dans les films américains, demanda soudain Sacha.
— Exactement. Tu connais ?
— Non, pas plus que ça. Mais j'aime bien, ça fait cosy.
— Et tu les vends ? poursuivit Candice.

Rose commençait vraiment à en avoir assez de tous ces gens qui voulaient qu'elle monnaye ses créations. Que Stéphane le fasse, elle le comprenait. Il avait toujours eu à cœur de la tirer vers le haut, mais des inconnus, qui plus est aussi acariâtres que la jeune fille, elle ne le supportait pas.

— Non, je les offre, répondit-elle sur un ton plus acide qu'elle ne l'aurait souhaité.
— Tu les offres ?
— Oui aux gens que j'aime, tu voudrais que j'en fasse quoi ?
— Bah, que tu les vendes ! Ça pourrait te rapporter des tunes. Ah, oui, mais j'oubliais que tu n'as pas besoin de travailler…

— Je ne les vends pas. Les patchworks, ce n'est pas ce qui change le monde. Ça n'a d'intérêt vital pour personne.
— Pour toi, si, apparemment, émit doucement Gorka.
— Ça n'a rien à voir avec des tableaux, je t'assure. Ça ne vaut pas grand-chose.
— Tu sais, Rose, pour savoir ce que son travail vaut, il faut le regard des autres, ajouta doucement Hermine.
Rose n'aimait pas être au centre des conversations. L'idée que les gens parlent d'elle lui était insupportable. Beaucoup de choses lui étaient insupportables et l'âge aidant ça n'avait fait qu'empirer. Elle se pencha en avant dans un geste d'apaisement envers Candice.
— Et toi, tu es étudiante ? lui demanda Rose pour détourner la discussion.
Elle avait à cœur de lui manifester un réel intérêt, seule façon d'apaiser la jeune fille.
— Ouais, étudiante, on peut dire ça comme ça, répondit-elle sur un ton laconique.
— En quoi ? demanda-t-elle.
— Si on te le demande, t'auras qu'à dire que tu sais pas.
— OK...
Candice baissa les yeux et le silence retomba sur les convives. Hermine se leva et tapota sur son verre avec sa cuillère en argent, comme si elle s'apprêtait à faire un discours lors d'un mariage dans une comédie romantique. Son ample blouse blanche bougeait au rythme de sa respiration. La vieille dame était évanescente. Peut-être, si l'on fermait les yeux un peu trop longtemps, disparaîtrait-elle ?
— Bon, quelques règles de vie maintenant, et un rappel pour vous deux, bien sûr.
— Pas pour Gorka ? demanda Candice en gloussant.

— Candice, ce soir, tu me fatigues ! En ce qui concerne l'entretien des parties communes, je tiens à ce qu'il soit réparti équitablement entre nous tous. Inutile d'espérer que sous prétexte que Rose et moi sommes les plus âgées, nous allons nous en charger. Dès demain, je mettrai sur le frigo le tableau des corvées.

— L'avantage c'est qu'avec l'arrivée de Rose, on en aura quand même un peu moins à faire, parce que le ménage, c'est pas le point fort de Gorka, glissa Candice avec un clin d'œil en direction de Gorka qui demeurait impassible.

— Exactement ! Autre chose, je ne souhaite pas non plus que vous envahissiez l'espace avec votre bazar.

— En gros ça veut dire qu'à part un livre, t'as le droit de rien laisser trainer ici au risque de le retrouver à la poubelle, ou alors il te faut une autorisation signée en double exemplaire, ajouta Candice qui commençait à se détendre. T'as plutôt intérêt à tout conserver dans ta chambre, si tu veux mon avis, parce qu'en plus, il se peut que l'artiste le détourne et que tu le retrouves sur son tableau. En tout cas, c'est ce qu'il a fait avec ma culotte préférée.

Rose s'étouffa avec une bouchée.

— N'y voyez rien de glauque, Rose, c'est juste que j'avais besoin d'un bout de tissu et que je n'en avais aucun disponible sous la main.

— Vous mettez du tissu sur votre tableau ?

— Oui, je marie les matières.

— C'est une œuvre gigantesque. Il faudra que tu ailles la voir, un jour, suggéra Hermine avec fierté.

— Pas tant que ce n'est pas terminé !

— Oui, c'est vrai, désolée, Rose : Gorka est un peu tatillon sur les bords.

— Je ne vois pas ce qu'il y a de tatillon à ne pas vouloir qu'on découvre une œuvre avant qu'elle soit terminée.

— Bon, revenons à nos moutons : ce que vous y faites, dans vos chambres, ça ne me regarde pas. Enfin, ça ne me regarde pas… tant que vous ne dégradez pas la pièce et que vous n'y faites rien d'illégal.

— Imagine, Rose, que tu fasses pousser du cannabis sur ta fenêtre, dit Sacha avec un grand sourire qui lui coupa le visage en deux… Bon, il faut peut-être aussi expliquer à Rose que « ça ne te regarde pas », ne signifie pas qu'on n'a pas à faire le ménage, ça veut simplement dire que quand Hermine veut vérifier, elle rentre dans ta chambre, elle ouvre les fenêtres en grand et fout tout le bordel au milieu de la pièce ou dans le jardin et quand tu rentres, t'as plus qu'à ranger.

Rose n'avait pas besoin de quelqu'un pour lui dire de faire le ménage ou de ranger sa chambre, à son âge, elle savait se prendre en charge. Elle fit un sourire entendu à la vieille dame.

— Avoue Sacha, que c'est une bonne solution, non ? s'amusa Candice.

— Ouais, si on veut…

— La troisième règle, c'est de respecter l'intimité de chacun. Vous avez tous une chambre qui ferme à clé et un point d'eau pour faire votre toilette. Il est donc interdit de rentrer chez quelqu'un sans y être invité et personne n'entre dans ma chambre ! C'est ma zone d'exclusion totale. Il n'y a que deux WC pour cinq, faudra faire avec ! Il est donc interdit de prendre un livre ou son téléphone portable aux toilettes et d'y passer plus de temps que nécessaire ! Quatrième règle, qui en fait, en contient trois : faire preuve de tolérance, prendre en compte les besoins des autres et être solidaire. Je vous vois sourire…

— Parfois, tu te transformes en bouquin, Hermine, c'est chou.

Candice regardait la vieille dame avec tendresse. Sous ses airs revêches et son attitude rebelle, la jeune fille devait cacher un cœur prompt à aimer.

— Souriez, souriez, mais vous verrez que c'est bien plus compliqué que ce que vous imaginez de faire passer le bien-être des autres avant le sien ! La dernière règle maintenant, mais qui pourrait être la première : en cas de souci, communiquez et soyez honnête. Pas de mensonges entre nous !

Rose s'agita alors que les prunelles délavées d'Hermine se posaient sur elle.

— Bien sûr, répondit-elle sur un ton désinvolte.

C'était la seule chose à répondre.

# 13

## Assise en tailleur sur la cuvette des WC

Hermine tapota ses cheveux blancs, habilement retenus par des pinces, que coiffait un carré de tissu chatoyant. À quatre-vingts ans, la vieille dame était un spécimen. Elle avait dû être une jeune femme coquette et en gardait cette frénésie à discipliner ses cheveux et à les choyer pour qu'aucune trace de jaune ne vienne ternir leur couleur. Ce matin, ils tiraient sur le violet, mais Rose préféra garder le silence. On n'avait pas tous la même conception du blanc et elle ne voulait pas froisser la vieille dame. Cela faisait déjà plusieurs semaines qu'elle était là et les avait vus de plusieurs nuances. La vieille dame lui avait fait penser à Sandra avec ses couleurs de cheveux improbables.

Gantée de caoutchouc rose, elle passait une éponge sur le plan de travail de la cuisine pour en ôter du sucre semoule laissé durant la nuit par Candice qui avait préparé des biscuits qui s'étaient avérés trop sucrés. L'éponge passait systématiquement à côté des grains et à la fin de l'opération, le sucre avait fini par se dissoudre et former une pâte collante. Quand elle posa l'éponge, Rose la saisit et s'approcha de la table.

— Tu insinues encore que j'ai mal fait mon travail ? Ça fait plusieurs fois, dois-je mal le prendre ? demanda la vieille dame sur un ton taquin, mais néanmoins direct, ce qui donna l'impression qu'une adolescente était coincée par erreur dans le corps de la vieille dame.

Rose, surprise, s'empressa d'empoigner sa tasse pour la nettoyer.
— Non, pourquoi ? s'enquit-elle en ouvrant le robinet.
— Pour rien.
L'air malicieux d'Hermine lui assura qu'elle avait compris son stratagème.
— As-tu correctement dormi ? Pas trop frais ? On a beau être en juillet, les températures sont fraiches, je trouve. Surtout cette nuit.
— Non, ne t'inquiète pas, c'était tout simplement parfait. J'ai bien dormi !
— Tu m'en vois ravie. J'adore quand les gens dorment bien chez moi et je commençais vraiment à me demander si tu allais y arriver. Tu es sujette aux insomnies depuis longtemps ?
— Oui, mais ça s'est aggravé ces derniers temps, répondit Rose, consciente que leur conversation allait dériver sur un sujet qu'elle n'avait aucune envie d'aborder.
— Il y a une raison à ce changement ? demanda la vieille dame en rangeant ses plaquettes de médicaments.
La question d'Hermine était dénuée de toute curiosité. Il s'agissait d'une question anodine à laquelle Rose aurait pu répondre si elle n'avait pas repensé aux paroles qu'elle avait proférées lors de son arrivée : pas de mensonge. À ce moment-là, il lui avait semblé que cette requête lui était destinée. Elle se lança et décida de dire la vérité tout en restant la plus évasive possible.
— À vrai dire, j'ai perdu quelqu'un il y a quelques mois.
— Je vois...
— L'aggravation date de ce jour-là : j'ai du mal à m'y faire.
— C'est tout à fait compréhensible. C'était qui ?

Hermine s'était rapprochée d'elle. Elles étaient si proches que Rose pouvait voir le grain de la peau de la vieille dame, le réseau de ses veines bleutées sous l'épiderme blanc, les éphélides sur le dos de sa main, et si elle portait son regard à son visage, elle voyait les rides qui dessinaient des soleils autour de ses yeux. Elle aurait pu mentir ou éluder la question, pourtant, elle savait qu'il était temps d'en parler, elle était au bon endroit.

— C'était mon mari.

Elle énonça ce mot sans s'effondrer ni ressentir la colère ou l'angoisse qu'elle avait maintes fois ressenties quand elle l'avait évoqué avec Sandra, ou ses enfants. Hermine n'avait paru ni étonnée ni curieuse et Rose fut convaincue qu'elle n'avait pas fait le lien entre elle et Stéphane. Encore une fois, ils n'étaient pas les seuls Toulousains au monde !

— Je suis navrée Rose. Toutes mes condoléances.

— Merci.

— Bon, je n'en parle pas en général, mais là, je sens que c'est important que je le fasse : j'ai vécu la même chose il y a cinq ans. Ça a été terrible.

— C'était l'homme aux guépards ? demanda Rose avec un sourire.

Hermine hocha la tête. En son for intérieur Rose se sentit fugacement rassurée : s'il était mort il y a cinq ans, l'amoureux d'Hermine ne pouvait pas être Stéphane. L'espace d'un instant, elle eut envie de rire de ses pensées à leur sujet, mais le moment était mal choisi.

— Je suis désolée pour toi, moi aussi, se contenta-t-elle de dire.

— Si tu veux en parler, je suis là. Parfois, ça aide, tu sais. J'en sais quelque chose…

Une partie de Rose en avait farouchement envie. Sans doute se sentirait-elle moins seule. Elle fit tourner son alliance autour de son doigt.

— Rien que du très banal. À sa mort, je n'ai pas pleuré, commença-t-elle. Je ne pouvais pas. J'étais comme engourdie. J'ai tout verrouillé. J'ai empêché mon corps de lâcher prise et de se reposer. Il fallait que je tienne debout. Au début, dès que je posais ma tête sur l'oreiller, je rêvais de lui. C'est un peu fou, mais, longtemps, je l'ai vu partout autour de moi. Il était là lors de son enterrement, il était dans mon salon, dans la salle de bains. C'était... Je ne sais pas comment l'expliquer. C'était à la fois agréable et angoissant. Je te jure, j'ai vraiment pensé que je devenais folle, c'était tellement... réel.

— Moi aussi, je le voyais partout. Tout le temps. J'entendais sa voix me réprimander pour que je réagisse.

— Ça me rassure ! gloussa Rose.

Elle mourait d'envie de demander qui était cet homme, mais ne voulant pas paraître indiscrète, elle se tut.

— Oui, je crois que nous ne sommes pas les seules à avoir eu cette impression. On a tellement envie de les voir encore que notre imagination les fait apparaître. Et puis, ça ne fait que trois mois en ce qui te concerne, c'est normal qu'il soit encore très présent.

— Petit à petit, j'ai commencé à avoir peur de rêver de lui, parce que c'était encore plus réel. Je craignais que mon cœur ne le supporte pas. J'ai arrêté de dormir. Je montais la garde en quelque sorte. Et je me posais des tonnes de questions.

Rose s'arrêta. L'autre partie d'elle, en revanche, revendiquait d'être la seule à avoir vécu ce qu'elle endurait : les mensonges de Stéphane et sa double vie. Cette partie d'elle voulait la protéger, protéger l'idée qu'elle s'était faite de leur couple, l'idée qu'elle se faisait encore de leur histoire. En la gardant pour elle, elle la faisait encore vivre. En la taisant, elle sauvegarderait les apparences. Et surtout, elle évitait qu'Hermine la regarde avec de la pitié au fond des yeux.

— Je comprends.

— Et puis, avec l'épuisement, un semblant de sommeil est revenu, mais j'avais arrêté de rêver. Terminé. Comme s'il avait emporté mes rêves avec lui. Alors maintenant, j'ai peur de dormir parce que j'ai peur de ne pas rêver. Tu vas me prendre pour une tordue, non ?

— Pas du tout, Rose, pas du tout. Je vais te dire une chose qu'on m'a dite lors de la mort de l'homme aux guépards, comme tu l'appelles : le chagrin est une chose bizarre. On ne réagit pas tous de la même façon. Certains s'en sortent très vite, pour les autres, c'est plus compliqué. Il n'y a pas d'échelle. Il n'y a pas un chagrin plus valable que l'autre, mais, quelle que soit ta façon de l'appréhender, c'est la bonne pour toi. N'en doute jamais.

— Pour moi, c'est la colère qui a primé. Elle commence seulement à s'estomper.

— Être en colère, c'est plus facile que de montrer sa peine, la montrer c'est accepter d'être affaiblie et d'accepter de l'aide.

— De toute façon je n'avais aucune envie de la montrer. C'était la mienne. Les autres n'auraient rien compris.

Hermine tendit le bras pour poser sa main sur celle de Rose. Elle avait réussi à raconter le décès de Stéphane et les semaines qui avaient suivi sans céder à l'émotion.

— Tu as raison, nous avons chacun notre chagrin, mais en vérité, tu n'es pas obligée de pleurer ni de rester couchée. Tu n'es pas obligée de trainer le chagrin tout le temps derrière toi pour être triste.

Rose rougit instantanément. Rester couchée, c'est la seule chose qu'elle avait faite depuis son arrivée. Elle repensa à tout ce qu'elle avait espéré en arrivant ici, sans que rien ne se produise. Elle avait refusé la plupart des sollicitations d'Hermine, préférant demeurer dans sa chambre toute la journée, ne redescendant que pour se préparer un sandwich de fromage de brebis et confiture de cerises rouges. Elle s'endormait au son assourdi des conversations et des rires qui parvenaient jusqu'à elle. Le matin, elle attendait que Candice et Sacha vaquent à leurs occupations pour prendre son café en compagnie d'Hermine et remontait dans sa chambre où le ronronnement de la machine à coudre, qu'elle avait emmenée avec elle malgré ce qu'elle avait dit à Sandra, lui tenait compagnie. Elle avait assemblé un nouveau motif de patchwork qui lui demandait toute son attention et qu'elle n'avait jamais réussi auparavant : le *Pine apple*. Grâce à lui et aux multiples siestes, les journées étaient passées sans anicroche, sauf en ce qui concernait les noms d'oiseaux dont elle affublait le tissu ou la machine.

— Tu vas me dire qu'il n'aurait pas voulu ça… émit doucement Rose.

— Houla, je ne vais rien te dire du tout. Je pense que nombre de nos chers disparus auraient voulu qu'on les pleure toute notre vie au contraire. Beaucoup se pensaient irremplaçables, mais nous ne devons pas oublier que ce qui compte, ce sont ceux qui restent. Toi et moi. Un jour, tu devras déposer ton chagrin au bord de la route et poursuivre ton chemin sans lui. Le chagrin c'est une grosse carapace qui t'empêche de ressentir d'autres émotions. Une carapace qui dit aux autres : pas touche, laissez-moi tranquille, j'ai assez souffert ! Quand le moment sera venu pour toi de l'abandonner, ça ne voudra pas dire que tu as oublié ton mari. Non, tu n'auras rien oublié, ça voudra simplement dire que tu te donnes l'autorisation de vivre à nouveau.

Hermine avait parlé d'une voix fluette qui avait fait l'effet d'une caresse sur l'épaule de Rose.

— Tu en sais quelque chose ? demanda-t-elle.

— Oui. J'ai poursuivi ma vie, mais même après tant de temps, il me manque encore tous les jours.

— Ça ne s'arrête donc jamais ?

— Non, jamais. Certains jours sont plus faciles que d'autres, c'est tout.

— Et comment on se remet ?

— On ne se remet pas ma jolie. On apprend à vivre avec et on se reconstruit peu à peu. Un jour après l'autre.

Les larmes montèrent aux yeux d'Hermine et elle se détourna. Elle entreprit de ranger la vaisselle qui trainait sur la paillasse. Elle faisait ses gestes avec une grande concentration et sursauta quand Rose reprit la parole.

— Les gens qui savent craignent de rire devant moi. Ils me regardent avec des yeux qui dégoulinent, ils me parlent en penchant la tête sur le côté comme on le fait pour les jeunes enfants. Ils prennent des pincettes, changent de voix. Je ne le supporte plus.

Elle racontait ses émotions de manière purement factuelle et elle sentit que sa tragédie, aussi intime soit-elle, n'était pas personnelle. D'autres l'avaient vécue et la vivraient après elle. Maintenant, c'était certain, elle allait commencer à aller mieux. Ida et Sophie avaient raison. Venir ici était un rendez-vous.

— Ne t'inquiète pas, on va te requinquer.

— Il serait temps, je suis désolée, d'avoir été si... absente ces derniers jours.

— Ces dernières semaines, plutôt... mais, souviens-toi : un jour après l'autre Rose, un jour après l'autre. C'est bien aussi de savoir s'écouter, et puis tu es jeune, ça ne peut pas s'arrêter comme ça.
— Qu'est-ce qui ne peut pas s'arrêter comme ça ?
— La vie, ma jolie, l'amour...
Rose déglutit. La colère faisait son *come-back*.
— Ah ! Non, certainement pas ! L'amour c'est terminé !
Plaquant ostensiblement ses mains sur le bord de la table, comme si ce geste avait une importance capitale et sans les quitter des yeux, Rose annonça :
— Tout est mort en moi, je ne pourrai plus jamais aimer quelqu'un. C'est terminé.
Aussitôt ses mains lui parurent immatérielles, trop fines. Elles se dérobèrent et elle les cacha sous la table. Elle redoutait le moment où elle devrait lever les yeux et affronter le regard d'Hermine. Elle ne voulait pas se mettre en colère après elle ni lui inspirer la pitié, mais elle sentait que cette femme était une sorcière, une gentille sorcière qui savait faire jaillir les mots et les émotions.
— Je vois. Et, je peux te demander ce qui est arrivé à ton mari ? demanda-t-elle.
— AVC.
La réponse était laconique, mais Rose se sentait incapable de développer une phrase plus complexe.
— Je vois.
Ce tic de langage chez la vieille dame fit tressaillir Rose. Elle se rassura comme elle le pouvait : Stéphane n'était pas le seul Toulousain décédé d'un AVC. Il n'y avait aucune raison qu'elle fasse le lien.
— C'est arrivé quand ?
— Il y a un peu plus de trois mois.

— C'est encore tout récent...
— Oui.
— Vraiment récent, je veux dire... alors pour l'amour, tu pourrais peut-être t'octroyer le bénéfice du doute, non ? Il faut beaucoup de peine à un cœur pour mourir.

La vieille dame passa une main dans le dos de Rose et celle-ci repensa à son arrivée ici et à son cœur qui n'en finissait pas de s'emballer dès qu'elle croisait Gorka. Que ces galipettes étaient agaçantes ! Elle ne l'avait pas revu, seulement aperçu quand, depuis sa fenêtre, elle le regardait fumer devant la cabane où il vivait. Elle devait reconnaître que malgré ce qu'elle venait de dire à Hermine, une partie d'elle se trouvait attirée par Gorka et la culpabilité qu'elle ressentait vis-à-vis de Stéphane n'en était que plus féroce.

— En venant à Héyo, en me parlant, tu as franchi la première étape, murmura la vieille dame.

— La première sur combien ? demanda Rose les yeux toujours fixés sur ses mains tremblantes.

— Rien ne presse, le nombre d'étapes est différent pour chacun, mais en gros il y en a cinq ou six. Tu as tout le temps. Sais-tu ce que tu es venue chercher ici ? L'oubli ? La tranquillité ?

Il existait tant de réponses possibles ! Et soudain, Rose comprit que la réponse à la question : pourquoi Stéphane avait-il gardé le secret autour de cette maison était maintenant reléguée au second, voire au troisième plan.

— Je ne sais pas, dit-elle le plus simplement du monde.

— Et, que vas-tu faire ? Fais attention, on se cadenasse, on verrouille les portes et on ferme les volets, on s'entoure de bougies et de coussins moelleux censés nous rassurer et puis, un jour, on découvre qu'on est complètement seuls.

— C'est ce qui t'est arrivé ?

— Oui, heureusement j'avais mes pensionnaires, ils m'ont sauvée.
— Et Gorka ? demanda Rose en rougissant à la seule mention de ce prénom.
— Oh non, à l'époque il n'habitait pas ici, il n'est là que de façon temporaire, quand il a besoin d'espace pour ses toiles. Après, il repart avec elles et je reste seule à nouveau. Bon, je ne vais pas plomber la journée avec mes histoires de vieille bonne femme, il devrait faire beau aujourd'hui, inutile de convoquer de gros nuages gris !

Hermine poursuivit le rangement de la cuisine avant de reprendre.

— Tu comptes faire quoi aujourd'hui ? Il serait temps que tu descendes de la chambre, que tu sortes, que tu rencontres des gens. Qu'en penses-tu ?

Rose avait commencé à penser qu'une vie de recluse lui conviendrait parfaitement. Elle habiterait à Héyo avec Hermine et Pitua qui lui vouerait un amour inconditionnel. Cela lui semblait plus sûr que de sortir et d'affronter tout un tas de situations auxquelles elle n'était pas préparée.

— Tu ne peux pas rester enfermée ici, Rose. Tu vas finir par t'ennuyer et vieillir prématurément.

Peut-être, mais de toute façon, ça ne changerait pas grand-chose, elle était quelqu'un d'ennuyeux dont la vie avait toujours été ennuyeuse, pensa Rose.

— Tu ne voudrais pas travailler un peu ? C'est la saison, Sophie va avoir besoin d'aide au café et si tu travailles avec elle, Estéban, lui, pourra s'occuper de ses commandes.

Hermine avait à peine terminé sa phrase quand Rose ressentit les premiers signes de son syndrome anxieux. Les interactions sociales avaient toujours cet effet sur elle et travailler dans un café n'en manquerait pas. À nouveau, elle se sentit incapable de modifier quoi que ce soit à sa façon de vivre. Construire des relations saines lui était trop couteux. Il y avait toujours un moment où elle devrait payer la note. Les yeux lavande d'Hermine fichés dans ses prunelles, elle ressentit des picotements dans ses mains et ses pieds, puis elle frissonna de façon compulsive. Ça débutait toujours de la même façon et si elle en croyait la force avec laquelle chacun de ses membres tremblait et celle avec laquelle ses dents s'entrechoquaient, la crise allait être forte.

— Tout va bien ?

Le souffle commençait à manquer à Rose. Incapable de répondre, elle ne pouvait pas gâcher le peu d'air qu'elle avait encore et elle faussa compagnie à la vieille dame en prétextant une envie pressante. Il n'y avait rien de tel que les espaces confinés pour qu'elle retrouve son calme. À l'abri des regards, assise en tailleur sur la cuvette des WC, les bras enroulés autour de son corps, Rose commença une séance de relaxation selon le schéma qu'elle avait mis au point avec sa thérapeute. Quand l'impression de calme intérieur la gagna, son absence n'avait duré que quinze minutes. Elle actionna la chasse d'eau pour parfaire l'illusion et repensa affolée aux recommandations d'Hermine la veille, au sujet de l'occupation des toilettes. Quand elle ouvrit la porte, la vieille dame passait dans le couloir.

— Tout va bien, Rose ? Un problème ? demanda-t-elle.

— Non, je suis désolée, ça m'arrive de temps en temps, répondit-elle en se massant le ventre comme si elle était en proie à des douleurs.

— Je vais me préparer une tisane, tu en veux une ?

— Oui, merci avec grand plaisir.

— De la valériane, ça ira pour toi ? Tu vas penser que c'est un peu tôt, mais j'en ai envie et quand on a envie de quelque chose d'aussi simple qu'une infusion, il n'y a pas de raisons de se priver !

Rose acquiesça. La valériane était réputée pour être la plante la plus efficace pour atténuer les troubles anxieux. Hermine aurait-elle percé son secret ?

— Alors, qu'est-ce que tu dis de travailler avec Sophie ? Je ne t'y oblige pas, excuse-moi si je te parais pressante, mais, je sais pour l'avoir vécu que ne rien faire et ressasser toute la journée n'apporte jamais rien.

— Je ne fais pas rien, je couds un patchwork.

— C'est vrai, tu ne fais pas rien, excuse-moi, mais ça ne change pas de ce que tu as fait depuis le décès de ton mari, si ? Il faut se confronter à la vie, ma jolie, pour qu'elle revienne en nous. Rencontrer de nouvelles personnes.

Rencontrer de nouvelles personnes ? Le clan de Rose était si restreint qu'elle pouvait les compter sur les doigts d'une seule de ses mains. Elle n'allait jamais vers les gens. Elle n'avait rien à leur offrir en échange de leur amitié.

— Ne réfléchis pas trop longtemps, prends tes décisions à bras-le-corps. Si tu veux, je t'accompagnerai chez Sophie… Débarrasse-toi de la peur, elle est toujours mauvaise conseillère. Elle empêche n'importe qui de réaliser son potentiel.

Le cœur de Rose battait à tout rompre et les émotions se bousculaient dans sa tête. Son potentiel ?

— Je n'ai aucun potentiel, assura-t-elle désabusée.

— Il va aussi falloir que tu arrêtes de te dévaloriser.

— Pourtant c'est la vérité. Je suis nulle en tout, invisible pour la plupart des gens, je suis moche.

— C'est tout ? Il va aussi falloir arrêter avec ce style de comportement. Les pensées négatives entraînent les actions négatives. Alors, ce travail chez Sophie ?

— Non, merci, c'est très gentil. C'est que…

— Oui ? Il y a autre chose que je devrais savoir ?
— Non, rien du tout, lâcha Rose avec un soupçon d'agressivité dans la voix qui fit lever un sourcil à son hôte. Je vais réfléchir. Prendre un peu de temps. D'accord ?
— Très bien, c'est toi qui sais, Rose. Il n'y a que toi qui sais ce qui est bon pour toi, fais-toi confiance. Tu pourrais aller te promener, l'air pur t'aidera peut-être à prendre une décision ? C'est toujours ce que je fais.

Rose acquiesça et se leva puis se dirigea vers la porte. La vieille dame hocha la tête en souriant. Rose devait convenir qu'Hermine l'avait apprivoisée avec une rare dextérité. D'ordinaire, elle mettait des semaines avant de faire confiance à quelqu'un et des années avant de le considérer comme un ami si bien qu'elle n'en avait jamais le temps.

Rose se dirigea vers le potager à l'arrière de la maison. Elle emprunta un chemin fait de tonnelles rouillées et poétiques recouvertes de glycine. L'allée était ponctuée de rosiers anciens odorants, de pois de senteur qui ressemblaient à des papillons graciles et de zinnias qui formaient des pompons multicolores. Il y avait aussi des plates-bandes d'asters violets et d'hortensias dont les fleurs arrivaient à leur plein épanouissement. L'ensemble donnait l'impression d'un fouillis charmant tout en étant très organisé. Un parfait jardin de curé, pensa-t-elle. Sur l'arrière de la maison, elle poussa un portillon en fer et pénétra dans le potager. Après avoir déambulé sur les allées délimitées par des carreaux de terre cuite, elle s'installa sur une chaise en fer, au milieu des courgettes, des tomates rougissantes et des salades ébouriffées. Un vent léger faisait se balancer les branches du romarin et elle s'abîma dans la danse des abeilles autour des pieds de lavande. Le bruit des grillons couvrit peu à peu le fracas de ses questions. Elle laissa son regard vagabonder en direction de la cabane en bois où logeait Gorka dans l'espoir secret de l'apercevoir. S'il en sortait, que lui dirait-elle ? Elle rougit fortement et les remous dans le fond de son ventre lui donnèrent honte. Elle pensa à l'étrange danse sans fin à laquelle se livraient les hommes et les femmes et à ce besoin d'être deux pour affronter la vie. Elle regarda le ciel et haussa les épaules, se leva et rejoignit la maison, un sourire sur les lèvres. Sa décision était prise.

# 14

## Ton cul, c'est un écran extralarge

Il était encore tôt et la nuit avait confirmé ce qu'elle avait pressenti la veille dans le potager. Après tout ce qu'elle avait dit à Sandra sur la nécessité de changer de paradigme et alors qu'elle n'avait toujours rien fait : il était temps d'agir.

Tout le temps qu'elle traversât la place Royale, Rose se répéta en boucle les dernières paroles d'Hermine, les considérant comme un cadeau : un jour après l'autre. Si on lui avait dit l'avant-veille qu'elle irait trouver Sophie pour lui proposer son aide, elle ne l'aurait pas cru.

Le village était encore plus charmant qu'à son arrivée. Si un jour, elle était amenée à quitter Toulouse et son appartement, elle se verrait bien vivre dans un village tel que celui-ci où le temps semblait n'avoir aucune prise sur les gens. Après avoir dépassé le fronton, elle vit Sophie arriver dans sa direction en portant un plateau. Rose prit une grande inspiration pour convoquer un peu de confiance en elle.

— Bonjour, comment allez-vous ce matin ? lui demanda gentiment Sophie.

— Très bien merci. Je voudrais savoir si vous auriez du travail pour moi.

Sophie stoppa net son pas et la dévisagea avec un air étonné. Tout à sa volonté d'oser l'aborder, Rose avait sans doute été un peu trop directe.

— Je suis désolée, excusez-moi, bafouilla-t-elle en rougissant.
Elle eut l'impression d'être une adolescente mal dégrossie qui ne savait pas comment s'adresser aux gens. Encore une fois, elle avait agi comme si elle devait perpétuellement se protéger d'une éventuelle attaque, se transformer en oursin pour qu'on ne s'approche pas trop d'elle.
— C'est Hermine. Elle m'a dit que vous auriez peut-être besoin de mains supplémentaires avec la saison. Je suis désolée de vous aborder comme ça, au milieu de la place.
Rose jeta un regard circulaire et tordit ses mains dont les jointures claquèrent.
— Je cherche du travail, mais je vous préviens tout de suite, je n'ai jamais fait ça, murmura-t-elle en faisant un geste du menton en direction du plateau que portait Sophie. Je suis certainement nulle. Je risque de casser pas mal de choses et j'espère ne pas faire fuir vos clients en renversant le café sur eux.
Sophie leva un sourcil et sourit.
— Et sinon, vous pourriez me donner une bonne raison pour me décider à vous embaucher parce que là, comment vous dire, ce n'est pas vraiment ça, dit-elle avec légèreté.
— Oh, désolée... vous devez vraiment me prendre pour...
— Je n'ai pas l'habitude de prendre les gens pour quoi que ce soit et, s'il vous plait, arrêtez de vous excuser...
— Oh, oui, désolée, enfin, non, je ne suis pas désolée... alors, une bonne raison ?
Sophie hocha la tête. Rose sonda sa mémoire à la recherche de ce que disait Sandra quand elle parlait d'elle.
— Je ne vous laisserai pas tomber et je ne suis jamais en retard.

— Très bien, vous êtes engagée ! À effet immédiat ! Pouvez-vous amener ces deux cafés à l'atelier ?

Surprise par un emploi si facilement trouvé, Rose tendit gauchement ses bras vers le plateau que Sophie plaça entre ses mains. Elle le saisit tant bien que mal et se tourna lentement en retenant sa respiration vers l'endroit que sa nouvelle patronne lui indiquait par un regard insistant.

— C'est là-bas, sous les arcades. Un coup de pied dans la porte, en bas à droite, vous permettra de rentrer sans jouer aux équilibristes avec mes tasses. J'y tiens beaucoup. Allez go ! J'ai une totale confiance en vous. Et puis, respirez Rose, vous n'allez jamais tenir la distance en apnée.

— J'y vais tout de suite dit-elle d'une voix qu'elle espéra assurée.

C'est ainsi que ma nouvelle vie commence ? Aussi aisément ? pensa-t-elle. Certains partaient à l'aventure dans un nouveau pays, d'autres entamaient une carrière prestigieuse ou devenaient moines bouddhistes comme l'avait suggéré la femme à la radio, elle, elle apportait deux cafés à l'atelier. Comme quoi les grandes avancées des uns pouvaient revêtir une forme insignifiante aux yeux des autres.

Par ce test grandeur nature, elle entendait bien prouver à Sophie sa détermination restée trop longtemps aux abonnés absents. Peu à peu, elle se détendit. Elle traversa la place en sens inverse, à pas comptés, tout en serrant fermement le plateau des deux mains. Bien que son esprit fomentât toutes sortes de scénarios dans lesquels elle brisait inexorablement les deux tasses auxquelles Sophie lui avait dit tenir, Rose affichait un sourire de rigueur. Un qui voulait dire « même pas peur ! » Quand elle arriva devant la porte, aucune goutte de café ne s'était évadée de leur contenant.

Malheureusement, le coup donné à l'endroit indiqué par Sophie ne lui permit pas d'ouvrir la porte. Arrêtée dans son élan, le plateau qu'elle portait précautionneusement eut un soubresaut, et la moitié du liquide noir se déversa sur les soucoupes. Si c'était un test, elle venait d'échouer.

Gorka ouvrit la porte.

— Vous avez une drôle de façon de vous présenter chez les gens, dit-il en s'effaçant pour la laisser entrer.

Soudain, le regard de Rose rencontra celui d'Estéban et sous le coup de la surprise, le plateau chavira une fois de plus.

— Putain, on ne vous a jamais dit que le café, c'est mieux quand il est dans les tasses que répandu sur le plateau ? bougonna le peintre.

Vêtu d'une combinaison bleue remplie de taches de peinture et largement ouverte sur sa poitrine, les cheveux en bataille et les yeux rougis, il avait tout du peintre maudit dont on lui avait parlé. Il essuyait ses mains sur un chiffon à la couleur indéfinissable, tout en la regardant par en dessous, alors qu'il était plus grand d'au moins deux têtes. Estéban, tranquille comme si la situation était on ne peut plus normale, enfilait son caleçon.

— Je suis désolée, vraiment, je ne savais pas. Je croyais que…

— Vous ne saviez pas quoi ? Vous croyiez quoi ?

— Gorka, doucement, on dirait que tu vas la manger. Pas de problème. Rose. Rien de grave.

Elle baissa la tête.

— Je vais y aller, murmura-t-elle dans un souffle en tentant un demi-tour, le plateau toujours entre les mains.

— Vous pourriez peut-être nous laisser nos cafés ? suggéra Estéban qui enfilait maintenant un pull fin en maille qui dessinait des vagues sur son torse et ses biceps.

— Te fatigue pas Estéban, les tasses sont vides, on est bon pour aller le prendre chez Sophie.
Les yeux de Rose s'embuèrent.
— Rose ? Tout va bien ? Je tiens à m'excuser, répliqua Estéban.
— Beh, t'es fou toi ! C'est pas à toi de t'excuser ! C'est elle qui est entrée sans y être invitée !
— Gorka, si elle est entrée avec le plateau, c'est que Sophie lui a demandé de nous l'amener ! Elle ne vous avait pas prévenue de ce que nous faisions ?
Rose secoua lamentablement la tête.
— Elle devait penser qu'on avait terminé, expliqua Estéban.
Rose regardait ses pieds tout en maudissant l'immense champ visuel dont elle était dotée et qui lui permettait de voir bien au-delà de ses chaussures, le sourire narquois de Gorka qui étincelait dans son champ de vision.
— Vous avez juste vu le petit cul d'Estéban, y a pire je vous assure, s'exclama Gorka d'une voix de stentor qui la fit sursauter.
Elle se recroquevilla. Quel mufle ! pensa Rose en rougissant de plus belle. C'était une remarque totalement déplacée. Que savait-il d'elle ?
— Oui, ça aurait pu être le tien ! Et question cul, le tien c'est plutôt un écran extralarge, s'esclaffa le jeune homme alors que son ami piquait un fard. En fait, Rose, il n'y a rien de compromettant : je lui sers de modèle pour son *chef-d'œuvre* et bientôt tout le village, voire le monde entier, l'aura vu.
Elle ressentit envers Estéban venu à sa rescousse en détournant l'attention, une reconnaissance sans bornes.

— Y a pas grand monde qui accepte de poser non plus, lâcha le peintre d'un ton sec.
— Je me demande bien à qui la faute, ironisa Estéban. Et puis, le problème c'est la tenue : tout le monde n'a pas envie de montrer ses fesses. Je ne vais pas pouvoir poser pour tous tes personnages, tu sais. Il y a un moment, où il va falloir que tu trouves quelqu'un d'autre.
— Tu as essayé de décider Sophie ? demanda le peintre.
— Rien à faire. C'est un non catégorique.
— Tu vois, y a que toi, pour l'instant. Si ça continue, je vais être obligé de faire venir des modèles depuis Bordeaux.
— Oh, pauvre chéri, des modèles de Bordeaux, attends, tu as des kleenex ? Je vais te plaindre…
Les deux hommes devisaient en riant comme si Rose était devenue invisible. Ce n'était pas la première fois que cela lui arrivait, mais cette fois-ci, ça l'agaçait. Elle n'était peut-être pas aussi jolie que les modèles de Bordeaux, comme ils disaient, et son corps pas conforme aux canons de beautés actuels, mais les entendre parler ainsi la mettait hors d'elle. Gorka nettoyait méticuleusement ses pinceaux, puis les essuyait et les posait au fur et à mesure sur un torchon de cuisine quadrillé déposé au sol.
— Bon, si je comprends bien, et puisque c'est vous qui nous amenez le café, Sophie vous a embauchée, demanda Estéban.
— Oui. Enfin, je faisais un essai. Je crois que je l'ai loupé, j'ai renversé tout le café.
— Oui, mais vous n'avez pas cassé ses tasses ! Vous pouvez être fière de vous, ce n'est pas toujours le cas, vous savez. Je vous raccompagne ?
À l'arrière le peintre ricana.

— T'as peur qu'elle se perde entre ici et le café ? aboya Gorka.
— Non, non, désolée, ne vous inquiétez pas, je vais retourner au café toute seule, je vous laisse terminer. Je suis désolée de vous avoir dérangés, s'excusa Rose en rougissant, encore une fois, toujours sur la défensive.
— C'est une manie de dire désolée ? demanda Gorka avec rudesse.
— Oui, enfin, non.
Les larmes montèrent à nouveau à ses yeux.
— Ne soyez pas désolée, on avait terminé de toute façon. Et maintenant, Gorka, il faudra que tu trouves quelqu'un d'autre, ajouta Estéban à l'adresse de son ami. C'était ma dernière fois. Trois personnages qui ont mon corps athlétique sur ton tableau, je pense que c'est suffisant, s'amusa-t-il.
Gorka maugréa des mots inintelligibles pendant que Rose tournait la poignée pour s'enfuir. Dans l'immédiat, la chose la plus importante était de mettre le maximum de distance entre elle et les deux hommes. Estéban la rejoignit en deux enjambées. Elle avança en notant qu'aucun symptôme la prévenant d'une crise éventuelle, à part une douloureuse envie de pleurer bloquée derrière ses paupières, n'avait fait son apparition.
— Je vais vous aider. Vous voulez que je prenne le plateau ? proposa Estéban.
Rose s'obligeait à ne pas le regarder pendant que ses pensées se bousculaient dans sa tête. Comment allait-elle pouvoir rester stoïque devant Sophie, maintenant qu'elle avait vu son compagnon nu ? Elle n'avait jamais vu aucun autre homme que Stéphane nu. Ou tout au moins, en vrai, parce qu'au cinéma, cela ne comptait pas. Honteusement, elle repensa au frisson qui s'était emparé d'elle. Que lui arrivait-il donc ?

Ça ne suffisait pas que ses émotions s'emballent en présence de Gorka ? Il fallait qu'elles le fassent aussi avec Estéban ? Mais qu'était-elle en train de devenir ? Une espèce de cougar affamée ? Dans sa vie de couple, elle avait connu des moments d'abstinence et elle n'avait pas pour autant regardé d'autres hommes avec tant d'émoi. Elle secoua la tête, bien décidée à mener sa mission à son terme et resta cramponnée au plateau. Cette histoire de travail commençait bien mal. Estéban sur les talons, elle rejoignit le café.

— Ça y est Rose ? Votre première mission est réussie ? demanda la patronne du café lorsqu'ils pénétrèrent dans l'établissement.

Un joyeux brouhaha y régnait. À une table, elle reconnut Roger qui la salua d'un signe de tête.

— En tout point parfaite ! répondit Estéban sur un ton goguenard en levant un pouce. Regarde : tes tasses sont intactes, c'est pas comme avec la précédente recrue envoyée par Hermine. Comment elle s'appelait déjà ?

— Mélanie. Et pour toi ? Tout s'est bien passé ? Tu n'es pas rentré de la nuit…

Sophie attrapa le plateau et plaça les tasses dans l'évier. Rose, plantée comme un piquet au milieu de la salle, attendait une sentence qui tardait à venir.

— Tu sais bien comment est Gorka. À croire que l'inspiration ne lui vient que la nuit.

Le cœur de Rose refit un de ses agaçants petits saltos.

— Il est content ?

— En tout cas, il était plutôt de bonne humeur ce matin. Il a presque été aimable avec Rose.

Aimable avec Rose ? Elle aurait tout entendu ! Ils n'avaient pas du tout la même définition de l'amabilité.

— En tout cas, j'aurais donné de ma personne pour son fichu tableau. J'espère qu'il ne va pas lacérer cette toile comme il a lacéré les précédentes. Sinon, je t'assure qu'il ira se faire foutre. Je ne poserai pas une fois de plus. Il faudra qu'il trouve quelqu'un d'autre. Bon, je vais prendre une douche et me reposer deux heures. T'as besoin de moi ?
— Non, j'ai Rose, répondit-elle en souriant, profite. Je t'apporte un café.

Il y avait des jours où, sans préavis, les événements s'emboitaient de façon surnaturelle, ce qui n'était pas pour simplifier la vie de Rose, qui, dans l'immédiat, aurait préféré se trouver au fond de son lit, ses draps par-dessus la tête, un Pitua ronronnant lové contre elle. Est-ce que cela voulait dire qu'elle était engagée ? Par quel miracle Sophie estimait-elle son essai validé ? Il fallait vraiment qu'elle ait urgemment besoin de quelqu'un pour penser qu'elle ferait l'affaire. Estéban passa derrière le comptoir et embrassa Sophie. Rose se détourna, elle avait toujours été mal à l'aise devant les effusions, les grandes embrassades ou les marques de tendresse. Presque autant que devant la nudité. Stéphane le lui avait souvent reproché au début de leur relation. Par la suite il s'était habitué et avait fait avec sa pudeur. Installé à une table contre la vitrine du café, Roger lisait son journal. Elle s'approcha de lui.

— *Egun on*, bafouilla-t-elle.
— *Egun on*, Rose. Il y a du progrès à ce que je vois. À ce rythme-là, vous serez bilingue avant votre départ, répondit-il dans un sourire.

La porte du café claqua et sans même avoir à se retourner, Rose sut que Gorka venait d'entrer. Il en allait d'une transformation de l'atmosphère. Elle s'était soudainement épaissie.

— Salut Gorka, dit le vieil homme. Ta toile, ça avance ?
— Bah, si on n'était pas venu nous déranger, j'aurais peut-être terminé une scène aujourd'hui. Mais bon, faut croire que ce n'était pas le jour. Salut, Sophie, tu me fais un café, s'il te plait.

Il prit place au comptoir, attrapa un journal et en tourna bruyamment les pages sans adresser un regard à Rose.

— Bon, ça y est, tu as terminé ? Tu vas me rendre mon mec maintenant ? demanda Sophie.
— Seulement si tu acceptes de prendre sa place !
— Certainement pas. Je te l'ai déjà dit : ne compte pas sur moi ! Je veux juste récupérer mon mari, avec toi on ne sait jamais ce qui peut arriver.
— Pourtant, avec Estéban qui ne parle que de toi, tu ne risques rien. Une chose est sûre, il a un joli petit cul. Enfin, de jeune quoi… et c'est pas la nouvelle qui viendra dire le contraire.
— La nouvelle ? Rose ?
— Oui.
— Ah, je comprends mieux son embarras… répondit Sophie en coulant un regard vers Rose cramoisie.
— Son embarras, faut pas pousser non plus. C'est pas le bout du monde de voir un petit bout de peau.
— Elle n'avait pas non plus demandé à le voir, dit Roger qui glissa un regard rassurant en direction de Rose.

Elle s'y cramponna comme elle l'aurait fait à une bouée au milieu des vagues.

— N'en prenez pas ombrage, Rose ! il faut toujours que Gorka fasse son intéressant quand il arrive quelque part. Comme si le monde ne pouvait pas tourner sans sa présence, assura-t-il.

Effectivement, quand il était entré, il avait absorbé tout ce qu'il y avait de léger et joyeux dans la pièce. Même la lumière semblait s'être effacée.

— Allez, installez-vous deux minutes avec moi. Sophie ne vous en voudra certainement pas. Juste pour vous remettre de vos émotions. Quel idiot ce Gorka, même moi, à mon âge, j'ai entendu parler du concept de consentement.

L'homme s'était penché en avant et parlait à voix basse.

— Il est revenu ici pour réaliser son chef-d'œuvre. Une grande fresque pour un appel d'offres pour je ne sais quelle fondation. Il cherche à faire une sorte de *Radeau de la Méduse* revu et corrigé à la mode du vingt et unième siècle ou quelque chose dans le genre. J'imagine qu'il y aura des téléphones portables, des montres connectées et que le radeau sera un canot pneumatique qui transporte des migrants… expliqua-t-il pensif. Il a du talent, mais il est ingérable. Il a fait les quatre-cents coups dans sa vie. Il avait des choses à faire payer à son père, mais c'est Hermine qui a trinqué. Enfin, quand il revient, c'est un peu l'enfant prodigue du village. Au début de sa carrière, il a eu beaucoup de succès aux États-Unis, et puis d'un coup, tout s'est arrêté. M'est avis qu'il a un peu trop flirté avec les produits illicites. Les éléphants roses, c'est pas ce qu'il y a de mieux sur une toile. Il s'est alors transformé en artiste maudit et depuis, il entretient la légende. Il a un caractère de cochon et se plaint que personne ne veut poser pour lui. Il s'est même abaissé à me le demander ! Mais qu'est-ce que vous voulez qu'un vieux croulant comme moi fasse sur un tableau ? Il a aussi proposé à Ida, vous auriez vu sa tête ! C'est plus de notre âge ce genre de sornettes !

Rose se demanda si le père de Gorka était l'homme aux guépards, mais ne posa aucune question.

— Et Estéban a dit oui ? se contenta-t-elle de demander.
— Oui, il a été un des seuls. En même temps, il ne pouvait pas le lui refuser, c'est un peu son mentor, si vous voyez ce que je veux dire. Tous les deux, ils se connaissent depuis une éternité et le gamin lui voue une admiration sans bornes.
— C'est ce que Sophie m'a dit.
— Si ça continue, la toile va être la représentation d'une multiplication d'Estéban.

Depuis sa chaise, Rose pouvait sentir l'odeur qui se dégageait du peintre. Un mélange de senteurs boisées, de solvant, de cigarettes et de transpiration. Il avait noué autour de sa tête un foulard qui lui donnait un faux air de Vincent Van Gogh d'où dépassaient des mèches de cheveux argentées. Il avait effectivement tout du peintre maudit des débuts du XX$^e$ siècle.

— Rose, venez que je vous montre comment fonctionne le percolateur ! appela Sophie.

Elle sursauta, se leva, s'excusa auprès de Roger et se dirigea vers le comptoir.

— Voilà, rien de bien compliqué, l'eau est branchée en continu, donc vous n'avez pas à vous en soucier. Le café moulu se trouve ici, dans ces grandes boites. Il faut les refermer à chaque utilisation, sinon, ça s'évente et le café n'a plus le goût à rien. Chaque matin, je mouds les grains, ça, c'est mon job, j'ai une recette, toujours la même parce que je mélange plusieurs sortes de grains. Recette secrète bien entendu. Ensuite, il suffit de dégoupiller ça, de taper un coup bien fort ici pour enlever le marc du café précédent, on remplit comme ceci, on regoupille, et on appuie là, sur le bouton.

Ce faisant, la machine se mit en marche dans un bruit assourdissant. Sophie plaça prestement une sous-tasse sous la tasse, ajouta un sachet de sucre en poudre et une petite cuillère en inox. Rose hocha la tête, ça ne semblait pas compliqué.

— Je vous laisse vous familiariser avec la bête et préparer le café de Gorka ! Pas de crainte, la machine ne mord pas ; avec lui, en revanche, rien n'est moins sûr, ajouta la femme sur le ton de l'humour.

Sophie disparut par une porte coulissante vers ce qui semblait être son appartement. Rose aurait aimé être aussi confiante qu'elle, mais après son pitoyable échec en tant que serveuse, elle n'était sûre de rien en barmaid. Ses mains se mirent à trembler et ne serait-ce qu'attraper la tasse devint soudain compliqué. Une voix s'éleva derrière elle et une main se posa sur la sienne.

— Dégoupillez d'abord ce truc-là. Bien. Remplissez-le. Voilà. Non, il y en a un peu trop. Prenez la cuillère-mesure et tapotez la surface avec, voilà parfait. Maintenant, remettez-le dans son logement et tournez dans le sens inverse des aiguilles d'une montre. Voilà. C'est parfait. Maintenant, placez la tasse avant d'enclencher la machine. Et respirez.

L'homme relâcha sa main pendant que le liquide noir s'écoulait. Elle ferma les yeux, et respira l'odeur d'essence qui s'éloignait.

# 15

## Un charabia censé tenir les touristes à l'écart

Accoudée au comptoir, Rose, presque étonnée, laissa libre cours à sa joie.

— Tout s'est parfaitement bien passé, la félicita Sophie qui avait calé ses reins contre le montant du bar et sirotait un verre d'eau. Pourquoi, tu ne pensais pas y arriver ? Ce n'est pas très sorcier et tu apprends vite, c'est agréable. Le plus long, finalement, c'était de passer au tutoiement.

Rose secoua la tête, visiblement heureuse du compliment.

— La seule chose, ce sont les desserts de Maïder… je ne sais pas si je vais réussir à les mémoriser. Entre les goûts, les couleurs et les noms improbables…

— J'ai cru entendre dire qu'il y avait quelque chose d'improbable dans mes desserts, demanda la femme qui venait de faire irruption de la cuisine.

— Ce n'est pas tout à fait ce que j'ai dit, ils sont magnifiques vos desserts et délicieux, mais je ne suis pas sûre de mémoriser les mots en basque…

— Vous faites bien parce que demain, j'en change !

— Comment ça ? Tu changes la carte ? Mais n'importe quoi ! On vient juste de la mettre en place pour l'été, s'exclama Sophie.

— J'ai de nouvelles idées, il faut absolument les proposer aux clients.

— Tu vas me rendre chèvre, Maïder.

— Mais, non, ma Sophie, tu vas très bien t'habituer. Comme toujours !
— Ils auront quels parfums vos desserts ? demanda Rose en s'immisçant dans la conversation.
— Réglisse, crème de lait et fleur d'oranger, et pour le dernier, Marmite.
Maïder avait prononcé ce mot avec un accent anglais improbable.
— Marmite ? s'exclama Sophie devant Rose interloquée.
— Oui, tu as bien entendu : l'espèce de confiture de légumes anglaise.
— C'est très salé, non ? renchérit Sophie visiblement étonnée par l'idée de la pâtissière.
— Oui. Bon, ça sera du Marmite fait maison alors, j'adapterai peut-être le goût au niveau du sel.
— T'es sûre de ton coup ?
— Oui. J'ai testé plusieurs fois et j'ai adoré. Je vais le marier avec une espèce d'espuma à la crème de lait, je pense que les clients aimeront aussi.
Sophie la regardait interdite. Maïder avait toujours des idées saugrenues en matière de desserts, mais là elle avait atteint un niveau olympique.
— Tu ne veux pas qu'on fasse comme d'habitude et qu'on teste entre nous d'abord ?
— Non, cette fois-ci il faudra me faire confiance ! On n'a pas le temps, je commence demain.
Sophie hocha la tête avant de s'éloigner silencieusement vers la bibliothèque. Elle fit semblant d'épousseter les étagères afin de retrouver son calme : ce n'était pas comme si on attaquait la saison et que tout devait être calé au millimètre près. La carte, les goûts ou le nom des plats.

— Et pour les appellations ? demanda Rose à la pâtissière avec un air effaré, s'inquiétant déjà d'avoir à en apprendre de nouvelles.

— J'y réfléchis ce soir, à tête reposée, vous saurez tout demain. Bonne fin de journée à toutes les deux.

Maïder partie, le silence retomba dans le café désert.

— Tu sais, elle est extraordinaire, mais elle me fatigue ! On avait tout imprimé et il va falloir tout recommencer. Sans compter que son goût « Marmite », j'y crois moyen. Pas toi ?

— Pour ce matin, tu sais, je ne me suis pas excusée, mais je suis désolée, Sophie. Je ne savais pas qu'ils étaient en train de travailler et qu'Estéban serait tout nu.

Soudain elle s'aperçut qu'elle n'avait pas répondu à la question et qu'ayant saisi le courage qui venait subitement de lui tomber sur le nez, elle avait suivi ses idées en escalier.

— Heu, enfin, pour Marmite, je ne sais pas. Ça sera peut-être bon ? Qui sait ? parvint-elle à articuler avec difficulté.

— Rose, c'est moi qui suis désolée. Si j'avais su qu'ils n'avaient pas terminé, jamais je ne t'aurai demandé de leur amener les cafés. Je suis terriblement gênée que ça ait pu te déstabiliser ou te mettre en difficulté. J'imagine qu'oublier la scène va être difficile ?

Rose rougit. Pourquoi en reparlait-elle ? Il faudrait vraiment qu'elle tourne sa langue plusieurs fois dans sa bouche avant d'exprimer les idées qui lui passent par la tête.

— Difficile, il ne faudrait pas exagérer non plus, mais je suis surtout gênée vis-à-vis de toi. J'ai vu Estéban et tu es ma patronne...

— Je ne suis pas ta patronne, Rose. Je ne suis la patronne de personne. Tu l'as d'ailleurs compris avec Maïder, non ? Et puisqu'on est toutes les deux gênées, on peut peut-être dire que ça s'annule ? Qu'en penses-tu ?

Rose hocha la tête.

— Et surtout pas de souci avec Estéban, lui n'est pas du tout gêné ! Ce n'est pas son genre ! Allez, ouste ! Tu devrais être rentrée maintenant, Hermine va se demander si je ne t'ai pas kidnappée.

— Merci Sophie !

— Merci à toi, Rose, à demain.

Quand Rose regagna la maison, un sentiment nouveau l'avait envahie. C'était un mélange de fierté et d'assurance. Tout au long de sa vie, elle avait cru qu'il ne servait à rien de s'entêter : quand quelque chose ne se faisait pas, c'est qu'un autre chemin était tracé ailleurs. C'est avec ce genre de maximes qu'elle avait avancé dans la vie et qu'elle était passée à côté de nombreuses expériences. Ici, tout s'enchaînait avec une facilité déconcertante. Le logement, la cohabitation avec Hermine, le travail au café, tout. Par la fenêtre ouverte, des bribes de voix lancée à toute allure lui parvinrent.

— *Egun on lagunak* ! Je suis très heureux d'être ici ce soir pour un spectacle qui devrait durer environ trente minutes. Non ! Rasseyez-vous ! Je vois à vos mines dépitées que vous trouvez que trente minutes ce n'est pas assez. Si, si, je le vois. Ah ! OK ! C'est le *egun on lagunak* qui vous effraie ? Faut pas. Ne vous inquiétez pas, tout va très bien se passer !

Elle tourna la poignée et pénétra dans le hall d'entrée. Sacha, debout devant la cheminée et simplement vêtu d'un caleçon, débitait des phrases sans queue ni tête. Interloquée, elle resta immobile, les bras ballants.

— Oh, mince, tu es rentrée ?

— Il semblerait…

— Ferme les yeux ! J'enfile un short ! Ne va pas dire à Hermine que j'étais en calbut au milieu du salon, elle me

ferait des histoires, mais c'est que, dans cette tenue j'ai plus d'inspiration.
— Plus d'inspiration ?
— Oui, pour mon seul en scène.
— Ton seul en scène ?
— Tu sais faire autre chose que répéter ce que je viens de dire ? C'est bon, tu peux ouvrir les yeux.
Quand elle le fit, ils se posèrent sur les cuisses minces qui émergeaient du morceau de short que le garçon avait enfilé. Le tissu du caleçon en dépassait, le short étant bien plus court que le sous-vêtement.
— Je crois que le caleçon était plus seyant, finit-elle par dire en retenant le fou rire qui la gagnait.
— Tu trouves ?
— Ça pourrait faire une excellente tenue de scène, en tout cas.
— Tu trouves ?
— Et, tu sais faire autre chose que dire « tu trouves ? »
Sacha sourit et Rose découvrit le petit garçon qu'il avait été. Il attrapa ses feuilles éparpillées sur la table ronde.
— Tu travailles ton seul en scène ?
— Oui. Je voudrais tenter ma chance au Point Virgule. À Paris. Tu connais ?
Comme tout le monde, elle avait déjà entendu parler de ce théâtre qui accueillait de courts spectacles de *stand-up*, sans n'y avoir jamais mis les pieds.
— Trente minutes ? C'est pas trop long ? Je croyais que le temps imparti aux comédiens était de sept minutes ?
— Dis donc tu t'y connais !
— À peine, mais j'avoue que j'adore ce genre de performances. Je n'ai jamais eu l'occasion d'y assister, mais c'est un peu comme les chroniqueurs à la radio. J'adore ! Ils me

font rire. Je ne sais pas où ils trouvent toutes leurs idées. Ça me fascine.

En entendant ce mot dans sa bouche, elle dut convenir que ce qui la fascinait réellement en ce moment, c'était sa nouvelle capacité à naviguer d'une personne à l'autre et à leur adresser la parole sans penser que ce qu'elle disait ne présentait aucun intérêt pour eux.

— Tu sais qu'il n'y a pas d'âge pour le faire !

— N'importe quoi ! J'aime écouter et regarder, mais de là à monter sur scène, prendre les spectateurs à partie, et trouver des *punchlines*, ou même faire un monologue comique, faut pas rêver. Par contre, si tu veux, je peux t'aider... dans la mesure de mes moyens, bien sûr et seulement si tu en as besoin. Je ne veux pas m'imposer, si ça se trouve je serai parfaitement nulle...

Rose posa son sac sur le banc de l'entrée et s'avança vers Sacha.

— Tu as une façon de proposer ton aide bien particulière. Non ? On dirait que tu offres un cadeau et qu'à peine on l'a pris dans nos mains, tu déchires le papier et le bolduc.

Rose sentit son cœur accélérer. Elle avait fait preuve d'un peu trop de confiance.

— Si tu sais veux bien m'aider, je prends en tout cas.

— Je ne sais pas si je saurais...

— Oui, je crois que j'ai parfaitement compris.

— Mais je peux toujours te donner mon avis, répondit Rose, pas persuadée de ses capacités.

Le garçon hocha la tête et brandit son pouce en l'air avant d'enfoncer ses poings dans ses poches, ce qui accentua l'effet bizarre de son accoutrement. Rose s'enhardit. Elle avait dépassé nombre de ses limites aujourd'hui, elle n'était pas à une près.

— Je trouve que tu parles trop vite et comme tu n'y arrives pas et, à ce que j'ai pu voir de toi hier ce n'est pas dans ta façon d'être, on ne comprend rien à ce que tu dis.

— Peut-être, mais c'est un seul en scène, c'est la règle.

— Et ?

— Tous les acteurs qui font ce genre d'exercice parlent vite, il faut qu'il y ait du rythme, que ça pulse. Tu vois ? Sinon, les spectateurs s'emmerdent.

— Oui, je comprends, mais si, au contraire, tu jouais de ton allure nonchalante ? Que tu parles calmement avec une voix douce, mais que tu balances des horreurs par exemple, ça créerait un contraste intéressant non ? Et avec un accoutrement aussi naturel que celui que tu portes, je suis sûre que ça fonctionnerait.

Sacha reprit plus lentement.

— Arrête de gesticuler. Fais tout le contraire de ce que tu avais prévu : lenteur, économie de geste, tenue de scène simple et discours laconique. Reste toi-même. Tout sera dans ton texte qui lui devra être ultra précis.

Le garçon commença. Son récit monocorde aurait pu lasser, mais ses plaisanteries tirées de situations cocasses qui lui étaient arrivées déclenchaient immanquablement le rire de Rose. Au bout des sept minutes de « spectacle », elle essuya ses yeux.

— Mais où vas-tu chercher ça ?

— Tout m'est arrivé ! Je le jure. Si tu savais à quel point le théâtre a pu me jeter hors de ma zone de confort. Grâce à la scène, j'ai vécu mes pires heures.

— Mais pourquoi en faire alors ?

— Pfff, une histoire de circonstances, peut-être même un malentendu. J'étais dingue amoureux d'une fille dans mon école. Mais bon, t'as vu comment je suis gaulé ? Elle ne me regardait jamais, comme si je n'existais pas. Elle faisait du théâtre, alors, j'ai rien trouvé de mieux que de m'y inscrire aussi, mais j'étais toujours aussi invisible. Elle n'en avait que pour ceux qui jouaient les jeunes premiers : les Valère, Cléante ou Roméo. Et puis, un jour, j'ai entendu parler du concours de l'étudiant le plus drôle.

— Tu t'es inscrit !

— Yep ! Je t'arrête tout de suite : je n'ai pas gagné, je suis arrivé deuxième, mais la fille m'a enfin regardé. Oh, ça n'a pas duré longtemps, elle s'est vite entichée de Christian dans *Cyrano*, mais ça a changé ma vie.

— Qu'elle te voie ?

— Non, que je sois arrivé deuxième. Ça m'a, je ne sais pas comment te dire, ça m'a... donné des ailes. Depuis, j'ai aussi énormément appris sur moi, mais j'ai toujours un mal fou à être à l'aise en public, sur une scène ou devant une caméra.

— Tu peux peut-être trouver ça dans une autre activité ? Je ne sais pas comment tu fais pour persévérer si c'est si difficile pour toi !

Rose avait si souvent baissé les bras que l'obstination du garçon l'épatait. Était-elle passée à côté de quelque chose qu'elle aurait dû vivre ?

— Je faisais des études de *consulting*, poursuivit-il.

— Ah... c'est quoi le *consulting* ?

— Bah, c'est tout mon problème. Malgré mes quatre années d'études, je n'ai jamais su en quoi cela consistait.

Rose éclata de rire. Sacha, tout en restant lui-même, était désopilant.

— Donc tu as continué le théâtre.

— Yep ! Ça, je savais ce que c'était. J'ai fait du théâtre, histoire de savoir à quoi ça ressemblait. Maintenant, je sais

que ce n'est pas ce que je cherche. Je ne trouve pas ma place dans la troupe. Tu vois ce que je veux dire ?
Elle voyait parfaitement.
— Par contre, j'aime faire rire. En le faisant, j'ai l'impression de réparer les gens. C'est débile parce qu'un rire, ça dure quoi ? Vingt secondes ? Mais à chaque fois que je fais rire quelqu'un, ça me remplit, moi. Ce que je voudrais, c'est devenir humoriste. Commencer par sept minutes, c'est déjà pas mal et après, eh bien, j'espère avoir suffisamment de petits textes pour en faire un vrai spectacle. Je voudrais le jouer à la rentrée dans un petit théâtre parisien qui me laisse ma chance. Un jour par semaine pendant un mois.
— Un jour par semaine pendant un mois ? C'est super court !
Sacha acquiesça.
— C'est pour ça que je dois être au top, mais je n'ai même pas suffisamment de textes pour tenir vingt minutes !
— Tu vas trouver...
— Oui, mais quand ?
— La colocation, ça peut être un bon sujet de départ, non ? Et puis l'apprentissage du basque aussi ?
Quand elle avait présenté les desserts de Maïder aux clients, Rose avait plusieurs fois eu la sensation que la langue ressemblait à un charabia censé tenir à l'écart les touristes. Elle n'aurait pas été étonnée d'apprendre que c'était une supercherie imaginée de toute pièce par quelques vieux bonhommes espiègles.
— Ouais, peut-être. Je vais voir... Ça pourrait être une idée !
— Mais de toute façon, continue avec ce phrasé, c'est hilarant.
— C'est quoi qui est hilarant ?

Candice accoudée au chambranle de la porte les observait.
— T'es là depuis longtemps ? demanda Sacha sur la défensive.
À cet instant, Rose regretta de ne pas avoir la moindre répartie. Elle aurait aimé répondre quelque chose de spirituel à la jeune fille, ne serait-ce que pour la dérider. Il y avait en elle une raideur dont elle ne se départissait en aucune circonstance. Cette rigidité avait le don de glacer Rose.
— Non, j'arrive juste, répondit la jeune fille avec froideur. Vous avez l'air de bien rigoler.
— Effectivement, murmura Rose, presque ennuyée par la compétition que Candice venait d'immiscer entre eux. Si tu veux te joindre à nous, ça sera avec plaisir, tu sais. On pourra au moins faire plus amplement connaissance.
— Y a rien à savoir à mon sujet. C'est pas parce que tu as enfin décidé de descendre de ton donjon qu'on doit être à ta disposition.
— Ah...
Sacha ramassa ses feuillets, passa près de Rose et lui glissa à l'oreille :
— Bon courage ! Y a qu'Hermine pour trouver des bons côtés à sa présence ici !
Candice s'installa sur le canapé à côté du chat. Pitua s'étira et en descendit, outré que la jeune fille l'ait tiré de sa sieste. Il passa en chaloupant entre les deux femmes et s'installa sur le piano. Un instant, Rose eut la sensation que Candice allait le houspiller pour qu'il en descende, mais elle n'en fit rien.
— Tu fais des études de quoi ? demanda Rose.
La jeune fille ne leva pas le nez de son téléphone portable. Rose eut un sourire incrédule et se sentit idiote, elle n'insista pas et prit le chemin de la cuisine, sa pièce préférée.

— Te revoilà ! Je ne savais pas que tu étais rentrée, j'étais au potager. Regarde-moi ces courgettes ! s'écria la vieille dame en la voyant entrer.
— Tu pourrais presque les présenter à un concours !
— Tu ne crois pas si bien dire, je l'ai fait une année. C'était amusant.
— Faudrait le refaire alors.
— Non, je n'ai plus l'énergie, elle fit un geste de la main pour éloigner une mouche. Dis-moi, comment s'est passée ta journée ?
— Très bien, répondit Rose consciente que la vieille dame n'en aurait pas assez pour assouvir sa curiosité et qu'elle ne manquerait pas de revenir à la charge.
— Bien. Tu n'as rien de plus croustillant à me raconter ?
À l'évocation du mot croustillant, les images du matin revinrent en pêle-mêle et lui firent monter le rouge aux joues, mais elle demeura muette.
— Bien, je n'insisterai pas. Et sinon, tu as pu faire connaissance avec Sacha et Candice ?
— Avec Sacha oui et, tu avais raison, il est très gentil quand il accepte d'être honnête et qu'il arrête de faire son intéressant. Il m'a beaucoup fait rire.
— Ça ne m'étonne pas, c'est un pitre notre Sacha !
— Mais avec Candice, c'est beaucoup plus compliqué, ajouta Rose. Je crois qu'elle m'en veut d'être restée cloîtrée.
Hermine lui expliqua qu'avec elle, il faudrait être patiente. Bien qu'elles vivent ensemble depuis un temps certain, la vieille dame n'avait pas pu apprendre grand-chose sur elle.
— Je crois qu'elle cache un secret, ou en tout cas, une énorme tristesse.
— De la colère plutôt, non ?
Hermine acquiesça.

— Elle est réservée et taciturne, tout le monde ne peut pas être gai et enjoué, n'est-ce pas ?
— Sans doute. Je ne pense pas l'être non plus, dit Rose.
— Ta gaieté, elle est simplement cachée, ma jolie, il suffirait d'un rien pour qu'elle ressurgisse.
— Comment tu sais ça ?
— C'est mon petit doigt qui me l'a dit. Il pense même que d'ici quelques semaines, elle sera de retour, ajouta-t-elle énigmatique.
— J'aimerais bien que ton petit doigt me raconte des choses à moi aussi.
— Oh, il est trop timide, mais qui sait ? Ça viendra peut-être un jour ?

# 16

# Hermine, j'ai un problème

Rose s'éveilla avec une sensation de satisfaction très inhabituelle. La force et la détermination qu'elle découvrait en elle lui donnèrent envie de s'attarder quelques instants entre ses draps, une façon de savourer ces impressions toutes neuves et d'être tout à fait sûre qu'elles n'étaient pas dues à son imagination. Depuis plusieurs jours, elle éprouvait de l'enthousiasme à l'idée de débuter une journée. Elle avait commencé à considérer qu'aucun problème ne serait dorénavant insurmontable, que débarrassée de ses angoisses, elle n'aurait plus peur de rien, que réfugiée à Héyo les choses allaient radicalement changer et elle considéra, sans trembler de tous ses membres, ce qui l'attendait. Peut-être que de s'être éloignée de ses béquilles lui était profitable en définitive ? Peut-être qu'à force de vouloir l'aider, Stéphane, ses parents ou Sandra l'avaient enfermée dans la dépendance ? En vivant à Héyo, elle avait pris un tournant. Tout allait être différent et elle s'en réjouissait. Il suffirait de ne pas se rappeler, car le souvenir des crises suffisait à l'angoisser.

Le miaulement de Pitua lorsqu'elle sortit du lit, la fit sourire. Il lui faisait penser à un vieil amant jaloux et frileux. Il l'avait rejointe au beau milieu de la nuit et elle n'avait pas eu le cœur à le chasser de ses draps. Sa présence, loin de l'angoisser, l'avait détendue et grâce à lui, elle faisait l'expérience de la ronronthérapie.

Il était sept heures et demie quand elle se leva. Le soleil était déjà haut et les oiseaux s'en donnaient à cœur joie, planqués entre les feuilles de l'immense arbre face à sa fenêtre qui leur servait de HLM. Dans la cuisine, elle but une première tasse de café accompagnée d'une tartine de pain frais.

— Tu commences à quelle heure aujourd'hui ? s'enquit Sacha.

— À deux heures.

— Tu aurais pu rester au lit, tu avais amplement le temps, répondit-il avec une moue sur un ton où pointait la jalousie.

— J'aurais pu, mais je n'en avais pas envie. Tu t'es levé tôt toi aussi.

— Ouais, en ce moment, j'ai envie d'écrire et c'est grâce à toi ! répondit-il en croquant dans un croissant.

Il y avait dans son regard une excitation nouvelle qui plut à Rose. Elle avait su insuffler en lui l'envie de se dépasser. Elle, qui pensait n'être douée en rien, commençait à douter de ses croyances. Sandra avait peut-être raison quand elle avait énuméré ses qualités ?

— Merci beaucoup Rose. Merci, vraiment.

— Je n'ai rien fait, tu sais.

— Si, et tu le sais parfaitement, mais n'en parlons plus.

Sacha se leva et elle le découvrit affublé de son caleçon qui dépassait de son short et d'un tee-shirt qui lui arrivait bien au-dessus du nombril. Elle éclata de rire. Sacha y répondit.

— Alors, comment tu trouves ?

— Parfait ! J'imagine que c'est ta nouvelle tenue de scène ?

— Oui ! Quitte à inventer un personnage, autant y aller franco !

— Tu n'inventes rien. Je te rappelle que tu étais vêtu de la sorte hier, et ce de façon tout à fait naturelle.

Le garçon acquiesça silencieusement.
— Et c'est ce qu'il faut pour ce que tu veux faire : être honnête.

Sacha attrapa un torchon dont il couvrit ses épaules et dans un geste typiquement tragique, il s'en enveloppa avant de filer à l'étage. Rose l'entendit saluer Hermine et elle ne fut pas surprise quand la vieille dame s'installa à la table de la cuisine. Elle semblait fatiguée, mais une lueur dans son regard estompait cette impression. Les deux femmes se saluèrent et se posèrent la traditionnelle question de savoir si elles avaient bien dormi.

— Alors ? Prête pour ta journée ? demanda Hermine.
— Oui. À peu près.
— C'est pas sorcier non plus… dit-elle en se levant pour déposer son bol dans la machine à laver la vaisselle. Il suffit d'être aimable, de sourire et de trimballer deux ou trois assiettes.

Rose se sentit dévalorisée et lui en voulut. Qui était-elle pour juger de ce qui était difficile ou pas ? On n'avait pas tous la même vie et ce qui semblait évident pour certains ne l'était définitivement pas pour les autres. Combien de fois s'était-on exclamé devant ses patchworks que cela devait être compliqué ? Combien de fois lui avait-on dit que ça s'apparentait à des casse-têtes ? Pour elle, c'était simple. Les formes se dessinaient dans sa tête, les pièces s'assemblaient et le motif naissait à coups d'aiguilles dans le tissu. Les mains dans le lave-vaisselle, Hermine poursuivit :

— Tu sais, c'est toi qui choisis comment tu réagis à la peur.
— Je ne vois pas du tout pourquoi tu dis ça ! J'aurais peur de quoi d'après toi ?

— Des gens. En tout cas, c'est ce que tu nous as montré au début de ton séjour ici, et j'aimerais bien que tu guérisses en quelque sorte.
— Que je guérisse ?
— Oui, dès que tu fais face à des inconnus, tu te transformes en... en une île solitaire pour éviter la peur.
— En quoi ? En île solitaire ? Ça veut dire quoi ?
— C'est une image, l'île solitaire.
— J'imagine bien, mais je ne la comprends absolument pas.
— Une île, c'est entouré d'eau, et il faut ramer pour aller jusqu'à elle.

Plantée devant l'évier, Hermine mima les gestes d'un crawl particulièrement élégant.

— Donc, tu dis que les gens doivent ramer pour... pour venir à moi.
— Oui, tu ne te laisses pas approcher facilement, parce que tu as peur.
— OK, c'est toujours sympa de le savoir répondit Rose boudeuse. C'est très facile de dire ça, ça ne ressemblerait pas à une leçon éculée de développement personnel ?
— De quoi ? De développement personnel ? Kézako ? Sacha m'a dit la même chose l'autre soir, non ?

Rose s'en voulut immédiatement. Hermine n'avait dû lire aucun de ces livres qui, en s'appuyant sur une problématique, partaient du principe qu'à la fin de la lecture, tout le monde aurait résolu son problème de la même façon. Or, si elle avait appris quelque chose avec son syndrome d'anxiété généralisée, c'est que justement, il n'y avait pas une seule solution pour tout le monde. Il y en avait autant que de personnes atteintes de ce type de pathologie. C'était à la fois extrêmement décevant parce qu'il n'y avait pas de recette magique et

parfaitement rassurant parce que tout le monde pouvait découvrir celle qui lui conviendrait.
— Excuse-moi. Je n'aime pas trop qu'on me fasse la morale. J'ai passé l'âge, s'excusa Rose. Ne m'en veux pas si j'ai été agressive.
— Alors, c'est à moi de m'excuser. Je ne voulais surtout pas te donner une leçon de morale. Je voulais simplement partager avec toi ce que ma longue vie m'a enseigné : la peur n'existe pas. Enfin, je veux dire, elle n'est pas réelle. C'est une construction de ton esprit. Elle n'est pas tangible. Tu comprends ? Il n'y a jamais de monstres cachés sous le lit des enfants ni de fantômes dans un placard. C'est toujours ce que je disais à Gorka quand il était minot.
Rose frissonna. Il y avait parfois des monstres planqués dans un rayon de supermarché.
— Mais, je dois avouer, que parfois, tu sursautes comme si tu en avais rencontré, des monstres, dit Hermine dont le regard redoubla d'intensité.
Rose refusait d'en parler. En parler ici, dans cet endroit inconnu, avec ces gens qui ne savaient rien d'elle, ça serait le faire entrer dans la maison, et pour ce qui était des fantômes, autant les laisser là où ils se trouvaient. Celui de Stéphane avait dû rester à l'appartement puisqu'elle ne l'avait pas encore croisé ici, autant qu'il y reste !
Rose ne faisait même plus attention à ses sursauts. Ils étaient là, elle avait appris à les apprivoiser et c'était tout. Un bruit, une porte qui claque, un cri dans la rue ou Pitua qui dévalait les escaliers et son corps se mettait en alerte, prêt à fuir si besoin. Elle regarda autour d'elle pour retrouver le calme que lui procurait l'endroit. Soudain, c'est comme si elle sortait d'un état de léthargie. Elle devait poursuivre sa quête. Elle était ici pour tout savoir sur la maison. Il était plus

que temps qu'elle en apprenne davantage à son sujet. Elle prit une grande inspiration et se lança comme on plonge dans la piscine depuis le plus haut des plongeoirs et changea de sujet de conversation.

— Et si tu me racontais plutôt depuis quand tu occupes cette maison ? Tu es née ici ?

Elle savait que c'était peu probable, mais elle préférait commencer par tourner autour du pot plutôt que de poser la question qui lui brûlait les lèvres.

— Oh, c'est une vieille histoire. Je ne suis pas certaine qu'elle soit très intéressante.

— Et moi, je suis sûre du contraire. J'adore les histoires.

Hermine l'entraîna dans le salon où elle s'assit dans son fauteuil. Rose prit place sur le canapé et replia ses jambes sous elle. Les yeux d'Hermine se voilèrent comme si un écran de cinéma en prenait possession. De sa voix usée, elle raconta l'histoire d'une jeune fille puis d'une jeune femme volontaire, dont la seule préoccupation était de faire des études.

— Mes amies ne rêvaient que du prince charmant, de l'épouser, d'être entourée d'une nombreuse marmaille et de partir en vacances en Normandie, de fêter Noël avec leurs beaux-parents, de partir à la montagne l'hiver et à la mer l'été, de se faire jolie et d'aller chez le coiffeur toutes les semaines.

— Et toi ?

— Moi, je n'étais pas jolie, un peu trop ronde, les joues toujours trop rosées, et j'étais lucide : aucun coiffeur ne pouvait rien pour moi. J'étais invisible.

— J'ai l'impression que tu parles de moi !

— N'importe quoi ! Tes cheveux sont parfaits.

— Si tu veux, de toute façon, on ne se voit jamais tel qu'on est. Excuse-moi de t'avoir coupée, continue !

Hermine se gratta la gorge avant de poursuivre.

— Si je voulais réussir ma vie, ça ne pouvait pas être en épousant quelqu'un, puisque personne ne me voyait. Ce que je voulais, c'était un métier. Je n'avais pas les moyens de faire des études si je ne travaillais pas à côté. Alors je suis entrée comme femme de ménage dans une concession automobile. Ça m'allait bien. Je travaillais quand il n'y avait plus personne, je pouvais chanter si j'en avais envie, ou réciter mes leçons, enfin, le positionnement des lettres et des doigts sur la machine à écrire.

Hermine fredonna une chanson :

— AZERTYUIOP pour commencer, QSDFGHJ pour continuer KLM parce que je t'aime. La journée j'allais chez Pigier pour étudier. Je ne sais pas si ça existe encore. Ils formaient des secrétaires. Et puis, j'ai eu un problème.

Rose ne bougea pas, attendant la suite.

— Un soir, le patron devait être parti et lorsque je suis entrée dans son bureau, il était encore là. Il a levé la tête et c'est comme s'il avait eu un déclic. Je l'ai clairement vu. Ça a fait tilt dans son esprit. « Vous êtes qui ? » qu'il m'a demandé. J'ai baragouiné que je faisais le ménage. Depuis quand ? Depuis trois mois. Trois mois ? Oui, trois mois, je suis arrivée la semaine de votre mariage, j'ai répondu. Il a hoché la tête, il a rassemblé ses dossiers et il est parti. Presque en courant, le pauvre. Je me suis dit qu'il n'avait pas dû croiser beaucoup de femmes qui travaillaient. Les semaines ont passé et j'attendais qu'il parte pour entrer dans son bureau, mais il partait de plus en plus tard et de plus en plus fatigué. Le bruit courait que la concession n'allait pas fort. Et moi, je rentrais de plus en plus tard aussi, j'étais crevée et je crois bien que mon travail s'en est fait ressentir. Un jour sa secrétaire a appelé chez moi pour me dire que le soir même, ça serait mon dernier jour de travail. Après, ce n'était plus la peine que j'y aille.

— Ah... merde, ça allait donc si mal que ça ? Et t'as fait quoi après ?

— J'y suis allée pour mon dernier soir et ce soir-là, il ne bougeait pas de son bureau. L'heure passait et il était toujours là, assis à son bureau à fumer cigarette sur cigarette. Tu sais, c'était permis à l'époque et les gens ne se gênaient pas ! À un moment, je suis entrée.

Rose retint sa respiration. Elle n'avait plus très envie de connaître la suite. Elle en avait entendu par dizaines de ces histoires où la jeune fille se faisait coincer dans un coin du bureau alors que tous les employés étaient partis. C'était même monnaie courante au journal télévisé.

— Et là, il s'est tourné vers moi, il a passé ses mains sur son visage, a ébouriffé sa tignasse, a croisé ses bras sur son torse et m'a dit « Hermine, j'ai un problème. » OK, il avait un problème, mais moi aussi j'en avais un, j'avais un contrôle de connaissances le lendemain et je n'avais pas prévu de rester aussi tard, je voulais me coucher tôt pour être en forme, alors ses petits soucis, ou même ses gros, puisque j'avais été remerciée, je m'en foutais comme de ma première chemise, tu comprends ?

Rose hocha la tête. Elle avait l'impression de regarder une vieille série télévisée aux couleurs un peu passées.

— Et ?

— Il me dit « Hermine, j'ai un problème. Je crois que je vous aime ». Tu sais, comme la chanson de Johnny et Sylvie ?

La vieille dame chantonna l'air de la chanson. Rose secoua la tête, à cette époque elle n'était pas encore née.

— Fichtre. Qu'est-ce qu'il me chantait-là ? Il était pas bien le patron ? Pas étonnant que sa boite coule s'il était capable de me dire ça alors qu'il m'avait vu, quoi ? Une fois. Et puis, comment te dire ? Quand j'allais faire le ménage, je n'étais pas non plus habillée à la dernière mode et comme je finissais systématiquement par son bureau après avoir nettoyé le hall d'exposition, les voitures et les autres bureaux, je ne sentais pas la rose !

— Et tu as fait quoi ? demanda Rose avide maintenant de connaître la fin.

— Je suis partie, enfin on peut même dire que je me suis enfuie ! J'étais rouge comme un piot. Tu sais ce que c'est ?

— Quoi ? Un piot ? Non, je ne sais pas.

— C'est un dindon.

— T'étais rouge comme une dinde alors ?

— Chez moi on dit : rouge comme un piot !

Rose hocha à nouveau la tête, elle ne voulait pas vexer Hermine et voulait surtout connaître la fin de l'histoire.

— Donc je suis repartie en laissant tout en plan : l'aspiro, le seau, la serpillère. Pfff, envolée la Hermine.

— Non, mais ton histoire, c'est un vrai roman !

— C'est peut-être un roman-photo, tu as raison, répondit la vieille dame rêveuse.

Hermine se leva et ouvrit la porte-fenêtre qui donnait sur la terrasse. Les bruits de la place pénétrèrent dans le salon. Elle resta immobile, coincée quarante ou cinquante ans en avant.

— Et donc, Hermine, tu ne vas pas me laisser en plan. Je veux connaître la suite de l'histoire. Ça ne peut pas se terminer comme ça ! Même si je persiste à ne pas comprendre quel est le lien avec ma question.

— C'était quoi déjà ta question ? J'ai plus toute ma tête, tu sais…

Rose n'en crut pas un mot. Elle avait compris en quelques jours passés ici qu'Hermine était plus alerte que nombre de personnes bien plus jeunes qu'elle. S'il existait une recette à la jeunesse, nul doute qu'elle l'avait découverte.

— Ma question c'était de savoir depuis quand tu habitais la maison et si tu étais née ici. Mais maintenant, je veux connaître la suite de l'histoire. Vous vous êtes revus ? Vous êtes tombés amoureux ?

Hermine fit trois pas en direction de l'entrée.

— Je ne vois vraiment pas pourquoi ça t'intéresse.

— Je te l'ai dit, j'adore écouter les histoires des gens : comment ils se sont rencontrés, comment ils en sont arrivés là, qu'est-ce qui leur est arrivé. Comment ils ont appelé leur enfant.

— Eh bien, il va te falloir attendre. J'entends quelqu'un qui arrive.

Elle avait à peine terminé sa phrase qu'un cognement contre la porte se fit entendre. Hermine alla ouvrir à petits pas. Rose devint livide à l'idée qu'il s'agisse de Carine, qu'allait faire la vieille dame ? Allait-elle la mettre à la porte ? Quelle lutte allait s'engager entre elle et la nouvelle venue ? Comment la vieille dame allait-elle les départager pour savoir qui de l'une ou de l'autre pourrait rester ici ?

— Bonjour, l'entendit-elle dire.

# 17

## Pausa Da

— Je peux t'aider ? demanda Hermine, dont la voix s'était sensiblement altérée.
— Bonjour Hermine.
— Bonjour, Roger, excuse-moi.
— Pas de souci, en fait, c'est Rose que je venais voir.
— Rose ? Bien sûr, entre.
— Je l'ai prise en covoiturage et elle a oublié quelque chose dans la voiture.

Roger avança de quelques pas et se plaça dans l'embrasure de la porte. D'un hochement de tête, il salua Rose, assise sur sa chaise, puis se dirigea vers elle. Heureuse de revoir son chauffeur, elle se leva et vint à sa rencontre.

— Bonjour, Rose, vous allez bien ? lui demanda-t-il.
— Très bien merci. Et vous ?
— Oui.

L'homme tira un cahier de la poche interne de sa veste et le lui tendit en clignant d'un œil.

— Mon Dieu, il m'était complètement sorti de la tête. Merci, Roger, dit-elle en le saisissant.

Elle prit conscience que, tellement perturbée par les derniers événements, elle ne l'avait jamais ouvert.

— Il avait glissé sous le siège, expliqua Roger.

Elle le fit tourner dans la lumière et le feuilleta. L'écriture, ancienne, si elle en croyait les boucles qui décoraient les lettres, était serrée et difficilement lisible. Elle s'arrêta sur une page, puis une autre, tentant de déchiffrer ici ou là un mot qu'elle connaîtrait.

— C'est en basque n'est-ce pas ?
— Oui, effectivement, c'est du basque, vous l'ignoriez ? Je croyais que ce cahier vous appartenait...
— Oui, on me l'a légué, mais à vrai dire, je ne l'avais pas ouvert, même pas feuilleté.
— Vous ne saviez pas qu'il était écrit en basque ?
— Absolument pas. Je pensais y trouver des... je ne sais pas... des informations.
— Il est joliment calligraphié. On ne voit plus souvent de nos jours de si jolie écriture. Ce doit être un cahier ancien.

Rose hocha la tête et s'attarda sur le titre.

— Vous savez ce que ça signifie, demanda Rose en lui montrant.

Elle ânonna : *Pausa da.*

— Ça signifie c'est une pause.

Il resta pensif quelques secondes avant de se retourner vers la vieille dame. Rose suivit son regard.

— Ça me fait penser à quelque chose... pas toi ?

Tous deux virent Hermine s'affaisser et Roger courut pour la secourir. Allongée au sol, ses yeux étaient clos. Rose resta immobile, incapable du moindre mouvement. Elle se revit dans sa chambre, il y a trois mois, découvrant le corps de Stéphane. C'était une malédiction.

— Appelez les secours, Rose, dépêchez-vous et allez chercher Gorka à l'atelier, je vais rester avec elle.

Au bout d'un temps qui lui parut extrêmement long, Rose composa le 17 et tenta de retrouver son calme pour répondre aux questions que lui posait l'opérateur. Sitôt fait, elle partit en courant à l'atelier où elle entra sans frapper.

— Ah, eh bien, ça y est vous avez compris le fonctionnement de la porte !
— C'est Hermine, c'est votre mère...
— Quoi ma mère ? C'est elle qui vous a expliqué comment débouler dans l'atelier comme ça ?
— Non, elle est... elle a....
Il la regardait, attendant qu'elle finisse sa phrase et perdit son calme.
— Elle a quoi ?
— Venez !
La voix de Rose dérailla vers les aigus, comme si elle la forçait. Brusquement inquiet, Gorka lâcha son pinceau et la devança de plusieurs mètres. La bouche sèche, la voix à peine audible, elle demanda :
— Votre mère a-t-elle des problèmes de santé ?
— Pas à ma connaissance, mais elle n'est plus de la première jeunesse.
— Filez, ne m'attendez pas, je vous rejoins, souffla-t-elle.
Son embonpoint l'agaçait. La plupart du temps, elle vivait avec et avait arrêté les régimes qui ne fonctionnaient jamais, mais dans une telle situation, elle pestait. Elle s'entrava dans sa large veste censée cacher ses rondeurs et manqua s'étaler sur les pavés de la place. Elle en releva les pans et se mit à courir derrière Gorka qui venait de pénétrer dans la maison.
— Depuis combien de temps n'a-t-elle pas repris connaissance ? demanda-t-il à Roger qui soutenait la tête de la vieille dame dans ses mains.
— Cinq à sept minutes.
— Vous avez prévenu les secours ?
— Ils sont en route, ils ne devraient plus tarder, affirma Rose hors d'haleine.
— Maman ? Maman, tu m'entends ? murmura Gorka.

La vieille dame ne bougea pas.

— Que faisait-elle quand ça lui est arrivé ? Je lui ai demandé de rester tranquille, mais voilà, il faut toujours qu'elle accueille de nouvelles personnes.

— Elle ne faisait rien. Rose et moi parlions. Je lui ai ramené un cahier à spirales qu'elle avait oublié dans ma voiture. Il avait roulé au sol lors d'un coup de frein brutal. Je l'ai retrouvé et je lui ai ramené. Voilà, c'est tout.

Le vieil homme lança un regard vers la chaise où Rose avait machinalement déposé le cahier avant de se rendre à l'atelier.

— C'est *ce* cahier ? demanda Gorka.

Il avait fortement appuyé sur le pronom démonstratif.

— Oui, j'en ai hérité récemment, bredouilla Rose.

Gorka se leva, saisit le cahier et le lança de toutes ses forces. L'objet atterrit au milieu du salon où il fit se soulever la poussière sur les tapis élimés et s'enfuir Pitua qui grimpa sur le piano.

— Il nous aura fait chier toute notre vie, hurla Gorka, alors qu'à l'entrée du village, la sirène du camion de pompier fendait le silence.

À grandes enjambées, Candice se dirigea vers l'animal et lui donna une tape pour le faire descendre et d'un geste tendre, elle nettoya le piano avec un coin de son tee-shirt.

# 18

## Comme un bon élève

— Tu as l'air bouleversée, Rose. Ça va aller ? demanda Sophie qui, alertée par la présence des pompiers, était arrivée en trombe.

Roger tapotait la main de Rose assise sur une chaise.

— On le serait à moins, objecta Roger.

— Que s'est-il passé ?

— Je venais d'arriver, je parlais avec Rose et on a entendu Hermine s'effondrer. Sa tête a fait boum en touchant le sol et voilà.

— Qu'ont dit les pompiers ?

— Ils l'ont emmenée en soins intensifs. Ils vont lui faire passer des examens. Ils ne savent pas ce qu'elle a eu. Elle est restée inconsciente au moins quinze minutes.

— C'est long. C'est même inquiétant. Gorka est parti avec eux ?

— Non, il a pris sa voiture.

— Heureusement qu'il était à Héyo, s'il avait fallu le trouver à travers le monde, je ne sais pas comment on aurait fait…

Rose sembla se réveiller d'un mauvais rêve.

— Je suis tellement désolée… émit-elle doucement.

Ses lèvres pâles et son regard affolé inquiétèrent Roger et Sophie.

— Mais de quoi ? Il n'y a aucune raison, Rose, allez reprenez-vous, la supplia Roger, vous êtes blanche comme un linge. On n'a pas besoin d'un autre évanouissement.
— C'est ma faute, c'est sûr... répéta-t-elle.
— Pourquoi dis-tu ça, il n'y a aucune raison, dit gentiment Sophie, une main sur son épaule.
— C'est à cause du cahier que m'a ramené Roger. Je n'ai pas très bien compris ce que voulait dire Gorka, il a crié quand il l'a vu et je pense qu'il le soupçonne d'être la cause du malaise de sa mère.
— Un cahier ?
— Écrit en basque ajouta-t-elle. C'est à n'y rien comprendre.
Elle enfouit sa tête entre ses mains avant de se relever.
— Tu aimes tant que ça te rendre coupable de trucs insensés ? Qui te dit que c'est ta faute ? demanda Candice avec acidité.
— Candice, merci de ton intervention, peut-on baisser les armes quelques minutes ? proposa Sacha.
Perdue dans ses pensées, Rose demanda :
— Roger, il devait y avoir des clés en plus du cahier. Vous ne les avez pas trouvées ?
— Non, je n'ai rien vu d'autre.
Elle parut déçue et il s'excusa.
— Je ne suis pas aussi leste que dans ma jeunesse, je regarderai plus attentivement. Vous avez besoin des clés ? Maintenant ? Si vous voulez, je peux aller voir si elles y sont.
— Non, pas pour l'instant, mais bientôt, je vais en avoir besoin.
— Très bien, et si nous allions au café maintenant ? Vous êtes toujours partante, pour m'aider ? Parce qu'aujourd'hui,

c'est la journée des séniors et il va falloir les occuper. Ça vous changera les idées, proposa Sophie pour faire diversion.

Roger prit l'initiative d'expliquer à Rose ce que signifiait la journée des séniors.

— Sophie accueille ceux du village, comme moi ou Hermine et ceux de l'EHPAD. Que c'est moche ce mot ! Bref, elle nous accueille au café, on danse, on chante, parfois on joue au bingo, mais comme en ce moment Léonie, une aide-soignante de la maison de retraite qui aide Sophie en temps normal, est en arrêt maternité, elle sera ravie que vous l'aidiez à canaliser la vingtaine de petits vieux que nous sommes !

Effarée, Rose s'affala un peu plus sur la chaise. Encore des inconnus avec lesquels elle allait devoir négocier. La journée virait au cauchemar.

— Quelque chose ne va pas, Rose ? Vous semblez toute chose. C'est la présence d'un gang de vieilleries comme moi qui vous chagrine à ce point ?

— Non, non, pas du tout ! s'exclama-t-elle, surtout ne croyez pas ça, mais c'est que…

— Ça fait peut-être beaucoup de nouveautés pour toi, n'est-ce pas ? intervint Sophie.

Stéphane avait raison : on lisait en elle comme dans un livre ouvert. Soudain, le souvenir de son mari s'interposa entre elle et eux, et la conscience du passé devint troublante dans le salon qui vibrait de leurs présences. Elle frissonna.

— Non, non, pas de souci. Je vais venir. Vers quelle heure ?

— Quand tu le pourras. Le plus tôt possible.

Elle regarda sa montre, il était déjà treize heures. Le temps était passé à une rapidité effroyable et bien qu'elle soit censée

commencer dans une heure, elle ne se sentait pas capable de le faire.
— Bon, à plus tard alors…
— À plus tard.

En temps normal, Candice et Sacha se seraient chamaillés. Elle les avait entendu faire à plusieurs reprises, mais le malaise d'Hermine avait créé entre eux une nouvelle connivence. Celle des chatons apeurés au départ de leur mère. Le soleil se reflétait sur le piano faisant vibrer la poussière en suspension dans la pièce et ouvrant la porte d'un monde magique qui avait perdu sa fée créatrice. L'univers enchanté dans lequel la vieille dame les avait accueillis menaçait de s'écrouler. Rose savait qu'en pareil cas il n'y avait qu'une seule chose à faire, se serrer les uns aux autres, elle écarta les bras et les jeunes gens vinrent se blottir contre elle. Pitua poussa un faible miaulement.
— Tu crois que… commença Candice.
— Non !
La voix de Sacha était vibrante.
— Non, elle est forte, elle va s'en sortir et revenir. Il n'y a pas d'autres solutions. Hein Rose ?
Elle aurait tellement voulu avoir autant d'assurance que lui. Hermine avait été une alliée prompte à écouter et rassurer. Elle l'avait épaulée et elle lui devait les quelques changements qu'elle avait notés dans sa vie. Elle l'avait poussée à aller vers Sophie et la journée qu'elle avait passé au café, au milieu des clients et des commandes, allait au-delà de ses espérances, mais elle était âgée et elle l'avait trouvée fatiguée ce matin. Peut-être avait-elle des problèmes de santé dont elle n'avait pas parlé ?

— Comment on va faire sans elle ? se lamenta la jeune fille.
— Ça ne va pas changer grand-chose à ta vie, tu vas continuer à rester dans ta chambre, ironisa Sacha en rompant le cercle qu'ils avaient formé.
— T'es vraiment qu'un pauvre con !
— Ah, vous me rassurez, je vois que les choses ont repris leur cours normal. Un instant, j'avoue que vous m'avez presque inquiétée.
Elle avait prononcé les mots sur un ton calme et docte. Candice et Sacha la regardèrent abasourdis avant d'éclater de rire. Que c'était bon de les entendre ! Que c'était bon de voir des gens rire à nouveau devant elle, sans aucune arrière-pensée ! Elle se joignit à eux et entendit son rire monter et rivaliser avec les leurs.
— Bon, il faut s'organiser ! Je me suis engagée à aider Sophie et je ne peux pas me dédire maintenant ou du moins pas avant la fin de la semaine. Il faudra s'occuper du potager et tenir la maison propre, comme Hermine aime qu'elle soit.
— Moi, je vais m'occuper du ménage, dit Sacha en levant le doigt comme un bon élève.
— Moi, je préparerai les repas, annonça Candice.
Le regard qu'elle surprit dans les yeux de Sacha fut éloquent.
— Je ne vais pas t'empoisonner, je cuisine très bien.
Il roula les yeux et Rose sourit. Ses pâtisseries étaient souvent immangeables, mais elle répondit :
— Parfait Candice, merci, j'essaierai quant à moi, de maintenir le jardin en bon état, dit Rose.
— Je t'aiderai… enfin, si j'ai le temps, parce qu'avec mon seul en scène, je ne sais pas trop.

— Ah ! Ne commence pas à trouver une excuse pour ne pas écrire ton seul en scène. Je me débrouillerai très bien toute seule. Ne t'inquiète pas. Les journées sont longues en été, on y arrivera.
— En même temps, il y a Gorka, il pourra nous filer un coup de main, tenta la jeune fille en le voyant revenir et traverser la place. C'est sa maison, même s'il préfère habiter dans la cabane.
— Si j'étais toi, je n'y compterais pas trop. Ce type est vraiment bizarre... avança Sacha.
— Tu n'aurais jamais dit ça si Hermine avait été là.
— Bah, non, bien sûr, mais elle n'est pas là, et franchement, quelle tête de con ! Il fait la gueule la plupart du temps. Vous ne trouvez pas ?
Les deux femmes restèrent silencieuses alors que Gorka entrait dans la maison. Immobile et droit dans l'entrée, il sembla perdu. Rose fit un pas, puis un autre et se retrouva tout à côté de lui.
— Elle est en soins intensifs, dit-il simplement d'une voix rude.
À nouveau il avait absorbé toute la lumière. Il pivota, posa sa main sur la poignée de la porte et ajouta sans leur adresser le moindre regard :
— Je retourne à l'atelier. Je pense que vous pouvez préparer vos bagages, inutile que vous restiez, j'ignore quand Hermine rentrera et quand elle le fera, elle aura besoin de calme et de repos.
— Mais..., commença Candice d'une petite voix.
— Il n'y a pas de mais. Demain matin, à la première heure, je veux que vous soyez partis ! Tous !

# 19

## Ses dernières volontés

Les guépards montaient toujours la garde dans le salon. La croix basque et la plume de paon aussi. Le piano rutilait dans son coin, les tapis assourdissaient la pièce et pourtant, plus rien n'était pareil depuis l'hospitalisation d'Hermine. La bonhommie de la vieille dame avait disparu, remplacée par le froid glacial que Gorka avait soufflé sur la maison, bien qu'ils aient gagné quelques jours de sursis, le temps de se retourner avait négocié Candice. Assise dans un des fauteuils crapauds du salon, elle se rongeait les ongles. Sacha et son caleçon tournaient en rond dans la pièce et Rose se tenait assise bien droite dans le canapé fatigué sur lequel elle aurait préféré s'allonger.

— Moi, je vous le dis tout de suite, je ne rentre pas chez mes parents ! annonça Candice, les yeux rougis et son chignon souple quelque peu malmené par les événements.

Le tremblement dans sa voix indiquait qu'elle était au bord des larmes. Un mot de plus et elle ne pourrait pas les endiguer.

— Moi, non, plus. Hermine m'avait dit que je pouvais rester tout le mois, je ne vois pas de quel droit Gorka peut nous mettre dehors.

— Il peut parce que la maison est à lui et qu'il a le droit de faire ce que bon lui semble, renchérit Candice avec agressivité.
— Pas à lui, à sa mère et il ne peut pas aller contre la volonté de sa mère quand même ?
— La volonté de sa mère ? D'abord, Hermine n'est pas morte, donc ses dernières volontés ne sont pas d'actualité, et ensuite : elle t'a fait signer un contrat à toi ? Parce que, pas à moi. Donc, il peut tout à fait faire ce qu'il veut.
— Il doit y avoir un sens à cette histoire. Pourquoi s'est-elle effondrée comme ça ? Vous faisiez quoi ? Elle paraissait abattue ?

Sacha n'en démordait pas. Il voulait comprendre et expliquer le malaise d'Hermine, mais Rose avait beau chercher, elle ne voyait pas. Depuis, elle refaisait le film sans cesse dans sa tête sans succès.

— Et toi, tu vas repartir à Toulouse ? demanda abruptement Candice.

Sa bouche était sèche. Elle se leva péniblement pour aller boire un verre d'eau à la cuisine avant de revenir au salon. Tout se mélangeait dans sa tête. Elle n'était pas en mesure de rationaliser toutes les informations à sa disposition. Incapable de se concentrer ni de poser un jugement, quel qu'il soit sur la situation. Tout ça devait être la faute de son karma. Qu'avait-elle donc fait pour mériter de se retrouver, ici, et pour mettre en danger la vie d'Hermine ? Qu'avait-elle fait ? Avait-elle tué des mouches avec un élastique, arraché les ailes des coccinelles, écrasé un chien, tué son voisin ? Alors qu'elle était à deux doigts d'abandonner sa vie de recluse et qu'un nouveau monde s'ouvrait à elle, voilà que tout s'effondrait. Elle était épuisée. Hermine était si présente le matin de son malaise, que la résonance avec la mort de Stéphane la terrifiait. Pitua sauta sur la table basse et Rose sembla revenir au présent.

— Rose, tu vas faire quoi ? Rester ici ou retourner à Toulouse, demanda pour la deuxième fois Candice. Si toi tu restes, moi aussi !

— Et moi aussi. Il va avoir du mal à nous foutre dehors tous les trois. Tu ne crois pas ?

— On va rester, n'ayez aucune crainte.

— Comment on va faire ? T'as un plan ? demanda Candice soudain rassérénée.

— On va rester, je vous dis. Je m'occupe de tout et je vous en parlerai quand ça sera acté.

Elle quitta le salon d'un pas souple et grimpa l'escalier quatre à quatre.

La pluie s'était mise à tomber. Elle fouettait les fleurs et les plantes et aspergeait les fenêtres de sa chambre. C'était bien sa veine ! Comment trouver le courage de sortir sous cette pluie battante ? Sa mère avait beau lui répéter que sans pluie il n'y aurait pas de vie, qu'elle n'était pas en sucre et n'avait aucune crainte de se dissoudre, elle n'aimait pas la pluie. De plus, elle n'avait pas pris de parapluie ni de bottes adéquates. Quelques minutes auparavant, elle était déterminée à tenir tête à Gorka, mais là, dans la pénombre de la maison basque, sa détermination avait fondu. Depuis son arrivée, elle n'avait pas creusé cette histoire d'héritage, trop occupée à sa nouvelle vie. Mensonges ! pensa-t-elle. La nouvelle vie n'était qu'un prétexte. Elle aurait dû poser des questions à Hermine quand elle en avait eu le temps. Le matin au petit déjeuner, le soir sur la terrasse quand elles rêvassaient près du pied de verveine odorante. Elle en avait eu la possibilité quand la vieille dame avait grimpé l'escalier pour admirer sa nouvelle création. Rose sourit tendrement à ce souvenir.

— Rose ! C'est magnifique, s'était écrié Hermine en portant ses mains à ses lèvres.
Elle avait entendu la sincérité dans la voix de sa logeuse. Il n'avait pas été question de lui faire plaisir ou d'être simplement polie envers son travail de couture.
— Merci avait-elle répondu alors que son cœur avait été instantanément gonflé de fierté.
La vieille dame s'était assise sur le lit de Rose et avait caressé Pitua d'une main distraite.
— Et moi qui t'ai forcé la main pour travailler chez Sophie… ce que tu as fait là est une véritable œuvre d'art. Tu aurais dû m'en parler avant. Je croyais que tu te réfugiais ici juste pour éviter d'affronter la vie. Mon Dieu, mais que c'est beau ! Tu pourrais peut-être voir avec Gorka et Estéban pour qu'il soit exposé à l'atelier. Il le mérite, vraiment, tu sais ?
À l'idée de l'exposer, aucun symptôme d'angoisse ne s'était déclaré. Elle avait souri avant de répondre.
— C'est gentil Hermine, mais je ne le fais pas pour ça.
— Tu peux peut-être y réfléchir…
— Il est loin d'être terminé ! Regarde, les pièces ne sont pas encore toutes cousues entre elles. Et puis, il va falloir que je le double et que je le matelasse. D'autant que j'ai envie de faire des appliqués par-dessus. Mais là, ça sera une pure création, j'associerai deux techniques et ce n'est pas très académique.
— Fais-toi confiance !
— Oui, je sais : je n'ai aucune raison d'avoir peur. Tu me l'as déjà dit.
— Parfaitement ! Je sais qu'il est très difficile d'apprécier à sa juste valeur ce que nous faisons avec facilité, mais tu dois me croire, c'est une œuvre d'art. Qu'est-ce que tu

risques ? Que le grand chef des patchworks te dise que ce que tu fais est une hérésie ? Et alors ?

— Le grand chef des patchworks ! Tu m'amuses, s'il y en a eu un jour, ce devait être une dame à laquelle il est impossible de donner un âge, vêtue d'une robe noire à col montant fermé avec des boutons de nacre et portant un chignon de cheveux gris serrés sur la nuque.

Elles avaient ri au portrait qu'avait dressé Rose, puis Hermine s'était levée du lit.

— Allez, je te laisse travailler.

Un rayon de soleil perça les nuages et la brume se dilua lentement dans la lumière et tomba sur le montant du lit.

— Il faut que je lui parle, dit-elle à haute voix, mais avant…

Ravalant sa nervosité, elle attrapa son téléphone pour composer le numéro de Sandra. Entendre une voix familière lui donnerait du courage, elle en était convaincue. Sa voix retentit au bout de deux sonneries.

— Rose ! Enfin ! On te croyait morte ! Tu n'as pas vu mes appels ? Nos appels ? Les enfants sont morts d'inquiétude ! Comment vas-tu ?

Rose eut un pincement au cœur, les inquiéter ne faisait pas partie de son plan, c'est juste qu'elle n'avait pas pensé à les appeler. Elle lui raconta les derniers événements et l'hospitalisation d'Hermine. Il y eut une pause à l'autre bout du fil. Rose aurait tout donné pour être près de Sandra, qu'elle la serre dans ses bras et la réconforte, mais quelque chose la força à dire de sa voix la plus assurée possible :

— Enfin, rien de grave, n'est-ce pas ? Comment vas-tu, toi ?

— Oh ! Pas folichon. Carmen est repartie. Elle a trouvé une autre place. À Madrid. Il paraît que je suis difficile. C'est vrai que je suis difficile ?

— Non, tu es un bourreau de travail, consciencieuse et inarrêtable. Par contre, tu oublies parfois que tout le monde n'a pas ton endurance.

— En tout cas, ton appart est libre. Je l'ai fait nettoyer par Françoise, la dame qui entretient la galerie, et la bonne nouvelle, c'est que tu peux rentrer dès ce soir.

Les étoiles étaient en train de s'aligner. Au moment où elle devait quitter Héyo, son appartement se libérait et tout le monde y aurait vu un signe de rentrer. Elle prit son courage à deux mains.

— Justement, je voulais t'appeler pour te parler de mon séjour ici...

— Ça se passe mal ? J'en étais sûre !

— Mais non, que vas-tu chercher là ? Ça se passe très bien. J'ai trouvé du travail. Chez Sophie, la patronne du café, tu te souviens, je t'en ai parlé.

— Oui, oui, je me souviens. Et, ça va ?

— Tu vas difficilement me croire, mais je n'ai pratiquement eu aucune crise de panique.

— Top !

— Par contre, je n'ai toujours pas élucidé le mystère de la maison. Avec Hermine à l'hôpital, je vais devoir attendre, mais son fils Gorka nous a demandé de partir.

— Pas de souci : rentre ! Si tu veux, je viens te chercher, ça va être difficile de trouver un BlaBlaCar, je suppose.

— Non, je vais rester à Héyo.

— OK.

Rose sentit que Sandra s'était fermée comme une huitre.

— Je vais aborder le sujet directement avec lui. Avec Gorka.
— Le fils d'Hermine ?
— Oui.
— Il n'est pas trop violent ? Je ne sais pas, c'est l'image que j'en ai.
— Il fait un peu peur. Il est bourru. Grognon, tu vois ? Mais non, je suis persuadée qu'il ne ferait pas de mal à une mouche.
— Il fait très envie ton type... Franchement, rentre et demande à Saubaber de gérer la vente de la maison et basta ! Je suis persuadée que c'est envisageable.
— Basta ! Et voilà. Mais tu m'écoutes quand je parle ou pas ? Tu te fous complètement de tout ce que je viens de dire. Il n'y a que ce que tu penses qui t'intéresse ? Moi et ce qui m'anime, on s'en fout ? Merci ! Ça fait chaud au cœur, mais finalement, en ce qui te concerne, rien n'a changé.
— Comment ça ?
— Je réfléchis depuis quelque temps et je me demande pourquoi on est amies toi et moi. Pour que tu aies l'impression d'être utile ? Que je te doive éternellement ma reconnaissance ?
— Tu dis que je suis une amie tellement merdique que je me fiche de ce qu'il t'arrive ?
Le silence s'éternisa sans qu'aucune des deux ne prenne la parole.
— Je suis désolée que tu aies cru ça de moi. Tu te trompes. Je t'assure. Je t'aime et ton bien-être m'importe plus que tu ne l'imagines.
— Désolée, mes paroles ont dépassé mes pensées. Je m'excuse, ce n'est pas ce que j'ai voulu dire. Tu n'es pas merdique du tout en tant qu'amie, mais je voulais juste que

tu me dises que j'avais raison de rester à Héyo et de parler à Gorka.

— Tu n'as pas besoin de moi pour savoir ce que tu dois faire.

— Mais si. Tu sais toujours ce qu'il faut faire.

— Je crois que tu es en train d'apprendre. Fais-toi confiance et ça sera très bien comme ça ! Allez, raconte, comment tu comptes t'y prendre ?

# 20

# Les cases du sudoku

Sophie, les deux mains posées sur le comptoir, attendait que Rose réponde à sa question. Cette fille avait des moments d'absence qui commençaient à l'inquiéter.
— Alors ? Tu sais faire quoi ?
Rose, juchée sur un tabouret haut, fixait une tache derrière elle.
— Rose ? Tu sais jouer aux échecs, à la belote, au tarot ou un truc comme ça ? Un truc qui occuperait mes séniors cet après-midi, demanda Sophie une pointe d'agacement dans la voix.
Concentrée sur la tache de café déposée sur le miroir qui servait de crédence, Rose remua la tête.
— Non, je ne sais rien faire de tout ça. Pour tout dire, je déteste les jeux de société. C'était toujours la corvée quand Marguerite et Gabriel voulaient y jouer. J'avais l'impression de perdre mon temps.
— Mais, tu sais faire quelque chose, on a tous un hobby. Tu chantes ?
— Pas du tout. En vieillissant, je me suis mise à chanter faux. Une véritable catastrophe.
— Tu joues de la guitare peut-être ?
— Non, rien. Rien du tout. Je suis désolée.
Elle n'avait aucune raison de l'être, mais l'habitude revenait au galop. Elle espéra que Sophie ne le relèverait pas.

— Tu dessines ?
Sophie n'abandonnait pas.
— Mais non ! Je ne dessine pas, je n'écris pas de poésie, je ne fais pas de théâtre, ni de l'équitation.
— À vrai dire, l'équitation, ça m'arrange un peu…
Sophie sourit pour détendre l'atmosphère, consciente que son insistance pouvait être dérangeante.
— Je ne fais pas de poterie non plus. Beh, puisqu'on en parle, tu pourrais demander à Estéban… sinon, à Maïder. Elle pourrait faire un atelier pâtisserie, mieux, un atelier dégustation. Elle a mis à la carte ses nouveaux desserts ?
Sophie jeta un regard vers la cuisine en posant un doigt sur sa bouche.
— Chut ! Ne dis rien, le résultat a été catastrophique. Elle travaille dessus. Vaut mieux pas la déranger. De toute façon, elle ou Estéban, c'est impossible, ils n'auront le temps ni l'un ni l'autre. Tu fais de la couture peut-être ?
Le mot ricocha derrière le front de Rose.
— Non plus, mentit-elle.
Décidément, elle prenait goût au mensonge d'autant que Sophie ne semblait pas s'en rendre compte. Avec un peu d'entraînement, elle arriverait peut-être à ne plus rougir des oreilles.
— C'est la galère. Avec Léonie en arrêt mater, il va vraiment falloir que je trouve quelque chose à leur faire faire, je ne peux pas les laisser à regarder les oiseaux près de la fontaine.
— Il y en a certains à qui ça pourrait suffire.
— Oui, bien sûr, c'était d'ailleurs l'idée de départ : qu'ils sortent de l'EHPAD. On voulait qu'ils rencontrent d'autres gens. Des personnes âgées encore autonomes et vivent à Héyo, des enfants comme ceux de l'école Montessori à côté,

des gens qui travaillent, bref, qu'ils reprennent pied dans la société, mais j'en connais trois ou quatre pour qui papoter, regarder l'eau de la fontaine ou les oiseaux sur la place, ne suffira pas du tout.

— Qu'est-ce que vous faites d'habitude avec Léonie ?

— Le plus souvent on organise un thé dansant. Ils adorent ça. Mais depuis quelque temps, les plus assidus sont en fauteuil : difficile de les faire danser, et puis, je n'ai plus assez de place. Bon, je vais réfléchir et on verra la semaine prochaine. Pour aujourd'hui, on va se contenter de jouer au loto.

La clochette accrochée à la porte tinta et elles se retournèrent. Roger et Gorka pénétraient dans le café. Rose, ravie de revoir son chauffeur, se dirigea vers lui, évitant le peintre et sa mine renfrognée. Elle constata avec soulagement qu'il n'était pas plus triste que d'habitude ce qui était sans doute le signe qu'Hermine allait bien.

— Roger, je suis contente de vous revoir. Vous allez bien après toutes nos frayeurs ?

— Aussi bien qu'on peut aller à mon âge, alors qu'on a une amie hospitalisée ma petite.

— Oui, je comprends bien sûr ! Vous avez de ses nouvelles ? demanda-t-elle en jetant un regard à Gorka.

— Rien de plus. Il faut attendre. Elle est entre de bonnes mains maintenant, mais à nos âges, tout se complique.

— Allez, qu'est-ce que je vous apporte ? Une bière, un soda, un verre de vin ? demanda-t-elle d'une voix enjouée.

— Non, merci, pas pour l'instant, je vais m'installer dehors en attendant que tous les petits vieux arrivent.

Voyant le vieux monsieur qui rebroussait chemin en direction de la terrasse installée sur la place, elle prit son courage à deux mains pour se diriger vers Gorka.

— Comment allez-vous ? Et Hermine ?

— Ça va ! marmonna-t-il.
— Vous avez pu la voir ?
— Non.
— Et vous n'êtes pas resté auprès d'elle ?
— Comme vous pouvez le constater : non.
Rose resta immobile, à le fixer dans l'espoir qu'il en dirait davantage.
— On ne m'y a pas autorisé. Et puis, c'était inutile. Il valait mieux que je les laisse faire leur travail.
— Je vous prépare un café ? demanda-t-elle d'une voix compatissante.
— Vous savez le faire maintenant ?
— Quelqu'un de très bien m'a appris comment faire.
— Il ne faut peut-être pas exagérer. N'en faites pas trop avec moi. Ne perdez pas de vue que je suis le peintre maudit du village, que je suis acariâtre et détesté par tout le monde. Vous y viendrez aussi, dans très peu de temps puisque vous allez devoir partir.
— Vous avez une haute opinion de vous-même, vous êtes loin d'obtenir l'Oscar du méchant le plus méchant de la planète !
— Méfiez-vous, ne me lancez pas de défi…
Rose rit et ce rire le crucifia. Il était clair et ressemblait à un chapelet de cloches qui s'élevait haut dans le ciel. Elle le fixait. Personne ne riait jamais en sa compagnie et ce cadeau inattendu le laissa perplexe. Devait-il rire avec elle ? Sourire serait déjà un bon début, alors il étira ses lèvres avant de sortir sur la terrasse.
— Pour le reste, ajouta-t-elle à brûle-pourpoint, il faudrait que nous parlions, je… j'ai des choses à vous dire, je pense que vous l'aurez compris.

Elle repensa au cahier qui avait exacerbé sa fureur. Il y eut un long silence.

— Le café, amenez-le-moi dehors, aboya-t-il avec l'air bourru qui était revenu se greffer à son visage.

Rose se dirigea vers le percolateur. Sophie, derrière le comptoir, la regardait avec un air de conspiratrice.

— J'ai eu peur, chuchota-t-elle.

— Peur de quoi ?

En attendant la réponse, Rose saisit une tasse qu'elle plaça sous la machine à café.

— J'ai cru un instant que Gorka était devenu aimable… enfin, aimable… je ne sais même pas s'il connaît la définition de ce mot ! s'amusa Sophie.

— Moi, je crois que c'est un rôle qu'il se donne.

Sophie le regarda par la vitrine. Il s'était installé à une table et tirait sur sa cigarette les yeux dans le vague.

— Il est super doué, alors, ajouta-t-elle en reportant sur le visage serein de Rose.

Le café prêt, celle-ci alla le lui déposer. Elle s'apprêtait à opérer un demi-tour quand il demanda :

— Tout se passe bien pour vous, ici ?

— Au café ? Oui, merci, je commence à prendre mes marques et tout le monde est très gentil avec moi. Pour vous aussi ? Votre tableau avance ?

— Pas vraiment, répondit-il avec une pointe d'agacement dans la voix.

— Ah… je suis désolée.

— Il n'y a aucune raison. Vous n'y êtes pour rien. Et le village vous plaît ?

— Je l'adore. C'est dingue que des endroits comme celui-là existent encore, c'est tellement différent de Toulouse.

— Oui, différent, c'est le moins qu'on puisse dire. Bon, rapport à ce qu'on doit se dire, si vous voulez bien passer à l'atelier, on pourra en parler avant que vous partiez.

Rose sourit de nouveau, hocha la tête et rebroussa chemin.
— Il a continué à te parler ?!
— On dirait, effectivement.
— Hou la, il va faire orage. C'est sûr. Bon, tu m'aides, on va grouper les tables, voilà comme ça.
— À cause de l'orage ? s'inquiéta Rose.
— Mais non, pour mes séniors, lui répondit Sophie avec un clin d'œil.

Rose se sentit stupide, mais s'affaira, tirant les tables et ramenant les chaises, créant ainsi un vaste espace.
— Pour le loto, c'est la disposition parfaite.

Rose resta dubitative. Le loto, ils devaient en faire toute la semaine à l'EHPAD.
— Et si on demandait à Gorka de nous aider ? On pourrait leur faire faire de la peinture. Je suis sûre qu'ils adoreraient ça.
— Eux, peut-être, Gorka, je ne pense pas… D'autant que la situation de sa mère ne va pas améliorer ses capacités à l'empathie, dit-elle en soupirant.
— J'ai eu l'impression qu'il était ouvert, plus aimable.
— Plus ouvert ? Rien que ça… Écoute, on ne se connaît pas beaucoup toutes les deux et tu ne connais pas non plus Gorka comme moi je le connais.

Rose pensa que c'était justement ce qui était bien, cela permettait de sortir des schémas dans lesquels on s'enfermait. Avec de nouvelles personnes, on pouvait se réinventer. Gorka le pourrait aussi.
— Gorka plus ouvert ou aimable, c'est du jamais vu. Va lui demander si ça t'amuse, si tu n'as pas peur de te prendre

un râteau, mais moi, je ne m'y frotte pas, j'ai un capital patience un peu en perte de vitesse en ce moment.

De toute façon, il va bien falloir que je lui parle de l'héritage, et sans doute du cahier, pensa Rose, autant le faire avec les séniors autour d'eux pour éviter que la discussion dégénère. Elle fit tourner sa bague et le rejoignit.

— Gorka, je peux vous déranger ?

— Je crois que c'est ce que vous être en train de faire.

Le regard de Rose s'assombrit. Désarçonnée, elle s'arrêta et jaugea la situation. Retourner à l'intérieur et faire comme si rien ne s'était passé serait la solution la plus sage, ou du moins, celle qu'elle avait utilisée en d'autres occasions, mais ici, elle s'était promis de réagir différemment. Elle n'allait pas s'arrêter dès le premier couac ! Toujours inerte, à moins de deux mètres de Gorka, elle sentit ses jambes ramollir. D'ici quelques minutes, elle serait obligée de s'asseoir.

— Désolé, Rose, je suis fatigué.

Gorka, qui mettait tout son cœur à ce que personne ne pénètre dans son intimité, passa ses mains sur son visage et Rose décela dans ses yeux une pointe de fragilité. Elle sentit sa détermination fondre.

— Que puis-je faire pour vous ? poursuivit-il.

— Je suis désolée de vous avoir dérangé.

— Vous ne m'avez pas dérangé. Je vous l'ai dit, je suis simplement fatigué. Aller, dites-moi…

Elle s'installa face à lui et passa en revue les clients âgés qui patientaient. Certains étaient assis sur le rebord de la fontaine, d'autres avaient pris place à des tables et conversaient. À l'autre bout de la place, elle avisa un groupe qui avançait dans leur direction. Ils portaient des casquettes publicitaires et semblaient très excités. L'ensemble aurait constitué le décor parfait pour une comédie. Gorka joignit le bout de ses doigts, il posa son menton dessus et la fixa. Elle rassembla son courage.

— Ça ne vous plairait pas de faire faire de la peinture aux séniors du village ?

Gorka la regarda les yeux arrondis.

— Pardon ?

— On est mardi. C'est la journée des séniors au café et Sophie ne sait pas quoi leur faire faire parce que la dame qui l'aide...

— Léonie.

— Si vous voulez, Léonie...

— Je ne veux pas, c'est comme ça qu'elle s'appelle.

— Donc, Léonie ne sera pas là pour l'aider et je pensais que peindre pourrait être intéressant pour eux.

— Vous n'avez rien trouvé de mieux que ça ? Franchement ?

Il laissa son regard vagabonder sur le groupe de personnes âgées qui se rapprochait.

— Si j'accepte, ça veut dire que vos petits vieux vont devoir venir à l'atelier ?

— Ça veut dire ça, oui ?

Pour toute réponse il se contenta de sourire. L'idée d'avoir un peu de distraction avait fait s'évanouir la sensation de tristesse que Rose avait lue dans ses yeux quelques minutes auparavant. Il se leva.

— Si on allait proposer cette solution à Sophie ? suggéra-t-il.

Sophie demeura muette un long moment. Peut-être avait-elle mal compris ? Sans doute Gorka lui faisait-il une blague ou mieux, il se moquait d'elle ? La chute n'allait en être que plus rude.

— Tu peux répéter s'il te plait, je crois que je n'ai pas très bien compris.
— Rose a eu une très bonne idée : elle suggère que les vieux viennent à l'atelier pour peindre.
— Les séniors, Gorka. On dit les séniors, murmura Sophie à mi-voix.
— Si tu veux. T'en penses quoi ?
— Tu sais ce que ça signifie ?
Il hocha la tête. Rose écoutait l'échange sans y prendre part.
— Ça veut dire que tu ne pourras pas travailler de tout l'après-midi, même si tu as une soudaine inspiration.
— M'en fiche, le mardi après-midi, c'est le jour d'Estéban de toute façon !
Rose baissa les yeux. Ce type était un roublard de première !
— Ah ! Voilà ! Je me disais bien aussi que jamais tu ne renoncerais à travailler ! Tu ne pouvais pas avoir changé à ce point-là. Donc, c'est Estéban qu'on va déranger ?
— Tu exagères, Sophie. Estéban est parti à Bordeaux, tu ne te souviens pas ? Aujourd'hui, je pouvais tout à fait travailler si je le voulais, mais je n'ai pas la tête à ça, avec Hermine et puis plein d'autres trucs... Je préfère vous laisser la place. Je suis d'accord pour que tes *séniors* viennent colorier des toiles à l'atelier. Et j'ajoute même que je vais t'aider avec eux.
Il fit un geste du bras comme le font les mousquetaires qui agitent leur chapeau, puis il tendit le poing pour qu'elle le frappe avec le sien.
— J'ai peur de la facture que tu vas m'envoyer. C'est trop facile...
— Fille de peu de foi... dit-il avec emphase.

La troupe des personnes âgées rassemblée sur la terrasse, Sophie lança :

— Bon, aujourd'hui, changement de programme. Pas de jeux de cartes, ni de lecture ou de loto ! Ça, vous le faites le reste du temps. Il fait un peu lourd pour danser…

Des voix s'élevèrent, arguant qu'il ne faisait jamais trop chaud pour se dandiner.

— On aurait pu chanter, proposa Roger qui avait rejoint le groupe.

— Je n'ai pas le matériel, Léonie ne me l'a pas laissé. Ce que je vous propose c'est un atelier peinture.

Ils grommelèrent : ils n'étaient pas des gamins à qui l'on donnait un pinceau pour barbouiller sur de grandes feuilles de papier. C'était quoi cette histoire ?

— Gorka propose de vous initier à la peinture.

— Au barbouillage, oui, grommela Roger.

— Pas du tout ! On va faire une œuvre commune pour la fête du village. On s'en servira de décor pour la fête communale, expliqua Gorka. Ça vous dit ?

Sophie le dévisageait comme s'il était pris de démence. Elle roulait des yeux et secouait la tête.

— Tu veux vraiment qu'on aille avec… l'autre ? Il accepte ? lui demanda Roger.

— Oui, c'est une bonne idée, je trouve, et puis ce n'est que pour aujourd'hui. Cette semaine j'ai été prise de court, mais la semaine prochaine, je trouverai des idées ou je récupèrerai le matériel de Léonie.

Roger, boudeur, dit en persiflant :

— Tu vas voir qu'il va nous demander de nous mettre à poil pour poser pour son tableau…

— Mais non, Roger, ne dis pas n'importe quoi, tu vas faire peur à Gilberte.

Elle se tourna vers la vieille dame qui avait entendu leur conversation.

— Roger dit n'importe quoi. Ne vous inquiétez pas Gilberte, personne ne vous obligera à vous dénuder. C'était une plaisanterie.

La vieille dame eut un hoquet et crocheta son gilet autour de son cou.

— Je me demande bien ce qui nous vaut cet honneur ? poursuivit Roger pensif.

— Rose le lui a demandé et contre toute attente… il a accepté.

Roger se tourna vers Rose.

— Vous faites des miracles en plus…

— En plus de quoi ?

— En plus d'avoir la tête dans les nuages.

Roger se retourna vers Sophie.

— On y va tant qu'il est de bonne composition ? proposa-t-il.

— Non, je vais rester ici, avec ceux que ça ne tente pas. C'est Rose qui va vous accompagner. Vous êtes d'accord ?

Prise à son propre piège, Rose allait devoir passer l'après-midi avec Gorka, faisant contre bonne fortune bon cœur, elle acquiesça.

Sur le chemin qui les menait jusqu'à l'atelier, certains participants s'inquiétèrent. Ils n'avaient pas tenu de pinceaux, ni même de stylos depuis près d'une décennie, d'autres prétendirent ne savoir tracer que des chiffres dans les cases du sudoku et d'autres que les lettres des mots fléchés. Rose, quant à elle, repensa à la proposition de Sophie au sujet de la couture. Elle aurait dû accepter et gagner du temps.

# 21

## On a atteint le pompon

Roger et ses amis, vêtus de vieux tabliers, avaient pris place dans l'atelier devant une gigantesque toile posée à même le sol. Gorka leur avait distribué des pinceaux et avait versé de la peinture dans d'anciennes boites de conserve qu'il avait disposées sur un grand établi et les plus grosses au sol. Il appuya sur le bouton d'un antique poste de radio qui diffusa de la musique classique. Rose, qui l'aurait plutôt imaginé écouter du hard rock à la sauce basque, s'en étonna.

— Vous êtes pleine d'*a priori* madame, répondit-il narquois.

Alors que la troupe de séniors commençait à s'impatienter, il s'approcha de l'immense toile. Il ferma les yeux. Il semblait profondément concentré.

— Il fait quoi ? Il s'est endormi ?
— Chut, Roger, il réfléchit.
— Ça réfléchit, un peintre ?
— Un peu que ça réfléchit, assura Gilberte.

Pendant que Gorka se préparait, Rose détailla l'immense toile posée de champ contre un mur. La voilà, son œuvre, pensa-t-elle. Elle se décala de quelques pas pour mieux la voir. Il restait à terminer un gros quart de la toile. En rougissant, elle reconnut le postérieur d'Estéban et ce qu'elle prit pour la culotte de Candice qu'il avait subtilisée et transformée en raie Manta. Quand Gorka rouvrit les yeux, il se jeta sur la toile dévolue aux séniors et traça au fusain des lignes dans tous les sens. À l'arrière, Rose commençait à douter du bien-fondé de son idée quand, petit à petit, les lignes se muèrent en un paysage. Elle fut étonnée de constater que le peintre avait commencé par dessiner les vides, là où elle aurait tracé les pleins. En quelques coups de pinceau, il suggéra la place Royale et la maison avec sa porte jaune, une partie de la fontaine et le fronton. Elle perçut des choses invisibles qu'il traduisait par de la couleur et des formes extravagantes. Deux enfants vêtus de blanc, une nuée d'oiseaux dans le ciel, des clients à la terrasse du Café d'Ici. Le gang des vieilleries poussa des exclamations en reconnaissant leur village découpé en petits morceaux. Le découpage rappela à Rose les petits morceaux de tissu qu'elle assemblait soigneusement. C'était amusant comme les deux créations se répondaient.

— Très bien, êtes-vous prêts, mes petits vieux ? demanda Gorka de sa grosse voix.

Rose s'étrangla et attendit une répartie cinglante de l'un ou de l'autre.

— On est bien d'accord que tu nous appelles mes petits vieux parce que tu nous aimes bien ? Hein Gorka ? Ce n'est pas du tout pour nous dévaloriser ou quelque chose comme ça ?

— Mais bien sûr Roger, que vas-tu imaginer ?

— Venant de toi, à vrai dire, j'avais quelques doutes.

— C'est fou comme vous avez des idées préconçues à mon sujet dans ce village !

— Préconçus ? Vraiment ? Peut-être que c'est parce que tu fais en sorte d'entretenir ta propre légende.

— Allez, trêve de plaisanteries. C'est parti ! Une seule consigne : vous devez peindre chaque zone délimitée de la même couleur, vous ne pouvez pas changer en cours de route.

Par contre, inutile de vous préoccuper de la couleur utilisée pour la zone voisine.

Alors que Gilberte et ses amis trempaient leur pinceau dans les diverses couleurs, de petits rires hauts perchés fusèrent comme si la proposition de Gorka était hilarante.

— Ça veut dire que si on veut peindre le ciel, on n'est pas obligés d'utiliser du bleu ? demanda Gilberte. Et si Éliane veut faire sa partie de ciel rouge et moi vert, on peut ?

— Exactement, vous faites comme vous voulez.

— C'est bien ce que je disais, ça ne va être que du barbouillage, grogna Roger.

— Roger, tu m'accordes le bénéfice du doute ? Vous verrez le résultat par vous-même et je parie que ça ne sera pas du barbouillage.

— Je ne demande qu'à voir !

— Eh bien arrête de ronchonner et mets-toi au travail, le tança Gilberte avec un sourire désarmant qui venait contrebalancer ses dires.

Timidement, ils s'approchèrent de la toile et investirent chacun une zone. Ils étaient peu nombreux, seuls six avaient accepté la proposition de Gorka. Rose ignorait si ça tenait à l'activité qui leur avait semblé difficile ou à la réputation que le peintre trainait, mais à les voir pouffer de rire, se pousser du coude, déposer des taches sur les vêtements des uns et des autres et laisser aller leur main sur la toile, elle fut rassérénée. L'idée n'était pas mauvaise du tout. Il y avait dans la création quelque chose qui l'avait toujours apaisée et excitée en même temps et elle était heureuse de leur en faire profiter.

— Vous ne voulez pas essayer ?

— Non, c'est gentil, je préfère rester en retrait et les regarder faire. Ils sont amusants.

— Vous faites pourtant des patchworks, n'est-ce pas ? Vous devez avoir la fibre artistique.
— Je l'ai, affirma-t-elle. Ce que je fais ne s'expose pas, ni dans une galerie ni dans un musée, de plus, je n'en ai jamais vendu aucun et ça n'a rien à voir avec vos toiles monumentales. Pour beaucoup de gens, ce que je fais ne s'apparente pas à de l'art. Ce sont des cousettes.
— Je suis sûr qu'ils ont tort.
— C'est gentil.
— Pas du tout ! Je ne suis jamais gentil, l'auriez-vous oublié ?
— Parfois quand j'en offre un, il arrive que les gens tordent le nez, reprit-elle, heureuse de pouvoir parler de sa passion.
— Tordent le nez ?
— Oui, qu'ils se disent « mais qu'est-ce que je vais faire de ce truc ? »
Il la regarda, décontenancé.
— Je refuse de le croire !
— C'est votre problème.
— Je ne suis pas un grand spécialiste de la décoration d'intérieur, mais je sais ce que c'est et que ça représente des heures de travail. J'imagine que tout le monde a envie d'en avoir chez soi. Ça fait, *cocooning*.
— Alors, soyons clairs, Gorka, les patchworks ne sont pas plus de la décoration d'intérieur que vos tableaux ! Vous aimeriez qu'on dise ça de vos toiles ?
— Je n'aime pas spécialement, mais dans les faits, c'est ce qu'il se passe : les gens choisissent un tableau parce qu'il s'accordera avec le canapé ou la commode en laque de Tatie Sabine.

— Oui, vous avez peut-être raison, mais entre créateurs, on n'est pas obligés de faire comme eux ? N'est-ce pas ? C'est déjà suffisamment désagréable sans qu'on s'abaisse à penser la même chose qu'eux.
— Vous avez tout à fait raison.
Il hocha la tête et lui tendit une main qu'elle frappa.
— Monsieur le peintre, vous pouvez m'aider ? les interrompit Gilberte, empêtrée avec ses pinceaux, un pied dans un bocal de peinture posé au sol.
Gorka soupira et leva les yeux au ciel.
— Mais bien sûr, j'arrive, lui répondit-il, puis se retournant vers Rose, il murmura : là, je pense qu'on a atteint le pompon !
Rose sourit. Il y avait longtemps qu'elle n'avait pas conversé de façon aussi naturelle avec quelqu'un. Avec un homme. Cela lui était-il déjà arrivé ? Rien n'était moins sûr. Elle grimaça. Elle n'avait jamais vraiment apprécié la compagnie des hommes mis à part celle de Stéphane. Elle pensait d'ailleurs qu'après sa mort, ça ne se produirait plus et elle avait l'affreux sentiment de le trahir. Elle regarda Gorka occupé à nettoyer le soulier de Gilberte. Il n'y avait pas de mal à se faire des amis, n'est-ce pas ? Des femmes, comme Sophie ou Hermine, et des hommes comme Roger et Gorka. Est-ce que ce qu'elle ressentait pour lui s'arrêtait à de la camaraderie ? Elle se rendit compte qu'elle était tenaillée par des sentiments contraires dignes des romans de plage dont elle se réjouissait en vacances. Était-elle en train de tomber amoureuse du *bad boy* du village ? Le rouge monta à ses joues. Pathétique. Voilà ce qu'elle était. Une pauvre femme pathétique qui confondait tout. Si elle était à Héyo, c'était avant tout pour récupérer sa maison. Son estomac se serra.

Pour récupérer la maison d'Hermine serait plus juste. Elle secoua la tête pour éloigner ses pensées et rejoignit Roger.

— C'est bien ce que je disais, des miracles, dit-il en lançant un regard vers le peintre. Vous avez transformé notre ami Gorka en un agneau. Peut-être bien qu'il en pince pour vous ?

L'expression désuète fit sourire Rose et dans le même temps elle frissonna. Ne la laissant pas s'appesantir sur ce qu'elle ressentait, Roger reprit :

— Si je n'avais pas les mains occupées, notez bien que je vous applaudirai.

— On n'a fait que parler. On est des gens civilisés, on peut discuter sans que ça prenne des proportions dingues.

— Je n'ai jamais compris…

— Qu'est-ce que vous n'avez jamais compris, Roger ?

Rose mordit sa langue. Elle n'aurait jamais dû relancer le vieil homme, qui, elle l'avait découvert, n'avait pas sa langue dans sa poche et proférait des vérités sans avoir l'air d'y toucher.

— Pourquoi les gens qui se plaisent ont tellement peur de se l'avouer ? Ça n'arrive pas si souvent que ça, vous savez que le courant passe de façon aussi fluide…

— N'importe quoi ! Vous divaguez. Il ne me plait pas du tout.

— Permettez-moi de penser le contraire. Vous savez Rose, ça ne veut pas dire que vous êtes obligée de l'épouser…

Rose s'étouffa avec sa propre salive.

— L'épouser ? Encore heureux !

L'après-midi passa au rythme des gloussements de Gilberte qui avait finalement ôté ses chaussures et paradait en bas au milieu de l'atelier et des bavardages de ses amis. Rose regarda l'heure. Plus la fin d'après-midi approchait, plus elle sentait son estomac se nouer. Elle n'avait toujours pas abordé le délicat sujet de la maison. Il fallait pourtant qu'elle le fasse. Candice et Sacha comptaient sur elle, elle ne pouvait pas se dérober et, plus elle attendait, plus cela deviendrait problématique. À la fin de l'après-midi, Roger, Gilberte, Éliane et les autres saluèrent le peintre avec chaleur et le remercièrent pour l'étonnant moment qu'ils avaient passé. Rose était ravie : ils avaient adoré au-delà de ses espérances. Quand ils furent dehors et alors que Rose s'apprêtait à les rejoindre, le peintre s'approcha d'elle.

— Voilà mon numéro, dit-il en lui tendant une carte.
— Pourquoi ?
— Si tu veux discuter.
— On se tutoie, maintenant ?
— Je crois qu'on peut, oui. On se connaît maintenant.
— On se connaît ? Carrément ? Et, tu veux discuter de quoi par téléphone ? On pourrait parler de vive voix, on habite la même maison.
— Plus pour longtemps, je te le rappelle.

Instantanément Rose ressentit un grand froid intérieur. Malgré l'agréable après-midi qu'ils avaient passé, il n'avait pas renoncé à les renvoyer.

— Et puis, par téléphone, on se parle davantage, tu ne trouves pas ? On n'a pas les mêmes freins. Tu pourrais t'autoriser à lâcher prise.
— Je déteste cette expression ! Je n'ai jamais compris ce que ça voulait dire.
— Zut, j'ai fait exprès de l'utiliser. Comme elle est à la mode, je pensais que tu l'aimerais bien.
— Parce que tu as l'impression que j'ai un rapport à la mode fait de simplicité peut-être ? Tu as remarqué ma dégaine ?

Il la regarda longuement et elle se sentit rougir.

— Elle est très bien ta dégaine. Lâcher prise, ça pourrait être arrêter de tout vouloir contrôler, poursuivit-il.

— Ah, ah, ah ! C'est sans doute très bien pour certaines personnes, mais pas pour moi ! L'ordre, la maîtrise, la routine c'est ce qui m'a toujours permis de tenir debout. Tout lâcher, je ne sais pas faire.

— Je t'apprendrai.

Rose chercha à revenir à une discussion moins dangereuse.

— Et donc, de quoi veux-tu qu'on parle tous les deux ?

— Du cahier peut-être ? Il va bien falloir que tu te décides à m'en dire plus avant que vous ne déguerpissiez.

Il la regarda un long moment, étonné qu'elle ne se mette pas en colère. Elle demeura muette.

— Sinon, on pourra toujours parler de pourquoi on a l'air si tristes tous les deux, continua-t-il.

Dans la poche du pantalon de Rose, l'alarme de dix-neuf heures sonna. Elle annonçait le retour de Stéphane à la maison.

## 22

# Pleurer avant d'avoir mal ne servait à rien

À dix-neuf heures trente, après avoir tenté de prendre des nouvelles d'Hermine par téléphone sans succès, erré dans le village et découvert de nombreux points de vue de toute beauté, puis tenté de mettre au point un nouveau plan de bataille, Rose pénétra dans la maison. Elle s'avança jusqu'au salon d'où une musique s'élevait en sourdine. Installée au piano, Candice jouait une sonate. Ce n'étaient pas tant ses doigts qui volaient sur les touches que son corps entier qui interprétait le morceau. Les yeux clos, son buste dansait de droite à gauche et d'avant en arrière. Avachi sur un fauteuil, Sacha l'écoutait. Quand il s'aperçut de la présence de Rose, il mit un doigt sur ses lèvres pour qu'elle ne coupe pas ce moment suspendu par des paroles inutiles. Pendant les minutes qui suivirent, tous deux restèrent absorbés par la *maestria* de la jeune fille. Au bout d'un long moment, Pitua s'approcha de Rose et se frotta à ses jambes avant d'émettre un faible miaulement pour réclamer sa pitance. Les mains de Candice restèrent en suspens avant de se poser sur ses genoux. Le haut de son corps s'affaissa, elle rouvrit les yeux et demanda :

— Vous êtes là depuis longtemps ?
— Moi oui, à peu près depuis le début. Rose un peu moins longtemps et Pitua vient seulement de rappliquer.

La jeune fille relâcha la tête en avant.

— Vous avez des nouvelles d'Hermine ? demanda-t-elle d'une petite voix.

— Non. J'ai appelé l'hôpital, mais je ne fais pas partie de la famille, je n'ai pas pu avoir de ses nouvelles, s'excusa presque Rose.

— Faudra demander à Gorka, alors... Tu lui demanderas comment elle va ? lui demanda Sacha. Lui, il doit savoir.

— Oui, bien sûr, mais je ne suis pas certaine qu'il en ait de récentes. Il était à l'atelier cet après-midi. Il a fait de la peinture avec les séniors. Je crois que ça lui a fait du bien de passer du temps avec eux.

— Avec eux ou avec toi ? Franchement, quand tu es là, il n'est plus le même.

Rose rougit. C'était fatigant que tout le monde fasse allusion au changement d'attitude de Gorka en sa présence. Sophie, Roger et maintenant Sacha. Qu'insinuaient-ils ? Elle n'avait pas l'intention de flirter avec lui. Elle était aimable, sociable, mais ça n'irait pas au-delà. Elle ne pouvait tout de même pas réagir comme il le faisait. Ce n'était pas son style. Elle devait convenir que de plus en plus souvent, elle avait le sentiment que le rempart qu'elle avait érigé entre elle et les autres depuis le décès de Stéphane avait commencé à s'effriter en sa présence et elle espéra soudain que Gorka n'avait aucune intention à son égard, elle n'était pas sûre de savoir le repousser. Un hoquet la surprit. Quand il saura pourquoi je suis venue, pensa-t-elle, il ne voudra plus jamais me voir. Je sortirai de sa vie plus vite que j'y suis entrée. Elle ressentit un pincement au cœur : cela serait-il si terrible s'il ne lui adressait plus jamais la parole ou s'il refusait de la voir ?

— Il n'était pas avec sa mère cet après-midi ? s'étonna Candice avec agressivité en se levant. J'y serais bien allée, moi ! Elle doit se sentir tellement seule...

— Pour sa décharge, on peut difficilement rester auprès de quelqu'un qui est en soins intensifs, et je ne pense pas qu'Hermine se sente seule, elle doit se sentir faible et préférer la solitude, assura Sacha.

Rose regarda Candice qui s'était approchée de la porte-fenêtre qui donnait sur la terrasse et tenta de dévier la conversation.

— Si j'avais su que tu jouais du piano, je t'aurais invitée à faire un petit concert à mes petits vieux cet après-midi, observa-t-elle.

— Ce sont tes petits vieux maintenant ? Je croyais que c'étaient ceux de Sophie... ironisa le garçon.

— Les siens, les miens, le tout c'est qu'il fallait leur trouver une activité. Un récital de piano aurait été parfait.

— Je ne joue pas devant des gens. D'ailleurs, si j'avais su que vous étiez là, jamais je n'aurais joué.

Sa chevelure châtain auréolait son visage et sa lourde frange soulignait son regard bleu dans lequel se lisait une farouche détermination. Il y aurait peu de chances qu'ils la surprennent une nouvelle fois à jouer du piano.

— Je ne t'avais jamais entendue jouer depuis qu'on est ici. Tu joues super bien, dit Sacha.

— À ce niveau de jeu, on peut parler de virtuosité, non ? riposta Rose.

Candice s'éloigna de l'instrument et lui tourna résolument le dos.

— Pourquoi dis-tu que tu ne joues pas devant un public ?

Candice poussa un profond soupir et son regard s'obscurcit.

— C'est une longue histoire.
— On a tout notre temps, n'est-ce pas Rose ?
— Moi, les longues histoires, c'est ce que je préfère.

Rose s'installa sur le canapé, à la place qui était devenue la sienne en quelques jours à peine, Pitua sur les genoux. Elle lança un regard doux à la jeune fille dont les lèvres tremblèrent.
— J'ai commencé le piano assez tard. Vers douze ans environ.
— Tu trouves que c'est vieux douze ans ? demanda Rose perplexe.
— Pour devenir concertiste, oui c'est tard, émit Sacha.
— Comment tu sais ça ?
— Je le sais, c'est tout.
— Que je devienne concertiste, c'était le souhait de mes parents. Ils me voyaient jouer devant des centaines de gens, vêtue d'une longue robe fourreau, coiffée d'un chignon serré, aller de Londres à New York, de Paris à Genève, applaudie par des *standing ovations*, invitée par les plus grands chefs d'État. Au début, l'idée me plaisait bien et puis j'aimais beaucoup le piano. C'était comme un ami. Je suis fille unique alors, tout tournait toujours autour de lui. Je jouais plusieurs heures par jour. C'était comme un jeu pour moi.
— Et ?
— J'ai passé des concours, j'ai participé à des tas d'auditions. La plupart du temps j'arrivais deuxième. Les fois où j'ai gagné se comptent sur une seule main.
— Tes parents t'en ont voulu ? s'enquit Sacha.
— Non, même pas. On n'en parlait pas. Sauf la dernière à laquelle j'ai participé. Et là, ça a viré au psychodrame.
Des larmes discrètes lui étaient montées aux yeux. Sacha eut un élan pour la réconforter, mais la jeune fille eut un mouvement de recul. Le garçon se rassit.
— Tu veux bien continuer ou tu préfères en rester là ? demanda Rose.

— Non, au point où j'en suis, autant tout vous dire.
Elle ferma les yeux et se replongea dans son souvenir.
— Ce jour-là, ma technique était irréprochable.
— C'est ce qu'on a vu ta technique est dingue, mais…
— Mais ? demanda Candice, une note d'agressivité dans la voix.
— Mais ton jeu manque d'émotion.
— Exactement ! Mes parents se sont écharpés sur le sujet. Ça a très mal fini. Ma mère disait qu'à force de répéter toujours les mêmes morceaux à longueur de journée, je ne laissais plus aucune place à l'intuition à la spontanéité, et mon père disait que c'était à cause d'Ivan, mon prof, ce que ma mère ne supportait pas. Ma mère a giflé mon père. Lui et moi on était sidérés. Incapables du moindre geste. Moi, parce que pour la première fois, ma mère prenait mon parti. Ou plutôt, celui d'Ivan, mais je ne l'ai compris que plus tard. Je ne les avais jamais vus dans cet état. Papa a quitté la maison et n'est pas rentré. Le lendemain, la police a contacté ma mère pour lui dire qu'il avait eu un accident.

Ses larmes coulaient maintenant sans discontinuer.

— Et je suis partie. Je suis arrivée sur la côte, j'ai balancé mon téléphone à l'océan et je n'ai plus donné de nouvelles. Je voulais arrêter le piano, mais ils ne voulaient pas m'entendre. Je leur avais déjà dit, mais ils s'en foutaient, même si ça me rendait malade. Je ne sais même pas si mon père est vivant ou mort, s'il a été grièvement blessé ou pas. Eux ne savent pas où je suis, mais avec un peu de chance ils s'en foutent complètement, trop occupés à divorcer comme ils me l'ont balancé à la tête.

— Ils sont chauds tes darons.

Rose était sidérée. Comment des parents pouvaient-ils faire subir ça à leur fille unique ? Pourtant, quelque chose accaparait ses pensées.

— Tu ne sais pas si ton père est vivant ? Tu n'as pas cherché à savoir ?

— Si j'ai cherché, mais je n'ai rien trouvé, j'imagine donc qu'il est vivant.

— Oui, ce doit être ça, confirma Rose. Et toi, tu as l'air de t'y connaître en musique, lança-t-elle à Sacha. Comment tu savais que son jeu manquait d'émotion ? Moi je l'ai trouvé parfait.

— Mes parents sont musiciens. Ma mère est prof de violon et mon père chef d'orchestre.

Instantanément, Candice se rembrunit. Elle se leva et proposa d'aller chercher de quoi préparer un apéritif à la cuisine. Rose sentit qu'elle voulait éviter la suite de la discussion.

— Bonne idée ! clama Sacha.

— Et toi, pourquoi tu es ici ? demanda-t-il à Rose. Je crois qu'il n'y a plus de mystère à avoir les uns pour les autres, surtout si on doit repartir d'ici deux jours. Tu as réussi à parler à Gorka. Tu nous as dit que tu t'en occupais, ça a fonctionné ?

— Moi, je vous préviens, je n'ai aucun endroit où aller, murmura Candice en revenant, un plateau entre les mains. Il est hors de question que je retourne vivre avec mes parents d'autant plus s'il ne reste que ma mère.

Elle s'empara du pichet d'eau dans lequel elle avait glissé des rondelles de citron et de concombre et remplit les verres avec application.

— On n'aura pas besoin de partir. Vous pourrez rester ici. Ne vous inquiétez pas.

— Comment ça ? Gorka a changé d'avis ? Tu lui en as parlé ?

— Non.
Rose hocha la tête lentement avant de poursuivre.
— Sacha, tu m'as demandé pourquoi je suis ici, à Héyo, je vous dois la vérité. En fait… Candice, assieds-toi s'il te plait.
— Pourquoi, c'est grave ? protesta la jeune fille.
— Pas du tout, mais je préfèrerais que tu sois assise.
Candice se laissa tomber sur le tabouret du piano. Le ciel commençait à s'assombrir, le crépuscule apportait des ombres mouvantes qui donnaient une autre géographie au salon.
— Voilà, je ne sais pas trop comment le dire…
— Vas-y franco ! proposa Sacha.
— La maison m'appartient. J'en ai hérité il y a quelques mois.
— La maison ? Quelle maison ?
— Celle-là, celle d'Hermine, ballot ! s'exclama Candice.
— C'est vrai ? Mais comment ça se fait ? Tu fais partie de la famille ?
Rose reposa son verre d'eau. Candice n'avait rien amené à grignoter et elle était affamée.
— Venez, je vais préparer quelques sandwichs, je meurs de faim. Pas vous ?
Le temps du trajet jusqu'à la cuisine, Rose se recomposa un visage sur lequel elle tenta d'effacer toute trace de fragilité, et pour se donner le courage nécessaire, elle fit le compte de ses avancées : décider de venir à Héyo, prendre un covoiturage, communiquer avec plusieurs inconnus, trouver un travail et le garder plus de deux jours, dire la vérité au sujet de la maison pour la première fois. Il resterait à affronter Gorka, ce qui n'était pas la moindre des choses. En passant devant le miroir de l'entrée, suivie de ses deux acolytes, elle essaya de se rassurer. Elle n'était pas seule ici et dès qu'ils connaîtraient

la vérité au sujet de la maison, Candice et Sacha lui donneraient la force pour poursuivre les démarches. Candice marchait tête basse et Sacha semblait plus préoccupé que d'habitude. Sans doute la perspective de devoir trouver un autre lieu pour les accueillir, pensa-t-elle, raison de plus pour assumer qui elle était, et pourquoi elle était ici. C'est prise d'une farouche détermination qu'elle pénétra dans la cuisine et alors que les deux jeunes gens s'installaient autour de la table, elle s'empara du pain, du beurre et attrapa les tranches de jambon. Elle ravala la peur qui menaçait de jaillir. Pleurer avant d'avoir mal ne servait à rien, elle le savait, et la peur n'était jamais bonne conseillère en matière de destin. Hermine le lui avait assez répété ces derniers jours pour que la leçon soit acquise. Il était temps de montrer qui elle était et ce qu'elle valait. De revendiquer le monde auquel elle se sentait étrangement appartenir.

# 23

## De beaux rêves

Allongée sur son lit, Pitua lové contre elle, Rose jouait avec son téléphone portable. Elle aurait préféré que ce soit Gorka qui l'appelle plutôt que l'inverse. Elle se sentait prête à discuter avec lui, mais seulement s'il faisait le premier pas. S'il ne le faisait pas, elle ne dormirait pas de la nuit, des débuts de dialogue squatteraient ses pensées et vampiriseraient ses rêves. C'était sa façon de fonctionner, ce qui lui occasionnait des nuits d'insomnie. Elle jeta le mobile à ses pieds et contempla le plafond, passant en revue toutes les possibilités qui s'offriraient à elle si elle décidait de rester vivre au village. Elle pourrait perpétuer l'œuvre d'Hermine et recevoir des touristes ? Son cœur accéléra à l'idée qu'un serial killer ou un homme recherché par la police se cachent parmi eux. Organiser des résidences d'artistes en lien avec Sandra ? La mettre sur une plateforme de location saisonnière ? Elle réprima un frisson. Elle ne pouvait pas décider de ce que la maison allait devenir sans en parler avec Hermine, mais une chose semblait certaine : elle n'allait pas la vendre. Elle imagina le choc que ressentirait la vieille dame et décida qu'elle pouvait encore attendre avant de lui en parler. Elle pouvait même attendre encore pour en parler à Gorka. Son téléphone sonna et elle se figea.

— Oh mon dieu, murmura-t-elle avant même de vérifier de qui provenait l'appel. C'est lui…

Elle se sentit prise dans les lumières des phares comme une biche traversant une route nationale des Landes. Elle refoula son envie de se glisser sous la couette et de faire comme si ce fichu téléphone n'avait pas sonné. Ça ne durerait pas longtemps. Quatre sonneries à peine. Cette pensée la secoua comme une décharge électrique. Elle devait répondre, sinon, ça serait à elle de rappeler. Sa main lui obéissant à peine, elle s'empara du mobile.

— Allo ?

— Allo, Rose, c'est Gorka, j'ai failli raccrocher, tu dormais ? Ça ne serait pas très étonnant après la journée que nous avons passée.

— Non, non, je ne dormais pas.

Le fromage blanc avait à nouveau envahi sa tête. Ses jambes étaient subitement devenues insensibles. L'angoisse avait repris ses aises. Elle ferma les yeux et tenta de se recentrer. Cet appel n'était pas l'aboutissement, il était le début et il était plus que temps qu'elle commence le chapitre suivant de sa vie. Elle n'avait aucun doute sur le fait qu'elle devait parler, mais saurait-elle trouver les mots ? Les bons ? Ceux que Gorka serait capable d'entendre ?

— Rose, ça va ?

— Oui, oui, excuse-moi, je m'étais peut-être assoupie en définitive. Tu voulais qu'on parle ? C'est ça ?

— Il le faudrait, tu ne crois pas ?

— Je ne sais pas... de quoi ?

— Déjà, j'ai besoin de savoir ce que fait le cahier en ta possession ?

— Besoin ? Tant que ça ?

Rose se sentit contrariée. Que croyait-elle ? Qu'il voulait seulement lui parler de la couleur de ses yeux ? De l'après-midi qu'ils avaient partagée ? N'importe quoi ! pensa-t-elle.

Peut-être ne voudra-t-il plus jamais me parler, continua-t-elle de penser. Et alors ? En quoi cela serait-il grave ? Au fil de ses pensées, le silence s'installa entre eux et Rose contint sa propension à le combler comme elle le faisait toujours. Son regard fit le tour de la pièce et peu à peu, au rythme de sa respiration qui se calmait, une douce certitude se répandit dans tout son corps. Stéphane ne pouvait pas lui avoir tendu de piège. Il la savait incapable de mentir et même si elle avait fait de récents progrès, elle sentait que ce nouveau talent avait ses limites. Son mari ne l'aurait jamais mise en difficulté.

— J'en ai hérité.
— Tu en as hérité ? s'étrangla Gorka. Du cahier ?
— Oui.
— Et, qui te l'a légué ?
— Mon mari.
— J'ignorais que tu étais mariée.

La voix de l'homme s'était légèrement altérée et Rose en ressentit une émotion étrange qui se nichait quelque part au niveau de son ventre. Elle en conçut immédiatement un sentiment de dégoût à son égard, instantanément éradiqué par une pulsion de vie.

— Je ne le suis plus. Je suis veuve.
— Et, comment s'appelait ton mari ?
— Je ne vois pas du tout en quoi cela te concerne.
— Ça pourrait...
— Je n'ai pas vraiment envie de parler de lui. Dis-moi plutôt pour quelle raison le cahier t'intéresse tant. Il est en basque et je n'y comprends absolument rien. Je ne sais pas de quoi il parle.
— Il parle de la maison de ma mère, la maison de mon enfance, parce que *Pausa Da*, c'est le nom qu'on lui donnait.

— Il y a un écriteau qui dit : La maison sur la place juste devant...
— Oui, il n'y a qu'une personne qui l'appelait *Pausa da.*
— Celui qui a écrit dans le cahier ? Tu l'as jeté en criant qu'il vous faisait encore chier maintenant ? De qui parlais-tu ?
— Tu ne veux pas me parler de ton mari, je ne parlerai pas du cahier. C'est donnant donnant.
— Écoute, j'ai quelque chose de délicat à te dire et je suppose que le moment de le faire est venu, le problème c'est que je ne sais vraiment pas comment m'y prendre.
— Vas-y cash ! Ça sera plus simple que de tourner autour du pot.
— En plus du cahier, j'ai aussi hérité de la maison, avoua Rose.
Le fromage blanc dans sa tête s'était dissipé en même temps que ce qu'elle venait d'asséner à Gorka. Si elle avait les idées claires, elle devinait qu'il avait le souffle coupé.
— J'aurais dû m'en douter, finit-il par déclarer en soupirant. J'aurais dû m'en douter dès le premier jour.
Rose leva les yeux au plafond et s'abîma dans les derniers rais de lumière qui éclairaient la pièce. Curieusement elle éprouvait une satisfaction réelle à ce qu'il le sache. Ça faisait donc cet effet d'aller au bout d'un projet ?
— Ça veut dire qu'Hermine va devoir déménager ? Tu vas la mettre à la porte, c'est ça ? Tu lui as dit, et ça lui a procuré un tel choc, qu'elle a perdu connaissance ? Tout est ta faute, alors ?
La salve de questions s'abattit sur Rose avec une telle violence qu'elle commença à trembler de tous ses membres. Un instant elle pensa raccrocher pour prévenir une crise de

panique. Bloquer son numéro. Oublier Gorka et ses insinuations.

— Pas du tout, répondit-elle dans un soupir. Ta mère ne sait rien. Je n'avais pas encore trouvé l'occasion de lui en parler. Je voulais faire les choses bien. Dans l'ordre. J'attendais le moment adéquat.

— Parce que tu croyais vraiment qu'il y en avait un pour lui dire que tu allais lui piquer la maison dans laquelle elle vit depuis tant d'années ?

— Je l'espérais, oui. J'aime beaucoup Hermine, tu sais. Elle m'a accueillie les bras ouverts avec une générosité incroyable et non, je n'ai jamais pensé lui voler sa maison comme tu le dis. Je voulais juste comprendre pourquoi j'en avais hérité alors que je n'en avais jamais entendu parler.

— Tu es la femme de Stéphane. C'est ça ?

À l'évocation de son mari, son estomac fit un salto. Si Gorka le connaissait, c'est qu'il était déjà venu à Héyo et qu'il avait séjourné dans la maison. Des images de corps dénudés, de draps froissés prirent possession de son esprit. Gorka toussota. Il était inutile de mentir une fois de plus. Il y avait des moments où la vérité s'imposait et elle était venue ici pour une seule raison, la connaître. Elle espéra que Gorka serait en mesure de tout lui expliquer et de lui révéler les secrets bien gardés qu'elle redoutait tant de découvrir. Prenant son courage à deux mains, elle répondit par l'affirmative. Il prit quelques minutes pour assimiler ce qu'il venait d'apprendre.

— Et donc, tu vas faire quoi de la maison ?

— Je n'y ai pas encore réfléchi. Pour l'instant, je suis complètement perdue.

— Pauvre petite chérie ! s'exclama Gorka sur un ton agacé. Tu veux que j'attrape des kleenex ?

— Non, ça va aller, rétorqua-t-elle sèchement.

Elle se reprit. Après tout, comment réagirait-elle si quelqu'un, venu de nulle part, disait être le véritable propriétaire de son appartement à Toulouse ? À cette idée, elle frissonna. Pas mieux que lui certainement. Elle reprit d'une voix plus douce.

— Tout dépendra d'Hermine. De ce qu'elle veut, elle. Parce que malgré tes insinuations, je n'avais pas la moindre envie de l'exproprier. Je suis sûre qu'on peut trouver un *modus vivendi* qui nous conviendra à toutes les deux.

— Et moi, dans ton histoire, je deviens quoi ?

— Comment ça, tu deviens quoi ? Tu n'habites pas ici tout le temps que je sache. Tu parcours le monde et tu ne reviens qu'épisodiquement, si j'ai bien compris, seulement quand tu en as besoin. Et puis, tu as ta cabane.

— Tu me laisserais la cabane ? C'est trop aimable, mais inutile ! Si tu habites ici, je ne reviendrais pas.

Cela impliquait donc qu'elle ne le reverrait jamais. Bon sang ! Rose, se réprimanda-t-elle, à quoi tu joues ?

— Tu feras comme tu veux. De toute façon, pour l'instant, je n'ai pas dit que j'allais y habiter. J'ai une vie à Toulouse, des enfants et un appartement qui est leur « maison d'enfance ».

Elle hésita un instant, mais elle devait en savoir davantage et dans la mesure où Hermine était hospitalisée, elle devait demander à Gorka.

— Tu peux me dire qui était Stéphane pour toi ?

— Était ?

— Eh bien… oui, si j'ai hérité de la maison, c'est qu'il… qu'il est…

— Mort ?

Dehors, un oiseau lança une trille. Elle demeura immobile, respirant à peine, laissant le temps à son silence de se transformer en une réponse à la question de Gorka. Elle devait prendre une décision rapide si elle voulait poursuivre cette conversation. Or ce n'était pas une de ses principales capacités. La plupart du temps, elle avait besoin de plusieurs jours pour se décider et pensait l'inverse quelques minutes après avoir parlé. Stéphane, lui, n'aurait pas hésité. Il aurait plongé dans le tas. Rose ferma les yeux et implora son fantôme de lui donner l'impulsion. Pourquoi n'était-il plus là alors qu'à Toulouse il ne la laissait pas en paix ? Son cerveau tournait à vive allure. Voilà, c'était le moment. Elle ne pouvait pas abandonner maintenant, si près du but. Elle effectua un exercice mental que sa psy lui avait souvent préconisé et se visualisa sur une de ses plages préférées. Les vagues déferlaient à ses pieds, le sable fin glissait entre ses orteils, un chien courrait et jouait à attraper les vagues avec la gueule, les oiseaux survolaient l'océan et descendaient en piqué à la cime des vagues.

— Il est mort ? demanda à nouveau Gorka la tirant rudement de sa rêverie.

Sa voix était maintenant franchement haletante, comme s'il avait reçu un uppercut et qu'il avait du mal à s'en remettre.

— Oui, répondit Rose, au sommet de sa répartie.
— De quoi ?
— AVC.
— Hermine est au courant ?
— Je ne lui en ai pas parlé. Enfin, je lui ai parlé de mon mari, mais elle ne sait pas que c'est Stéphane. Pourquoi, j'aurais dû ?

— En tout cas, tu aurais pu et ça aurait expliqué son malaise.

La discussion devenait franchement difficile et Rose se sentait de plus en plus bouleversée. À plusieurs reprises, elle fut tentée de prendre congé. S'excuser. Invoquer la fatigue de la journée et raccrocher, mais elle s'était donné une mission et elle ne pouvait pas renoncer si près du but. Elle avait besoin de savoir et si elle devait avoir mal, si elle devait apprendre que Stéphane avait une double vie, s'il venait ici passer des journées avec une autre femme, et qu'Hermine l'accueillait, autant que ça soit maintenant. Inutile de souffrir en plusieurs actes.

— Depuis combien de temps Hermine habite-t-elle ici ?
— Depuis toujours.

Depuis toujours ? Ça signifiait quoi ? Était-elle née ici ? Depuis toujours, ça ne voulait rien dire du tout !

— Et, qui est Stéphane pour elle ? Pour toi ?
— Ce n'est pas à moi de te le dire. Tu verras ça avec elle. Moi, ce que je voudrais savoir, c'est ce que tu vas faire de la maison. J'imagine que tu vas la vendre, elle pourrait te rapporter un bon petit paquet.

Ses insinuations commençaient à l'agacer. Si au début, quand elle l'évoquait avec Sandra, elle avait émis cette possibilité ainsi que la répartition de l'argent entre Marguerite et Gabriel, depuis son arrivée à Héyo et sa rencontre avec Hermine, la vente de la maison n'était plus à l'ordre du jour. Elle respira lentement pour retrouver son calme. Si vendre n'était plus une option, elle n'avait pas réfléchi à ce qu'elle allait faire de la maison sur la place et de ses occupants. Elle s'était engagée auprès de Candice et Sacha, mais après eux, rien ne l'obligeait à accueillir d'autres colocataires. Ce devait être stressant de gérer les arrivées et les départs, d'être là pour tout le monde, de préparer les chambres.

— Vous, les gens de la ville, vous ne savez pas ce que représentent les maisons pour nous, les Basques, dit Gorka avec dédain.

— Tout de suite les grands mots, qu'est-ce que tu en sais ? Mais je comprends…

— Tu comprends quoi ?

— Que tu sois contrarié.

— Je suis plus que contrarié. Ces maisons ont été construites selon des traditions basques auxquelles il ne faut pas toucher. Par exemple les fenêtres étroites, c'était pour se protéger de la pluie qui vient de l'ouest et donc de l'océan, mais les nouveaux acheteurs s'en moquent, ils ouvrent de grandes baies, ils percent les maisons de part en part, et elles ne ressemblent plus à rien.

— Pour se protéger de l'océan ? Mais, il est à des kilomètres d'ici…

— Pas tant que ça à vol d'oiseaux, et quand tu te le prends en pleine poire, ce n'est pas agréable.

Elle l'entendit tirer sur sa cigarette.

— Dans le village, toutes les maisons ont une âme. On ne peut pas dormir tranquille si on tue ce qui les relie les unes aux autres.

L'anecdote était touchante et flippante en même temps, mais l'idée même que Gorka la prenne pour quelqu'un qui se moquait des traditions la mit hors d'elle. Sans réfléchir, elle décida de lui donner raison.

— Tu as raison. C'est peut-être une bonne idée. J'imagine que les maisons du village sont très prisées et que je pourrais en tirer un bon prix. Il faudrait que je fasse venir un agent immobilier pour en avoir une idée. Effectivement, merci de m'y faire penser, ça pourrait être une option…

Ce faisant, son ventre se contracta douloureusement. Comment pouvait-il la croire capable de vendre la maison ? Il est vrai qu'ils ne se connaissaient que depuis quelques jours, mais elle avait cru à une espèce de reconnaissance l'un de l'autre. Ça se produit parfois, rarement même, mais elle avait eu l'impression de le connaître, qu'elle pouvait lui faire confiance. Quelque chose en lui, lui rappelait quelqu'un sans parvenir à mettre un nom dessus.

Elle ne put retenir un petit rire. Et dire que Roger lui avait dit qu'elle avait transformé le renard argenté en agneau.

— Bonne nuit, Gorka, lança-t-elle en enfilant ses jambes sous le lourd édredon.

— C'est ça. Fais de beaux rêves, surtout, railla-t-il.

# 24

## Un peu pompette

Réveillée par le jour qui se lève et le pépiement des oiseaux, Rose saisit son téléphone. La discussion qu'elle avait eue avec Gorka l'avait tourmentée toute la nuit. Son esprit était resté en ébullition, et elle n'avait eu de cesse de repenser à leurs échanges. Elle avait tenté d'utiliser les techniques de relaxation apprises au fil de ses diverses thérapies. Celles-ci l'avaient laissée encore plus anxieuse. Elle avait passé la nuit à regarder les minutes, ne sombrant dans le sommeil agité que très tard. Tout en restant allongée, elle pianota sur son écran et, son message envoyé, elle se leva sans grand entrain. Une chose était sûre : Gorka n'était pas au bout de ses surprises. Il ne voulait rien lui dire ? Elle apprendrait tout d'une façon ou d'une autre. Sous la douche, elle tenta de s'autoconvaincre qu'elle était pleine de ressources. À peine emmaillotée dans sa serviette de bain, son téléphone sonna l'arrivée d'un message, sans doute la réponse qu'elle attendait. Elle indiqua son accord en quelques mots polis.

Dans la cuisine, elle s'installa près de Sacha et Candice qui prenaient leur petit déjeuner.
— Alors ? Qu'est-ce qu'on fait ? Tu as eu Gorka ?
— On fait nos bagages ? demanda Candice, le regard sombre caché derrière sa lourde frange.
— Non, on ne bouge pas. On reste !

— On reste ?
— Oui, on reste.
Rose préféra éluder les questions qu'ils n'allaient pas manquer de poser.
— Il serait temps que j'aille voir où en est le potager. J'ai honte de le dire, mais je n'y suis pas encore allée, alors que vous vous êtes parfaitement acquittés de vos corvées.

Après plusieurs jours sans soins, le potager avait changé de physionomie. Il lui fit penser à une cantatrice échevelée. Les mauvaises herbes avaient commencé à coloniser les carrés de simples. Elles prenaient le pas sur les capucines censées attirer les pucerons ainsi que les rosiers nains. Les courgettes avaient pris plusieurs tours de taille, les salades avaient commencé leur ascension et les pieds de tomates ployaient sous le poids des fruits. Relégués dans un coin, les aubergines et les piments doux avaient piètre allure. Le romarin, la sauge, le thym et la menthe s'étaient développés et se bagarraient la meilleure place. Elle passa sa main dans le feuillage pour en capturer le parfum. D'autres plantes, dont elle ignorait le nom, couvraient maintenant le sol en un tapis épais et odorant. Elles avaient pris d'assaut les pieds de la table et des chaises. Rose imagina Hermine lire un livre à la tombée du jour face aux montagnes, et son cœur se serra. Elle prit conscience que c'était à elle, maintenant de veiller sur les plantes de la vieille dame. Son absence la frappa douloureusement. Elle s'était attachée à elle avec une rapidité étonnante. Son éloignement avait modifié les relations entre les occupants de la maison. Candice semblait moins sur la défensive et Sacha plus attentionné, comme si tous deux avaient à cœur de lui faire honneur. Et elle, avait-elle changé ? C'était une étrange sensation, mais oui, elle avait changé, elle en était certaine, même si pour l'instant elle ne parvenait pas à en mesurer l'ampleur. Son regard dériva vers la cabane de Gorka. Il avait rentré le fauteuil sur lequel il avait l'habitude de fumer. La petite maison semblait vide et abandonnée. Triste, en quelque sorte. Elle inspira l'air à pleins poumons. C'est incroyable, pensa-t-elle, c'est un des endroits les plus apaisants que j'ai jamais vus.

Elle fouilla dans la remise et trouva une paire de gants qu'elle enfila, un sécateur et une pelle. Elle regarda les outils avec consternation. Elle était loin d'être une experte en la matière. Stéphane, s'il savait été là, aurait pris les choses en main et elle s'en serait félicitée. Elle n'aimait pas trifouiller dans la terre, risquer de tomber sur des vers de terre qui la dégoûtaient ou des lézards qui l'effrayaient, mais l'idée de faire quelque chose de ses mains, de les enfouir dans la terre, de sentir son odeur et de le faire pour faire plaisir à Hermine lui semblait être la meilleure idée qui soit pour la matinée. Travailler à la fraîche lui plaisait. Elle avait ainsi l'impression de voler quelques heures à sa vie. Abritée sous un antique chapeau de paille, elle gratta, défricha, coupa et tailla. Elle ligatura les branches des pieds de tomates, ramassa des courgettes d'un vert presque phosphorescent, et supprima les mauvaises herbes. La nature lui donnait le sentiment d'être en vie. Elle aiguisait ses sens comme si elle était une composante d'un grand tout qui l'acceptait en son sein. Assoiffée, elle retourna à la cuisine pour se servir un verre d'eau. Depuis la cuisine, elle observa son œuvre. L'ordre qui régnait à présent sur les quelques mètres carrés du potager lui procurait un puissant sentiment de satisfaction. Elle était épuisée par ces quelques heures passées au grand air, mais cette maison et son jardin avaient quelque chose d'un peu magique, une atmosphère, une énergie qui la troublait. Bien qu'elle ne voie plus Stéphane partout, comme c'était le cas chez elle, elle ressentait sa présence. Surtout dans le potager. Elle avait jardiné sans douter de ces gestes alors qu'elle doutait de tout. C'était comme s'il avait tenu sa main. Elle en était sûre. Elle posa son front contre le montant de la fenêtre. Voilà qu'elle se mettait à croire en des âneries ! Son regard s'attarda sur le sol, au niveau de la table de jardin. Il y avait un léger renflement. Sur la gauche, elle décela ce qu'elle identifia comme un morceau de carrelage. Sans doute un dallage ancien y était-il enfoui sous la végétation. Pour quelle raison Hermine avait-elle laissé les herbes folles l'envahir ? Elle posa son verre dans l'évier et redescendit. Elle entreprit de soulever les herbes qui couraient et formaient un tapis moelleux et découvrit des carreaux de ciment, certainement élaborés de manière artisanale si elle en jugeait par leur forme et leur surface irrégulière. Mue par un élan de curiosité, comme pouvaient le ressentir les archéologues, toutes mesures gardées bien évidemment, elle retira la plante et en fit de petits fagots qu'elle noua avec de la corde trouvée dans la remise. Les carreaux portaient tous un décor différent : des fleurs, des animaux, des planètes. L'ensemble donnait à l'endroit un aspect désuet. Elle termina sa besogne et plaça un pot de fleurs sur la table pour compléter la scène.

— Tout va bien Rose ?
— Oui et toi ? demanda-t-elle à Sacha.
— Ça va. J'ai fait un peu de ménage, si tu as besoin de quelque chose, je serai dans ma chambre.
— Pas de problème, travaille bien. J'ai hâte de voir ce que tu auras pondu, assura-t-elle en lui faisant un clin d'œil.
— Rose, tu ne devais pas déjeuner avec quelqu'un à midi ? fit remarquer Sacha.

— Si, pourquoi ?
— Il est midi et quart.

Elle arriva au café avec une demi-heure de retard. Elle s'était changée et portait une des tenues grâce auxquelles elle parvenait à camoufler l'embonpoint qui avait gagné ses hanches et son ventre. Légèrement maquillée, elle avait renoncé à accrocher ses cheveux qui encadraient son visage rosi par sa précipitation. L'homme était attablé et sirotait une bière quand elle se présenta.
— Désolée pour mon retard, je suis Rose. Rose Beaulne, se présenta-t-elle en tendant la main.
— Marc Ipartéguy, de l'agence immobilière Dolorès à Bayonne.
Il empoigna sa main avec dynamisme. C'était un homme âgé d'une petite quarantaine. Il était vêtu d'un polo rose layette, son crâne dégarni était surmonté de lunettes de vue pendant que la paire de solaires protégeait son regard. Rasé de frais, et abondamment arrosé d'un parfum à la mode, il était sûr de l'effet qu'il faisait sur la gent féminine.
— Vous étiez dans des embouteillages ? la taquina-t-il.
Elle le regarda, surprise.
— C'était une plaisanterie…
— Ah, oui, bien sûr, répondit-elle en laissant échapper ce qui pouvait s'apparenter à un rire, mais qui ressemblait davantage à une plainte.
Elle tira une chaise et s'y installa. Placés à proximité de la fontaine, le bruissement de l'eau apportait une agréable impression de fraicheur.
— Le temps est magnifique n'est-ce pas ? ajouta l'homme.
— Oui.

Elle pesta intérieurement contre elle-même. Elle s'était bien trop couverte. Elle allait mourir de chaud.
— Vous prenez quoi ?
— Comme vous.
Il interpella Estéban, qui vint prendre la commande, le visage fermé.
— Bon, et si nous abordions le vif du sujet. Vous possédez une maison à Héyo ? C'est bien ça ? reprit l'agent immobilier qui avait ouvert son application de notes sur son téléphone.
La bière de Rose arriva, suivie des plats du jour. Marc commanda une deuxième pression pendant qu'elle racontait comment la maison sur la place était arrivée en sa possession. Il l'écouta sans l'interrompre.
— Et vous avez décidé de la vendre ? demanda-t-il sur un ton étonné.
Elle hocha simplement la tête, pas sûre encore de ce qu'elle allait faire.
— Vous m'en voyez ravi ! C'est assez rare de trouver ce type de biens à la vente. C'est celle avec la porte jaune, là-bas ?
Nouveau hochement de tête.
— Elle est magnifique, bien que la couleur dénote un peu. Jaune ? C'est curieux ici. Bon, il faudra que je l'expertise, mais je pense qu'on peut tabler sur une jolie somme. Elle est dans quel état ?
— Elle est charmante. Parfaite.
— Parfaite ?
Il se concentra sur la maison et plissa les yeux.
— Elle n'est pas non plus de la première jeunesse. L'acheteur va avoir des travaux.
— Des travaux ? Des travaux de quoi ?
— De toiture pour commencer.

Rose se retourna et regarda le faîtage de la maison qui n'était pas aussi rectiligne qu'il aurait dû l'être.

— Peut-être, si vous le dites. Mais à part ça, je vous assure qu'il n'y a rien d'autre à faire.

— J'imagine qu'elle n'a pas beaucoup évolué depuis la date de sa construction, rétorqua-t-il en tordant le nez. Vous en voulez une autre ?

Sans s'en apercevoir, Rose avait terminé sa bière, elle hocha la tête.

— Par exemple, aujourd'hui, les gens veulent des maisons plus lumineuses, où la lumière pénètre à flot et cette maison a des ouvertures bien trop petites.

— Ce serait une erreur d'en percer de plus grandes. Si les fenêtres sont petites, c'est pour se protéger du vent d'ouest, débita Rose, fière de se souvenir de ce que Gorka lui avait expliqué.

Marc éclata de rire et elle rougit instantanément. Elle espéra qu'il mettrait ça sur le compte de la chaleur et avala une gorgée de bière.

— Ça, c'était valable avant. Quand on n'avait que la cheminée pour réchauffer les maisons et que le quadruple vitrage n'existait pas encore.

— Mais si on perce des baies vitrées, il y fera trop chaud en plein mois d'août.

— Ils y mettront la climatisation !

Marc Ipartéguy avait réponse à tout. Rose regarda la maison et sentit son estomac se serrer. C'était une hérésie d'y faire autant de travaux. Pourquoi ne pas faire confiance aux anciens qui avaient pensé la maison en adéquation avec son environnement ? Ce monde ne tournait pas rond, pensa-t-elle.

— Mais, dites-moi, enfin, si vous ne me trouvez pas trop intrusif. Je peux vous demander pour quelle raison vous avez décidé de la vendre ? Pour moi, c'est inespéré, mais d'habitude les gens ici, ne vendent pas.

— Oui, c'est ce que j'ai cru comprendre.

— Vous pourriez en faire une résidence secondaire. Je conçois qu'habiter ici à l'année ne soit pas très enthousiasmant, mais pour des vacances, ça pourrait être agréable.

La tête de Rose lui tournait. La bière, conjuguée au soleil à son zénith et à la chaleur, avait des effets délétères sur sa pensée.

— C'était la garçonnière de mon mari, trancha-t-elle. Vous comprendrez dès lors, pourquoi je n'ai pas envie de la conserver.

Mon Dieu, qu'avait-elle insinué ? Était-elle folle ? Elle n'avait aucune certitude. Pourquoi extrapolait-elle ainsi ? Qu'allaient penser les gens si la rumeur se propageait dans le village ? L'agent immobilier eut un hoquet et eut tout le mal du monde à ne pas recracher la gorgée qu'il venait de prendre.

— Pardon ?

— Oui, vous avez bien entendu.

Elle suffoquait. Elle devinait que de larges auréoles de transpiration marquaient ses aisselles et son dos. Elle devait absolument se rafraichir. Elle tendit la main vers la fontaine et recueillit un peu d'eau dans sa paume qu'elle plaça sur sa gorge.

— Je suis désolée, j'ai très chaud.

— Arrêtez de vous excuser…

Il laissa sa phrase en suspens. L'espace d'un instant, elle se demanda pourquoi cet homme la regardait de cette façon et pourquoi il insistait sur sa gorge qui se soulevait au rythme de sa respiration. Elle ressentait un étrange engourdissement et toujours en extension sur les pieds arrière de sa chaise, elle bascula et s'affala au sol. Marc se leva rapidement et l'aida à se relever devant les clients médusés. Rose éclata de rire.

— Oh mon dieu ! Je suis désolée. Je crois que j'ai trop bu. Je suis un peu pompette.

— Pompette ? Il y a des années que je n'ai pas entendu ce mot. Ma mère le disait, mais il y a longtemps qu'elle ne boit plus, elle dit que ça l'empêche de dormir. Venez, je vous raccompagne chez vous.

Il fit un geste de la main indiquant à Sophie qu'il repasserait payer.

— Tout va bien Rose ? demanda cette dernière.

Rose leva le pouce en gloussant.

## 25

## Sa culotte XXL chargée de maintenir ses bourrelets

Le chemin vers la maison ne lui avait jamais paru aussi long. Marc avait passé un bras autour de sa taille et l'aidait à marcher sur les pavés entre lesquels ses talons se coinçaient. Elle ahanait. Ses cheveux pendaient lamentablement de chaque côté de son visage. Sa robe collait à son corps et elle sentait des gouttes de sueur parcourir son dos. Elle ne donnait pas cher de son apparence. Elle n'y avait jamais vraiment apporté une attention particulière, mais là, ça devait dépasser tout ce qu'il avait déjà vu.

— Je suis désolée, j'ai eu beaucoup d'émotions dernièrement. Beaucoup trop, s'excusa-t-elle en se cramponnant au polo rose de l'agent immobilier.

— On dirait, oui. C'est Héyo qui vous fait cet effet ? demanda-t-il avec un sourire carnassier.

Marc resserra son bras autour de sa taille et saisit sa main de l'autre.

— En tout cas, la joie vous va très bien.
— La joie ?
— L'euphorie si vous préférez.
— Vous voulez parler de l'ivresse ?

La bouche de l'homme se trouvait maintenant à quelques centimètres du visage de Rose.

— Vous devriez reculer, je ne dois pas sentir la rose. Ah, ah, ah, s'écria-t-elle, sentir la rose quand on s'appelle Rose.

— Moi, je trouve que vous sentez particulièrement bon au contraire.

Elle trébucha sur un pavé et manqua s'écrouler. Il la rattrapa et se colla encore davantage à elle.

— On dirait que c'est votre rôle de m'empêcher de tomber, dit-elle un peu gênée de la tournure que prenaient les choses.

Consciente qu'elle n'arriverait pas à la maison sans son aide, elle le regarda avec gratitude.

— Ça peut l'être, et tout un tas d'autres choses aussi, dit-il avec un regard plein de sous-entendus. C'est à vous de décider, moi, je trouve votre joie tout à fait émoustillante.

Émoustillante ? Elle ? Ce pauvre homme était trop bien élevé ou complètement fou. Il n'osait pas lui dire la vérité, mais, nul doute que ce soir, avec ses amis, il rirait d'elle. Il passa une main sous la masse de ses cheveux et caressa sa nuque. Elle ferma les yeux. Ne sentait-il pas qu'elle ruisselait littéralement ? Arrivé devant la porte de la maison, il s'enhardit encore. Rose ne parvenait plus à garder les yeux ouverts. Elle avait décidément trop bu.

— OK, toi, laisse mamie tranquille !

Quand Rose ouvrit les yeux, Gorka fusillait Marc du regard et la regardait avec dégoût. Les deux hommes se faisaient face. Appuyée contre la porte, elle les observait.

— Je répète : fous-lui la paix et dégage ! Tu vois bien qu'elle n'est pas en état !

Sans les bras de Marc pour la soutenir, Rose s'affaissa au sol.

— Mon Dieu ! Quelle situation gênante ! S'il vous plaît, arrêtez.

Gorka fit un pas vers Marc, les poings fermés, la mâchoire serrée.

— S'il vous plait, ne vous battez pas. Pas devant tout le monde. Et surtout, pas pour moi…

Depuis le café, un public attentif s'était formé.

— S'il vous plait. Arrêtez, implora-t-elle.

— Dégage minet !

— Je ne suis pas un minet !

— Ah ouais ? Tu me rappelles ton âge ? Vingt balais ? Tu crois vraiment qu'être avec une femme de cinquante c'est une bonne idée pour toi ?

— J'ai pas vingt ans, j'en ai vingt-sept, précisa-t-il.

Rose se redressa.

— Quoi ? Tu as vingt-sept ans ? T'es sûr ? demanda-t-elle. Non, c'est pas possible, tu fais beaucoup plus vieux… Quand je t'ai vu, j'ai pensé que t'avais pratiquement quarante ans.

— Mais non ! J'ai vingt-sept ans… je ne fais pas plus vieux, s'offusqua l'agent immobilier. Je fais mon âge. Vingt-sept ans, c'est tout.

— Faut lui pardonner : ça fait un moment qu'elle n'a vu aucun type de vingt-sept ans, riposta Gorka.

— Arrêtez de répéter ce chiffre, bredouilla Rose. T'es sûr que t'as que vingt-sept ans ? Tu pourrais être mon fils…

— C'est pas grave l'âge qu'on a, on s'en fout, résuma Marc abusant de sa voix caverneuse la prenant par le bras pour la relever.

— Non, non, non, non, ce n'est pas possible !

Rose se dégagea de ses mains qui squattaient à nouveau son corps. Elle tourna la poignée de la porte qui refusa de s'ouvrir.

— Quand il pleut, la porte coince, mais là, il ne pleut pas, pourquoi elle ne veut pas s'ouvrir ?

Gorka sortit une clé de sa poche.
— Peut-être parce que tu l'as verrouillée.
Il donna un tour et la porte s'ouvrit. Rose s'engouffra à l'intérieur.
— Allez, minet, sans rancune, et n'oublie pas d'aller régler Sophie. Elle t'attend.
La porte refermée, Gorka s'approcha de Rose.
— C'est dangereux de se saouler quand on est triste.
— Je ne suis pas saoule et je ne suis pas triste non plus, s'indigna-t-elle.
— Ce n'est pas ce que disent tes yeux.
— Encore mes yeux ! T'en as pas marre avec mes yeux. Ils n'ont aucun intérêt.
— Foutaise ! Ils sont incapables de mentir et je les aime bien.
— Je ne suis pas triste, parce que quand je suis triste, je chante, et là je ne chante pas du tout.

Il la regarda intensément et soudain, comme si elle n'était plus maîtresse de ses faits et gestes, elle commença à chanter une chanson improbable d'un boys band des années quatre-vingt-dix.
— Tu vois, je savais bien que tu étais triste. Allez, viens, je te monte jusqu'à ta chambre.
— Tu ne vas pas en profiter, hein ?
— Moi, mais pour qui tu me prends ? Jamais dans la maison de ma mère.

Ils gravirent les marches du grand escalier alors que Rose chantait à tue-tête.
— Ça ne nous rajeunit pas ta chanson.
— Et c'est le temps qui court, court, qui nous rend sérieux, la vie nous a rendus plus orgueilleux, parce que le temps qui

court, court, change les plaisirs et le manque d'amour nous fait vieillir.
— Allez allonge-toi, il faut dormir maintenant. Il n'y a rien d'autre à faire quand on a trop bu. Il faut attendre que ça passe.
— Je ne vais pas y arriver. Je suis comme la mère de Marc, quand je bois, je n'arrive pas à dormir ! Exactement comme elle. Tu vois, quand je disais que je pourrais être sa mère, je ne croyais pas si bien dire ! Et puis, j'ai trop chaud. Je respire mal, c'est sûr que je vais mourir.

Rose zigzagua jusqu'à la fenêtre qu'elle ouvrit et dans un même élan, ôta sa large robe ainsi que sa culotte XXL chargée de maintenir ses bourrelets. Gorka, sidéré, la regarda s'allonger et la recouvrit du dessus de lit. Avant de repartir et de la laisser dormir, il s'empara de sa culotte et referma doucement la porte.

Le lendemain matin, Candice et Sacha attendaient Rose dans la cuisine, bien décidés à disséquer les événements de la veille. Candice était songeuse.
— Qui aurait pu penser ça de Rose ?
— Pourquoi tu dis ça ? Parce qu'elle est plus âgée ? Parce qu'elle n'appartient pas à la race des beautés qui sont arrivées ce matin ?
— Je ne sais pas, elle avait surtout l'air tellement... raisonnable. Rangée, tu vois. Et puis, oui, autant être honnête, je ne vois pas un type comme Gorka, qui a l'habitude de peindre des modèles sublimes, regarder une femme comme Rose.
— Tu es sûre que tu l'as vu sortir de la chambre de Rose ?
— Parfaitement et je peux te dire qu'il était tout bizarre.

— Si elle était née au temps de Rodin, elle aurait eu un succès fou, tu sais, fit remarquer Sacha.
— Oui, je sais.
— Qui aurait eu un succès fou ? demanda Rose en pénétrant dans la pièce.
Aveuglée par le soleil qui irradiait la cuisine, elle cacha ses yeux derrière sa main.
— Personne, t'inquiète. Ça va toi ?
Elle fit un geste exprimant parfaitement son état d'esprit : couci-couça. Elle hésita un instant à poursuivre ses interrogations au sujet du succès fou, mais jugeant que c'était trop fatigant, elle se dirigea vers la cafetière et se versa une tasse du liquide brûlant.
— Il s'est passé quoi hier après-midi ? demanda Candice.
— T'es même pas descendue dîner. J'avais prévu de vous jouer un de mes sketches, moi…
— On t'a entendue chanter… et puis, plus rien. Raconte !
— Non, je n'ai absolument pas envie. Vous allez vous moquer de moi et vous aurez tout à fait raison, répondit Rose avec un air mélodramatique de circonstance.
Depuis le départ de Gorka, c'était comme s'il était devenu omniprésent. Elle avait rêvé de lui dans des situations parfaitement inavouables et avait espéré le croiser au petit déjeuner. Elle repensa à hier. Il avait été parfait. Il n'avait pas tenté le moindre geste, pas comme Marc. Si Gorka n'était pas arrivé, Dieu seul sait ce qui se serait produit. Elle frissonna. Elle s'était vraiment comportée comme une gourde ! C'était n'importe quoi ! À croire qu'elle avait perdu tout sens des convenances depuis qu'elle était à Héyo ! D'abord Gorka et maintenant Marc ? Elle frémit de honte.
Pour se donner une contenance, elle s'empara d'une pomme et croqua dedans avec appétit.

— Moi j'ai bien envie de savoir... intervint Candice.
— À mon avis, va au marché ce matin et tu sauras tout, assura Rose avec un regard entendu en repensant à la scène entre Marc et Gorka.
Des voix féminines parvinrent jusqu'à la cuisine, dont la fenêtre qui donnait sur la place était ouverte.
— C'est quoi ? interrogea Rose.
— La question serait plutôt : c'est qui, non ?
— Oui, tu as raison.
— Des jeunes femmes venues poser pour Gorka. Vu que personne n'a accepté, il a bien fallu qu'il trouve une autre solution.
Rose s'approcha de la fenêtre. Un groupe de jeunes femmes bavardaient joyeusement. Grandes ou plus petites, elles étaient toutes très minces et particulièrement jolies. Certaines étaient enveloppées de peignoirs, d'autres portaient un short et un tee-shirt ultracourts, les dernières attendaient en maillot de bain.
Rose réprima avec difficulté le rire sardonique qui lui montait aux lèvres. Oui, bien sûr ! Gorka n'était finalement rien d'autre qu'une caricature ! Elle termina sa pomme et voulut jeter le trognon à la poubelle. En soulevant son capot, elle resta interdite.

# 26

## Nu comme un ver

Malgré l'heure matinale, le café accueillait déjà de nombreux clients. Roger avait pris place, près de la fenêtre et lisait son journal. Sur la table, il avait posé son béret, à côté d'une tasse de café au lait et d'une carafe d'eau. Il fit un signe de la main à Rose auquel elle répondit machinalement, trop occupée à dévorer des yeux une table où étaient installées trois jeunes femmes. On pouvait dire que Gorka savait choisir ses muses. Tout en parcourant la salle pour se rendre dans l'arrière-cuisine, elle sentit leur regard la suivre. Des envies de meurtre l'assaillirent sans qu'elle sache contre qui. Les jeunes femmes ou Gorka ? Puis, des larmes lui montèrent aux yeux et le café se mit à tournoyer. Elle prit conscience que le manque de sommeil avait des effets déplorables sur elle. Comme sur n'importe qui se rassura-t-elle.

— Tu as l'air bouleversée. Tout va bien Rose ?
— J'ai le tournis. Ça va aller…

Sophie passa une main compatissante dans le dos de Rose. Cet accès de tendresse eut l'effet inverse de celui escompté : elle éclata en sanglots. Ses jambes se mirent à trembler et la sueur envahit les paumes de ses mains.

— Que t'arrive-t-il ? Tu es livide. Tiens, assieds-toi. Tu veux un verre d'eau ?

Rose hocha la tête et entreprit de contrôler sa respiration. Comme elle s'y était attendue, elle se sentit rapidement submergée. L'idée de devoir prendre des décisions au sujet de la maison la mettait dans une situation infernale d'autant qu'elle avait surréagi, uniquement dans le but de piquer Gorka. Comment pourrait-elle se défaire de la maison ? Elle s'était attachée à cet endroit et même si elle ne connaissait pas le fin mot de l'histoire, et la raison pour laquelle Stéphane la lui avait léguée, il ne l'aurait jamais fait pour lui faire du mal.

— Tu me manques, murmura-t-elle.

Elle ferma les yeux et se concentra sur son rythme cardiaque. Par-dessus le son de sa respiration, elle perçut un bruit de pas. Elle rouvrit les yeux et trouva Estéban devant elle.

— Salut, lança-t-il.

— Salut !

— Est-ce que ça va ? T'as l'air patraque…

— Ça va. Sophie est allée me chercher un verre d'eau.

Il se retourna pour la chercher des yeux.

— Je crois qu'elle a été happée par des clients. Bouge pas, j'y vais.

Il revint et lui tendit le verre.

— Bois doucement.

— Merci.

— Pas de quoi. J'ai tendance à préférer que personne ne tombe dans les pommes au café, ça fait mauvais effet.

Rose le regarda, médusée. Ce type était vraiment bizarre, à croire que le village abritait des spécimens masculins à l'humour particulier. Sa respiration se coinça dans sa gorge et l'eau qu'elle était en train d'avaler ressortit par le nez. Elle toussa, cracha et renifla. Elle était très douée pour se mettre dans des situations inextricables où elle perdait toute fierté.

— J'imagine que les dernières heures n'ont pas été de tout repos, souffla-t-il.

Ainsi, il avait eu vent de ses démêlés avec Marc, et sans doute, était-il au courant de sa volonté de vendre la maison.

— C'est le moins que l'on puisse dire…

Elle but une nouvelle gorgée d'eau.

— Est-ce que ça va mieux ? demanda Sophie en revenant.

Elle adressa un coup d'œil à Estéban, qui s'excusa et s'éloigna sans ajouter de sarcasme. Sophie tira une chaise à côté de celle de Rose et s'y installa. Rose resta concentrée. Malgré le verre d'eau offert par Estéban et la présence de Sophie, la crise qui couvait semblait sévère. Encore une fois elle ne serait pas allée au bout de sa période d'essai et son moi intérieur, qu'elle avait réussi à endiguer jusque-là, semblait s'en donner à cœur joie. C'était sa malédiction personnelle. Elle avait pensé que la douceur de vivre à Héyo modifierait les choses, mais elle s'était trompée. La scène d'hier revenait sans cesse à sa mémoire, comme un boomerang, et la honte qu'elle ressentait accentuait son mal-être.

— Ne me dis pas que c'est à cause d'hier… Ce n'est pas grave, c'était même plutôt amusant que deux coqs se battent pour toi, tu ne trouves pas ?

Quelque chose dans la gentillesse de Sophie fit monter les larmes aux yeux de Rose. Elle sentit que son sang quittait son visage.

— Rose, tu me fais peur, on dirait que tu vas tomber dans les pommes… Rose, parle-moi…

Elle ne put faire autre chose que secouer la tête de gauche à droite tout en conservant les yeux clos. Elle se sentait submergée par tout un tas d'émotions. La peur dominait encore, bien que l'angoisse la talonne.

— Je peux aider ? demanda une voix masculine depuis l'encoignure de la porte.
— Je ne sais pas Roger, Rose se sent mal. Je ne sais pas quoi faire. Tu crois qu'il faudrait l'allonger ?

Rose se raidit. Il était hors de question qu'elle s'allonge devant tout le monde. Il n'aurait plus manqué qu'ils surélèvent ses pieds. L'homme s'accroupit, posa ses deux mains chaudes et larges sur les genoux de Rose et se mit à parler lentement, d'une voix monocorde. Sa voix l'apaisa presque instantanément. Il leva et baissa ses bras en cadence. À un autre moment, ça aurait été amusant, mais Rose s'accrocha à ces mouvements. C'est exactement ce que faisait Stéphane en cas de crise aiguë puis il l'enlaçait et la serrait fort entre ses bras. Elle posait sa tête sur sa poitrine et elle se calmait petit à petit au rythme de son cœur. Mais Roger n'était pas Stéphane.

— Suivez mes gestes, Rose. Inspirez quand je monte les bras, expirez quand je les descends. Très bien, oui, c'est parfait. Maintenant, je vais vous prendre dans mes bras. Vous êtes d'accord ? Vous entendez votre souffle ? Ça veut dire que vous êtes toujours vivante.

Elle hocha la tête et les bras de Roger firent une barrière entre elle et le reste du monde. Son cœur battait à tout rompre dans sa poitrine, mais peu à peu les petits bruits du quotidien du café prirent la place du brouhaha qui colonisait l'esprit de Rose. Elle sentit le souffle chaud du vieil homme sur sa joue.

— Sophie, as-tu un sac en papier ?
— Non, ne vous inquiétez pas, ça va aller maintenant. Excusez-moi, je suis de temps en temps sujette à des crises comme celle-ci.
— Ne vous excusez pas, Rose. Je suis content que vous alliez mieux. Vous vous en sortez très bien. Continuez à

respirer, c'est bientôt terminé, je vous le promets. Vous allez pouvoir travailler ou je demande à Sophie de vous libérer ?
Les battements de son cœur se calmèrent tout à fait et son rythme cardiaque revint à la normale. Les fourmis disparurent de ses pieds et ses mains. Le soulagement gagna son corps et son esprit. Elle souleva une paupière.
— Vous pensez pouvoir travailler ?
— Oui, oui, ça va aller, je vous assure ! répondit-elle d'une voix qui n'avait pas encore retrouvé toute sa force, tout en restant vigilante aux signes d'une nouvelle crise.
— C'était une crise de panique, n'est-ce pas ?
Rose acquiesça.
— Vous savez ce qui l'a déclenchée ?
Ça aussi, Stéphane le faisait toujours. Il disait que regarder les causes des crises en face l'aiderait à ne plus ressentir d'angoisse. Pouvait-elle répondre qu'elle n'avait aucune idée de son origine alors qu'il y avait mille raisons possibles ? L'hospitalisation d'Hermine d'abord, sa récente ébriété, l'âge de Marc et la bagarre des deux hommes, la honte de s'être donnée en spectacle, la présence des modèles et son rapport compliqué à son corps, ce qu'elle avait trouvé dans la poubelle et qui impliquait que Gorka avait été témoin d'une scène qu'elle n'osait pas imaginer, l'idée de lui être confrontée tôt ou tard... Roger s'était à nouveau accroupi et son souffle chargé de l'odeur du café avait sur elle un pouvoir anesthésiant.
— Non, je ne sais pas, ce qui l'a déclenchée, ça m'arrive de temps en temps, se décida-t-elle à dire.
— Quoi qu'il en soit, si ça vous reprenait, je serais là. Bon, je vous laisse reprendre vos esprits quelques minutes. Je dis à Sophie que vous arrivez, n'est-ce pas ?
— Oui, merci, j'arrive.

Elle dégrafa son gilet. Respirer, voilà ce dont elle avait besoin dans l'immédiat. Respirer un peu d'air frais.

— Maïder, vous pouvez prévenir Sophie que je reviens tout de suite, s'il vous plait, je vais m'asseoir quelques minutes dehors. D'accord ?

— Faites, faites. Je préfère que vous sortiez plutôt que vous retombiez du mal de macaque dans ma cuisine. Non, d'un chien, vous m'avez fait une peur bleue ! Allez, ouste, filez ! Le bon air vous fera le plus grand bien.

La cuisinière lui montra la porte. Rose avait appris à la connaître et son air bourru cachait mal une tendresse débordante. La façon dont elle travaillait sur ses desserts en était la preuve. Elle pâtissait comme d'autres disaient je t'aime.

Dehors, elle marcha jusqu'au fronton. Elle s'installa sur les marches. Bien que le ciel soit blanchâtre, la chaleur était toujours aussi étouffante que la veille et promettait une nouvelle journée harassante. Elle remonta ses cheveux. Une légère brise se leva et elle apprécia à sa juste valeur ce moment parfait où le vent soufflait dans sa nuque. Depuis qu'elle était arrivée, elle avait perdu l'habitude d'attacher ses cheveux et des mèches collaient dans son cou. Devant l'atelier, elle observa les modèles de Gorka qui entraient et sortaient, gloussaient, fumaient ou s'isolaient pour téléphoner.

— Ça va mieux ?

Elle sursauta. Elle ne l'avait pas entendu arriver et sous l'effet de la surprise, son cœur s'emballa. Elle pria pour qu'une nouvelle crise n'ait pas lieu. Deux dans la même journée, elle ne le supporterait pas, d'autant qu'elle avait vu Roger rentrer chez lui. Il lui faudrait se débrouiller sans lui et elle n'était pas sûre d'y arriver.

— Mieux ? demanda-t-elle en couinant pour gagner du temps.

— Mieux qu'hier. T'étais pas en forme...
Gorka s'installa à ses côtés.
— C'est le moins que l'on puisse dire. Oui, ça va. Merci.
Il suivit des yeux son regard qui se posa sur les jeunes femmes.
— Je les ai fait venir puisque personne n'a voulu poser pour moi, expliqua-t-il en tirant sur sa cigarette.
— Tu fais comme tu veux...
— Oui, bien sûr, mais je t'explique.
— Tu n'as pas besoin. En tout cas, elles sont très jolies.
— Elles sont jeunes.
— Oui, c'est ça, dit-elle sur un ton légèrement désabusé.
— On ne peut pas être et avoir été.
— Si tu veux mon avis, je n'ai jamais été. D'ailleurs, si je me souviens bien, tu m'as pas appelé mamie ? poursuivit-elle avec un air malicieux.
— Non, je ne crois pas, mentit-il, tu devais avoir un petit coup dans l'aile.
Il tira sur sa cigarette et épongea son front avec le foulard qu'il avait noué autour de crâne.
— Moi, je suis persuadé que tu as été et tu l'es encore, continua-t-il.
Rose haussa les épaules.
— Ce n'est pas grave si ton ventre est un peu rond...
Elle se tourna vers lui.
— T'as vraiment dit ça ?
Il la regardait intensément, mais tout à sa colère, elle ne remarqua pas l'étincelle qui s'était allumée dans ses yeux.
— C'est quand même très difficile de t'apprécier ! reprit-elle, agacée.
— Même s'il est mou, tu sais, c'est pas grave.
— Eh bien... je te remercie...

— Enfin, tu vois bien ce que je veux dire…
— J'ai une vague idée…
— Ce que je veux dire, c'est que je te trouve très jolie avec tes bourrelets.

Rose éclata de rire. Le manque de tact de Gorka était finalement touchant.

— Et voilà ! Tu continues ! Mon fils dirait que tu t'enfonces ! Que tu creuses ta tombe !

Elle avait essayé de prendre un ton léger, mais soudain, les larmes lui montèrent aux yeux. Il l'attira à lui et la serra dans ses bras. Elle enfouit son nez dans sa salopette bleue.

— Eh bien, il dirait probablement que je ne suis qu'un gros naze, désolé.

Au bout d'un moment, quand il fut sûr qu'elle ne pleurait pas, il demanda :

— Ça va aller ?
— Oui, souffla-t-elle.

Elle soupira avec lassitude. Elle aurait dû compter le nombre de fois où on le lui avait dit aujourd'hui.

— En gros, ce que je voulais dire c'est que j'aimerais vraiment que tu poses pour moi.

— Tu n'abandonnes jamais, en fait. Je n'arriverai pas à me mettre nue devant un inconnu, ni toi, ni personne.

— Pourtant, c'est ce que tu as fait hier ? Non ?

Rose rougit. Elle l'avait donc fait.

— J'avais un petit coup dans l'aile comme tu le dis si bien. Au fait, tu peux m'expliquer pour quelle raison j'ai trouvé ma gaine à la poubelle ce matin ?

— T'as pas besoin de ça pour être jolie et bien roulée.

— Stop ! Tais-toi ! N'en dis pas plus, s'écria-t-elle en bouchant ses oreilles de ses mains.

— Tu vas y réfléchir ?

— À quoi ?

— Non, rien, laisse tomber, c'est pas grave, mais si tu changes d'avis, je promets de t'aider à arracher les mauvaises herbes du potager dans le plus simple appareil.

— Non, ça va aller, merci, dit-elle en riant, aux prises avec la vision d'un Gorka nu comme un ver dans le jardin.

Une jeune modèle se dirigeait vers eux. Gorka écrasa sa cigarette sur la semelle de sa chaussure.

— Tu viens, on t'attend. On ne reste pas toute la semaine non plus. Tu fais tes ébauches et basta, lui lança-t-elle en fixant Rose.

— Oui, oui, j'arrive. Y a pas le feu, non plus...

Il se leva difficilement et pesta contre les années qui n'étaient pas tendres avec ses genoux.

— Désolée madame, bonjour, ajouta la jeune femme, une étincelle amusée dans ses yeux bruns.

Rose tiqua sur le madame, mais lui rendit poliment son bonjour.

— Bon, aller ne tarde pas trop, on t'attend.

La jeune femme fit un clin d'œil à Gorka avant de s'éloigner. Clin d'œil auquel il ne répondit pas. Il posa sa main sur l'épaule de Rose et s'éloigna. Elle frissonna et cette sensation lui rappela l'immense perte à laquelle elle avait été confrontée. Elle regarda autour d'elle à la recherche du fantôme de Stéphane. Peine perdue, il avait décidé de ne pas la suivre à Héyo et cette absence la bouleversa. Elle avait l'impression qu'elle avait perdu son point de repère. Il savait toujours quoi faire pour lui remonter le moral, mais cette fois-ci, il l'avait lâchée dans l'aventure et elle ne pouvait compter que sur elle-même.

— Et Estéban, Roger et Sophie, marmonna-t-elle en repensant avec tendresse à la façon avec laquelle ils avaient pris soin d'elle.

Les larmes s'invitèrent à nouveau au coin de ses yeux et elle les essuya, agacée. Elle mit le trop-plein d'émotions qui la submergeait aujourd'hui sur le manque de sommeil, lorsqu'un souffle de vent chaud fit tournoyer un amas de feuilles devant le fronton.

# 27

## Le gentil monstre tapi dans les montagnes

Elles applaudirent de toute leur force. Sacha avait énormément progressé et avait été hilarant. Il a trouvé son style, pensa Rose. Tour à tour, elles avaient ri aux larmes et avaient été émues aux larmes également. Plusieurs fois, Candice avait menacé de faire pipi dans sa culotte. Plusieurs fois, Rose avait tamponné ses yeux avec un mouchoir. Il resta immobile un long moment comme s'il lui fallait tout ce temps pour revenir à la réalité, mais, en dépit de leur enthousiasme, Sacha demeurait inquiet.

— Vous croyez vraiment que c'est bon ? Vous ne dites pas ça, juste pour me faire plaisir et vous débarrasser de moi ?

— Mais qu'est-ce que tu vas chercher ? C'est absolument génial. Tu tournes tes mésaventures d'une façon tellement rigolote ! C'est dingue ! J'adore ! Tu vas faire un carton !

— Et toi Rose ? T'en penses quoi ? demanda-t-il, l'inquiétude greffée au visage.

— Moi ? Je veux être la présidente officielle de ton fan-club ! Et je veux l'être à vie.

Sacha rougit.

— C'est comme si tu réparais les gens en les faisant rire. C'est en tout cas ce que j'ai ressenti, je t'assure. Pas toi, Rose ?

— Si, si, c'est très bien analysé Candice.

— Arrêtez ou je vais prendre la grosse tête !

— Aucun risque ! Moi vivante, je ne te laisserai pas faire, répliqua Candice en riant.

Rose la regarda avec tendresse. À certains moments, quand elle acceptait de laisser tomber son armure, Candice était très attachante. Il subsistait pourtant au fond de ses yeux la trace des récents événements auxquels elle avait été confrontée et qui avaient tracé un sillon de tristesse en elle. Comment pouvait-elle vivre sans savoir ce qui était arrivé à son père ? Rose en aurait été incapable. Il fallait être dotée d'une grande force mentale pour y parvenir, ce qu'une pianiste devait forcément posséder, ou avoir subi de nombreuses déceptions. Rose posa doucement une main sur la sienne. Toutes les précédentes fois où elle l'avait fait, la jeune femme avait vivement retiré sa main, mais Candice crocheta ses doigts aux siens.

— Et toi, Candice, quand nous feras-tu un récital ? demanda Rose d'une voix douce.

— Hors de question ! Je n'ai pas changé d'avis, s'insurgea Candice.

D'un geste sec, elle retira sa main. Elle avait retrouvé son air revêche, se leva et fila. Ils l'entendirent monter l'escalier quatre à quatre, puis la porte de sa chambre claqua.

— Je suis désolée, je ne voulais pas lui faire de peine, se désola Rose.

— Je sais, et elle le sait, elle aussi. C'est juste que, c'est sans doute encore un peu trop tôt pour elle d'accepter de changer quelque chose à sa vie. Ne t'inquiète pas. Tu as planté une graine, il faut lui laisser le temps de grandir. On dîne ?

— Oui. Vous aviez prévu quelque chose ?

— Elle voulait faire du poulet rôti et des frites.

— Parfait, je fais ça super bien ! Peut-être que l'odeur la fera redescendre ?
Le téléphone de Rose sonna. Le prénom de sa fille s'afficha.
— Je vais prendre l'appel dehors. Tu fais chauffer le four sur cent-quatre-vingt-dix degrés, s'il te plait, et tu sors le poulet du frigo ? Et si tu ne sais pas quoi faire en m'attendant, tu peux toujours peler les pommes de terre.
— Yep chef ! clama Sacha en portant deux doigts sur le côté de son crâne.
Rose laissa la sonnerie s'épuiser et sortit dans le jardin. Elle se rendit au potager et s'installa à la table, au milieu des herbes aromatiques. À cet endroit, entourée des parfums décuplés par la chaleur de la fin de journée, elle se sentit rassurée. Ce n'était pas tant qu'elle redoutait l'appel de Marguerite, mais elle était fatiguée d'avoir à aménager la vérité avec tout le monde. Elle composa le numéro de sa fille et prit une grande inspiration.
— Allo ma chérie ? Je suis désolée, j'ai manqué ton appel. Comment vas-tu ?
— Moi, je vais bien, mais, et toi ? Ça va ? Tu ne t'ennuies pas trop dans ton bled ?
Elle a dû parler avec Sandra, pensa Rose.
— Non. Héyo est un village charmant, je suis sûre qu'il te plairait beaucoup. C'est petit et en même temps rempli de vie.
— Tu comptes rentrer quand ? Sandra m'a dit que tu pensais prendre une année sabbatique... Elle déconne, hein ? C'est encore une de ses exagérations...
Elle avait bien parlé avec Sandra.
— Elle exagère, oui. Quand j'ai parlé d'année sabbatique, c'était une image. Je pensais rester ici tout l'été, mais...

— Mais finalement, tu vas rentrer plus tôt ? la coupa-t-elle. Ça serait bien, tu sais.

— Bien pour qui ? Tu n'es même pas là, protesta Rose.

Elle s'en voulut aussitôt et se mordit la lèvre.

— D'ailleurs le Canada, c'est comment ?

— Magnifique. C'est grand et vide. Tout le contraire d'Héyo, répondit-elle avec malice. Ça serait bien que tu rentres pour Sandra et mamie. Elles me saoulent. Je ne pensais pas qu'elles se ressemblaient autant ! En fait, en quittant mamie pour Sandra, papi a juste pris la même en plus jeune !

L'image fit sourire Rose qui l'avait souvent pensé.

— Elles sont, soi-disant, inquiètes pour toi et m'appellent sans arrêt pour savoir si j'ai de tes nouvelles. Elles ne savent pas que j'ai une vie ?

— Si, bien sûr qu'elles le savent, temporisa Rose, mais, elles ont tellement l'habitude de s'inquiéter pour moi qu'elles ne savent pas faire autrement. Elles doivent s'ennuyer !

— Alors, normalement, c'est pour moi qu'elles devraient s'inquiéter, c'est moi qui suis loin, renchérit Marguerite d'un ton boudeur.

— Tout va bien mon cœur ? Je te sens agacée.

— Non, ça va, mais ça me saoule, ajouta-t-elle sur un ton féroce. Je suis dans une super entreprise, j'ai l'occasion de vivre des trucs formidables et elles, la seule chose qu'elles font, c'est me harceler à ton sujet. Elles sont graves quand même. Jamais elles ne me demandent si ça me plait, si je suis contente…

Rose prit conscience qu'elle non plus n'avait pas pris de nouvelles de sa fille depuis son arrivée à Héyo. Un sentiment de honte fondit sur elle.

— Je suis désolée, ma chérie. Je crois que moi non plus je ne t'ai pas demandé, j'ai été en dessous de tout. Je n'ai pas pris de tes nouvelles, répondit Rose, la voix tremblante. Désolée...

— Toi, c'est pas grave ! Tu as passé ta vie à t'occuper de Gabriel et moi. Il était plus que temps que tu penses à toi et que tu respires.

— Ça ne m'exemptait pas de t'appeler... Je suis désolée, ma chérie. Je vais appeler mamie et Sandra, je te le promets, et elles vont arrêter de te tarabuster avec moi.

— Bon, dis-moi, et la maison ?

— Elle est charmante.

— C'est tout ? Décidément, tout est charmant là-bas : le village, la maison... et, il y a autre chose de charmant ?

Le cœur de Rose s'emballa.

— Non. Rien d'autre.

— C'est bizarre, mais, j'ai du mal à te croire... Et donc tu fais quoi de tes journées ?

— C'est à moi de te poser ce genre de questions, c'est moi ta mère, la taquina-t-elle.

— Eh bien, aujourd'hui, c'est moi qui te la pose. Alors ?

Il y avait eu tant de nouveautés en quelques jours, que Rose ne savait pas par où commencer.

— J'ai trouvé un travail...

— Un quoi ?

— Un travail. Je travaille au café du village. Le *Café d'Ici*.

— Tu fais quoi ? Tu es serveuse ?

— Exactement. J'adore ça. Sauf prononcer le nom des desserts. Ils portent des noms basques que j'ai beaucoup de mal à mémoriser.

— OK... Et ?

— Je fais aussi du jardinage.

— Du jardinage ? Tu veux dire que tu mets tes mains dans la terre ?

— Oui. Parfaitement. Ne te moque pas s'il te plait. C'est très reposant. Je comprends ton père maintenant, quand il décorait le balcon de la terrasse avec ses pots et qu'il mettait du terreau partout. Ça devait le déstresser.

En le formulant, elle s'en voulut de ne pas s'être davantage intéressée à ce qu'appréciait Stéphane.

— Je ne me moque pas maman. C'est juste que, j'ai peur de ne pas te reconnaître quand je vais rentrer. Tu as changé quoi d'autre ? Ne me dis pas que tu ne fais plus de patchworks !

— Non, pas du tout, j'en fais toujours. D'ailleurs j'en ai commencé un, mais je n'arriverais pas à le terminer, une fois de plus.

— Ah, ah, ah, tu as retenté l'ananas ? s'amusa Marguerite.

— Exactement et il sera dit que je n'y arriverai jamais ! J'en ai fait aussi avec le jardinage justement. J'ai retravaillé le potager en un patchwork de fleurs et de légumes. Depuis ma fenêtre c'est magnifique. J'ignore si les autres habitants de la maison s'en sont rendu compte, mais ça fait le motif du jardin de grand-mère, et cette maison est celle d'Hermine, une vieille dame. Je lui rends hommage en quelque sorte.

— Il y a d'autres habitants ? Ça veut dire que tu n'y es pas seule ?

— Ah, non, effectivement. J'aurais peut-être dû commencer par là, d'ailleurs. On est quatre, voire cinq, mais c'est une histoire un peu longue et je te la raconterai plus tard si tu veux bien.

Rose perçut la déception de sa fille quand elle poussa un soupir, mais n'eut pas le temps d'extrapoler puisqu'elle reprit :

— OK et tu vas faire quoi avec elle ?

— Avec la maison ?

— Bah oui. Vends-la et rentre à Toulouse comme c'était prévu. Inutile de t'y enterrer tout un été. Tu peux toujours venir me retrouver. Ça serait top ! Je te ferai visiter, on fera des trucs ensemble. J'adorerai te montrer ma vie ici.

Le ventre de Rose se noua. L'idée de passer quelques jours avec sa fille lui apparaissait soudain comme un cadeau qu'elles se feraient à elles deux. Quand elle avait été une jeune adulte, Martine et elle avaient prévu de passer un long week-end à Rome, mais les événements en avaient décidé autrement. Elle regarda le paysage. Le gentil monstre tapi dans les montagnes qu'elle avait imaginé le jour de son arrivée chez Ida était là, endormi devant elle. Elle ne pouvait pas partir maintenant. Pas tout de suite. Elles laissèrent le silence les envelopper quelques secondes. Ce fut Marguerite qui le rompit.

— Bon mam, je te laisse, c'est l'heure du déjeuner, je vais retrouver mes collègues. Bisous.

— Bisous mon cœur. À très vite.

Marguerite raccrocha. Dans la cuisine, Sacha avait enclenché la radio et la musique donnait à cet instant une bande originale parfaite. Rose se leva, hésita un instant, puis se dirigea vers la maison. Il y avait un poulet rôti à préparer.

# 28

## Entre la force des traditions et les foudres suprêmes

— Tu ne vas pas refaire un malaise ce matin ? demanda Roger, inquiet, alors que Rose lui servait son traditionnel café au lait.

— Tiens, je vois que nous avons franchi un cap : on se tutoie maintenant ? le taquina-t-elle.

Elle épousseta la table avec un chiffon aux sept rayures basques.

— Pourquoi ça te gêne ?

— Pas du tout, vous pouvez me tutoyer, mais je ne sais pas si je vais en être capable. J'ai beaucoup de mal à tutoyer les gens.

— Rose, je ne suis pas *les gens*. Je suis Roger. Je t'ai servi de chauffeur, j'étais là quand Hermine a eu son malaise, je t'ai prise dans mes bras hier, alors oui, je pense qu'on a franchi un palier et qu'on peut se tutoyer.

Il parlait avec lenteur et application, comme s'il faisait la leçon à une petite fille. Rose le rassura d'un sourire et lui promit de fournir un effort.

— Oh ! C'est pas vrai, le revoilà, celui-là ! dit-il tout bas.

Rose se retourna et tomba nez à nez avec Marc.

— Bonjour Rose.

— Bonjour Marc, bredouilla-t-elle pendant que son sang affluait à ses joues au souvenir de leur dernière rencontre. Vous voulez prendre quelque chose ?

— Heu… oui, pourquoi pas ? Un expresso, dit-il en regardant la tasse de café au lait de Roger. Je vais m'installer là-bas.

Il se dirigea à l'autre bout de la salle.

— Bon débarras ! Ça va aller Rose ?

— Oui, pourquoi ? Il n'y a aucune raison que ça n'aille pas… répondit-elle dans un sourire en s'efforçant de rester maîtresse d'elle-même.

— Ce n'est pas tout à fait ce qu'on peut appeler un client lambda…

— Mon Dieu ! Vous avez appris ce… marmonna-t-elle.

— Oui, n'oublie pas que dans un village tout le monde sait tout sur tout le monde. Il s'accroche, on dirait.

— Non, pas du tout. Il veut juste un café.

— S'il voulait juste un café, il l'aurait pris à Bayonne. Il n'aurait pas fait trente-cinq minutes de route pour ça.

Rose déglutit, releva le menton et partit préparer l'expresso. Roger la regarda faire avec un sourire en coin qui lui fit perdre ses moyens et elle dut s'y prendre à deux fois. Elle déposa la tasse devant Marc qui rédigeait un message sur son téléphone et ne leva pas les yeux vers elle. Elle fit volte-face, bien décidée à mettre le plus d'espace possible entre elle et lui.

— Rose, restez, j'ai quelque chose à vous dire.

Elle glissa un regard vers Roger qui suivait l'échange avec intérêt comme s'il était le spectateur d'une pièce de boulevard.

— Asseyez-vous, je vous en prie.

Elle obtempéra, son libre arbitre réduit à néant.

— J'ai eu une proposition pour la maison. C'est une proposition formidable. Un client qui cherchait la poule aux œufs d'or depuis très longtemps. Il connaît le marché comme personne et j'étais trop content de lui servir une nouveauté comme la maison à la porte jaune.
— La maison sur la place.
— Si vous voulez.
— C'est comme ça qu'on l'appelle ici : la maison sur la place elle a un autre nom en basque apparemment, mais je ne m'en souviens pas.

Rose demeura immobile. Roger lui fit un signe qui voulait dire : tout va bien ? Elle hocha la tête.

— C'est vraiment une opportunité. Il propose une somme rondelette et ne demande aucune négociation. Il a les fonds, il paie en cash. Il attend juste que vous signiez le protocole de vente. Il peut vous laisser jusqu'à six mois pour vous organiser.

— C'est très généreux de sa part...

Elle regarda par la fenêtre et perçut un grondement de tonnerre. De gros nuages noirs s'amoncelaient à l'horizon et ne tarderaient pas à arriver au-dessus du village. Bientôt, l'orage éclaterait et noierait tout. Elle regretta que Roger ne prenne pas la décision de venir à sa rescousse. Elle regretta également que le fantôme de Stéphane ne l'aide pas davantage, qu'il ne lui donne aucun indice quant à ce qu'elle devait faire avec cette maison. Pourquoi n'avait-il jamais abordé le sujet ? Au moins, elle aurait pu envisager quelle suite donner à cette proposition qui tombait du ciel. Serait-ce ce qu'il aurait souhaité ? L'orage gronda de plus belle et une volée de jeunes filles entra en trombe dans le café. Le ravissement que Marc éprouva à leur vue ne fit aucun doute. Transformé en personnage de Tex Avery, il ne lui restait plus qu'à retrousser les babines et tirer la langue. Elle en ressentit un pincement au cœur. Il n'avait pas mis longtemps à l'effacer. Et donc, se réprimanda-t-elle, à quoi s'attendait-elle ?

— Eh bien ! En voilà une surprise ! s'exclama-t-il en les regardant tirer les tables.

Les jeunes femmes caquetaient joyeusement, se félicitant d'avoir pu s'abriter avant la pluie.

— Rose, vous me tenez au courant ? Je vous redonne ma carte, au cas où. J'ai indiqué le montant de l'offre derrière. Ne tardez pas trop, c'est un homme pressé, il n'aime pas attendre, d'autant qu'il vous a déjà offert six mois.

— C'est un particulier ou un promoteur ? On sait ce qu'il compte en faire ? demanda-t-elle en faisant tourner la carte entre ses doigts.

Sans prendre la peine de répondre, l'agent immobilier se dirigea vers les modèles et entreprit une danse de drague laissant une Rose abasourdie par le chiffre inscrit au dos de la carte. N'y avait-il pas une erreur ? Il avait dû mettre un zéro de trop ! Elle rejoignit le comptoir qui lui permettait de s'abriter des autres et s'affaira : ce qui était bien dans un café, c'est qu'il y avait toujours quelque chose à faire. Une des jeunes modèles de Gorka s'approcha et demeura la bouche ouverte à la dévisager.

— C'est dingue !

— Pardon ?

— C'est fou quand même !

La jeune femme l'observait et Rose décela dans son regard des étincelles d'excitation. Elle secoua la tête et ses cheveux balayèrent ses épaules.

— Surtout quand vous faites ça.

— Surtout quand je fais quoi ?

— Ce geste, là.

La jeune femme imita Rose et sourit.
— Je suis désolée, je ne comprends rien à ce que vous me dites, s'excusa-t-elle.
Elle se dirigea vers une table où elle déposa un thé et un chocolat chaud à une grand-mère et sa petite fille. La porte claqua en même temps qu'un coup de tonnerre, et toute la luminosité disparut. Rose n'eut pas besoin de lever les yeux pour comprendre que Gorka venait d'entrer dans le café. D'un pas vif, il la rejoignit alors qu'elle retournait s'abriter derrière le comptoir.
— Rebonjour Rose.
— Re.
— Tu as besoin de quelque chose Allie ? Tu voulais un café ? demanda-t-il à la jeune fille qui continuait à fixer Rose, bouche bée. Parce que si tu ne veux rien, tu peux nous laisser seuls, s'il te plait ?
La jeune femme balbutia des paroles inaudibles avant de s'éloigner. Quand elle eut rejoint le groupe, les autres modèles se retournèrent vers le comptoir et des messes basses commencèrent.
— Je n'ai absolument rien compris à ce qu'elle m'a dit ! s'exclama Rose.
— Ne t'inquiète pas, c'est toujours un peu le cas avec Allie, elle n'est pas câblée à tous les étages.
— Mais… c'est naturel ou tu suis un entraînement intensif de misogynie ? Qu'est-ce qu'elle t'a fait pour que tu la traites comme ça ?
— Mais non, je voulais simplement dire qu'elle était comme ça, un petit oiseau. Tu vois ? Elle papillonne.
— Je vois, mais ce n'est pas gentil. Elle vient poser pour toi et toi tu te fous d'elle. Franchement, t'es pas cool !

Elle inspira longuement pour endiguer l'accès de colère que lui inspiraient les paroles de Gorka. Il était incroyable ! Il soufflait le chaud et le froid en alternance si bien qu'elle ne savait jamais sur quel pied danser. Parfois, elle avait même pensé qu'il en rajoutait tant son manque de tact était caricatural.

— Et l'autre. Qu'est-ce qu'il fout là ? s'emporta-t-il soudain. Ne me dis pas qu'il est revenu à la charge et que tu l'as laissé faire...

— Si tel avait été le cas, je serai plutôt dépitée. Comme tu peux le voir, il a relégué mamie aux oubliettes et préfère la compagnie de jeunes et jolies jeunes femmes. Je le comprends...

— Je vois. Un peu versatile, tu ne trouves pas ?

— De toute façon, c'est de son âge. C'est bien toi qui l'as dit ?

— Je n'ai pas tout à fait dit ça...

Rose ne chercha pas à en savoir davantage et baissa les yeux sur ses mains.

— Pourquoi il est là ? poursuivit Gorka.

— Il est venu m'apporter la proposition d'un de ses clients pour la maison.

Tout son corps s'était tendu dans l'attente de sa réaction. Elle suspecta une répartie cinglante, un coup de poing sur le plan de travail. Peut-être même s'en prendrait-il physiquement à elle ? Elle l'avait vu à l'œuvre, il en était capable. Après avoir tiré de sa poche deux billets pour payer les consommations du groupe, il répondit :

— Bien, j'aurais dû m'en douter, d'une voix étonnamment calme qui déçut presque Rose, puis il s'éloigna et rejoignit la table où discutaient Allie et ses amies.

Elle aurait préféré une réaction franche plutôt que cette attitude passive. Ils auraient pu échanger. Et te remettre en scène devant tout le monde ? pensa-t-elle. Où est donc passée la Rose discrète que tu as toujours été ? Au summum de ses pensées, Sophie la rejoignit, attrapa un chiffon et entreprit d'essuyer les tasses qu'elle nettoyait.

— C'est bon Rose, elle est propre. Pose-la, que je l'essuie. Au fait, ce soir vous venez avec Candice et Sacha ? Gorka t'en a parlé ?

Elle secoua la tête.

— Dis, Gorka, tu ne devais pas proposer à Rose de venir ce soir ? interpella-t-elle le peintre.

Il se retourna, passa une main dans ses cheveux, avant de l'enfouir dans les poches de sa salopette bleue. Allie parla et les autres pouffèrent. Rose rougit d'agacement.

— On vient où ? Une soirée sénior ? demanda-t-elle à Sophie.

Gorka s'interposa.

— Non, il y a une représentation de chants basques. Ça se passe au fronton.

— Une façon de faire connaître notre culture aux touristes, ajouta Sophie non sans fierté.

— Encore une tradition de chez nous qui crée du lien entre les générations. Tu te souviens ce que c'est le lien et les traditions, Rose ? demanda-t-il. Désolé, ça m'était sorti de la tête.

— La représentation est organisée par le chœur auquel appartient Roger, expliqua Sophie. Le chant, c'est essentiel dans la société basque. On peut dire qu'il y a une chanson pour chaque événement.

— Je connais celle des rugbymen bayonnais, s'enorgueillit Rose.

— La *Peña Baiona*, c'est la plus connue, mais je doute qu'ils la chantent. Tu verras, il y en a beaucoup d'autres.

— De toute façon, même si tu ne viens pas, tu entendras tout, puisque ça se passe au fronton, juste à côté de la maison, contra Gorka.

— Je n'ai pas dit que je ne viendrai pas !

— Eh bien, tant mieux, ça te permettra de prendre conscience de la force des traditions basques. Tu verras : elles sont ancrées dans le quotidien et sont incontournables au risque de s'attirer les foudres suprêmes, renchérit Gorka avec conviction.

Sophie soupira.

— Les foudres suprêmes ? Mais, qu'est-ce que tu as aujourd'hui Gorka, entre la force des traditions et les foudres suprêmes ? Parfois, je ne comprends rien à ce que tu insinues. Tu parles par énigme, ça me gonfle, tu ne peux pas imaginer, soupira Sophie.

Rose avait compris le message : c'était sa façon de lui faire comprendre que vendre la maison était une mauvaise idée.

— Vous avez des nouvelles d'Hermine ? demanda Sophie.

— Non aucune, j'ai essayé d'appeler, mais on m'a répondu qu'il n'y avait rien de nouveau, qu'il fallait patienter et qu'ils nous préviendraient quand on pourrait la voir. Et Gorka non plus, je pense qu'il m'en aurait parlé s'il en avait eu.

— C'est dingue que ça lui soit arrivé, comme ça, sans sommation. Elle a toujours eu la pêche, à s'agiter à droite, à gauche avec ses invités, à les requinquer, c'est… surprenant. Peut-être qu'on ne connaît jamais personne aussi bien qu'on le croit ? Ça fait prendre conscience que tout peut basculer en un claquement de doigts.

Rose frissonna et les larmes envahirent ses yeux. Oui, la vie pouvait basculer en une seconde. Elle en savait quelque chose.

# 29

## La couleur sombre des ailes d'un papillon

Rose avait embarqué avec elle Sacha et Candice leur promettant une soirée inoubliable. Il ne restait que peu de places sur les gradins quand ils arrivèrent au fronton. Le village entier semblait s'être réuni et des touristes affublés de tee-shirts aux couleurs criardes s'étaient joints à eux. Un joyeux brouhaha fait de mots basques, français et espagnols montait dans l'air. L'orage s'était arrêté et avait laissé sa place à un ciel clair. La chaleur étouffante avait elle aussi disparu. C'était une soirée parfaite pour la passer au grand air et en bonne compagnie. Ils trouvèrent une place à côté de Gorka et d'Estéban accompagnés du groupe de jeunes modèles. Candice et Rose se moquèrent gentiment de Sacha qui ne savait pas où donner de la tête.

— Mais, c'est qui ? demanda-t-il à voix basse à l'oreille de Rose.

— Les modèles qu'on entendait hier depuis la cuisine. Tu ne te souviens pas ?

— Si, si…

— Si tu avais su, tu serais allé les voir, pas vrai ?

Il hocha la tête et se concentra sur l'une d'elles.

— Elle s'appelle Allie, lui dit Rose. Vas-y…

— Oui, vas-y ! On ne t'en voudra pas, ça nous fera plus de place, renchérit Candice au moment où le groupe de chanteurs montait sur l'estrade dressée devant le fronton.

— Tu as vu ? demanda Gorka.
Oui. Derrière eux était tendue la toile réalisée par les séniors. Elle était superbe.
— C'est magnifique ! Merci pour eux.
Un tonnerre d'applaudissements s'éleva leur coupant la parole. Un homme, replet et jovial, prit place au centre de la scène et attendit que le silence revienne.
— Partout et par tous les temps, les Basques chantent. À n'importe quelle occasion : lors d'un match de rugby, à la messe, aux fêtes communales. C'est l'identité de chaque village qui se transmet grâce au chant. Nous sommes huit hommes, nous formons un *oxtote*, c'est-à-dire que chaque chanteur correspond à un niveau vocal. Le moteur de cette formation c'est l'équilibre. Nous avons choisi un répertoire traditionnel, vous reconnaîtrez certainement quelques airs, n'hésitez pas à les entonner avec nous. J'espère que vous passerez une bonne soirée.
Un tonnerre d'applaudissements s'en suivit. Assis à plusieurs places de Rose, Gorka se décala en passant devant Estéban, Candice et Sophie.
— Tu vas voir, c'est très efficace.
— Tu veux qu'on bouge ? Je te laisse ma place. Ça sera plus simple si vous voulez papoter, proposa Sophie.
— Non, non, on ne va pas parler pendant le concert. Ne t'inquiète pas, s'excusa Rose.
Elle n'avait aucune envie de passer la soirée à côté de lui. Comment se comporter en étant si proche de lui ? Elle serait sans arrêt sur le qui-vive. Or ce soir, elle voulait profiter.
— Tu sais, ça serait peut-être bien que les villageois vous voient ensemble, fit remarquer Sophie.
— Mais, pourquoi ?
— Tout le monde est au courant...

— De quoi ?

Le cœur battant à tout rompre, Rose espéra qu'il ne s'agissait pas de ces idiots de papillons qui voletaient dans son ventre quand elle était avec lui, ni du moment dont elle ne se souvenait que par bribes quand elle avait trop bu.

— Que tu es la nouvelle propriétaire de la maison.

— Ah ! Ça ! Ce n'est pas bien grave, chuchota Rose.

— Bah, si c'est grave. Tout le monde est très inquiet. La devise du Pays basque c'est *Zazpiak bat*.

— Qui veut dire ?

— Les sept provinces n'en font qu'une. Tu sais qu'il y a sept provinces au Pays basque ?

Rose hocha la tête.

— Ici c'est pareil. Une légende dit que si le barrage n'a pas été construit, c'est parce que les maisons ont fait bloc toutes ensemble. Si tu comptes il y en a quatorze, deux fois sept.

— Ils sont au courant que même si je la vends, elle restera ici ? Personne ne la mettra sur roulettes pour l'emmener ailleurs !

— Oui, mais c'est comme ça, que veux-tu que je te dise, il faut qu'elles soient cédées à des gens de la famille.

Quelqu'un derrière les deux femmes toussota pour réclamer le silence. Les voix s'élevèrent et la magie opéra. La première chanson terminée, alors qu'un silence quasi religieux régnait sur la place, ils poursuivirent par une deuxième et une troisième. Lors de l'entracte, les rangées de spectateurs se modifièrent et Gorka s'installa auprès de Rose, lâchement abandonnée par Sacha et Candice qui avaient préféré s'asseoir avec le groupe des modèles et des amis venus les rejoindre. Le chœur reprit avec *Hegoak*. Rose sentit des larmes lui monter aux yeux devant la force qui émanait de ce chant.

— Alors, ça te plait ?
— C'est impressionnant. Je n'ai jamais rien entendu de plus... je ne sais pas comment dire... bouleversant.
— C'est loin de ta performance de l'autre soir, répondit Gorka avec un sourire.
Rose écrasa une larme sur sa joue.
— C'est pas très malin de te moquer de moi. Ils chantent toujours *a cappella* ?
— Ça dépend des formations. Chut. Tais-toi et écoute ! souffla-t-il dans un sourire.
À la fin du morceau, elle demanda.
— Ça parle de quoi ?
— D'amour. Ça raconte un oiseau à qui on aurait bien coupé les ailes pour qu'il reste toujours là, mais si on l'avait fait, il n'aurait plus été un oiseau, or c'est parce que c'est un oiseau qu'on l'aime. C'est une allégorie pour dire qu'on ne doit pas chercher à changer ceux qu'on aime.
— C'est tellement beau !
— La chanson ou l'idée ?
— Les deux. Chut, ils reprennent !
Le spectacle se poursuivit jusqu'à l'arrivée de la nuit. La lune illuminait la scène de sa lueur blafarde.
— C'était magnifique, ne put s'empêcher de s'extasier Rose.
— Surtout *Hegoak*, n'est-ce pas ?
— Non, j'ai tout aimé, mais c'est vrai que cette histoire d'oiseau m'a émue. Je ne sais pas pourquoi. Je ne l'avais jamais entendue avant, mais c'est comme si elle m'avait réconciliée avec quelque chose que j'ignore. C'est con, non ?
— Non, ça ne l'est pas. C'est le pouvoir de la musique.
Il réfléchit une minute.

— Tu es sûre que tu n'as entendu personne la fredonner ou la siffler ?
— Tout à fait ! On est d'accord que même si tu m'appelles mamie, je ne suis pas sénile ? riposta-t-elle.
— On est d'accord. Je pensais que tu la connaissais...
— J'aurais peut-être dû, apparemment... Mais je t'assure, je ne l'ai jamais entendue. Stéphane chantait la belle de Cadix... Pas franchement la même chose.
— C'est Luis Mariano tout de même ! Un basque.
— Oui, je sais. Tu as déjà été marié ? demanda-t-elle à brûle-pourpoint.

Les mots sitôt franchis de sa bouche, elle voulut les rattraper.

— Non. Le mariage est une longue liste de défaites et ici, on dit que l'amour a un plan pour chacun d'entre nous. Le mien était foireux.
— Tant que ça ?
— Oui, je crois que l'amour véritable n'existe pas. Ce ne sont que des férocités qui t'empêchent d'être lucide et qui se barrent au bout de trois ans.
— Tu es un adepte de Beigbeder ?
— Non, c'est seulement que je me suis spécialisé dans les histoires courtes.
— Ça doit être compliqué à vivre.
— Pas plus que de tomber amoureux d'une femme qui a déjà été amoureuse d'un autre et à mon âge, c'est tout ce qu'il me reste. Ce n'est pas toujours simple, il y a de grands morceaux de sa vie qui nous sont étrangers.

Le cœur de Rose se mit à battre violemment et ses doigts à trembler. Elle pria pour qu'une crise ne la surprenne pas là, devant tout le monde et s'obligea à penser qu'il ne parlait pas d'elle.

— C'est un peu comme une chambre qui nous serait interdite alors qu'on vit dans la maison.
— Ça t'est déjà arrivé, on dirait.
— Oui. Une fois. Stéphane te manque ?
Autour d'eux les gens allaient et venaient, créant une heureuse diversion.
— Oui. Quand il est mort, c'est comme si j'avais perdu une partie de mon cœur. Chaque jour, j'oublie un peu plus sa voix, son odeur, et ça me terrifie.
— Il reste tout le reste, et le cœur, ça se reconstruit.
— J'ai des doutes en ce qui concerne le mien. Il est trop vieux et pas assez entraîné. Et puis, je suis trop introvertie.
— Je peux être extraverti pour deux...
— Non, c'est gentil Gorka, mais non.
— Non quoi ?
— Je ne suis pas prête à passer à autre chose. Une autre histoire, je veux dire.
— Tout de suite les grands mots : une histoire...
— Alors, c'est encore pire. Je suis tout à fait nulle en coup d'un soir.
— Tu as juste besoin d'apprendre à sauter le pas, sortir de ta zone de confort.
Rose cacha son visage entre ses mains et secoua la tête.
— Arrête.
— C'est comme sauter en parachute...
— Justement, c'est le problème, je n'ai aucune envie de m'écraser au sol.
— C'est juste une question de lâcher prise, arrête de vouloir tout contrôler.
— Je crois que tu ne te rends pas très bien compte. Tu me parles de sauter le pas, de zone de confort, et de parachute, et

tout ça, c'est parce que tu ne me connais pas. En d'autres temps, je me serais enfuie et j'aurais couru aux toilettes.

— Aux toilettes ?

— Oui, mais c'est trop long à expliquer. Les crises d'angoisse sont mon quotidien depuis des années.

— Je l'ignorais, je suis navré. Et donc, là, ça arrive ?

— Non, ça a l'air d'aller…

Rose constata qu'aucun symptôme n'était en train de prendre possession de son corps et s'en félicita. Elle avait fait du chemin.

— Tu accepterais de venir avec moi ?

Elle hocha la tête. Il lui prit la main et se dirigea sur l'arrière du cimetière.

— Tu sais qu'à ce rythme-là, les autres vont penser qu'on est ensemble, dit-elle en dégageant sa main de celle de Gorka.

— Ils penseront que je suis avec toi pour garder la maison, s'amusa Gorka, ou parce que je veux un nouveau modèle pour mes tableaux.

— Que ferait une mamie dans un de tes tableaux quand tu peux avoir ça ? dit-elle en montrant le groupe de modèles.

— Aïe ! Tu ne digères pas le « mamie ».

Rose sourit doucement.

— On va où ? demanda-t-elle.

— Tu me fais confiance ?

Oui, elle lui faisait confiance. Il la fit grimper dans une vieille Land Rover, s'installa derrière le volant et démarra.

— Tu veux de la musique ? demanda-t-il le doigt sur l'autoradio.

— Non, s'entendit-elle répondre, ça pourrait déranger les étoiles.

La route dura une vingtaine de minutes pendant lesquelles ni l'un ni l'autre n'émit la moindre parole. Rose regardait les paysages filer. De temps en temps elle fixait les étoiles. C'était rassurant de se dire que quoi qu'il arrive, elles seraient encore là le lendemain et que même dans la journée, elles veillaient. Gorka restait concentré sur la route. Ils arrivèrent en haut d'une falaise, devant eux le ciel se noyait dans l'océan.

— On est où ?
— Sur la corniche.

Il arrêta brusquement la voiture sur le bas-côté dans un crissement de pneus et se contorsionna pour attraper un sac duquel il sortit deux flutes et une bouteille de champagne.

— On va dire que ce soir, le champagne c'est ton courage qui pétille.
— Pour sauter en parachute ?
— Pour tout ce que tu voudras.
— Tu ne sais pas à quel point j'en ai besoin…
— Si, je crois que j'ai compris.

Il lui tendit un verre et trinqua avec elle.

— On est juste venus voir l'océan ?
— Juste venus voir l'océan… On est là pour que tu rencontres quelqu'un.
— Ah bon ? Qui ?
— Une vague mythique, aussi rare qu'immense. Elle tire son nom de l'éperon rocheux situé à quinze mètres de profondeur et qui lui permet de se former : le *Belharra Perdun*.
— Ça veut dire quoi ?
— Herbe verte. Dans certaines conditions climatiques et avec une forte houle, des vagues de dix à quinze mètres peuvent se former.

Il se tut. La route dominait la mer et ouvrait une perspective sur l'immensité qui laissa Rose rêveuse. Du haut de la falaise, l'horizon était parfaitement dégagé et la lune leur servait de réverbère. Le silence ne trahissait aucune gêne. Il semblait naturel, et Rose ne se souvenait pas d'avoir déjà éprouvé un tel sentiment d'aisance avec quelqu'un d'autre que Stéphane. Ils étaient deux amis qui partageaient la même envie de silence en même temps. Dans la vieille Land Rover aux sièges usés et poussiéreux, des tubes de couleur et des bidons exhalaient une odeur d'essence qui la prenait à la gorge, mais au lieu de s'en offusquer, Rose s'en réjouit. Cette odeur, c'était celle de l'atelier et elle se rendit compte qu'elle la réconfortait. Elle y avait passé un moment joyeux en compagnie du gang de vieilleries. L'océan avait la couleur sombre des ailes d'un papillon. Soudain, l'écume bouillonna, elle vit une vague se former. Elle retint son souffle.

— Tu as beaucoup de chance. La voilà !

Quand son téléphone sonna le lendemain matin, elle s'étira longuement dans son lit. Elle avait formidablement bien dormi. À croire que le bruit du ressac et la vision de *Belharra* avaient eu un effet magique sur son sommeil. Ou peut-être était-ce la discussion avec Gorka ? Après avoir garé la voiture, ils s'étaient séparés sous les arcades de la place.

— Tu ne rentres pas ? avait demandé Rose en lançant un regard vers la maison.

— Non, je préfère dormir à l'atelier, j'ai encore un peu de travail et mon agent doit venir pour me présenter un galeriste dans peu de temps, il vaut mieux que j'aie terminé.

— Il vaut mieux en effet. Je te dis dors bien, ou travaille bien ?

— Je vais essayer de travailler, et toi, dors bien. Tu as l'air fatiguée.

Les chanteurs et le public s'étaient dispersés, ne restaient plus que quelques groupes de jeunes dont Candice, Sacha et

Allie qui semblaient devenus très proches. Elle leur avait adressé un signe de la main et était rentrée. Après avoir nourri Pitua qui lui avait réclamé son repas avec un concert de miaulements digne du chœur basque, elle était montée se coucher et avait sombré dans un sommeil extrêmement réparateur. Elle avait pris soin d'éteindre l'alarme et entendait dormir le plus longtemps possible, elle ne commençait qu'à onze heures.

— Allo ?
— Rose ? Bonjour ! C'est Marc.
— Bonjour, Marc, comment allez-vous ?
— Très bien, et vous ?
— Très bien. Dites-moi, j'ai reçu l'offre écrite pour la maison. Comme vous avez pu le voir, il s'agit d'un montant un peu exceptionnel pour Héyo. Je vous l'envoie par mail ? Il faudrait vraiment que vous y répondiez vite. Dans la journée serait idéal. Ce sont des gens impatients et comme ils ne négocient pas, ils ne souhaitent pas attendre.
— Je comprends.
— Bien ! Je compte sur vous, vous m'appelez à quatorze heures ?
— Vous m'avez dit dans la journée, quatorze heures ça fait, dans à peine…

Elle regarda l'heure sur son écran.

— À peine quatre heures.
— Seize heures ?
— Dix-huit, dit-elle d'une voix forte qui l'étonna.
— Seize heures trente ?
— Dix-neuf heures !
— Bien, OK pour dix-huit heures. Si vous voulez, on peut se retrouver au café de Sophie ?

Rose déglutit. L'idée de la signature donnait une existence à ce qu'elle s'apprêtait à faire. Elle ne put s'empêcher de repenser à l'âme des maisons, à Hermine qu'elle allait jeter hors de chez elle, à Gorka qui n'aurait plus de maison de famille. Moi non plus je n'en ai pas, pensa-t-elle, nous avons simplement un appartement et cela est bien suffisant. Marguerite et Gabriel ne semblaient pas particulièrement tristes non plus de ne pas avoir grandi dans une maison de famille. Plus elle y pensait, plus la présence de Stéphane dans la maison sur la place était indéniable et notamment grâce aux guépards. Qui les collectionnait ? Stéphane bien sûr… ainsi que Gérard. Son cœur accéléra. Qu'est-ce qu'elle avait été stupide ! Elle rejeta le drap, se leva d'un bond et composa un numéro de téléphone. Elle attendit une réponse en arpentant la chambre. Pitua la regardait de ses yeux fendus.

— Allo ? Sophie ? C'est Rose.

— Bonjour Rose. Tout va bien ? Tu as l'air bizarre. Il s'est passé quelque chose avec Hermine ?

— Non, non, tout va bien en revanche, je ne vais pas pouvoir venir aujourd'hui.

— Très bien, répondit-elle une pointe d'agacement dans le ton de sa voix. J'imagine que tu as une bonne raison.

Rose se redressa. Ne pas flancher. Ne pas imaginer ce que Sophie allait penser de son attitude. De son je-m'en-foutisme à son égard. Ne pas réfléchir. Juste faire ce qui lui semblait important. Maintenant.

Sophie attendit avant de poursuivre.

— Exactement, une bonne raison, il faut que j'aille la voir.

— C'est au sujet de la maison, n'est-ce pas ?

— C'est ça, mais pas du tout dans le sens où tu l'imagines. Rassure-toi.

— Oh, inutile de vouloir me rassurer, ça ne changera pas grand-chose à ma vie.
— Mais, et la légende des sept provinces ?
— C'est une légende. Le présent a peu d'emprise dessus. Bon, je te laisse. J'ai du monde.

Rose ne releva pas et la salua.

À la vitesse de l'éclair, elle composa un nouveau numéro. Son correspondant ayant à peine eu le temps de décrocher, elle demanda :

— Vous pouvez m'emmener à Bayonne ?

Puis elle raccrocha et fila se préparer. Le temps lui était compté.

# 30

## On n'échappe pas à ce qu'on a dans la tête

Quarante-cinq minutes plus tard, Roger la déposa devant l'hôpital, un grand bâtiment de brique situé en plein cœur de la ville. Elle traversa le parking bondé et s'engouffra dans le hall. De nombreux patients s'agglutinaient en de longues files d'attente. Elle s'approcha d'un guichet pendant que les médecins passaient, chaussés de crocs, absorbés par leurs pensées.

— Bonjour, je voudrais voir madame Barataseguy. C'est possible ? demanda-t-elle quand elle se présenta à l'accueil.

L'infirmière regarda l'écran de l'ordinateur et tapota sur son clavier.

— Oui, les visites sont maintenant autorisées, répondit-elle. Troisième étage, chambre douze.

— Merci, dit Rose avant de se diriger vers la droite.

— Madame ! C'est à gauche, par là.

— Oh, merci, excusez-moi.

L'infirmière ne répondit pas, déjà occupée avec la personne suivante.

Rose parcourut les couloirs aussi rapidement qu'elle le pût. Elle ralentit pour reprendre son souffle en arrivant dans le service. Devant la porte de la chambre de la vieille dame, elle prit quelques secondes pour réfléchir. Cette femme était devenue indispensable à sa vie, mais pas suffisamment proche pour lui parler à cœur ouvert. Rose avait quitté le village sur un coup de tête et n'avait pas pensé à comment aborder le sujet. Ne risquait-elle pas de lui faire courir un risque ? Bien sûr, elle s'en voudrait si c'était le cas, mais il fallait impérativement qu'elle connaisse la vérité. Il n'y avait qu'elle qui lui donnerait la marche à suivre. Vendre ou garder la maison ? Son cœur, affolé par l'enjeu, ne parvenait pas à retrouver son calme. La perspective qu'Hermine fonde en larmes, s'effondre ou fasse un malaise la terrorisait. La ride entre ses sourcils était devenue une tranchée douloureuse qu'elle massa avec son index. Elle envisagea de faire demi-tour. N'avait-elle pas dit qu'elle prendrait dorénavant ses décisions en totale autonomie ? Elle secoua la tête. Ce fond de lâcheté lui donna une sensation nauséeuse. C'était elle, la lâcheté, qui la rendait inapte à l'aventure, inutile d'invoquer un quelconque autre problème ! À moins que cette incapacité soit inscrite dans son patrimoine génétique ? Non. Non, bien sûr, ses parents avaient été mille fois plus aventureux qu'elle. Il fallait qu'elle arrête de se trouver des excuses : qu'elle entre dans cette chambre, qu'elle parle et qu'elle prenne une décision. Elle secoua la tête pour effacer ses pensées à l'image de Gabriel et Marguerite enfants, qui retournaient leur ardoise magique pour recommencer leur dessin. Elle toqua à la porte et une voix faible lui répondit. Elle s'avança silencieusement jusqu'à la patiente. Sa vue se brouilla. La vieille dame semblait devenue minuscule dans cette chambre blanchâtre et impersonnelle. Aucun napperon ni aucun guépard pour monter la garde.

— Bonjour Hermine, murmura-t-elle, pas sûre que la vieille dame entende.

— Bonjour, Rose, répondit celle-ci sans même ouvrir les yeux.

Elle s'approcha encore et attrapa la main fragile posée sur le drap blanc.

— Comment vas-tu, Hermine ?

— Ça va, enfin,… ça va aller, tu sais ce que c'est : il faut laisser le temps au temps comme on dit.

La vieille dame sourit et essaya maladroitement de se relever dans le lit. Rose plaça prestement dans son dos un gros oreiller pour la maintenir assise. Le parfum de lavande d'Hermine se répandait dans la pièce et procurait une atmosphère apaisante.

— Je suis ravie que tu sois venue, Rose. Tu voulais faire un petit tour à Bayonne ? Tu vas voir, c'est une ville formidable, très photogénique et tellement vivante. Tu vas tomber sous le charme, j'en suis certaine.

Rose n'avait pas prévu de se promener et avait donné rendez-vous à Roger dans deux heures. Sans doute n'aurait-elle pas le temps de le faire.

— En vérité, je suis venue exclusivement pour te voir.

— Tout va bien à la maison ? Comment vont Sacha et Candice ? Tu as réussi à amadouer notre jeune rebelle ?

— Tout va bien. Sacha travaille son seul en scène. J'ai hâte que tu l'entendes, il est dément. Pour Candice, en revanche, je ne sais pas trop. Le soir de ton hospitalisation, elle s'est installée au piano et a joué un morceau magnifique, même si Sacha prétend que ça manquait d'émotion. Je ne m'y connais pas assez pour le dire. Mais, apparemment, elle ne veut plus jouer et elle est fâchée avec ses parents. Je ne sais pas…

C'était finalement apaisant de parler de choses anodines, mais bientôt Rose devrait aborder le sujet. Hermine ferma les yeux.

— Mon Dieu, excuse-moi Hermine, je parle, je parle, et je te fatigue.

— Pas du tout ! Je suis heureuse d'avoir de vos nouvelles. Et toi, raconte…

Le moment était venu et il lui sembla que la vieille dame lui donnait l'autorisation.

— D'abord, tu me dois la fin de ton histoire. Tu te rappelles ? Quand je t'ai demandé depuis quand tu vivais dans cette maison, tu m'as raconté une belle histoire d'amour, mais je n'en connais pas la fin, or je veux toujours connaître la fin d'une histoire avant d'en entamer une autre.

Rose guetta sa réaction. Le regard de sa vieille amie se fit plus pétillant.

— Je vois que tu as de la suite dans les idées, ajouta-t-elle.

Elle tapota de sa main son lit et Rose s'installa à ses côtés.

— Où m'étais-je arrêtée ?

— Ton patron venait de te dire qu'il avait un problème parce qu'il t'aimait. Mais, si je me souviens bien, il était marié, n'est-ce pas ?

— Exactement ! Marié avec la fille du fondateur, propriétaire de la concession automobile.

— C'était pas simple…

— Pas simple du tout. D'autant qu'à force de le voir torturé et le regard sombre, sa fragilité, qu'il tentait de cacher, me le rendait séduisant. C'est idiot n'est-ce pas ? Les femmes veulent des hommes sûrs d'eux et moi je voulais un garçon inquiet. Il était perpétuellement chiffonné par ses affaires, son garage qui ne fonctionnait pas aussi bien qu'il l'aurait voulu, mais il y avait chez lui, quelque chose de doux, d'aimable. Je ne saurais pas l'expliquer. Mon fichu cœur de midinette avait déjà commencé à échafauder des plans idiots d'histoire d'amour. Tu penses ! Il était marié avec la fille du patron, qui était adorable en plus, comment une potentielle future secrétaire pouvait-elle rivaliser ? Donc je me suis enfuie. J'ai marché très vite, mais en arrivant chez moi, il m'attendait sur le trottoir.

— C'est super romantique ! Et donc ?

— Pfff, il ne lui a pas fallu longtemps pour me faire baisser les armes. On a parlé une bonne partie de la nuit. De nous, de nos espoirs, de ce qu'on attendait de la vie. Quand on s'est quitté, il m'a embrassé et c'était foutu. Moi, quand j'aime, c'est follement. Je ne sais pas comment font les raisonnables, les mesurés, les pondérés. D'ailleurs, je ne les envie pas du tout, non, vraiment, je n'ai jamais aimé l'eau tiède !

Hermine éclata de rire. Et Rose, avait-elle aimé follement ? Non, la passion n'avait pas été un trait de caractère de Stéphane, mais il n'était pas le seul en cause. Elle non plus n'avait pas été passionnée. Elle avait toujours été sage. Il n'y a que quand elle avait décidé de s'installer à Héyo qu'elle ne l'avait pas été.

— J'ai arrêté le ménage. Ensuite, quand j'ai eu mon diplôme, il m'a engagée. Il ne s'est plus jamais approché de moi et de mon bureau. Il restait à trois mètres. Si l'enfer existe, je sais qu'il ressemble à cette période... Tu ne peux pas imaginer à quel point c'était difficile de garder nos distances, de le voir rentrer chez lui tous les soirs et arriver le matin plus beau que la veille, mais plus éteint aussi.

La vieille dame s'arrêta et contempla le ciel par la fenêtre. Ses doigts tripotaient le drap blanc dans un geste réflexe.

— Un jour, il m'a convoquée pour me dire qu'il avait vendu le garage. Ce garage, c'était le rêve de son beau-père, pas le sien. Il en avait convenu avec sa femme qui avait compris qu'il n'était pas heureux. Il m'a avoué que s'il ne l'était pas, c'est parce qu'il me voyait tous les jours et qu'il ne pouvait pas me regarder sans penser au mal qu'il lui ferait s'il succombait comme quand on s'était embrassés.

— Quel goujat ! Te raconter ça ? Vraiment ? Et le mal qu'il te faisait à toi, il y a pensé ?

— Oui, il y a pensé, dit-elle tendrement en posant sa main gracile sur celle de Rose.

— Il avait décidé de changer de vie. Il m'a demandé de quelle région mon patronyme était originaire. Barataseguy, c'est basque, j'ai répondu. J'avais quitté la région pour mes études et pour trouver du travail, tu comprends, à Toulouse, j'avais davantage de choix. « Et, tu aimerais y retourner ? » il m'a demandé.

— Oh, le con ! Il voulait t'expédier à des kilomètres de lui ! Plus simple pour lui, bien sûr, mais, et toi ?

— C'est ce que j'ai pensé aussi, mais non, pas tout à fait. Attends un peu que je continue. Tu peux me verser un peu d'eau.

Rose s'exécuta et reprit place à ses côtés.

— J'ai hoché la tête. Il a répondu OK. Et puis, plus rien, alors je suis retournée à mon bureau.

— Non, mais, quel con !

— Décidément, tu y tiens…

— Bah, oui, tu ne trouves pas ?

Elle sourit faiblement et inspira.

— Le soir, quand je suis rentrée chez moi, il était devant ma porte et à ce moment-là, on n'a pas pu faire autrement que tomber dans les bras l'un de l'autre. C'était trop fort. C'était, je ne sais pas comment te dire, tu vas me trouver stupide, c'était comme si on s'était reconnus et que, bientôt on ne se verrait plus. Il y avait une espèce d'urgence entre nous. On n'échappe pas à ce qu'on a dans la tête et il prenait toute la place. Lui non plus n'y a pas échappé. Il disait que je trottais dans la sienne sans arrêt. Il a acheté la maison d'Héyo, l'a fait restaurer et je m'y suis installée.

— Ah !
— Tu vois, il n'était pas si con que ça, ajouta Hermine avec un clin d'œil malicieux. J'ai donc trouvé du travail ici, à Bayonne, dans une autre concession et lui, a monté son entreprise de travaux publics. Il venait me voir aussi souvent qu'il le pouvait. Il avait pris un chantier sur la côte, ce qui lui permettait de rester des semaines entières et le week-end, il rentrait auprès de sa femme.
— Et, il a vécu comme ça longtemps ?
— Le reste de sa vie.
Le cerveau de Rose se mit en marche et Hermine le comprit instantanément.
— Non, je ne m'en veux pas, la culpabilité ne sert à rien. Il y a des choses dans la vie contre lesquelles il est impossible de lutter. J'avais essayé, mais j'avais lamentablement échoué. Qu'est-ce que tu crois ? Que j'ai aimé l'image de briseuse de ménage que je voyais en moi ?
Elle s'arrêta, respira lentement, puis reprit.
— Non, la culpabilité ne sert à rien. C'est juste un sentiment qui t'alourdit et te maintient dans le passé. J'ai préféré aller de l'avant.
Cette notion de vies parallèles, c'était ce qu'elle avait imaginé pour Stéphane, songea Rose en proie à une sorte de mélancolie étrange. L'amoureux d'Hermine s'était donné la possibilité de vivre deux vies, dont une clandestine, mais à quel prix ? Comment sa femme avait-elle vécu cette trahison ? Et Stéphane ? L'avait-il fait lui aussi ? Elle frissonna. C'était drôle comme une vie pouvait contenir plusieurs vérités. Un brusque accès de chagrin souleva sa poitrine. La vieille dame, lui tapota la main pendant un très long moment, la laissant retrouver sa tranquillité.

— Je suis désolée, je ne sais pas ce qu'il me prend... s'excusa Rose.
— Ne t'inquiète pas, la famille c'est pour ça.
Rose renifla et se blottit contre le corps fluet de la vieille dame. Elle était pathétique ! Alors que les visiteurs sont censés procurer du réconfort aux malades, c'est elle qui en quémandait.

Elle retrouva peu à peu son calme et une ombre se dessina dans l'histoire d'Hermine.
— Il avait une entreprise de travaux publics ? demanda-t-elle.

Hermine sourit et un air de victoire enflamma ses pupilles.

# 31

## Ils cultivent le secret

Rose avait mis du temps pour raccrocher les wagons. Trop centrée sur sa propre vie et ses difficultés à surmonter, elle n'avait pas su voir les signaux qu'Hermine lui avait envoyés. Elle chercha dans sa mémoire ce qu'elle avait loupé. Elle avait trouvé la présence des guépards étrange, bien sûr, mais, ils ne lui avaient fait penser qu'à Stéphane, pas à son père.

— Tu en as mis du temps…
— C'est ce que j'étais en train de penser. Tu dois me trouver stupide. Ton amoureux, c'était Gérard, n'est-ce pas ?
— Exactement. Le con, comme tu l'appelles, c'est bien Gérard.

Gérard. Le beau-père de Rose, le père de Stéphane. Sous ses airs d'homme respectable, il avait bien caché son jeu. Rose comprit le sens des précédentes paroles d'Hermine : la famille, c'est fait pour ça.

— Ne te pose pas trop de questions, Rose, c'est inutile.
— Et donc, tu sais qui je suis ?
— Tu es Rose, la femme de Stéphane.
— Tu le sais depuis quand ?
— Depuis ton arrivée à la maison. Je savais que tu allais venir, ce n'était pas une surprise. Maître Saubaber m'avait prévenue du décès de Stéphane. Je suis venue à sa sépulture, mais tu ne m'as pas vue. Personne ne m'a vue d'ailleurs,

enfin, Isabelle peut-être. Nous nous étions installés suffisamment loin pour ne pas éveiller l'attention.
— Nous ?
— Roger et moi.
— Roger ? Il savait lui aussi dès le début qui j'étais.
— Oui, ma chérie.
— Et pourquoi Saubaber ne m'a rien dit ?
— Ne lui en veux pas, il n'a dit que ce qu'il était autorisé à révéler. Ce n'était pas du tout contre toi. C'est toujours le cas avec les notaires, ils cultivent le secret.

Rose ravala les noms d'oiseaux qui lui venaient à l'esprit.
— Et donc, Gorka, c'est…
— C'est ton beau-frère. Le demi-frère de Stéphane. Je suis tombée enceinte quelques mois après Isabelle. Je savais que Gérard ne la quitterait pas, mais avoir un enfant de lui était un cadeau. Gérard venait passer quelques jours à Héyo, tout dépendait de ses chantiers, il nous appelait quotidiennement. J'ai été très heureuse avec lui, tu sais.
— Tu ne lui en as jamais voulu ?

Le regard d'Hermine se voila.
— Je te mentirais si je répondais *jamais*. Mais c'était ma vie.
— Isabelle était au courant ?
— Oui, je pense qu'elle savait, mais je n'en ai pas la certitude. Je n'ai jamais posé la question à Gérard. Elle ne voulait pas le perdre. Comme moi. Alors, elle a fait avec. À l'époque tu sais, on était prêtes à faire beaucoup de concessions. Il y avait le qu'en-dira-t-on, la peur de se retrouver seule, la honte du divorce et la loyauté à toute épreuve qu'on croyait se devoir.
— Et donc, la maison ?
— Quand Gérard est décédé…

Hermine retint un hoquet et crispa ses doigts autour du drap.

— Si tu veux, Hermine, on arrête. Si tu es trop fatiguée, ce n'est pas grave, on continuera plus tard…

— Non, non, je dois poursuivre, annonça-t-elle courageusement. Quand Gérard est décédé, il a légué la maison à Stéphane en lui faisant promettre de n'en parler à personne. Il ne voulait pas qu'Isabelle l'apprenne et qu'elle en soit malheureuse. Il avait toujours tout fait pour l'épargner, il a fait en sorte que ça continue. Quand il est mort, maître Saubaber a récupéré les lettres que je lui avais envoyées, ainsi que le téléphone de Gérard et il a effacé nos messages et nos photos. C'est idiot, mais j'ai pleuré ces secrets que nous n'aurions plus. De mon côté, je les effaçais au fur et à mesure, mon téléphone est une antiquité qui n'a pas beaucoup de mémoire. Parfois, j'écoute le son de sa voix. Il me reste deux messages de lui.

Hermine passa une main sur son visage.

— Pour ce qui est de la suite, si j'en crois ton étonnement, Stéphane a tenu parole. Pendant ces cinq ans, il a fait ce que son père lui avait demandé, mais il n'est jamais venu ici, par respect pour sa mère. Avec Gorka ils se sont rencontrés une fois, à Toulouse, mais mon fils n'a pas voulu m'en parler. Je le respecte. Stéphane n'a jamais eu de vie parallèle. Il semble que tu aies pensé qu'il s'agissait de sa garçonnière, dit-elle sur un ton amusé, tu t'es trompée, c'était celle de son père si on peut dire.

Elle ferma les yeux, le temps de reprendre son souffle. Rose regarda la chambre. La vérité n'avait pas été aussi pénible qu'elle l'avait initialement cru. C'était tout elle, à se faire des films.

— Voilà, je t'ai tout dit. J'espère que tu as trouvé les réponses que tu cherchais. La maison t'appartient, je le sais, et je sais aussi que tu vas devoir prendre une décision à son sujet.

Rose haussa les épaules. Elle était complètement perdue. Son souffle devint court. Elle eut l'impression que ses poumons rétrécissaient à chaque inspiration. Des frissons s'emparèrent de son corps et des gouttes de sueur firent leur apparition sur son front. Hermine, qui s'aperçut de son malaise, resserra la pression sur sa main. La bouffée d'angoisse disparut instantanément.

— Ça représente un petit paquet, tu sais. Si tu la vendais, tu serais tranquille jusqu'à la fin de tes jours. Je sais que Gérard ne vous a pas légué grand-chose. Ses affaires avaient périclité. Il se reprochait souvent de ne pas avoir su d'adapter aux changements. Et je sais aussi que Stéphane mettait tous ses sous dans l'entreprise, et que c'est pareil, il n'y a pas grand-chose. Ne sois pas inquiète, poursuivit-elle, je comprendrai parfaitement que tu la vendes. Tu n'as aucune attache à Héyo, ta vie est à Toulouse. Et puis, il est temps pour moi de tourner la page. Les médecins m'ont assuré que je ne pouvais plus vivre dans ma campagne aussi loin d'un centre médical. Il va falloir que je ralentisse et que je me repose. Ils ont fait une demande pour que je sois admise à l'EHPAD de Léonie.

— Quoi ? Mais non, ce n'est pas possible. Tu as encore toute ta tête. Tu ne peux pas faire ça !

Rose repensa au dynamisme de la vieille dame il y a quelques jours à peine.

— C'est mon choix, je t'assure. Il arrive un moment dans la vie où l'on remplit ses journées de souvenirs parce que l'avenir s'amenuise et puis j'ai bien mérité de me reposer, non ?

— Oui, bien sûr, mais tu pourrais le faire chez toi, à la maison.

— Ce n'est plus chez moi ma cocotte.

Rose sentit les larmes lui monter aux yeux.

— Il est temps, ne t'inquiète pas, ajouta la vieille dame. J'en ai parlé à Gorka et il comprend. Avec son activité, toujours par monts et par vaux, me savoir à la maison toute seule lui serait plus difficile encore. Ne t'inquiète pas Rose, fais ce que tu dois, c'est tout. Grâce à la vente de la maison, tu pourras enfin devenir qui tu es vraiment.

Qui elle était vraiment ? Elle n'en avait aucune idée. Une bouffée de colère la cueillit.

— Je trouve dingue que Stéphane ne m'ait rien dit. Qu'il m'ait laissée me dépêtrer avec ses histoires familiales. Je lui en veux de m'avoir obligée à regarder tout ça en face alors qu'il ne l'avait pas fait.

Elle tapa rageusement sur le lit et fit tressaillir la vieille dame.

— Stop ! Ça suffit ! s'emporta Hermine.

Rose se raidit. C'était la première fois que la vieille dame perdait patience à son égard et elle s'en trouva plus affectée qu'elle ne l'aurait pensé. Sa voix courroucée produisit sur Rose le même effet qu'une réprimande sur un enfant de sept ans qui faisait un caprice à la caisse du supermarché.

— Il a choisi de le faire, car il était conscient de t'avoir trop protégée. Il voulait qu'après son départ, tu prennes ta vie en main, et quoi de mieux qu'une maison pour le faire ? Il t'offrait le choix. C'est un magnifique cadeau de départ je trouve.

— Peut-être, mais il aurait au moins pu m'en parler.

— Arrête ! Si je peux te donner un conseil, Rose, arrête avec ça. On a tous des choses qu'on aurait dû dire à quelqu'un. Stéphane n'échappe pas à la règle. Tout comme toi sans doute. Il savait que tu n'étais pas faite pour être une île solitaire, dit-elle avec un sourire.

La discussion qu'elles avaient eue dans la cuisine remonta à la mémoire de Rose.

— Il voulait simplement te savoir heureuse. Il avait pensé qu'avec l'aide de la maison, tu y parviendrais d'une façon ou d'une autre. Peut-être a-t-il pensé que dans un endroit plus petit, dans un village plutôt que dans une grande ville, tu arriverais à créer des liens et à te rapprocher des gens ?

Rose repensa à Roger, à Ida, à Sophie et Estéban, à Gilberte et au gang de vieilleries, à Candice, Sacha et Gorka, au chemin parcouru depuis la mort de son mari. Elle avait rencontré plus de gens ici en quelques semaines que durant toute sa vie. Ils comptaient pour elle et elle était intimement persuadée que l'inverse était vrai. Pour dénombrer le nombre de fois où l'angoisse l'avait submergée depuis qu'elle était arrivée, les doigts d'une seule main suffisaient. Stéphane avait eu raison : Héyo lui avait fait le plus grand bien. Encore faudrait-il que ce quasi-état de grâce se poursuive à son retour à Toulouse, pensa-t-elle.

Elle regarda la vieille dame allongée sur ses draps blancs. Sandra lui avait dit de ne pas se laisser attendrir, pour récupérer ce qui lui appartenait. C'était bien plus compliqué qu'elle ne l'avait imaginé. Marguerite l'avait pressée de vendre sans plus attendre pour la rejoindre au Canada : tout cela serait si facile maintenant.

— Et toi, comment vas-tu ? demanda la vieille dame.

— Ça va. Je constate que je peux penser à Stéphane sans tomber dans le désespoir et que je peux prononcer son nom ou l'entendre prononcer par d'autres sans fondre en larmes.
— C'est bien. Je te l'avais dit. Ça finit toujours par s'arranger. La glace s'épaissit et on recommence à patiner sur le lac.
L'image était jolie et Rose acquiesça.
— Le seul problème, c'est hier. Enfin, hier, je veux dire, ma vie d'avant.
— Hier t'appartient, ton passé t'appartient. Personne ne viendra le remettre en cause.
— J'ai l'impression que recommencer serait insupportable pour les autres. Pour mes enfants, par exemple…
— On ne recommence jamais vraiment, tu sais.
— Oui, mais tu vois ce que je veux dire ?
— C'est la question du respect du temps du deuil ?
Rose hocha la tête. Les larmes stagnaient derrière ses paupières. Elle battit des cils pour les refouler.
— Ils s'attendent à ce que je vive mon deuil longtemps.
— Et toi, tu attends quoi ?
Rose haussa les épaules.
— Non, Rose, soit honnête maintenant. On n'en est plus à se mentir ou à se protéger l'une l'autre. On n'a plus le temps.
Rose déglutit. Hermine avait raison, c'était le moment de faire le clair dans sa tête.
— J'ai l'impression de me retrouver dans le tambour de la machine à laver pendant le cycle essorage, tenta-t-elle avec un pauvre sourire.
Elle secoua la tête. Elle devait être plus précise et aller au fond des choses.
— Je ne veux pas qu'on dise que je ne l'ai pas aimé ou que je ne lui ai pas été fidèle. Que les gens inventent et parlent

derrière mon dos. Je me dis que c'est le temps qui passe qui permet de retomber amoureux, que ça ne peut pas arriver si vite après, que je dois me tromper et confondre mes émotions tout simplement parce que je l'ai perdu, lui…

— Retomber amoureux ?

Rose essaya de prendre un ton léger, mais elle sentit les larmes lui monter aux yeux.

— Je commence à ressentir des émotions que je ne pensais plus jamais ressentir souffla-t-elle.

Hermine écarquilla les yeux. Elle était allée trop loin. La vieille dame réagissait exactement comme elle l'avait craint.

— C'est une chance de tomber amoureux. L'amour guérit. De tout ou presque. Tu préférais quand tu n'avais goût à rien, que tu restais cloitrée dans ta chambre ? Quand tu pensais que ta vie était terminée ? Mais heureusement, la vie est bien plus forte, Rose ! Ne l'oublie jamais.

Rose renifla et s'essuya les yeux. Hermine poursuivit :

— Je ne te ferai pas l'affront de te demander de qui il s'agit, je crois que j'ai deviné.

Rose grimaça. Cela lui donnait l'impression de trahir Stéphane. Il n'y avait pourtant rien de mal à se faire des amis quand on arrivait dans un nouvel endroit ? Pourquoi avait-il fallu que ses papillons ressuscitent aussi vite ?

— Stéphane avait raison, je ne suis peut-être pas faite pour être une île solitaire…

— Je suis contente de te l'entendre dire ! Tu sais, les histoires d'amour commencent rarement d'une façon rationnelle.

— Histoire d'amour, faut peut-être pas exagérer non plus.

— Deux personnes qui ressentent des élans amoureux ce n'est pas une histoire d'amour ? Il ne tient qu'à eux pour que ça le devienne, mais cela demande du courage.

— Je ne l'ai pas cherché…
— Tu n'as pas cherché quoi ?
— Au début je voulais simplement avoir un ami et puis je ne sais pas à quel moment c'est devenu plus… romantique. J'ai l'impression d'être dans un film d'Almodovar.
— Le cinéma c'est l'industrie des rêves, et tu en as autant besoin que n'importe qui. Chez Almodovar, il n'y a que des femmes de caractères.
— On ne m'a jamais dit que j'en étais une…, dit Rose dans un soupir.
— Parce que tu l'es devenue, ici, à Héyo.
— Tu m'avais dit que j'y serais requinquée.
— J'avais raison.
— C'est peut-être le signe que je vais réussir à vivre sans Stéphane.
— Peut-être… mais différemment.
Hermine émit un soupir.
— Je vais me reposer un petit peu, s'excusa-t-elle.
Rose se leva, lissa le drap et caressa la main de la vieille dame.
— Prends soin de toi et si tu as besoin de quoi que ce soit, n'hésite pas.
— Tu es gentille, merci. Tiens-moi au courant, il faudra organiser le déménagement… et je crains de ne pas en avoir la force.
— Ne t'inquiète pas pour ça. On trouvera une solution.
— Et demande à Gorka de t'aider, il est tellement dans la lune qu'il est capable de ne pas penser à t'épauler.
Rose savait déjà qu'elle n'oserait jamais lui demander.

# 32

## Les joies du paradis

Dans la voiture, Rose resta silencieuse. Elle ne vit pas les paysages qui se succédaient, passant de la ville à la campagne, ni les prairies qui s'étendaient, ponctuées de moutons éparpillés et de maisons aux boiseries rouges ou vertes. La conversation qu'elle avait eue avec Hermine tournait en boucle dans sa tête. Elle avait l'impression de ne jamais avoir eue une discussion aussi profonde avec personne auparavant. C'est comme si, tout d'un coup, à cinquante ans, elle était enfin devenue adulte.

— On est arrivés, Rose. Tout va bien ?

Il la dévisagea avec gentillesse. Désorientée, elle décrocha sa ceinture et hocha la tête.

— C'est d'avoir vu Hermine, elle va si mal que ça ?

— Non, non, pas du tout, enfin, elle est encore un peu fatiguée, mais elle est tirée d'affaire. Je réfléchissais. Je suis désolée d'avoir été une si mauvaise compagne de voyage.

— Allez, pas de ça avec moi, ce n'est pas bien grave et puis, je suis habitué...

Ces mots la firent rougir.

— Bonne fin de journée, Rose.

Alors qu'elle s'apprêtait à refermer la portière, elle se baissa et dit par la fenêtre ouverte :

— J'ai appris que, dès le début, vous saviez qui j'étais… est-ce que vous saviez quand j'ai cliqué sur votre profil Bla-BlaCar ?

— Oui, j'ai reconnu ton nom. Le monde est petit, n'est-ce pas ?

— Oui, c'est aussi ce que je me suis dit quand j'ai vu que vous faisiez le trajet jusqu'ici. Mais aujourd'hui, j'ai plutôt le sentiment que tout le monde m'a menti, dit-elle avec amertume.

— Personne ne t'a menti, on ne t'a pas dit la vérité, c'est tout, pour te laisser le temps de l'appréhender toi-même.

— On peut dire ça comme ça, mais la vérité c'est…

— Ce qu'il faut, c'est lui laisser du temps à la vérité. Crois-moi.

— Si vous le dites…

Son cœur se serra. Elle se fit la promesse que c'était la dernière fois que quelqu'un agissait de la sorte au prétexte de la protéger. Dorénavant, elle ne l'accepterait plus. Elle ne savait pas comment elle s'y prendrait, mais c'était terminé.

Évitant les touristes, elle passa devant le café où Sophie lui assura que la journée avait été calme. Rose leva un sourcil en notant la longue file de clients qui faisaient la queue pour obtenir une table et Estéban qui courait en tous sens.

— Comment va-t-elle ?

— Ça va, même si elle reste faible.

— Elle sait quand elle va revenir ici ? Elle nous manque au village !

— Elle ne l'a pas évoqué, s'entendit répondre Rose.

Ce n'était pas à elle de la prévenir, c'était à Gorka ou sans doute même à Hermine. Elle regarda l'heure sur son téléphone : son rendez-vous avec Marc approchait. Elle salua Sophie et se dirigea vers la maison et sa porte jaune. Devant, une femme prenait la pose pour son mari. Rose sourit. Peut-être était-ce pour cette raison que la porte était jaune : pour se détacher des autres et attirer les regards ? Il faudrait qu'elle demande à Gorka pour en avoir le cœur net. Elle accéléra le pas craignant qu'on lui demande de prendre un cliché, et s'adossa avec joie contre la porte quand elle l'eut refermée. Là, enfin, elle respira à nouveau, ses épaules se soulevant au rythme de sa respiration saccadée.

Les volets à l'espagnolette avaient permis de conserver toute sa fraicheur à la maison. Elle passa sa main dans ses cheveux et regarda autour d'elle. Elle prit conscience d'un millier de détails qu'elle n'avait pas vus avant. Outre les guépards, elle avait maintenant l'impression que tout lui rappelait son beau-père : les tapis, les bouquets de fleurs séchées, les cadrans solaires, les fauteuils club, la coutellerie suisse, les tableaux et tout le petit bazar qui peuplait la demeure. Du bas de l'escalier, elle appela Sacha et Candice, mais personne ne répondit. Elle était seule. Elle se fit couler un verre d'eau, et ouvrit les volets et la fenêtre de la cuisine. Son regard embrassa le paysage, elle ne s'en lassait pas. Elle inspira à pleins poumons l'odeur qui montait du jardin. C'était le parfait parfum de l'été : la terre sèche, les feuilles odorantes, l'odeur de la chaleur. Ses yeux se portèrent sur la petite table au milieu du carré de simples. Soudain, sous l'effet d'une folle excitation, elle descendit au jardin. Là, elle s'empara d'un arrosoir qu'elle remplit avant d'en asperger le carrelage. Elle passa doucement sa main sur les figures abîmées par le temps qui ornaient les carreaux. À force de les fixer, elle finit par discerner une rose, une marguerite, un animal qui ressemblait à une loutre, une couronne d'olivier et une lanterne lumineuse. Derrière elle, elle entendit un bruissement.

— Tu as perdu quelque chose ?

Elle se releva vivement et bouscula la table en fer qui bascula, emportant avec elle le pot de fleurs qu'elle y avait posé. Elle jura. En deux enjambées, Gorka fut à ses côtés pour l'aider à tout ramasser.

— Tiens, ton téléphone, dit-il en se baissant pour ramasser l'objet qui avait roulé sous le tas de mauvaises herbes.

Elle lui arracha l'objet des mains avec colère.

— Tu savais et tu ne m'as rien dit !

Il fourra ses mains dans les poches de sa salopette.

— Tu es allée voir ma mère et elle t'a tout raconté, c'est ça ? Écoute, ce n'était pas à moi de te le dire. C'est son histoire. C'était à elle de décider à quel moment t'en parler. Il y a plein de choses qu'on ignore sur nos parents et c'est certainement mieux comme ça. Ne pas tout savoir, c'est aussi se protéger. Je suis désolé que tu le prennes comme ça.

— Oui, le déni est souvent la meilleure façon de se protéger, railla-t-elle.

— Tout de suite les grands mots. Le déni. Et quoi d'autre ?

Séparés par trois brins d'herbe, ils se toisaient avec rage. Il fit un geste du menton vers le dallage, soucieux de détendre l'atmosphère.

— Ça y est, tu as compris leur signification ? demanda-t-il à mi-voix.

Une rose pour Rose, une marguerite pour sa fille, l'animal devait représenter une hermine.

— La couronne, la lanterne illuminée et la branche d'olivier, je ne vois pas. Le reste, je crois que j'ai compris.

— La couronne est le symbole de Stéphane, la branche d'olivier celui de Gabriel et la lanterne, c'est le mien. Gorka signifie « celui qui veille » en basque.

Elle fixa le sol. Elle était à l'endroit exact où elle devait être pour passer à l'étape suivante de sa vie. Terminé le surplace, il était hors de question qu'elle passe à côté du rendez-vous qu'elle avait avec elle-même. L'héritage de Stéphane était l'occasion d'agir et de traiter son addiction à la routine. Elle tourna les talons pendant que Gorka s'éloignait vers la cabane. Elle entendit le bruit de la porte qui se ferme et haussa les épaules, réfléchissant déjà à ce qu'elle allait porter pour le rendez-vous avec l'agent immobilier.

Arrivée en retard, Rose le repéra immédiatement. Il était accoudé au bar et discutait avec Estéban. Elle éprouva une drôle de sensation au creux de l'estomac, un relent de honte, pensa-t-elle, et elle prit le temps que les images qui l'assaillaient s'estompent de son esprit, avant de le rejoindre.
— Bonjour Marc.
— Bonjour Rose. Je vous ai amené le contrat.
— On pourrait s'installer à l'écart, proposa-t-elle en jetant un regard à Estéban.
Elle saisit le dossier posé sur le comptoir.
— Oui, bien sûr, si vous préférez.
Rose déclina la proposition de prendre un verre et s'installa dos à la salle. Elle joua avec la chemise en carton.
— Voilà l'offre, expliqua-t-il en récupérant le dossier et en étalant les documents et les courriers qu'il contenait. Il ne vous reste qu'à signer.
Rose regarda ses mains, vaguement troublée par la situation. Ces quelques semaines auront été riches en décisions et en rebondissements, pensa-t-elle. Où était cachée toute cette force et ce courage qu'elle sentait poindre ? Naissait-on avec un stock qui restait à notre disposition tant qu'on ne s'en était pas servi, ou était-ce une denrée qui se régénérait au fur et à mesure ? Elle se souvint de tous les obstacles qu'elle avait vaincus. Héyo avait tenu la promesse qu'elle avait vu en lui

quand, au premier jour, elle s'était attendue à croiser la silhouette de Luis Mariano. Une vieille rengaine chantée par son beau-père lui revint en mémoire : « *Il est un coin de France, où le bonheur fleurit, où l'on connaît d'avance, les joies du paradis* ». Elle posa son menton sur la paume de sa main et sourit, de l'autre elle repoussa la chemise en carton vers Marc.
Elle espéra que la décision qu'elle venait de prendre était la bonne. Dans un coin du café, elle eut l'impression que Stéphane la regardait.

## 33

## C'est une connerie les deuxièmes chances

— Bonjour Rose, dit Sacha en entrant dans la cuisine. Bien dormi ?
— Oui, merci. Toi aussi ?
— Ça va.
— Vous avez fait quoi hier ? Quand je suis rentrée, vous n'étiez pas là, ni quand je suis montée me coucher.
— Et toi, on en parle ? Tu es partie comme une furie. On a cru que, sur une impulsion, tu étais rentrée chez toi.
— Et j'aurais abandonné mes affaires ? Non, je suis allée voir Hermine.
— Elle va comment ?
— Bien, bien, répondit-elle évasivement, soucieuse de poursuivre la discussion sans avoir à expliquer ce qu'Hermine avait évoqué.
— Nous, on est allés voir un spectacle de rock basque, c'était dingue ! Et ça a donné une idée à Candice. Tu sais qu'elle voulait arrêter le piano ?
Rose hocha la tête.
— Eh bien, depuis qu'elle les a entendus, elle s'est mis en tête d'accompagner le chœur au piano. Elle en a touché quelques mots à Roger. Il a d'abord paru surpris, ce n'est pas fréquent qu'un chœur basque soit accompagné d'un piano apparemment. Un orgue, dans une église, à la rigueur, mais un

piano, ça ne se fait pas beaucoup. Ils ont plutôt l'habitude de chanter *a cappella.*

— J'ai trouvé le concert incroyable l'autre soir. C'était bouleversant, renchérit Rose en croquant dans une tartine de pain beurrée. Toi qui t'y connais en musique, ce n'est pas justement parce qu'ils chantent *a cappella* ?

— Ce doit être une des raisons, mais Candice voudrait « rockifier » l'accompagnement, elle doit leur faire écouter ce qu'elle imagine et ils ont promis de réfléchir. C'est amusant, non ?

— Oui, c'est… étonnant. Passer de Bach et Mozart à l'univers du chant traditionnel basque, ça ne doit pas être habituel.

— Elle m'a dit qu'elle voulait mettre du sens dans ce qu'elle faisait et que les traditions basques étaient un bon moyen d'y parvenir.

— Je comprends… A-t-elle parlé à Gorka ? demanda Rose avec un sourire malicieux.

— Je ne sais pas, pourquoi ?

— Parce que le lien, le sens et les traditions, c'est son truc, dit-elle sur le ton de la plaisanterie.

Reprenant un air sérieux, elle demanda :

— Elle va descendre ?

— Aucune idée, pourquoi ? Tu veux que j'aille la chercher ?

— Je veux bien oui, je voudrais vous parler de quelque chose.

La silhouette mince de Candice apparut dans l'embrasure de la porte de la cuisine.

— Je suis là.

— Bien, assieds-toi.

Candice leva les yeux au ciel sous sa frange en pétard.

— Je peux quand même me préparer un café ?
— Oui, tu peux.

Rose attendit que les deux jeunes gens aient posé leur café sur la table avant de commencer. Elle racla sa gorge et regarda le paysage pour se donner du courage.

— Voilà, quand je suis arrivée ici, j'étais très mal. Ça fait des années que je suis très mal à vrai dire. Ado, j'ai été agressée et ça a pété un truc en moi, je n'ai plus jamais été la même.

Rose joua avec sa tasse de café et inspira une grande bouffée d'air.

— Un jour que j'étais dans un supermarché pour acheter une tranche de jambon, j'étais à la caisse, et un mec a surgi derrière moi. Il a posé son couteau sur mon cou et a hurlé qu'il voulait l'argent. La caissière s'est mise à hurler elle aussi, tout le monde courait et je me suis retrouvée toute seule avec lui et la caissière tétanisée. Ça a duré plusieurs heures, il ne voulait rien négocier. La pointe de son couteau a fini par rentrer dans ma peau, j'ai vu du sang couler le long de mon buste, j'ai pensé qu'il allait m'égorger comme le poulet du dimanche. Ça a duré des heures. Les flics pensaient qu'il avait une ceinture d'explosifs autour de la taille. Sa transpiration coulait sur moi, je sentais chacun de ses muscles tendus dans mon dos. C'était horrible. Il disait qu'il allait tout faire sauter si on ne lui donnait pas l'argent qu'il y avait dans toutes les caisses et le coffre du magasin. Que de toute façon il n'avait rien à perdre ! Bref. L'horreur. J'ai tenu bon. Honnêtement, j'ignore comment. C'est comme si mon cerveau s'était déconnecté. Une unité de policiers a réussi à le prendre par surprise et m'a libérée, mais c'était trop tard, la terreur avait fait son trou en moi, elle avait grignoté ma conscience. Depuis, je souffre de troubles de l'anxiété.

— C'est pour ça que tu ne travailles pas ? demanda Candice en croquant dans une tartine beurrée.
Rose hocha la tête.
— Et que tu ne conduis pas.
— Aussi. Oui. Les images de cette journée m'assaillaient en continu. Les souvenirs affluaient sans ordre particulier et hantaient ma vie. Je faisais sans arrêt des crises d'angoisse qui me laissaient hagarde pendant des heures. Je mettais un temps fou à revenir à la réalité. C'est affreux. Les gens ne comprennent pas à quel point c'est sournois. Des psys m'ont accompagnée, mais il n'y avait rien à faire, je retombais toujours un peu plus bas. C'est pour ça que j'ai choisi la routine et la sérénité. J'ai fait en sorte de ne jamais être confrontée à l'inconnu.
— Il me semble que depuis que tu es ici, beaucoup de choses ont changé non ? émit Sacha. Je ne t'ai jamais vu en crise. Et toi Candice ?
La jeune fille secoua la tête en signe de négation.
— Tu as raison Sacha, les gens comptent les moutons, moi ce sont mes progrès : j'ai pris un BlaBlaCar, dormi dans deux maisons que je ne connaissais pas, j'ai partagé mon espace vital avec vous deux et Hermine, j'arrive à parler à des inconnus, j'ai aussi trouvé du travail chez Sophie. Il y avait plein d'autres trucs que je ne faisais pas, mais la liste serait trop longue. Ici, j'ai pris le temps de faire le tri dans ma vie et dans ce que je voulais qu'elle soit.
Un petit rire s'échappa des lèvres de Candice.
— Rien d'exceptionnel, on est tous plus ou moins cassés quand on arrive ici. Sauf que toi si j'ai bien compris ce que tu as dit l'autre jour, ici, c'est chez toi.

— Je vous arrête tout de suite, je n'avais jamais entendu parler d'Héyo, j'ignorais tout d'Hermine et Gorka, c'était un secret de famille bien gardé. Je pensais arriver et passer un petit week-end au village avant de mettre la maison en vente.

Les deux jeunes gens restèrent bouche bée.

— Si ça peut vous rassurer, je ne vais pas la vendre.

— Mais, on va pouvoir rester là ?

— Effectivement.

— Et Hermine ? demanda Candice.

— Je l'ai vue hier, j'aurais préféré que ce soit elle qui vous en parle, mais, bon… elle veut aller vivre à l'EHPAD.

— C'est vrai qu'il est top cet EHPAD ! C'est comme un village en plein cœur de la ville. On n'a pas l'impression d'être dans un hôpital, assura Sacha. C'est là qu'avait lieu le concert d'hier.

— Ça veut donc dire qu'elle va abandonner sa maison ? s'enquit Candice avec une voix un peu trop aigüe.

— Abandonner c'est peut-être un peu fort, mais elle ne compte plus y vivre quotidiennement. Elle viendra passer des week-ends et des vacances. Elle veut avoir le temps de se reposer.

— Donc, on ne va pas la revoir ?

— Justement, pour revenir à la liste des trucs que je n'ai jamais faits, il y a une chose que je voudrais : je n'ai jamais fait la fête. Jamais. Enfin, je veux dire, ailleurs que dans mon salon, dans mon univers, avec ma famille et mes amis. Le bruit. Les gens. La chaleur. C'était impossible. Mais aujourd'hui, je voudrais remercier les gens du village de m'avoir accueillie, et organiser une fête en l'honneur d'Hermine.

— Les remercier pour quoi ? Ils ont fait quoi ? demanda Candice, piquante.

— Ils étaient simplement là. Sophie, Roger, Estéban, Ida, Gorka, vous. Le café, l'atelier, le gang des vieilleries, le chœur basque…

— Ah, oui ! Le chœur basque, je suis d'accord.

— J'ai l'impression que je leur dois… comment dire ? Ma deuxième chance.

— Rien que ça ! On n'a qu'une seule vie, à ton âge tu devrais le savoir. C'est une connerie les deuxièmes chances.

— Candice, soit, tu fais des efforts, soit tu te casses, s'emporta Sacha en tapant du poing sur la table. C'est pas ta deuxième chance, c'est ta dernière !

Les tasses tremblèrent et la jeune fille s'empourpra et baissa les yeux.

— Il y a toujours une autre occasion qui se présente de rattraper ce qu'on a laissé échapper une première fois, assura Rose. Il faut juste savoir la voir et la saisir.

— Tu le crois vraiment ?

— J'en suis la preuve vivante. Je vais te dire quelque chose Candice : t'obstiner à refuser de jouer du piano, éviter de faire ce pour quoi tu es douée et qui te donne du plaisir, c'est te refuser le bonheur, ajouta-t-elle.

Son regard ne lâchait pas celui de la jeune fille et elle eut l'impression que toutes les aiguilles de l'oursin se rétractaient une à une.

— Je ne veux pas un truc gigantesque, reprit Rose, juste une sorte de pique-nique sur la place, vous en pensez quoi ?

Elle fouilla dans sa conscience à la recherche du remords qu'elle aurait dû y trouver. Comment pouvait-elle songer à organiser une fête alors qu'elle aurait dû continuer à être une veuve éplorée ? Elle ne trouva rien d'autre qu'un sentiment d'assurance, de force. Le village lui offrait une liberté toute neuve. Elle savait les deuxièmes chances fragiles et fugaces et elle était bien décidée à la saisir avant qu'elle ne disparaisse à jamais.

— Génial ! Je trouve ça super ! Je suis ton homme. Tu veux faire ça quand ?

— Ce week-end ? Tu crois qu'on aura le temps ?

— Ça va être chaud, mais pourquoi pas... sinon, on peut aussi le week-end d'après ?

Une bouffée d'anxiété s'infiltra en Rose. Elle posa ses deux mains sur le plat de la table.

— Non, ce week-end, ça serait vraiment bien. On ne sait pas de quoi sera fait le week-end d'après. Je vais avoir besoin de vous. Sacha, tu vas jouer ton seul en scène et toi Candice, tu vas nous faire un concert. Sacha m'a dit que tu avais eu une idée, ça serait le moment de nous montrer ça. Et puis, je suis sûre qu'Hermine sera ravie de vous entendre. Ça serait un chouette cadeau. Qu'en pensez-vous ?

Candice et Sacha se regardèrent avant de se tourner vers elle.

— Je ne suis pas prêt, commença Sacha.

— Taratata, tu l'es, pas d'histoire, il faut bien se lancer à un moment, non ?

— Sacha l'est peut-être, mais moi, pas du tout. C'était juste une idée en l'air. J'en ai parlé à Roger, mais on ne s'est pas encore entraînés tous ensemble.

— Eh bien, il te reste trois jours.

## 34

## Cousu de fil blanc

Le réveil sonna. C'était l'une des rares alarmes qu'elle avait conservées de sa vie d'avant. Elle saisit son téléphone et la date qui s'afficha fit s'emballer son rythme cardiaque. On était le quatre août, or, depuis le décès de Stéphane, elle redoutait ce jour. La première année était difficile et n'était qu'une liste de premières fois, les quatre revenaient sans cesse lui rappeler qu'un mois de plus était passé et qu'elle ne reverrait plus Stéphane. La tristesse fondit sur elle. Elle ressentit physiquement à quel point il lui manquait. C'était un sentiment gluant dont il lui était difficile de se séparer, c'est pour ça qu'elle lui avait préféré la colère. Elle aurait voulu que sa vie redevienne comme avant, elle était même prête à reprendre les crises d'anxiété si ça pouvait le faire revenir. Non… pas ce matin. Elle refusait de laisser le passé la torturer. Elle allait savourer chaque minute de la fête et en conserver le souvenir bien au chaud au fond de son cœur pour contrebalancer le passé. Elle avait délibérément choisi cette date pour les festivités et elle avait eu raison. Le futur commençait maintenant. Elle balança ses jambes hors du lit et se leva.

— Allez, c'est fini ! dit-elle tout haut. Je n'ai plus peur, et je ne suis pas obligée d'être triste pour continuer à aimer Stéphane. C'est Hermine qui me l'a dit. Je dois la croire.

Elle prit son café, les yeux rivés au jardin. Elle était encore secouée par les aveux de la vieille dame. Qui aurait pensé ça de Gérard ? Il était impensable d'imaginer cet éminent chef d'entreprise vivre une double vie en totale impunité. C'était fou ce que l'amour pouvait forcer une personne à faire. Et que dire de Stéphane qui avait respecté le souhait de son père et protégé sa mère ? Elle ressentit le besoin d'envoyer un message à Marguerite et Gabriel pour leur dire à quel point elle les aimait et combien leur père était quelqu'un de bien. En retour elle reçut des cœurs scintillants et des pouces levés.

Le grand jour était arrivé. Elle se souvint de la réaction de Sophie quand elle avait émis l'idée d'organiser une fête.

— Une fête, ce week-end ? lui avait répondit Sophie. Oui, pourquoi pas ? Ça va être chaud pour tout mettre en place, mais tu as raison, ça ferait plaisir à tout le monde et ça serait une bonne façon de dire au revoir à notre chère Hermine. Gorka m'a dit pour l'EHPAD…

Sophie avait laissé sa phrase en suspens comme si elle s'était attendue à ce que Rose la détrompe. Au bout de quelques minutes de silence, elle avait repris.

— Pour les tables et les chaises pas de problème on prendra celles du café. Tu as besoin de quoi d'autre ?

— Pour le repas, je voudrais un truc genre auberge espagnole. Tu vois ? Que chacun amène un plat qui compte pour lui. Tu crois que ça va être possible ?

— C'est une merveilleuse idée ! Je suis sûre que tout le monde va rivaliser d'inventivité pour nous régaler. Je me chargerai des boissons.

— Tu es sûre ? Les tables, les chaises et les boissons, c'est beaucoup…

— Je te dis que je m'en charge. Plus un mot !

— OK, OK, j'aimerais aussi organiser un petit spectacle, un peu comme l'autre soir avec le chœur de chanteurs.

— Ça va faire plaisir à Roger. Tu as aimé leur prestation apparemment...
— J'ai adoré !
— Il ne te reste plus qu'à leur demander.

Après moult tractations entre les différents intéressés, la soirée fut annoncée pour le quatre août. Le gang des vieilleries avait fabriqué des affiches dans l'atelier de Gorka et les plus jeunes du village les avaient placardées sur tous les murs disponibles qu'ils avaient trouvés. Rose avait reçu des encouragements de la part des villageois qui l'avaient assurée de leur présence.

Sur la place, Rose ne savait où donner de la tête. Elle supervisa l'installation des tables dispersées à l'ombre des platanes, en disposa une tout le long des arcades pour accueillir les plats, accrocha des banderoles de triangles colorés et des lampions pour compléter le décor.

Elle se prépara en hâte. Elle ne devait pas être en retard. Hors de question de jouer à la star. Non, elle voulait accueillir chaque villageois. En bas du perron de la maison, son regard embrassa le décor de la bastide. Elle sourit. Ensemble, ils avaient recréé un village idyllique, digne des meilleures comédies romantiques. Ils avaient fait du bon travail. Des groupes de gens vêtus de blanc discutaient, les enfants couraient. Partout, elle lisait la joie sur les visages. La musique flottait dans l'air et des petites filles se déhanchaient sur la scène.

— Alors, ça ressemble à ce que tu espérais ? demanda Sophie en s'approchant d'elle.

Rose balaya du regard les villageois rassemblés et ressentit un frisson de plaisir.

— C'est parfait. Tout le monde a répondu présent avec entrain, c'est dingue quand on y pense. La plupart du temps, il faut s'y prendre des semaines à l'avance, envoyer des cartons d'invitation, rappeler les gens la veille, et ici tout s'est fait si vite. Regarde ce monde ! Et puis, c'est tellement beau tous ces gens en blanc. Je fais un peu tache avec ma tenue orange.

— Ne change rien, tu es parfaite. Les villageois sont au courant que tu as refusé de vendre la maison, je pense qu'ils ont voulu marquer le coup et te remercier.

— Tant mieux !

— J'ai adoré te rencontrer, Rose, tu sais que tu es quelqu'un de formidable ? continua Sophie en attirant Rose à elle pour la serrer dans ses bras.

Elle réprima un mouvement de recul avant de capituler. La musique avait un effet hypnotique sur elle.

— Faut pas exagérer, mais, merci de ton accueil, répondit Rose, quand je suis arrivée, j'avais besoin de réconfort, et tu me l'as offert sans rechigner. J'avais tellement de doutes…

— J'espère que tu as trouvé ce que tu cherchais.

— J'ai trouvé bien plus que ça.

Les deux femmes regardèrent en direction de la maison à la porte jaune.

— C'est tellement bizarre d'imaginer qu'Hermine s'en aille… observa Sophie.

— Je n'ai rien fait pour ça, je t'assure. Je ne l'aurais jamais chassée. On aurait trouvé un *modus vivendi*.

Sophie posa une main sur son bras.

— Ne t'inquiète pas, je le sais. J'ai appris à te connaître. Bon, sur ce, je te laisse, je vais papoter avec mon gang, tu as besoin de quelque chose ?

— Non, merci Sophie. Je vois qu'Hermine est là, je vais aller la saluer.

Elle se dirigea vers la vieille dame toute vêtue de blanc et qui arborait un immense sautoir coloré. On aurait dit une de ces magiciennes qui peuplaient l'imaginaire des enfants. Elle progressait vers le centre de la place à petits pas comptés au bras d'un aide-soignant originaire d'Héyo.
— Je suis tellement contente de te voir Hermine. Tu as bonne mine !
— C'est l'air du village et la joie de vous revoir tous. Quelle formidable idée tu as eue, Rose ! Je savais qu'avec toi, Héyo gagnerait quelqu'un d'attentif au bien-être de ses habitants.
Rose rougit sous le compliment et accompagna son amie vers le premier rang des spectateurs où elle s'installa. Sur le trajet, les villageois s'arrêtèrent pour prendre de ses nouvelles et l'embrasser chaleureusement.
— Ça fait beaucoup de bien de recevoir autant de gentillesse. Et dire que la plupart du temps, elles n'ont lieu qu'après notre mort…
— C'est exactement ce que disait Stéphane… Je retourne à l'entrée pour saluer les spectateurs, à tout à l'heure Hermine.
Après avoir eu le sentiment de ne jamais être à sa place dans sa vie, elle avait pour la première fois l'impression d'être chez elle. Elle n'avait qu'une envie : rester ici. De loin, elle vit Gorka sortir de l'atelier. Il s'était changé et avait enfilé une chemise de lin immaculée sur un jean neuf et portait une veste en toile bleu marine. C'était la première fois qu'elle ne le voyait pas déguisé en peintre maudit du XIX$^e$ siècle. Elle répondit au geste qu'il lui fit et attendit qu'il la rejoigne.
— Tu es bien chic. Je crois que c'est la première fois que je te vois en… civil. Ça y est ? Tu as terminé ta toile ? demanda-t-elle.

— Non, pas tout à fait, mais on voit bien ce que ça va donner. J'ai envoyé une photo à mon agent, elle pense que ça suffira pour décider les gens de la galerie.
— C'est bien. Tu es content ?
— À peu près.
— Tu ne l'es jamais complètement, n'est-ce pas ?
— Si. Mais quand je le suis, ça passe vite. Je suis toujours rattrapé par mes doutes.
Il se tourna vers l'énorme barbecue.
— Je meurs de faim, s'exclama-t-il, je vais me chercher à manger, tu veux quelque chose. Une salade ?
Une odeur alléchante montait au-dessus de la place.
— Des saucisses grillées ?
Il leva un sourcil.
— Tu n'es pas végétarienne ?
— Non, pourquoi ? Il faudrait ?
— Non, non, j'adore que tu ne le sois pas, dit-il en s'éloignant.
Elle le vit prendre place dans la longue file des gourmands, il lui fit un signe de la main auquel elle répondit timidement. On dirait une véritable ado, pensa-t-elle en détournant le regard. Quand il revint, il déposa une assiette en bambou et des couverts entre Rose et lui. Il mordit avidement dans une saucisse grillée.
— Au fait… un peu plus tard, après le spectacle, je voudrais te présenter quelqu'un, te montrer un truc et te donner quelque chose, dit-il.
Rose mâcha longuement le morceau de saucisse qu'elle venait d'introduire dans sa bouche. Elle cherchait une réponse marquante et implora Sandra de lui venir en aide.
— Et comment je peux être sûre qu'aucun de ces trucs n'est ton pénis ?

Gorka se figea avant d'éclater de rire. Elle rougit et secoua la tête : était-il possible qu'elle ait prononcé ces mots ?
— Ne me dis pas que tu as encore bu trop de champagne ? demanda-t-il de sa voix chaleureuse qui faisait vadrouiller les papillons dans son ventre.
— Il n'y en a pas.
— De la bière alors ?
— Non plus, regarde, je tourne au coca. J'ai bien le droit de m'amuser ! dit-elle en baissant les yeux.
Ils massacrèrent les saucisses et piochèrent dans la salade de tomates.
— Je crois que je n'ai jamais mangé une salade de tomates aussi bonne…
— C'est parce qu'on la partage, lui lança Gorka. Tu sais que Stéphane est mon demi-frère.
— Oui, et si tu es le frère de Stéphane…
— Demi-frère.
— Et si tu es le demi-frère de Stéphane, alors moi je suis ta belle-sœur.
— Ma demi-belle-sœur, confirma Gorka.
— Le demi changerait quelque chose à l'histoire ?
— Je ne sais pas, c'est à toi de me le dire.
— J'aime bien l'idée d'avoir gagné un presque frère…
Gorka tordit le nez.
— Un presque frère… c'est important d'avoir un presque frère dans sa vie ?
— Je ne sais pas, j'en ai jamais eu.
— J'aurais préféré être autre chose.
— Quoi ?
— Quelque chose qui s'apparenterait plus à un petit ami…
— Un petit ami ? Tu parles comme un ado ! ironisa-t-elle.

— Un amour de vacances vécu par des gens plus très jeunes, ça pourrait être formidable, non ?
— Non, je ne crois pas... Je te l'ai déjà dit, je... je ne...
— Oui, je sais, tu n'es pas prête, mais j'avais bien le droit d'essayer, non ?
— Tu vas essayer souvent ? souffla-t-elle.
— Souvent et longtemps. Je n'ai jamais fait partie des mecs cools du lycée, mais avec toi, ça me donne enfin cet effet.
— N'importe quoi !
— Tu vas me refuser ce dernier rêve ?
— Ce dernier rêve ? Tu racontes décidément n'importe quoi ! Bref. Passons ! Regarde, Sacha arrive.

Vêtu de l'hilarant costume de scène dont il était coutumier, le jeune homme se présenta au public. D'abord hésitant, il prit peu à peu possession de la scène en même temps que ses traits se détendaient.

— La première fois que je suis monté sur scène, j'ai vomi tripes et boyaux. C'était pas beau à voir, surtout pour les spectateurs du premier rang.

L'assistance émit un grognement et eut un mouvement de recul.

— Mais je suis très heureux d'être à Héyo ce soir, donc tout devrait aller bien. Pour venir jusqu'à vous, c'est la première fois que j'ai eu le mal de mer en autobus. Qui est le con qui a tracé les routes de votre pays ? Je pense que vous pourriez lui faire un procès... non, ne me dites pas que c'est intentionnel pour empêcher les gens de venir ? Bande de petits rigolos ! Je parie que c'est la même chose avec votre langue... Un jour, deux papis se sont assis sur le banc, celui-là, juste derrière, et ils ont inventé des mots pour embêter les touristes qui avaient pu arriver ici malgré les routes sinueuses. Franchement comment expliquer la prononciation de *txantxangorria* et où voyez-vous une quelconque ressemblance avec rouge-gorge ? Ce n'est pas ça ? Les petits vieux jouaient au Scrabble, il ne leur restait que les lettres dont personne ne veut et ils ont dit : voilà, inventons une langue avec ces lettres !

Les spectateurs étaient hilares et leur euphorie gagna peu à peu Sacha qui se décontracta tout à fait. Rose n'avait jamais douté des talents du jeune homme, mais l'effet conjugué de ses encouragements et les répétitions avec Candice avaient transformé les sketches disparates en véritable *show man*. Sacha savait captiver son auditoire qui, tour à tour, était embarqué dans une histoire rocambolesque ou dans des scènes plus intimes où la pudeur affleurait, faisant immanquablement renifler le public. À la fin de sa prestation, il invita Candice à le rejoindre sur scène. Après un salut un peu raide, elle s'installa derrière le piano d'Hermine qui avait été déplacé pour l'occasion, puis le chœur *Irrintziak* la rejoignit.

Comme les chanteurs, elle s'était habillée en noir et portait une longue robe d'un look rétro.

— Elle a emprunté une robe à ma mère, glissa Gorka à l'oreille de Rose.

Celle-ci jeta un regard à la vieille dame qui leur avait ordonné de ne jamais entrer dans sa chambre, qu'allait-elle penser ? Que sitôt qu'elle avait le dos tourné, ils faisaient fi de ses demandes ? Un jeune homme se tenait près de la scène.

— C'est qui ? demanda Rose à Gorka.

— Alex, c'est son mec si j'ai bien compris, même s'ils ne sont pas des plus tendres l'un envers l'autre. Si tu veux mon avis, il y a de l'eau dans le gaz.

— Elle ne m'avait pas dit qu'il serait là…

Assis aux premières loges, il ne quittait pas Candice des yeux. La jeune femme salua l'assemblée et prit la parole.

— Merci à tous d'être venus si nombreux nous écouter. Ce soir, j'aurais l'immense joie d'accompagner le chœur *Irrintziak*. Mais avant toute chose, je voudrais que l'on fasse un tonnerre d'applaudissements pour quelqu'un sans qui je ne serai pas là aujourd'hui.

La jeune fille commença à applaudir et l'assemblée la suivit, offrant un tonnerre d'applaudissements à Hermine. Sacha s'installa à côté de Rose.

— Je t'ai trouvé génial ! Vraiment. Tu es fin prêt pour Paris.

Le garçon lui sourit rapidement avant de demander en faisant un signe du menton en direction de Candice :

— Comment elle va ?

— Plutôt bien, regarde.

— Y a son mec qui est arrivé. Il a balayé tout ce que j'avais essayé de lui faire comprendre. C'est un con, je t'assure. Pas étonnant qu'elle ait perdu tous ses moyens. On dirait qu'il veut l'enfoncer, juste pour qu'elle se raccroche à lui et qu'elle le considère comme son sauveur.

— Ne fais pas attention à lui, concentre-toi sur elle. Tu t'y connais vraiment en musique ?

— C'est une longue histoire…

— Je serai très heureuse que tu me la racontes à l'occasion.

Candice s'installa au piano et le concert débuta. Pendant la demi-heure qui suivit, la musique s'empara du village. Le piano et le rythme plus soutenu des arrangements inventés par Candice accompagnaient magnifiquement les voix des hommes. Rose essuya les larmes qui montaient à ses paupières. À la fin, ce fut un autre concert qui s'éleva, celui des applaudissements. Les chanteurs félicitèrent la jeune pianiste qui avait donné une nouvelle dimension à leur prestation. Si au début, certains étaient sceptiques, ils avaient été convaincus par la ferveur de la musicienne. Candice fixait Alex et Sacha tour à tour. Du coin de l'œil, Rose aperçut la réaction d'Alex. Alors que Sacha, debout, ovationnait à tout rompre, il était resté assis, et, presque à contrecœur, il applaudissait du bout des doigts. Le contraste entre les deux hommes n'aurait pu être plus flagrant. Un brouhaha s'éleva de la place et les spectateurs se dirigèrent vers la table sur laquelle Maïder avait présenté ses desserts. Hermine se dirigea vers le groupe formé par Rose, Candice, Sacha et Gorka.

— Bravo, les enfants, vous avez été merveilleux. Quelle chance j'ai eu de pouvoir venir vous applaudir ! Toi, je ne veux plus jamais t'entendre dire que tu as laissé tomber le piano. N'écoute que ton cœur, et s'il te dit de jouer de la musique basque, fais-le. Ne te pose pas de questions. Les questions, ça encombre toujours tout. Quant à toi, jeune homme, je veux voir ton nom dans les journaux à la rentrée, quand tu auras conquis le public parisien. On est d'accord ?

Candice et Sacha lui en firent la promesse en la serrant dans leurs bras.

— Quant à toi ma Rose, Gérard m'avait dit que tu étais formidable et que s'il ne t'était pas arrivé cet accident, tu aurais eu une vie palpitante. Il avait raison. Il avait toujours raison. En tout. Il savait que Gorka n'était pas un terrien, qu'il avait besoin de voir du monde. De bouger. De partir pour mieux revenir. Il n'avait pas prévu le décès de Stéphane si tôt après lui, mais je pense qu'il serait rassuré de savoir que tu vas garder la maison. N'est-ce pas ? Tu vas la garder ?

Rose, la gorge nouée, hocha la tête.

— C'est bien. Je vais pouvoir me reposer dorénavant, d'ailleurs en parlant de me reposer, je vais aller me coucher. Je vais dormir ici pour la dernière fois.
— J'espère bien que non ! Que tu reviendras pour les vacances ou à Noël par exemple ! Tu auras toujours ta chambre ici.
La vieille dame sourit et se tourna vers Sacha :
— Tu m'accompagnes dire au revoir à Roger ?
Le jeune homme prit la femme par le bras et l'entraîna vers le gang des vieilleries qui tenait conciliabule près de la fontaine.
— Dis donc, Candice, ma robe te va très bien. Garde-la, elle te portera bonheur, lança-t-elle en se retournant.
Candice rougit et remercia la vieille dame.

Restée assise, Rose se pencha à l'oreille de Gorka.
— Tu voulais me présenter qui ?
Il la regarda intensément, empoigna sa main et se dirigea vers la maison. Ils gravirent les marches du perron quatre à quatre puis montèrent au dernier étage. Là, il attrapa une clé, cachée sous le tapis, et déverrouilla la porte. Cérémonieusement, il la fit pénétrer dans une immense pièce encombrée qu'elle n'avait jamais visitée.
— C'est le grenier ?
— Affirmatif. Il mourrait d'envie de te rencontrer !
Elle étouffa un rire et il l'entraîna jusqu'à une lucarne un peu trop haute pour sa petite taille.
— Regarde, ordonna-t-il de sa voix chaleureuse qui la fit frissonner.
Il la saisit par la taille. Elle ferma les yeux.
— Arrête, je suis trop lourde ! dit-elle en gesticulant pour qu'il la laisse au sol.

— Qui t'a mis cette idée dans la tête ?
D'un geste, il la leva jusqu'à la fenêtre.
— Regarde la vue, je passais mon temps ici…
— Tu faisais quoi ?
— Comme toi en ce moment : je regardais des trucs super moches. Comme les couchers de soleil par exemple, les étoiles ou le paysage. Tu vois la forêt sur ta gauche ? J'inventais des histoires avec les *Laminak*, des lutins qui faisaient peur aux autres, mais qui me protégeaient. J'imaginais que Stéphane serait terrorisé s'il les voyait.

Rose sentit son cœur s'emballer à l'évocation de son mari. Elle se trémoussa, il la reposa.

— La colline m'a toujours fait penser à un monstre endormi. C'est encore plus flagrant quand il y a de la brume comme ce soir. On dirait qu'elle sort de ses nasaux pendant qu'il dort. Tu ne trouves pas ? dit-elle.

— Peut-être, j'ai moins d'imagination que toi apparemment, mais j'ai toujours aimé cette vue. Quand Gérard arrivait, je venais me réfugier ici. Ma mère était obligée de monter me chercher, sinon, je ne redescendais pas.

— J'ai l'impression que ce gentil monstre assoupi veille sur moi.

— Ça se pourrait bien…

— Gorka, c'est la deuxième fois que tu me fais découvrir une vue aussi belle, souffla-t-elle.

Il lui prit la main et intercala ses doigts aux siens. D'un seul geste, elle aurait pu se dégager, au lieu de ça, elle resta immobile.

— Ça t'est déjà arrivé d'être si bien que tu n'étais pas obligé de parler, le questionna-t-elle.

— Oui, l'autre soir, quand on est allés voir *Belharra*.

Il s'éloigna de la lucarne et s'assit sur une caisse.

— Cette vue, Rose, je te la laisse. Fais ce que tu veux de ma maison d'enfance. Je ne suis plus un enfant. Il est temps que je tourne la page, ma mère te donne sa bénédiction, moi aussi. Elle prétend qu'avec toi, la maison sera entre de bonnes mains et j'ai tendance à la croire, elle est un peu sorcière sur les bords.

Rose s'assit sur une caisse en bois.

— Tu sais que j'ai cru que c'était la garçonnière de Stéphane ?

— Oui.

— À un moment, j'ai même pensé qu'il était l'amant d'Hermine.

Elle leva les yeux au ciel tellement cette idée lui paraissait idiote maintenant et Gorka retint son fou rire.

— Il n'est jamais venu ici. Il ne connaissait même pas ma mère autrement qu'en photo. On s'est vus une fois, à Toulouse, tous les deux, il y a trois ou quatre ans. Honnêtement, on n'avait pas grand-chose à se dire. C'est drôle, on ne se ressemblait pas du tout, on n'avait aucune affinité et pourtant il avait à peine quelques mois de plus que moi.

— Que vous n'ayez eu aucune affinité, peut-être, mais vous vous ressembliez ! La voix, c'est dingue… Il suffit que je ferme les yeux pour entendre Stéphane.

Sa vue se brouilla. Elle poursuivit pour ne pas laisser l'émotion prendre le dessus.

— Qu'est-ce que tu voulais me donner ?

Il tira de la poche de sa veste un paquet de feuilles dactylographiées et les lui tendit.

— C'est la traduction du cahier de Gérard, dit-il, alors qu'elle en prenait connaissance.

Sur la première page, elle lut : *Monplaisir*. Elle tourna la feuille et trouva la dédicace : *Qui que vous soyez, soyez heureux dans cette maison comme je l'ai été entre les bras d'Hermine.*

— Tu l'as lu ?

— C'est moi qui l'ai traduit, donc, oui, je l'ai lu.

— En même temps c'était ton père, tu avais le droit.

— Je ne sais pas si je l'avais, mais je l'ai pris. À mon âge, je n'attends plus d'autorisation de quiconque, et ça m'a permis de mieux le comprendre.

— Et peut-être, de ne plus lui en vouloir ?

— Pourquoi tu dis ça ?

— L'autre jour, quand tu as vu le cahier, tu as dit que même mort il vous faisait chier... j'ai donc pensé que tu lui en voulais.

— Je lui en ai longtemps voulu, c'est vrai. J'ai toujours su qu'il avait une autre famille, une autre femme et un autre fils. Ma mère en parlait de temps en temps. Ça me faisait chier qu'on passe après eux. Chier que ce soit Stéphane qui passe ses soirées avec lui, que Gérard lui apprenne à faire du vélo ou à conduire. J'enviais même leurs engueulades. Moi, je suis le bâtard.

— Ne dis pas ça...

— C'est pourtant la stricte vérité. Il ne m'avait pas reconnu : je porte le nom d'Hermine. Il ne nous consentait que des miettes. Je voyais bien que ma mère n'était pas pleinement heureuse et ça me désolait. Elle attendait sa venue comme un camé en manque ! Je trouvais ça pitoyable. Et puis, il est mort et ce fut pire : il ne lui avait même pas laissé la maison !

— Il ne pouvait pas.

— Oui, c'est ce que j'ai compris en lisant le cahier. Il a été loyal avec les deux femmes de sa vie. Dommage que ma mère ait été la deuxième.

Il remit en place une mèche tombée sur les yeux de Rose. Surprise, elle se dégagea vivement.

— OK. J'arrête, dit-il en levant les bras comme un bandit mis en joue par la police. C'est juste que tu as une bestiole dans les cheveux.

— Là ? demanda Rose en secouant sa frange.

— Non, plus à droite.

— Eh bien, enlève-la ! Allez !

— Faudrait savoir ! Et puis, si je le fais, tu sais très bien ce qu'il va se passer...

— Non, je ne vois pas...

— Je vais mettre ma main dans tes cheveux, tu vas me tomber dans les bras, on va se regarder fixement, je vais me pencher pour t'embrasser. C'est vraiment trop banal.

— Donc tu comptes laisser la bestiole dans mes cheveux ?

Rose se mit à gesticuler dans tous les sens, ce qui le fit éclater de rire. Il avait aussi le même rire que Stéphane. Comment ne s'en était-elle pas rendu compte avant ? Elle le dévisagea. Il avait perdu son air sombre et perpétuellement en colère qui l'avait rendu si radicalement différent de son frère. Il semblait avoir trouvé du réconfort et Rose fut étonnée qu'il l'ait trouvé auprès d'elle, elle qui craignait tout : des éboulis non répertoriés sur la carte de sa vie, jusqu'à son ombre. Elle repensa à ses emportements et malgré tous ses défauts, peut-être était-il exactement l'homme qu'il lui fallait après Stéphane.

— Non, on ne peut pas écrire une fin aussi banale. Dans les romans, tout le monde dirait que c'était cousu de fil blanc...

— Tu as raison. Redescendons avec les autres. Ah, non, attends ! Il y a autre chose que je voulais te donner.

Gorka s'éloigna, attrapa un paquet déposé sur un meuble, puis, après avoir fait le chemin en sens inverse, il le déposa entre les mains de Rose.

## 35

## Sur le canapé recouvert de plaids.

Rose balança un grand coup de pied dans le côté droit de la porte et celle-ci céda avec facilité. Elle cligna des yeux le temps qu'ils s'habituent à la pénombre qui régnait dans l'atelier. Elle reconnut l'odeur caractéristique de l'essence et de la peinture qui, pour elle ne savait quelle obscure raison, la réconfortait. La musique classique s'élevait en sourdine. Dans la pièce se pressait une foule de toiles parfois simplement ébauchées présentant les personnages emblématiques du Radeau de Géricault. Plus loin, des structures métalliques et des meubles en carton, dont lui avait parlé Roger et qu'elle savait être l'œuvre d'Estéban, créaient un bestiaire fantastique. Elle déambula au milieu des créations.

— Bonjour Rose.

Surprise, elle sursauta. Il avait surgi derrière elle comme un pantin de sa boite, mais elle constata qu'aucune crise d'angoisse ne se profilait. Gorka, chemise ouverte sur le torse, essuyait ses mains à un torchon. La jolie chemise en lin de la veille n'était plus que l'ombre d'elle-même. Elle eut un regard réprobateur qu'elle tenta de gommer le plus rapidement possible. Elle n'était pas sa mère ! Il pouvait bien faire ce qu'il voulait avec ses affaires. Comprenant ce à quoi elle pensait, Gorka dit :

— Je ne crois pas avoir un seul vêtement qui ne soit pas taché. À une époque, ma mère n'avait d'ailleurs pas une seule paire de draps ou de serviettes de bain qui ne soit pas marquée par le sceau de la création. Même le canapé est tatoué.

Elle se souvint en effet qu'elle l'avait trouvé confortable, bien que très abîmé.

— Tu es venue me dire bonjour ? demanda-t-il après avoir posé le chiffon à côté de l'étalage des pinceaux.

Elle brandit le tableau qu'il lui avait offert la veille au soir. Après le lui avoir remis, il l'avait plantée au milieu du grenier sans aucune explication. Elle l'avait entendu dévaler l'escalier, et, abasourdie, elle était restée immobile à observer la toile. Ce n'est qu'une fois couchée que les questions avaient afflué à son cerveau.

— Comment tu as fait ?

— Je suis très observateur.

— Et pour ça ? demanda-t-elle en posant son doigt sur une tache de naissance qu'elle portait sur une fesse.

— Je te l'ai dit, je suis très observateur.

— Et comment tu fais pour observer ce que je ne montre pas ?

— Ce que tu ne montres pas ? Tu as la mémoire courte, non ? L'autre soir, tu sais, quand tu avais trop bu, avec l'autre tocard d'agent immobilier…

Gorka la regardait intensément.

— C'est pas un tocard, c'est un gamin et il s'appelle Marc.

— Je sais comment il s'appelle, merci, quant à son âge, je te rappelle que c'est moi qui te l'ai donné.

À ce souvenir, Rose se sentit rougir.

— Tu disais avoir trop chaud, tu as ouvert la fenêtre de ta chambre, mais ça ne suffisait pas et paf, tu t'es déshabillée. Ça te revient ?

Tout lui revenait. Avec lui, tout lui revenait. C'était comme si elle n'avait rien oublié, comme si elle se réveillait.

Son cœur battait à nouveau. La sensation bien qu'agréable était horrible. Elle craignait d'être prise par surprise par quelque chose comme l'amour. Le pire était qu'elle n'avait pas le souvenir d'avoir ressenti ça avec Stéphane. Le remords fondit sur elle. À quoi est-ce que cela rimait ? Qu'est-ce que cela signifiait ? Qu'elle n'aimait pas Stéphane ? Elle imagina les messes-basses et les mauvaises langues qui insinueraient qu'elle ne l'avait jamais aimé. Avait-elle le droit de ressentir ces émotions pour quelqu'un d'autre que lui ? La tristesse s'était fait la malle à une rapidité folle et elle en était atterrée parce que le bonheur avait commencé l'annexion de son âme. Le bonheur était une affaire étrange, aussi incontrôlable que la peine. Elle avait l'impression de marcher sur un nuage et était envahie par deux sentiments ambivalents : le besoin de le partager et celui de le reléguer aux oubliettes. Et quoi ? Allait-elle passer le reste de sa vie à ne rien vivre pour ne pas craindre la fin d'un amour ? Pour ne courir aucun risque ?

— Ça va ?

— Oui, oui.

— Tu sais, j'aimerais vraiment que tu poses pour moi, reprit-il.

— Tu lâches jamais l'affaire, toi !

— Jamais !

— Si j'en crois ce que je vois et le tableau que tu as fait de moi, tu n'en as pas besoin !

Partout sur les murs étaient scotchées des esquisses d'elle.

— Et puis, tu me mettrais à côté de laquelle ? s'enquit Rose en regardant les représentations des modèles que le peintre avait disposés sur sa toile, je ne tiendrai jamais la comparaison.

Gorka attrapa une toile et un fusain et la regarda intensément. Même s'il s'agissait d'un regard purement professionnel, celui de l'artiste sur le modèle, elle en conçut un sentiment étrange. Stéphane l'avait toujours regardée avec amour, mais dans les yeux de Gorka, il n'était pas question de cela. Non, il y avait autre chose de plus animal. Troublée, elle voulut détourner la tête, mais il l'arrêta d'un ton sec.

— Ne bouge pas ! Je capture ton image. Tu te sens capable de rester immobile ?

Elle hocha la tête. Il dégrafa son chemisier et en écarta les pans laissant apparaître sa poitrine. Rester immobile, elle pouvait, mais muette était impossible. Elle avait toujours eu besoin de parler pour faire taire la peur.

— Tu sais, quand je suis arrivée à Héyo, j'étais morte en dedans depuis des années. Malgré tout l'amour que m'a porté Stéphane, je n'ai jamais réussi à me défaire de mes démons, mais ne crois pas que je ne me suis pas battue contre eux !

— Je n'ai jamais dit ça ! On a tous des démons, commença Gorka tout en griffonnant sur la toile. Certains s'en accommodent mieux que d'autres. Il arrive parfois qu'on ne parvienne pas à s'en défaire, mais ça ne veut pas dire qu'on se batte moins que les autres. Ça veut simplement dire qu'on n'a pas encore suffisamment appris d'eux.

— Il n'y a rien à apprendre d'eux... Il me semble qu'ils m'ont toujours empêchée.

— Peut-être qu'un jour tu comprendras. En revanche, une chose est claire, en venant ici, tu es passée à l'action et ça fait toute la différence.

— Tu as raison. Ici tout est différent. Mon cœur est...

La sonnerie du téléphone de Rose retentit.

— Ne réponds pas, implora Gorka.

— C'est peut-être important...

— Alors, réponds !

— Faudrait savoir !

Rose prit l'appel trop tard. Il bascula sur la messagerie. Il provenait de Sandra. Sans doute venait-elle aux nouvelles. Elle pouvait attendre, pensa Rose.
— Réponds !
— Mais, je viens de le faire…
— Tu le fais exprès ou quoi ? Réponds-moi : ton cœur, il est comment ?
— Je crois que tu as une bestiole dans les cheveux…
Rose fit deux pas en avant.
— Mais tu sais ce qu'il va se passer : tu vas mettre ta main dans mes cheveux, je vais te tomber dans les bras, on va se regarder fixement, je vais me pencher pour t'embrasser. C'est vraiment trop banal, renchérit-il avec malice.
— Finalement, je crois que j'aime bien les fins très banales.
Il la prit dans ses bras, se pencha vers elle et l'embrassa. Il recula pour mieux la regarder.
— Je ne sais pas à quoi tu t'attends, mais dès que j'enlève mes vêtements, y a tout qui fout le camp, commença-t-elle.
— Ne dis pas n'importe quoi…
— Ces trente dernières années, je n'ai couché qu'avec Stéphane, alors si tu t'attends…
— De ton côté, faut pas que t'espères de feux d'artifice non plus.
— Et toutes ces minettes qui te tournent autour ? Et toutes celles que tu as représentées sur ton tableau ?
— C'est que de l'esbroufe, c'est pour épater la galerie. La plupart du temps, quand je couche avec quelqu'un, je suis plus ou moins bourré et le matin, la fille a déguerpi et moi je ne me souviens de rien.
— Charmant… alors, ce n'est peut-être pas le bon moment pour…, sobre, tu risques de prendre peur.

— C'est bon là, on peut y aller ?

Les rides soucieuses qui avaient envahi le front de Rose se dissipèrent en un instant quand Gorka se pencha pour la prendre dans ses bras et la déposer à l'étage sur le canapé recouvert de plaids. Pendant tout le trajet, elle avait rentré le ventre et retenu sa respiration dans l'espoir de peser moins lourd en apnée. Elle ferma les yeux alors que son rythme cardiaque s'emballait. La porte derrière laquelle étaient stockés les souvenirs de Stéphane dans son esprit s'entrouvrit. Elle fit son possible pour la refermer. Après tout, elle avait bien le droit d'avoir un amant, n'est-ce pas ? Ce n'était pas Gorka qui l'empêcherait d'aimer Stéphane et elle ne laisserait pas son souvenir s'estomper de sitôt. Et puis, personne ne saurait ce qui allait se passer entre elle et lui, se rassura-t-elle. Elle referma doucement la porte dans son esprit.

— C'est qui ? demanda Rose un peu plus tard, en s'enroulant dans une couverture, inquiète alors que quelqu'un frappait à la porte de l'atelier.

— Ça doit être Estéban... quelle heure est-il ?

Elle s'étira pour attraper le téléphone qu'elle avait laissé sur une petite table, non loin du canapé. Sur l'écran, elle nota la présence de plusieurs appels en absence de Sandra. Son cœur se serra. Dans un temps extrêmement court, elle pria pour qu'il ne soit rien arrivé à ses enfants, à Zac, Rodolphe ou Martine. Elle se demanda comment elle allait leur expliquer ce qu'il venait de se passer et décida qu'elle n'avait rien à expliquer. Personne n'en saurait jamais rien, ça serait leur secret, à elle et Gorka. C'était sa vie maintenant, et plus personne ne viendrait interférer dedans. Les coups redoublèrent contre la porte.

— Il est dix heures quarante, murmura-t-elle. Je doute vraiment que ça soit Estéban, il aurait tapé dans la porte et serait déjà rentré.

— Je crois que tu as raison. Rhabille-toi, ça doit être mon agent et les gens de la galerie.

Une étincelle de doute passa dans son regard.

— Je suis désolé, Rose. Je me rends compte à quel point c'est…

— Banal ? termina-t-elle, la gorge serrée.

Elle n'avait jamais vécu ce genre de situation, et elle était parfaitement consciente du ridicule qu'il y avait à se rhabiller en catimini à cinquante ans passés. Elle lui tendit son boxer et ses chaussettes, savourant ce moment d'intimité. Sans la quitter des yeux, Gorka enfila une des salopettes qui trainaient sur le dossier d'un fauteuil et descendit au rez-de-chaussée. Soudain, Rose fit le constat que la cuirasse qu'elle s'était construite s'était bel et bien fissurée. Elle sentit ses jambes trembloter et inspira pour faire fuir la crise dont elle croyait être victime, mais dans un sursaut elle comprit qu'il ne s'agissait pas d'anxiété, mais de vulnérabilité. Il était temps pour elle de regarder en face la nouvelle personnalité qui se dessinait.

Elle laissa tomber au sol la couverture dont elle s'était entourée et se força à regarder son corps nu dans le miroir. Elle l'avait toujours détesté et n'y retrouvait rien de la grâce de Martine. Longtemps, elle avait pensé que les lois de la génétique étaient injustes. Malgré son œil critique, en regardant sa poitrine généreuse, ses hanches pleines, ses jambes galbées, son ventre rond, elle prit conscience qu'elle n'était pas aussi grosse qu'elle l'avait toujours cru. Elle prit son temps pour se rhabiller, persuadée que la conversation qu'elle percevait s'achèverait rapidement, pourtant au bout de plusieurs minutes, elle dut se rendre à l'évidence : elle ne s'épuisait pas et se renouvelait sans cesse sur un whaow ou un bravo. Quand elle regarda l'heure, il ne lui restait plus que dix minutes avant d'entamer son service. Sophie n'accepterait pas une autre excuse de sa part : elle n'avait d'autre choix que d'y aller. Elle finit de se recoiffer, tenta de redonner un aspect normal à ses yeux noircis de rimmel et descendit.

# 36

## La modernité dans la tradition

Rose mit quelques minutes avant de comprendre que Gorka conversait avec Sandra. Elle avait changé de couleur de cheveux et arborait un marron chaud plus seyant que son ancienne coloration. Elle fut prise d'un élan et eut envie de la serrer dans ses bras, néanmoins, en une fraction de seconde, elle prit la mesure de ce que cela signifiait. Leur secret n'en serait pas un. Son amie la connaissait par cœur, elle saurait lire en elle, et voir les émotions qu'elle tentait maladroitement de cacher. Elle comprendrait très vite ce qu'il s'était passé entre eux. Elle envisagea de rebrousser chemin et de faire à nouveau faux bond à Sophie.
— Rose ?
La voix de Sandra lui parut étonnamment perchée.
— Bonjour Sandra.
— Mais, que…
— Vous vous connaissez ? demanda Gorka.
— Sandra est ma meilleure amie, répondit Rose.
— Sandra est la galeriste dont je t'ai parlé, renchérit-il.
— Nuance, tu m'as parlé des *gens de la galerie*.
— C'est dingue, j'ai accepté de rencontrer Gorka justement parce qu'il habitait à Héyo. J'ai pensé que ça serait une bonne occasion pour te voir, mais je ne m'attendais pas à ça…
L'agent du peintre tenta un repli stratégique.

— J'ai vu qu'il y avait un café sur la place. Je vais y aller. Venez m'y rejoindre dès que vous serez prêts.

La porte claqua. Le regard de Sandra passa de Gorka à Rose pour revenir au peintre.

— Vous avez abusé de sa tristesse ! s'exclama-t-elle dans un accès de colère.

Le rouge marbrait son cou, signe d'une extrême émotion.

— Si quelqu'un a abusé de l'autre, c'est elle, répondit-il d'un ton calme avec un clin d'œil pour tenter de dédramatiser la situation.

Sandra saisit brusquement la main de Rose et arbora son alliance.

— Vous savez qu'elle est mariée ?

— Elle est veuve.

— C'est pareil.

— Non, ce n'est pas pareil, murmura Rose.

C'était comme si pour la première fois Sandra envisageait Rose comme une femme et pas seulement celle de Stéphane, et pas seulement comme la fille de Rodolphe et la mère de Gabriel et Marguerite, pas seulement comme l'amie qu'il avait fallu protéger toute sa vie. Gorka se racla la gorge.

— Je vais vous laisser. Vous devez avoir des tas de choses à vous dire. N'hésitez pas à monter à l'étage et à vous servir à boire si vous en avez besoin. Faites comme chez vous. Je vous attendrai au café moi aussi.

Rose et Sandra ne bougèrent pas d'un pouce, ne le saluèrent pas et ne se retournèrent pas quand la porte claqua derrière lui.

— Je croyais que tu n'étais pas en carence sévère. Ce n'est pas ce que tu m'as dit ? Mais bon, je vois que tu as trouvé ton remède de cheval…

— Ce n'est pas toi qui voulais que je rencontre des hommes ?
— Tu as perdu la tête, Rose ! Ta mère avait raison. Tu vas faire quoi avec un inconnu ?
— C'est le fils d'Hermine.
— La vieille dame qui habite la maison ?
Rose acquiesça d'un signe de tête. Elle savait d'avance la tournure qu'allait prendre la discussion.
— Bon, eh bien, ne cherche pas, il a juste essayé de t'entourlouper pour récupérer la maison. C'est aussi simple que ça. C'est vraiment dommage, parce que j'adore son travail. Sa toile est une merveille.
Elle regarda à nouveau l'immense toile et secoua la tête de déception.
— Je suis d'accord avec toi au sujet de son travail, mais pas pour le reste, assura Rose. Tu te trompes. Il ne veut pas récupérer la maison. Tu sais, il y a une chose dont tu ne sais rien, c'est la tristesse de la vie des veuves. On ne nous enterre plus avec nos maris défunts, mais c'est tout comme. On doit rester célibataire au nom de la morale, des convenances. Combien de temps ? Il existe une règle ? Une norme ? Tu la connais toi ? Parce que Stéphane est mort, je devrais continuer à souffrir ? Rien ne doit être beau autour de moi ? Gai ? Joyeux ? C'est ça ? Je dois continuer ma vie, mais sans tourner la page. Je dois bégayer ma vie. De toute façon, quoi qu'on fasse, ça ne va jamais. On n'a plus le droit d'être heureuse quand on est veuve. Les gens s'attendent à ce qu'on pleure, mais quand on le fait trop, on les dérange. Conclusion : trop heureuse, on dérange, trop malheureuse aussi !
Rose s'arrêta hors d'haleine. Elle ne se souvenait pas avoir déjà parlé de la sorte à Sandra, ni même à personne d'ailleurs. Son amie ne paraissait pas avoir renoncé non plus.

— Ne me dis pas que tu es tombée amoureuse de ce bellâtre ! Tu trouves normal de retomber amoureuse trois mois après la mort de ton mari ?

— Quatre mois.

— Tu pinailles !

— Non, je crois que c'est toi qui pinailles.

— De mieux en mieux…

— Quoi, de mieux en mieux ? Il y a toujours matière à critiquer quand une veuve retombe amoureuse. Un homme, lui, il a le droit. On va l'excuser « oh ! le pauvre, il ne sait pas vivre seul ». Je te signale que tomber amoureuse, ce sont des choses qui arrivent, que veux-tu que je te dise ?

— Dans ton monde, peut-être…

— Pardon ? Qu'est-ce que tu insinues ? Tu me reproches quoi au juste ? D'être heureuse ? De ne plus avoir besoin de toi pour me ramasser à la petite cuisine ? Gorka me fait rire. Je me sens bien et tu sais quoi ? Je me sens belle. Désirée.

— C'est juste une histoire de cul !

— Et alors ? Je n'ai pas le droit à une histoire de cul ? s'emporta Rose.

— Essaie d'être raisonnable…

— Je n'en ai pas envie ! Plus du tout ! J'ai envie d'autre chose. J'ai retenu ta leçon, tu vois, je n'essaie pas de faire plus jeune, j'essaie de faire moins vieille et d'avoir un nouveau départ.

— Ta vie est une succession de nouveaux départs. Chaque fois que tu essayais de trouver un boulot, tu disais que ça serait un nouveau départ. Arrive un moment où ça ne veut plus rien dire les nouveaux départs ! C'est juste… pathétique.

— Tu te rends compte à quel point tu es dure ? Je croyais que tu étais mon amie. Que tu serais heureuse pour moi ! Je ne fais de mal à personne. Je me fais même du bien. Je n'ai eu qu'une crise depuis que je suis arrivée. Une seule, et elle est passée en quinze minutes. Ici, j'ai toujours réussi à les résorber. Ça, tu vois, ça n'a pas de prix. Il n'y a peut-être pas de jolie histoire derrière tout ça, peut-être qu'il n'y a pas de fin heureuse non plus, mais c'est une grande avancée pour moi. Et ça, tu vois, j'aurais aimé le fêter avec toi.

— Tu as pensé aux enfants ?

— Ça fait vingt ans que je pense à eux tous les jours et aujourd'hui, j'ai décidé de penser à moi ! Qu'est-ce que je pourrais leur offrir si je continue à ne rien vivre ? À force de toujours vouloir me protéger, je suis vide. Alors, tu vois, je vais essayer de m'en sortir. Toute seule. Et ils seront fiers de moi.

— T'en sortir seule. Plutôt avec Gorka…

— Non, toute seule. Si amour il doit y avoir, un jour, entre lui et moi, il ne doit plus me faire oublier qui je suis. Je n'ai pas cherché le bonheur, mais s'il s'offre, je le prends ! Je n'ai rien calculé, rien analysé, je veux simplement vivre. C'est bien ce que tu me disais de faire non, quand j'étais à Toulouse ? Vivre, faire confiance à la vie parce que rien de ce qui se produit n'est au-dessus de nos forces. Maintenant j'ai compris et cette fois-ci, vois-tu, je vais m'en sortir et ça ne sera pas avec une nouvelle paire de béquilles qui s'appellerait Gorka.

Tout le corps de Sandra se détendit d'un coup.

— OK, OK. Excuse-moi. Je n'avais pas vu les choses de cette façon. Je n'interviendrai plus. Tu as raison, je ne sais pas ce qui m'a pris. Ton bonheur me tient à cœur, tu le sais n'est-ce pas ? Ce n'est rien d'autre.

Elle prit Rose dans ses bras et la serra de toutes ses forces. C'était toujours ce qu'elles faisaient quand elles voulaient se montrer leur affection.

— Tu as donc décidé de garder la maison ?
— Oui. La vie doit continuer, et ici, j'ai trouvé comment, et avant que tu me dises quoi que ce soit, je te rassure : les enfants sont d'accord.
— Rose, tu crois vraiment que c'est la solution de tout laisser tomber à Toulouse. Enfin, réfléchis encore un peu.
Rose perçut ce que Sandra n'avait pas osé verbaliser : elle craignait d'être abandonnée.
— Ça fait des jours que je réfléchis, je vais rester ici, et tu sais quoi, ça te fera des vacances ! Tu verras, ça sera formidable. Plus besoin de t'inquiéter pour moi, de demander à Zac de venir chercher deux œufs dont tu n'as pas besoin ou de me déposer un plat de lasagnes.
— Que tu fais cramer…
— Oh ! Comment tu y vas ? Pas à chaque fois ! Vous viendrez passer des week-ends à la maison et ça vous fera le plus grand bien !
— Je suis désolée, j'ai mal réagi. Tu as raison, c'est moi que j'ai voulu protéger, notre façon de vivre avec les apparts en duplex.
Sandra regarda son amie avec tendresse.
— Rose, fais attention, l'amour ça peut faire mal…
— C'est vrai, ça peut, mais c'est ça être vivant.
Une nouvelle fois, elles s'étreignirent avant que Sandra se dirige vers le fond de l'atelier où se trouvait la toile. Elle se planta devant.
— Je crois qu'il faut que je m'excuse auprès de lui aussi.
Elle resta de longues minutes immobile avant de reprendre :
— Il m'a dit qu'elle n'était pas terminée. Il manque le sujet principal, si j'ai bien compris, celui-là, dit-elle en montrant l'original sur la toile de Géricault qu'il avait punaisée sur

le mur. C'est exceptionnel, vraiment. Cette modernité dans la tradition m'épate. Son agent m'a prévenu qu'il était de la race des artistes maudits, qu'il n'avait jamais percé et qu'il en voulait au monde entier. Vraiment, je ne comprends pas que personne n'ait soulevé son potentiel avant.

Elle scrutait la toile sous tous les angles, hochait parfois la tête, ou collait son nez à quelques centimètres de la peinture.

— Sandra, je dois aller prendre mon poste au café, je suis déjà en retard, on se voit un peu plus tard ?

— Oui, bien sûr. Je t'y rejoins.

— Je t'envoie Gorka ?

— Avec plaisir, merci, répondit-elle sans prendre la peine de regarder son amie.

# 37

## Chez elle

Rose était heureuse d'avoir montré à Sandra sa vision des choses. Elle n'était pas sûre d'avoir pu le faire avant d'être venue à Héyo. Ce n'était peut-être que transitoire, il y aurait sans doute des hauts et des bas, mais elle appréciait l'accalmie à sa juste valeur.

Sandra, Gorka et son agent restèrent enfermés dans l'atelier. Plus les heures passaient, plus la tension émotionnelle de Rose augmentait. Elle vaquait à ses occupations et servait les clients, mais le pilotage automatique qui lui permettait de minimiser l'impact de ses émotions avait repris ses droits sur sa vie.

Sandra avait accepté ses explications et maintenant ? Qu'allait-elle faire ? Elle ne savait même pas ce que Gorka pensait de ce qu'il s'était passé entre eux. N'avait-il pas dit qu'il était désolé ? Et elle, jusqu'où voulait-elle aller ? La question tournait dans sa boite crânienne comme un moustique une nuit d'août. De temps en temps, elle passait derrière le comptoir, faisait mine d'être très occupée par une tâche particulière, et laissait ses idées divaguer autour des mêmes questions. Sa tête lui répondait invariablement qu'elle devait s'en tenir à ce qu'elle avait décidé : elle n'allait pas vendre la maison et allait y passer l'été tout en travaillant au *Café d'Ici*. Il serait toujours temps d'envisager la suite plus tard. Aurait-elle le cran nécessaire pour continuer l'œuvre d'Hermine et accueillir les gens qui en auraient besoin ? La présence de Gorka dans le périmètre avait tout modifié et soumettait ses choix à une torture délicieuse qu'elle n'avait pas éprouvée depuis longtemps. N'étant pas de nature jalouse, et Stéphane peu adepte des pas de côté, leur vie s'était déroulée de la façon la plus linéaire qui soit. Combien de fois s'était-elle félicitée de ne pas être tombée dans les remous de trop grandes émotions ? Des dizaines ? Plus ? Elle se cramponna au comptoir. Cette fois-ci, elle était au bord du précipice, elle allait sauter. En pensée, elle se revit dans la Land Rover en haut de la corniche.

La clochette du café retentit et un jeune homme pénétra dans la salle. Candice lui emboitait le pas, elle chercha des yeux la table qui lui conviendrait, l'indiqua à son compagnon et ils s'installèrent. Rose laissa passer quelques minutes pendant lesquelles elle se reprit et se présenta à leur table.

— Bonjour, Candice, comment vas-tu ? Bonjour monsieur. Que puis-je vous servir ?

— Un expresso pour moi, s'il vous plait et un thé pour Candice.

Rose souleva un sourcil.

— Non, c'est gentil Alex, je préfèrerai un Perrier tranche.

Le sourcil toujours en extension au-dessus de l'arcade sourcilière, Rose rejoignit le comptoir. Candice avait parlé avec une voix extrêmement basse. Son corps entier était tendu comme une flèche dans un arc bandé et pourtant, quelle différence avec la jeune fille qu'elle avait rencontrée, toujours prête à lancer une pique et à se jeter dans la bataille ! En revenant avec le plateau, elle remarqua que sa jeune amie retirait vivement sa main de l'emprise de celle de l'homme. Avec un regard en coin, Rose s'intéressa à lui. Il était difficile d'imaginer un contraste plus saisissant entre eux deux. Il était aussi chiffonné qu'elle était solaire. Légèrement dégarni, son visage était marqué par un nez aquilin et des joues creuses qui se mariaient avec des rides prononcées sur le front et le pourtour de la bouche. L'ensemble contrastait avec ses mains fines, soignées et manucurées. Quel âge pouvait-il avoir ? Difficile à dire. Son physique n'avait rien d'attirant, mais elle décela en lui une volonté farouche.

— Voilà, ton Perrier tranche et votre café. Vous désirez autre chose ?

— Non, merci, madame.

Le madame claqua entre ses lèvres et quand Rose tourna les talons, elle sentit le regard de l'homme planté entre ses omoplates. Heureusement qu'il ne me tient pas en joue, je ne suis pas sûre de pouvoir en réchapper, pensa-t-elle amusée en essuyant un verre. Sacha entra à son tour dans le café et s'installa au comptoir. De là, il regarda Candice et son ami.

— Ça n'a pas l'air d'aller beaucoup mieux entre eux.

— On peut dire ça. Il a l'air particulier quand même et Candice avec lui, on dirait une gamine. Elle est loin la rebelle ! Tu veux quelque chose ?

— Un coca, merci.

Pendant que Rose lui servait sa boisson, ils entendirent un éclat de voix.

— Je m'en contrefous ! Tu peux dire tout ce que tu veux, je m'en tape et si tu es venu pour me faire changer d'avis, tu perds ton temps !

Candice avait retrouvé sa verve. L'homme tenta à deux reprises de poser sa main sur celles de la jeune fille, mais elle les retira et les posa sur ses genoux. Sans qu'elle y prête attention, ils se mirent à jouer un morceau muet sur ses cuisses. Alors que l'homme continuait à parler à voix basse, elle tournait ostensiblement le visage vers l'extérieur.

— Tu fais chier ! jura-t-il soudain en tapant rageusement sur la table. Franchement Candice, tu te fous de moi ? Vraiment ? Tu préfères jouer cette musique que Mozart ? C'est une blague ! Et puis, c'est quoi cette nouvelle façon de jouer ? Ce n'est pas comme ça que tu vas gagner des auditions. Tu es complètement courbée sur toi-même, il faut ouvrir tes épaules. Te redresser. Et surtout, ne pas regarder tes mains ! Tu sais que tu peux faire mieux ! Ne me dis pas que tu as tout oublié en un mois ! Il faut que tu reprennes les répétitions si tu veux arriver à quelque chose. Toi et moi, on peut retrouver tout ton potentiel. Mais pas en jouant cette daube. À quoi ça sert ? C'est ça ton grand rêve ? Jouer pour des vieux, des chansons dont personne ne connaît les paroles ?

Sa tasse tremblota sur sa sous-tasse. Il la rattrapa d'une main et la tint serrée dans sa paume. Rose craignit qu'il se blesse en la brisant. Le visage de Candice était resté impassible, absorbé par l'autre côté de la vitrine où des passants déambulaient sur la place.

— Elle a formidablement bien interprété les morceaux. Et je crois que tu n'as pas compris un truc ! s'emporta Sacha, arrivé à la rescousse de la jeune fille.

— Parce que toi, bien sûr, tu as tout compris. Tu la connais depuis un mois à peine ! Et qu'est-ce tu y connais à la musique ? Ce n'est pas parce que tu écoutes du rap, que tu t'y connais.

— Moi je l'écoute, elle, Candice, et toi, tu as juste oublié le plaisir.

Alex resta bouche bée.

— Il t'a sautée !? Ce pauvre type en caleçon minable t'a sautée.

— Pas du tout ! On est simplement amis et les amis, ça s'écoute, ça s'épaule. Je parle du plaisir à jouer. Tu l'as vue, non ?

— Et, tu es qui pour juger si un morceau est mal ou formidablement bien interprété ?

— Je m'appelle Sacha Montalban. Ça te dit quelque chose ?

— Quoi Montalban ? Tu veux dire que tu as quelque chose à voir avec Hector Montalban ?

— C'est mon père.

— Et c'est qui ? demanda Rose qui les avait rejoints pour faire retomber la pression entre eux.

— Un immense chef d'orchestre, répondit Sacha laconique. Alors, oui, je sais si quelqu'un joue bien ou pas. Si quelqu'un a du potentiel ou pas. Si quelqu'un est heureux assis à son piano ou pas, et je peux te dire qu'hier soir, Candice était heureuse. Vraiment heureuse.

Alex, piqué au vif, sortit un billet de la poche de son pantalon, le jeta sur la table, regarda la jeune fille une dernière fois et sortit du café. Candice croisa ses bras sur la table et posa sa tête dessus. Rose et Sacha regardèrent son corps se soulever en rythme avec sa respiration.

— Tout va bien ? demanda Rose en posant une main sur son épaule. Tu as besoin de quelque chose ? Un truc plus fort que ton Perrier tranche ? Tu veux qu'on en parle ou tu préfères qu'on te laisse seule ?

Elle se redressa.

— Putain ! Ça, c'est fait !

La jeune fille s'étira et ses yeux se remirent à briller.

— Ce n'est pas que mon mec, c'est aussi mon prof de piano. Mon coach, si tu veux. Il savait que je ne voulais plus faire d'audition ni de concours, que le piano, c'était terminé, alors quand je lui ai dit que j'avais envie de lui faire écouter quelque chose, il a sauté sur l'occasion et il est venu. Bon, on peut en conclure qu'il n'a pas aimé ! termina-t-elle en riant.

— Tant que tu n'arrêtes pas définitivement, je suis ravie ! Je ne suis pas ta mère, bien sûr, ni même quelqu'un dont l'avis est important, je n'y connais absolument rien en musique, mais tu joues tellement bien que ça serait dommage d'arrêter.

— Tu sais, j'ai entendu ce que vous avez dit l'autre soir et Sacha m'a fait travailler en fonction de ça : du plaisir. Hier soir, je crois qu'on peut dire que j'ai *interprété* les morceaux, je ne les ai pas seulement joués.

Puis se tournant vers Sacha :

— Tu as remis de l'émotion dans mon jeu. Je ne sais pas comment je vais pouvoir te remercier.

— En m'invitant à chacun de tes concerts !

Rose avait terminé son service quand Gorka et Sandra entrèrent dans le café. La journée s'était passée au rythme des allées et venues des clients, des *Betagaria*, *Bihotz* et autres desserts aux noms alambiqués inventés par Maïder et des soupirs d'extase des convives. Le sourire de son amie lui confirma qu'elle était tombée sous le charme du peintre. Elle en ressentit une pointe de jalousie qui la décontenança.

— Vous avez l'air bien gais... commença-t-elle pendant qu'ils s'avançaient vers elle.

— C'est bon, je vais le représenter. Cette toile est...

— Je crois que je le sais, tu me l'as déjà dit trois fois : magnifique ! répondit-elle un peu sèchement.

— Parfaitement !

Gorka dévisageait Rose en silence, un sourire narquois au coin des lèvres. Sandra regarda l'heure à son poignet.

— Bon, je vais rentrer… annonça-t-elle.
— À Toulouse ? Tu peux rester, tu sais…
— Je ne veux pas te déranger.
Elle lança un regard appuyé vers Gorka.
— Tu sais très bien que tu ne me déranges pas et ça me ferait plaisir. La maison est grande, il y a de la place, ça te permettrait de la découvrir, tu comprendras peut-être ce que je ressens ici ? D'ailleurs, si tu veux te joindre à nous toi aussi, Gorka, c'est avec plaisir.
— Je crois qu'il a du travail, précisa Sandra.
Le cœur de Rose cogna dans sa poitrine. La pointe de jalousie se rappelait à son bon souvenir.
— Je travaillerai plus tard, répondit-il, j'accepte ton invitation avec plaisir.
— Alors, Sandra, tu restes ?
— Oui, je vais rester. J'appelle Rodolphe et Zac pour les prévenir. Ça me fait plaisir à moi aussi. On pourra papoter. Tu me dis où il y a du réseau ici, parce que…
Elle secoua son téléphone.
— Tu peux essayer à côté du fronton, sinon, il faudra attendre d'être à la maison.
Sandra leur adressa un petit signe de la main avant de sortir.
— Au revoir, Sophie, je file.
— À lundi, Rose ! Bon week-end.
— Merci, à toi aussi.
Ce soir, elle rentrait chez elle pour la première fois.

# 38

## Des trucs moches

— On croirait entendre le silence ! s'exclama Sandra.
— Mais, tu vas arrêter de te moquer de moi, oui ?
— J'avoue que ce jour-là, tu m'as fait peur. Mais maintenant, je comprends. C'est un village extraordinaire.
— Tu n'imagines pas tout ce que j'ai déjà vécu : j'ai trouvé du travail, j'ai fait du jardinage, je me suis fait des amis, j'ai l'impression d'appartenir à une communauté, tu vois, et surtout, je crois que j'ai rendu des gens heureux.
— C'est toi qui as l'air heureuse. Tu as bien fait de venir, tu as l'air plus… vivante.
— Oui, aussi, c'est vrai.
Rose rougit.
— Et Gorka, il n'habite pas ici ? s'enquit Sandra.
— Non, il vit dans la cabane ou il dort à l'atelier.
— Donc vous…
— Donc, nous ne vivons pas ensemble et nous ne dormons pas ensemble non plus.
— Vous ne faites que coucher ensemble en somme, ajouta Sandra taquine.
— Même pas. Ça nous est arrivé qu'une fois et je ne sais pas vraiment où on en est. On n'a pas eu le temps d'en parler… Je me sens bien avec lui, mais je ne veux pas avoir besoin de lui.
Sandra renversa sa tête pour admirer le ciel.

— Ça doit être pour ça qu'on appelle ça la voûte céleste, regarde comme c'est beau. À Toulouse on ne le voit pas.
— Fais attention, tu vas t'amouracher d'Héyo, toi aussi.
— Non, non, non, pas question. Il me faut de la vie, le bruit des voitures, les terrasses de café bruyantes. Ici, au bout de deux jours, je m'ennuierais à mourir.

Un grattement de gorge les interrompit.
— Gorka, il y a un problème avec Hermine ? demanda Rose une note d'inquiétude dans la voix.
— Non, pas du tout, mais, je peux te parler ?
— Je vous laisse, alors, de toute façon je suis crevée. Je ne sais pas quelle heure il est, mais je parie qu'il est plus tard que je le crois.
— Il est bientôt quatre heures.
— Quatre heures ? Mais non ! Bon, je me sauve, je vous dis à demain.
— À tout à l'heure, souffla Rose qui claqua deux bises sur les joues de son amie.
— Ravie d'avoir fait votre connaissance, Gorka.
— Merci. Moi aussi.
— On se dit à très vite pour la suite. Appelez-moi dès que la toile sera terminée.
— Pas de problème. J'ai le croquis de mon modèle, maintenant, ça devrait aller vite.

Rose rougit au souvenir de l'esquisse qu'il avait fait d'elle. Elle conçut une profonde satisfaction de savoir qu'elle serait la figure de proue du tableau. D'une certaine façon, elle resterait avec le peintre.

Il s'installa dans l'herbe à côté de Rose et demeura muet, les yeux rivés à l'horizon.
— Qu'est-ce que tu fais ?
— Je me gorge de trucs moches.

— Oui, vraiment très moche ce paysage, renchérit-elle en gloussant.

À nouveau, il laissa le silence bruyant de la nature prendre toute la place, comme s'il cherchait le courage de sauter du plus haut plongeoir à la piscine municipale.

— Tout à l'heure, enfin… hier matin, tous les deux, c'était bien, commença Gorka.

— Écoute, je ne…

— Ne t'inquiète pas. Je crois que j'ai compris.

— Tu as compris quoi ?

— Que j'ai été une façon pour toi de passer à autre chose ! Une sorte de remède.

— Alors, d'abord je ne passe pas à autre chose et tu n'as pas la tête d'un remède, je te le garantis.

Puis, dans un accès de sérieux, elle reprit :

— J'aimerai toujours Stéphane et il me manquera toujours.

— Oui, bien sûr, je comprends tout à fait.

— Il fera toujours partie de ma vie. Pas de mon passé, mais vraiment de ma vie, de mon présent. Je ne sais pas comment les gens vont pouvoir vivre avec ça, mais je n'ai pas le choix.

— Je sais.

— Si tu le sais et que tu le comprends, c'est déjà beaucoup. Un jour, il y a peu de temps, j'ai rencontré quelqu'un qui m'a dit qu'on pouvait toujours se réinventer, qu'il n'était jamais trop tard.

— Je parie que c'est Hermine.

Rose acquiesça.

— Ici, j'ai compris que mon destin n'était pas tracé d'avance. Que c'était à moi de m'en emparer et de faire les bons choix ! Je cherchais un dernier rêve et tu vois, je crois que j'en ai trouvé plusieurs, mais il y a une chose que je ne veux plus : ce sont des béquilles.

— Des béquilles ?

— Oui, je veux faire les choses toute seule. Stéphane et Sandra ont toujours déblayé le terrain devant moi. Tout le monde a toujours aplani les obstacles pour me faciliter la tâche. Aujourd'hui, c'est fini, je suis une grande fille.

— Je n'en ai jamais douté.

— Alors c'est bien.

Ils restèrent silencieux. Les bruits de la campagne donnaient une sensation étrange à la discussion.

— Rose, tu sais que je vais repartir, n'est-ce pas ?

— Oui, je le sais. Ta tournée des expos internationales. C'est très bien comme ça. Je n'avais pas l'intention de vivre avec toi si vite et encore moins de t'épouser, tu sais. Je me suis perdue et avant toute chose, il faut que je me retrouve et je ne voudrais pour rien au monde que tu changes toi aussi. Ta vie ce n'est pas de rester ici.

— Je reviendrai.

— Alors ça sera bien parce que je voudrais continuer à aimer. Je voudrais aimer infiniment comme le dit si bien Gérard dans le cahier, enfin, si c'est possible... je ne sais pas...

— Et, tu crois que ça pourrait être moi ? Tu pourrais m'aimer ? Je ne te demanderai jamais de renier celle que tu as été, tu le sais ? Je ne prendrai jamais la place de Stéphane. Je ne vais pas changer ton passé, mais je peux changer l'avenir.

D'une main, il attira Rose à lui et ils se couchèrent côte à côte sur l'herbe fraiche.

— Je peux te poser une question ?

— Bien sûr, répondit Gorka.

— Pour quelle raison la porte de la maison est-elle peinte en jaune alors que tout le village est vert ou rouge ?

— Parce qu'un jour Gérard a voulu la repeindre, il est allé acheter de la peinture, elle était jaune et il paraît qu'il ne s'est rendu compte de rien. Ma mère a trouvé ça tellement amusant que c'est resté comme ça, on la repeint une fois par an.

Rose éclata de rire.

— Je croyais qu'il y avait une raison symbolique, pas que c'était une erreur.

— C'est juste le symbole de la folie de ma mère pour lui.

— C'est joli ce que tu dis. Je ne sais pas si un jour mes enfants diront ça de moi.

— Que tu as un grain de folie ? Je crois qu'ils le pensent déjà. N'oublie pas que tu as décidé de tout quitter pour t'installer ici. Et ça, c'est de la pure folie. Surtout avec moi dans les parages !

Il l'embrassa. Le cœur battant, Rose répondit à son baiser. La nuit claire laissait apparaître la lueur du jour qui se levait.

— Merci de m'avoir fait confiance, dit-il.

— Merci de m'avoir appris à te faire confiance. Tu as vu, je crois que le jour ne va plus tarder à se lever.

Rose frissonna. De froid ou de bonheur, de sérénité ou d'espoir, elle ne savait pas trop, mais ce qu'elle savait, c'est qu'elle se sentait à sa place. Gorka la serra contre lui avant de répondre :

— Oui, on va l'attendre.

Devant eux, tout près du mur qui clôturait le jardin, Stéphane leur souriait, Pitua à ses pieds, jouait avec un de ses lacets.

# Remerciements

Quand je commence un roman, j'ai toujours l'impression que je ne vais pas y arriver, que je ne sais plus le faire et pourtant, le miracle se reproduit et j'écris le dernier mot (cette fois-ci, c'est le mot lacet, je ne suis pas sûre qu'il ait déjà eu autant d'honneur).

*Rendez-vous à Héyo* est sorti en juin 2023. Au fil des semaines qui ont suivi, vos retours enthousiastes m'ont peu à peu convaincue d'y revenir et d'installer à nouveau mon clavier sous les platanes de la place royale. C'est ainsi que j'y ai rencontré Rose et Gorka.

Mes romans tournent toujours autour d'une question qui m'interpelle, et en écrivant, je tente d'y apporter une réponse. Je dédie mon roman à celles qui se reconnaitront et qui se posent des questions.

Cette fois-ci, j'ai envie de commencer les remerciements par vous. Merci d'avoir tellement aimé Héyo que vous l'avez cherché sur la carte et avez envisagé de vous y rendre. Merci de m'avoir offert l'impulsion pour y revenir.
J'ai la chance d'avoir auprès de moi des gens qui m'encouragent. Ils s'appellent Patrick, Inès, Victor, Ariane et Tanh, merci d'être là. Certaines me lisent avant tout le monde, comme Claude et Marie-Aline. D'autres entendent parler de mes personnages dès leur naissance et leur permettent de grandir grâce à leurs réflexions, ce sont Valérie Van Oost et Cécile Briomet. Reste encore le travail de ma correctrice, Laetitia Blancan qui a corrigé ce roman, et a rajouté

moult virgules et accents circonflexes. Un merci particulier à Lucas, le grand manitou de la mise en ligne du roman.

Merci à vous tous d'être là et de croire en moi. Merci de me permettre de réaliser mes rêves d'écriture.

Je vous embrasse, prenez soin de vous et à bientôt, à Héyo ou ailleurs.

Nathalie

## Ce que les lectrices en disent :

« J'aime tellement l'écriture de Nathalie Longevial ! Jamais de lassitude ni de mots en trop. Hâte de lire la suite »
Chrystel, Amazon

« Héyo, c'est le village où l'on a envie d'aller après avoir lu ce roman. Pour le décor mais aussi dans l'espoir de rencontrer les personnages, de s'émouvoir et de rire avec eux. J'ai adoré ce livre. »
Virginie, Amazon

« Un rendez-vous que vous ne pouvez pas manquer. Partez à Héyo pendant vos vacances ! »
Julie, Babelio

« Une autrice qu'on lit avec le cœur »
@syboulette, Instagram

« Nathalie Longevial sait être amusante et profonde, bouleversante et profonde, obstinée et profonde, légère et profonde. »
Marceline Bodier, 20 minutes